U0329978

俄苏文学经典译著·长篇小说

陀思妥耶夫斯基（1821—1881）

俄国现实主义作家。军事工程学校毕业。当过制图员。1845 年发表中篇小说《穷人》。后又写出《双重人格》《白夜》等中篇小说。1849 年因参加反农奴制活动被判死刑，后改判为流放西伯利亚。流放归来发表长篇小说《被侮辱与损害的》和《死屋手记》。后出版长篇小说《罪与罚》《白痴》。

耿济之（1898—1947）

著名文学家、翻译家。原名耿匡，字孟邕，上海人。1917 年就读于北京俄文专修馆。1919 年参与创办《新社会》旬刊和《人道》月刊，宣传俄国革命和社会主义。俄专毕业后曾在中国驻苏联赤塔、伊尔库茨克、列宁格勒等地领事馆任职。抗日战争期间隐居上海，专事俄苏文学译介。一生译有《猎人日记》《父与子》《白痴》等二十余部俄苏文学作品，对译介俄苏文学做出了巨大贡献。

Записки из Мёртвого дома

Dostoevsky

俄 苏 文 学 经 典 译 著 ·

长 篇 小 说

Russian

Literature

Classic.

NOVEL

死屋手记

[俄]陀思妥耶夫斯基 著

耿济之 译

三联书店

图书在版编目（CIP）数据

死屋手记 / (俄罗斯) 陀思妥耶夫斯基著；耿济之
译. ——北京：生活·读书·新知三联书店，2020.11
（俄苏文学经典译著·长篇小说）
ISBN 978 - 7 - 108 - 06912 - 2

Ⅰ.①死… Ⅱ.①陀… ②耿… Ⅲ.①长篇小说—俄
罗斯—近代 Ⅳ.①I512.44

中国版本图书馆CIP数据核字（2020）第135089号

责任编辑 韩瑞华
封面设计 樱 桃
责任印制 黄雪明
出版发行 生活·讀書·新知 三联书店
　　　　（北京市东城区美术馆东街 22 号）
邮　　编 100010
印　　刷 常熟市人民印刷有限公司
版　　次 2020 年 11 月第 1 版
　　　　 2020 年 11 月第 1 次印刷
开　　本 650 毫米×900 毫米 1/16 印张 23.25
字　　数 254 千字
定　　价 74.00 元

俄苏文学经典译著

出版说明

　　本丛书是对中国左翼作家所译俄苏文学经典一次系统的整理和展现，所辑各书均为名家名译，这不仅是文献和版本意义上的出版，更是对当时红色文化移植的重新激活。

　　早在 1948 年生活书店、读书出版社、新知书店合并为生活·读书·新知三联书店前，三家出版社就以引介俄苏经典文学和社会理论图书等为己任。比如 1937 年生活书店出版托尔斯泰的《安娜·卡列尼娜》，1946 年新知书店出版《钢铁是怎样炼成的》。1949 年以后，虽然也有出版社对俄苏文学经典进行重译、重编，但难免失去了初始的本色，并且遗失了些许当时出版的有价值的译著；此外，左翼作家的译介因其"著译合一"的特点，在众多译本中，自有其价值；更重要的是，这些文学经典蕴含的对生活的热情、对信仰的坚守、对事业的激情在今天亦鼓动人心，能给每一位真诚活着的人以前行的动力。因此，系统地整理出版左翼作家翻译的俄苏文学经典是必要的。

　　我们在对书稿进行加工时，主要遵循了以下原则：

　　一、本丛书为重排本，由繁体字竖排版改为简体字横排版。

　　二、忠实原作，保持原译语言风格及表现方式；对书中人物及相关译名除必要的规范外基本保留。

　　三、原书注释如旧，编者所出的注释，均以"编者注"标明，以示与原书注释的区别。

　　四、对原书中各种错讹脱衍之处，直接订正。

　　五、数字只要统一、规范，基本沿用；对标点符号的用法，尽可能做到规范。

　　六、在不影响原译意的情况下，对个别表述可能有歧义的字句进行必要斟酌处理。

俄苏文学经典译著

总　序

生活·读书·新知三联书店推出"俄苏文学经典译著·长篇小说"丛书，意义重大，令人欣喜。

这套丛书撷取了1919至1949年介绍到中国的近50种著名的俄苏文学作品。1919年是中国历史和文化上的一个重要的分水岭，它对于中国俄苏文学译介同样如此，俄苏文学译介自此进入盛期并日益深刻地影响中国。从某种意义上来说，这套丛书的出版既是对"五四"百年的一种独特纪念，也是对中国俄苏文学译介的一个极佳的世纪回眸。

丛书收入了普希金、果戈理、屠格涅夫、陀思妥耶夫斯基、托尔斯泰、高尔基、肖洛霍夫、法捷耶夫、奥斯特洛夫斯基、格罗斯曼等著名作家的代表作，深刻反映了俄国社会不同历史时期的面貌，内容精彩纷呈，艺术精湛独到。

这些名著的译者名家云集，他们的翻译活动与时代相呼应。20世纪20年代以后，特别是"左联"成立后，中国的革命文学家和进步知识分子成了新文学运动中翻译的主将和领导者，如鲁迅、瞿秋白、耿济之、茅盾、郑振铎等。本丛书的主要译者多为"文学研究会"和"中国左翼作家联盟"的成员，如"左联"成员就有鲁迅、茅盾、沈端先（夏衍）、赵璜（柔石）、丽尼、周立波、周扬、蒋光慈、洪灵菲、姚蓬子、王季愚、杨骚、梅益等；其他译者也均为左翼作家或进步人士，如巴金、曹靖华、罗稷南、高植、陆蠡、李霁野、金人等。这些进步的翻译家不仅是优秀的译者、杰出的作家或学者，同时他们纠正以往译界的不良风气，将翻译事业与中国反帝反封建的斗争结合起来，成为中国新文学运动中的一支重要力量。

这些译者将目光更多地转向了俄苏文学。俄国文学的为社会为人生的主旨得到了同样具有强烈的危机意识和救亡意识，同样将文学看作疗救社会病痛和改造民族灵魂的药方的中国新文学先驱者的认同。茅盾对此这样描述道："我也是和我这一代人同样地被'五四'运动所惊醒了的。我，恐怕也有不少的人像我一样，从魏晋小品、齐梁词赋的梦游世界中，睁圆了眼睛大吃一惊的，是读到了苦苦追求人生意义的 19 世纪的俄罗斯古典文学。"[1] 鲁迅写于 1932 年的《祝中俄文字之交》一文则高度评价了俄国古典文学和现代苏联文学所取得的成就："15 年前，被西欧的所谓文明国人看作未开化的俄国，那文学，在世界文坛上，是胜利的；15 年以来，被帝国主义看作恶魔的苏联，那文学，在世界文坛上，是胜利的。这里的所谓'胜利'，是说，以它的内容和技术的杰出，而得到广大的读者，并且给予了读者许多有益的东西。它在中国，也没有出于这例子之外。""那时就知道了俄国文学是我们的导师和朋友。因为从那里面，看见了被压迫者的善良的灵魂，的酸辛，的挣扎，还和 40 年代的作品一同烧起希望，和 60 年代的作品一同感到悲哀。""俄国的作品，渐渐地绍介进中国来了，同时也得到了一部分读者的共鸣，只是传布开去。"鲁迅先生的这些见解可以在中国翻译俄苏文学的历程中得到印证。

中国最初的俄国文学作品译介始于 1872 年，在《中西闻见录》的

---

[1] 茅盾：《契诃夫的时代意义》，载《世界文学》1960 年 1 月号。

创刊号上刊载有丁韪良（美国传教士）译的《俄人寓言》一则。[1] 但是从 1872 年至 1919 年将近半个世纪，俄国文学译介的数量甚少，在当时的外国文学译介总量中所占的比重很小。晚清至民国初年，中国的外国文学译介者的目光大都集中在英法等国文学上，直到"五四"时期才更多地移向了"自出新理"（茅盾语）的俄国文学上来。这一点从译介的数量和质量上可以见到。

首先译作数量大增。"五四"时期，俄国文学作品译介在中国"极一时之盛"的局面开始出现。据《中国新文学大系》（史料·索引卷）不完全统计，1919 年后的八年（1920 年至 1927 年），中国翻译外国文学作品，印成单行本的（不计综合性的集子和理论译著）有 190 种，其中俄国为 69 种（在此期间初版的俄国文学作品实为 83 种，另有许多重版书），大大超过任何一个国家，占总数近五分之二，译介之集中可见一斑。再纵向比较，1900 至 1916 年，俄国文学单行本初版数年均不到 0.9 部，1917 至 1919 年为年均 1.7 部，而此后八年则为年均约十部，虽还不能与其后的年代相比，但已显出大幅度跃升的态势。出版的小说单行本译著有：普希金的《甲必丹之女》（即《上尉的女儿》），陀思妥耶夫斯基的《穷人》、《主妇》（即《女房东》），屠格涅夫的《前夜》、《父与子》、《新时代》（即《处女地》），托尔斯泰的《婀娜小史》（即《安娜·卡列尼娜》）、《现身说法》（即《童年·少年·青年》）、《复活》，柯罗连科的《玛加尔的梦》和《盲乐师》，路卜洵的《灰色马》，阿尔志跋绥夫的《工人绥惠略夫》等。[2] 在许多综合性的集子中，俄国文学的译作也占重要位置，还有更多的作品散布在各种期刊上。

其次翻译质量提高。辛亥革命前后至"五四"高潮前，中国的俄国

---

[1] 可参见笔者在《二十世纪中俄文学关系》（学林出版社，1998；高等教育出版社，2002）中的相关考证。

[2] 这套丛书中收入了这一时期张亚权译的柯罗连科的《盲乐师》（商务印书馆，1926）。

文学译介均为转译本，且多为文言。即使一些"名家名译"，如戢翼翚译的普希罄《俄国情史》（即普希金《上尉的女儿》，1903）、马君武译的托尔斯泰的《心狱》（即《复活》，1914）、林纾和陈家麟合译的托尔斯泰的《罗刹因果录》（收八篇短篇，1915）等，也因受当时译风的影响，对原作进行改动或发挥之处颇多，有的译作几近于演述。1919 年以后，译者队伍与译风发生了根本上的变化。一批才气横溢的通俄语的年轻人加入了俄国文学作品翻译的队伍，其中有瞿秋白、耿济之、沈颖、韦素园、曹靖华等。以本套丛书入选译本最多的译者耿济之为例。耿济之早年在俄文专修馆学习，1919 年在《新中国》杂志上发表最初的译作，即托尔斯泰的《真幸福》（即《伊略斯》）和《旅客夜谭》（即《克莱采奏鸣曲》）等作品。20 年代初期，耿济之又有果戈理的《马车》和《疯人日记》、赫尔岑的《鹊贼》、屠格涅夫的《村之月》、奥斯特洛夫斯基的《雷雨》、托尔斯泰的《家庭幸福》和《黑暗之势力》、契诃夫的《侯爵夫人》等重要译作。此后他一发不可收，数十年间译出了大量的俄国文学名著，是中国早期产量最多和态度最严肃的俄国文学译介者。当然，这时期仍有相当一部分翻译家依然利用其他语种的文字在转译俄国文学作品，如鲁迅、周作人、李霁野、郑振铎、赵景深、郭沫若等。这些译者大多学养深厚，译风严谨。鲁迅在 20 年代前期和中期译出了阿尔志跋绥夫的《工人绥惠略夫》《幸福》《医生》和《巴什唐之死》、安德列耶夫的《黯淡的烟霭里》和《书籍》、契诃夫的《连翘》、迦尔洵的《一篇很短的传奇》等不少俄国文学作品。尽管是转译，但翻译的水准受到学界好评。

20 世纪二三十年代，中国文坛开始引进苏俄文学。1931 年 12 月，瞿秋白在给鲁迅的信中谈到：有系统地译介苏联文学名著，"这是中国普罗文学者的重要任务之一"[1]。不少出版社在 20 年代末相继推出

---

[1] 瞿秋白：《论翻译》，见《瞿秋白文集》第 2 卷，人民文学出版社 1954 年版。

"新俄文学"作品专集。最早出现的是由曹靖华辑译、北平未名社1927年出版的《白茶（苏俄独幕剧集）》一书。而后，鲁迅、叶灵凤、曹靖华、蒋光慈、傅东华、冯雪峰和郭沫若等辑译的各种苏联文学作品集相继问世。这一时期，译出了不少活跃于十月革命前后的苏俄著名作家的作品。比较重要的有：拉夫列尼约夫的《第四十一》、革拉特珂夫的《士敏土》、绥拉菲莫维奇的《铁流》、法捷耶夫的《毁灭》、聂维罗夫的《不走正路的安得伦》、雅科夫列夫的《十月》、伊凡诺夫的《铁甲列车Nr.14-6》、富曼诺夫的《夏伯阳》、肖洛霍夫的《静静的顿河》（前两部）和《被开垦的处女地》、奥斯特洛夫斯基的长篇小说《钢铁是怎样炼成的》、诺维科夫-普里波伊的《对马》、马雅可夫斯基的诗集《呐喊》、爱伦堡等人的报告文学集《在特鲁厄尔前线》和阿·托尔斯泰的剧本《丹东之死》等。

这一时期，作品被译得最多的作家是高尔基。最早出现的是宋桂煌从英文转译的《高尔基小说集》（上海民智书局，1928）。这部小说集中载有《二十六个男和一女》和《拆尔卡士》（即《切尔卡什》）等五篇作品。最早出现的单行本是沈端先（即夏衍）从日文转译的高尔基的《母亲》。[1] 30年代中国出版的有关高尔基的文集、选集和各种单行本更多，总数达57种，如鲁迅编的《戈里基文录》、瞿秋白译的《高尔基创作选集》、黄源编译的《高尔基代表作》、周天民等编选的《高尔基选集》（六卷）等。此外问世的还有：鲁迅等译的短篇集《恶魔》和《俄罗斯的童话》、史铁儿（即瞿秋白）译的《不平常的故事》、巴金译的短篇集《草原故事》、丽尼译的《天蓝的生活》、钱谦吾（即阿英）译的《劳动的音乐》、蓬子译的《我的童年》、王季愚译的《在人间》、杜畏之等译的《我的大学》、何素文译的《夏天》、何妨译的《忏悔》、罗稷南译的《四十年间》、赵璜（即柔石）译的《颓废》（即《阿尔达莫诺夫家

[1] 该书1929年由上海大江书铺出版第一部，次年出版第二部。

的事业》)、钟石韦译的《三人》、李谊译的《夜店》(即《底层》)和贺知远译的《太阳的孩子们》等。

进入 20 世纪 40 年代，由于苏德战争和太平洋战争的爆发，中国文坛把自己的目光转向了苏联卫国战争文学。1942 年在上海创刊（1949年终刊）的《苏联文艺》发表的各类作品的总字数达六百多万字，其中大部分是反映苏联卫国战争的文学作品。此外，仅就单行本而言，各出版社出版或重版的此类书籍的数量有百余种之多。这些作品极大地鼓舞了中国人民反抗外族入侵和黑暗统治的斗志。也许今天的人们已经淡忘了它们，有些作品从艺术上看似乎也有些逊色。但是，其中经受住了历史检验的优秀之作，仍值得我们珍视。这一时期，苏联其他一些文学作品也有译介。值得一提的有：肖洛霍夫的《静静的顿河》(全译本)、叶赛宁、勃洛克和马雅可夫斯基合集的《苏联三大诗人代表作》、阿·托尔斯泰的《苦难的历程》和《彼得大帝》、费定的《城与年》、奥斯特洛夫斯基的《暴风雨所诞生的》、潘诺娃的《旅伴》、克雷莫夫的《油船德宾特号》、波列伏侬的《真正的人》、卡达耶夫的《时间呀，前进!》、列昂诺夫的《索溪》、冈察尔的《旗手》(第一部)、包戈廷的剧本《带枪的人》《苏联名作家专集》(共五辑)等。其中不少名著在这一时期初次被译成中文。可以说，至 20 世纪 40 年代末，苏联重要的主流文学作品译介得已相当全面。

1919 年以后的 30 年间，译介到中国的俄苏文学作品产生了巨大的影响。钱谷融教授曾经生动地描述过抗战时期他随学校迁至四川偏远小城，在那里迷上俄国文学的一些情景。他还表示自己"是喝着俄国文学的乳汁而成长的"，"俄国文学对我的影响不仅仅是在文学方面，它深入到我的血液和骨髓里，我观照万事万物的眼光识力，乃至我的整个心灵，都与俄国文学对我的陶冶薰育之功不可分。我已不记得最先接触到的俄国文学名著是哪一本了，总之是一接触到它就立即把我深深地吸引住了，使我如醉如痴，使我废寝忘食。尽管只要是真正的名著，不管它是英、美的，法国的，德国的，还是其他国家的，都能吸引我，都能使我迷醉。但是论其作品数量之多，吸引我的程度之深，则无论哪一国的文学，都比不上俄国文学"。这样的感受和评价在那一时代的知识分子中并不罕见。

由于社会的、历史的和文学的因素使然，中国知识分子（特别是左翼知识分子）强烈地认同俄苏文化中蕴含着的鲜明的民主意识、人道精神和历史使命感。红色中国对俄苏文化表现出空前的热情，俄罗斯优秀的音乐、绘画、舞蹈和文学作品曾风靡整个中国，深刻地影响了几代中国人精神上的成长。除了俄罗斯本土以外，中国读者和观众对俄苏文化的熟悉程度举世无双。在高举斗争旗帜的年代，这种外来文化不仅培育了人们的理想主义的情怀，而且也给予了我们当时的文化所缺乏的那种生活气息和人情味。因此，尽管中俄（苏）两国之间的国家关系几经曲折，但是俄苏文化的影响力却历久而不衰。

在中国译介俄苏文学的漫漫长途中，除了翻译家们所做出的杰出贡献外，还有无数的出版人为此付出了艰辛的努力，甚至冒了巨大的风险。在俄苏文学经典的译著中，我们常常可以看到商务印书馆、中华书局、开明书店、文化生活出版社等出版社的名字，也常常可以看到三联书店的前身生活书店、读书出版社、新知书店的名字。这套丛书中就有：生活书店 1936 年出版的、由周立波翻译的肖洛霍夫的小说《被开垦的处女地》，生活书店 1936 年出版的、由王季愚翻译的高尔基的小说《在人间》，生活书店 1937 年出版的、由周扬和罗稷南翻译的列夫·托尔斯泰的小说《安娜·卡列尼娜》，新知书店 1937 年出版的、由梅益翻译的普里波伊的小说《对马》，读书出版社 1943 年出版的、由王语今翻译的奥斯特洛夫斯基的小说《暴风雨所诞生的》，新知书店 1946 年出版的、由梅益翻译的奥斯特洛夫斯基的小说《钢铁是怎样炼成的》，生活书店 1948 年出版的、由罗稷南翻译的高尔基小说《克里·萨木金的一生》。熠熠生辉的名家名译，这是现代出版界在中国文化发展史上写就的不可磨灭的一笔。这套丛书的出版也是三联书店文脉传承的写照。

尽管由于时代的发展，文字的变迁，丛书中某些译本的表述方式或者人物译名会与当下有所差异，但是这些出自名家之手的早期译本有着独特的价值。名译与名著的辉映，使经典具有了恒久的魅力。相信如今的读者也能从那些原汁原味的译著中品味名著与译家的风采，汲取有益的养料。

陈建华
2018 年 7 月于沪上西郊夏州花园

目 次

第一卷

引　言

　　在辽远的西伯利亚边区内，沙漠、丛山或无从通行的森林中间，偶然会发现一些小城，有一千至多两千的居民，房屋是木质的，外貌是丑恶的，造着两座教堂——一座在城里，一座在公墓上。这些城市说像城市，还不如说像莫斯科附近的大村。这些城市中普遍有极多的警官、委员和其余的副官阶级。西伯利亚虽很寒冷，但做官是极温暖的。那里住着普通的、非自由主义的人们；秩序是古旧的、坚定的，数世纪来被认为神圣的。按公道的说法，官员们扮演着西伯利亚贵族的角色——不是土著生了根的西伯利亚人，便是从俄罗斯本土来的，多半从京城里来的，觊觎着额外的俸禄数、双份的旅费和有诱惑性的将来的希望。他们中间，凡是会解决生命之谜的几乎永远留在西伯利亚，愉快地在那里安家立业。以后他们获得了丰富的、甜蜜的果实。但是有些意志薄弱，不会解决生命之谜的人们，很快地对西伯利亚感到了厌倦，烦恼地问自己："他们为什么要到此地来?"他们不耐烦地熬过三年的法定任期，满期后立刻想法调走，跑回家去，骂着西伯利亚，讥笑着西伯利亚。他们是不对的，不但从服务的观点上看，就是从许多其他的观点上看，住在西伯利亚是很舒适的。气候极好。有许多有钱的、好款待宾客的商人，许多家道殷实的异族人。野鸟在街上飞翔，自己撞到猎人身上。香槟酒喝得特别多，鱼子酱具有奇味，收成在有些地方有十五成……总之，土地是可颂赞的，只需会享用它，西伯利亚的人们是会享用它的。

在这样的一个快乐的，自己满足的，住着极可爱的居民的小城里——对于这城市的回忆，在我的心里将永远是无从磨平的——我遇见了阿历山大·彼得洛维奇·郭亮奇可夫。他是被遣戍的罪犯，在俄罗斯是贵族和地主的出身，以后成为第二等的流戍民，罪名是杀死自己的妻子，在依照法律判定的十年徒刑期满以后，就在 K 城中驯顺地、无声无息地以流戍民的身份度他的余生。他本来列名在近城的一个乡区内，但他住在城里，借教育儿童以糊口。西伯利亚的城市里时常会在流戍民中发现教师，大家并不如何憎嫌他们。他们大半教法文——生命中极需要的一种文字，没有他们，在辽远的西伯利亚的边区内恐无人会懂。我初次遇见阿历山大·彼得洛维奇是在一个古老的、好客的、做官多年的官员伊凡·伊凡南奇·格伏兹奇阔夫家里。他有五个年龄不同的，全都是有着极好希望的女儿。阿历山大·彼得洛维奇教她们功课，每星期四次，每次三十银戈比。他的外貌引起了我的兴趣。他的脸色惨白，身子瘦小，年纪还不老，有三十五岁，小小的个子，虚弱的模样。他经常穿得很清洁，服装是欧洲的式样。假使您和他交谈，他会异常凝聚而且注意地望着您，用严正的、客气的态度倾听您的每一句话，仿佛在揣摩它的意思，又仿佛是您向他发问，给他一个课题，或者想向他探出某种秘密。他终于清楚而且简单地回答着，回答的每个字都仔细推敲，使您听了忽然觉得不知为什么会感到不痛快，以后您会因为谈话终结而自己高兴起来。我曾向伊凡·伊凡南奇盘问过他的事情，才知道郭亮奇可夫过着无可非议的、道德的生活，否则伊凡·伊凡南奇也不会请他教自己的女儿们的；但是他和人们不相投合，躲避一切人。他极有学问，读了许多书，但是很少说话，总之，和他是很难沟通的。有些人说，他根本是一个疯子，虽然人们觉得实际上这还不是怎样重要的缺点；又说，城中许多可尊敬的人士准备用各种方法抚慰阿历山大·彼得洛维奇，他甚至可以成为有益的人，可以缮写呈文等等。人们觉得，他在俄罗斯大概有许多亲戚，甚至也许不是一般的人物；但是大家知道，他从被遣戍的时候起就固执地和他们断绝一切关系了——一句话，他危害自己。此外，大家全知道他的历史，知道他杀死了自己的妻子，在他结婚的第一年由于吃醋而杀死她，以后便去自首（这大大地减轻了他的刑罚）。人们永远把这种犯罪看作不幸事件而加以惋惜。虽然如此，这怪物还是坚持躲避和别人来往，只在教课时才出来见人。

我起初对他不特别注意，但是不知道为什么原因，他渐渐地引起了我的兴趣。他这人有一点神秘。和他谈话是绝不可能的。自然，他永远回答我的问题，甚至露出那种态度，仿佛认为是他自己的、首先的责任似的；但是在他答复以后，我似乎有点难以再往下盘问：他的脸上，在发生了这类谈话以后，老是显现出一种悲哀和疲劳。我记得，有一天，在一个晴美的夏天的晚上，我和他从伊凡·伊凡南奇家里走出来。我忽然想请他到我家里去坐一会儿，抽一支烟。我不能描绘，他的脸上表示出怎样的恐怖。他完全慌乱起来，开始喃声地说出一些不连贯的话语，忽然恶狠狠地看了我一眼，跑到对面去了。我甚至惊异起来。从那个时候起，他和我一见面，就好像带着恐惧看我。但是我压制不住自己，似乎有什么东西牵引我到他身边去，我竟毫无来由地自己跑到郭亮奇可夫那里去了。自然，我这种行为是显得愚蠢而且没有礼貌的。他住在城市的边上，一个年老的女市民的家里——她有一个得了痨病的女儿，那个女儿有一个私生女，约十岁模样，是个美丽而且快乐的小女孩。我走进去的时候，阿历山大·彼得洛维奇正和她坐着，教她读书。他一看见我，竟慌乱得好像正在犯罪，被我捉住似的。他完全迷茫着，从椅上跳起来，睁大着眼睛看我。我们终于坐了下来。他盯看我的每一个眼神，仿佛都含着疑惑到某种特别的、神秘的意义。我猜到他这人善疑至疯狂的地步。他怨恨地看我，似乎要问："你快离开这里吗？"我和他讲起我们小城里的事情和时下的新闻，他默然不语，恶毒地微笑着。原来他不但不知道极普通的尽人皆知的城市里的新闻，甚至没有要知道它的兴趣。我以后讲起我们的边区和它的需求时，他默默地听我，奇怪地望着我的眼睛，使我终于对于我们的谈话感觉不好意思。后来我用新出的书籍和杂志逗他。这些书恰巧在我手里，刚从邮局里寄到，还没有拆开来，我就想送给他看。他向这些书籍投射了可怜的眼神，但立刻改变了意思，拒绝我的提议，以没有闲暇来做推托。我终于和他告别。从他那里走出来的时候，我感到从我的心上落下去了一样无可忍耐的重载。我认为和一个以逃避世界越远越好为自己极主要的任务的人胡缠是可羞而极愚蠢的事，但是事情已经做了出来。我记得我几乎完全没有看见他那里有书，因此人们说他读了许多书是不可靠的。不过我深夜里从他门前走过两次，看见他的窗上还有亮光。他坐到深夜，总要做些什么的吧？他是不是写东西？假使是的，究竟在写什么呢？

有一个机缘使我离开我们的小城有三个月之久。我回家来时已是冬令。我回来才晓得阿历山大·彼得洛维奇秋天死了，在孤寂中死去，甚至一次也没有请医生来诊视过。小城里几乎已经把他遗忘了。他的寓所空虚着。我立刻跑去和死者的女房东结识，打算向她探问：她的房客究竟做了些什么事情，是不是写什么东西？用了两角钱的代价，她送给我死者留下来的一大箱文件。老太婆对我承认，她已经用去了两本簿子。她是一个阴郁的、沉默的女人，从她那里很难探出什么有意义的话。她不能对我讲一点关于自己的房客特别新鲜的消息。据她的说话，他几乎从来也不做一点事情，连着几个月不打开书本，不取笔到手里；但是整夜里在屋内来回踱走，老是思索什么，有时自言自语地说话。他很爱她的小外孙女卡嘉，总是抚摸她，尤其从他晓得她名叫卡嘉的时候起，而且逢到卡嘉的命名日，他总要到教堂里去为什么人诵经追祷。他最恨客人，只是教孩子们功课时，才出门去。每逢她，那老太婆，在每星期一次到他屋内去稍稍地收拾收拾的时候，他甚至也是朝她身上斜斜地看着。整整三年来，他几乎从来没有和她说过一句话。我问卡嘉：记不记得她的老师？她默默地看着我，转身朝着墙壁，哭泣了。如此说来，这个人恐怕是会使一种什么人来爱他自己的人。

我把他的文件取回，整天加以整理。这些纸张有四分之三是空白的、无意义的碎纸，或学生们临写字体的练习簿。但是内中有一本簿子篇幅很厚，写得细细的，没有写完，也许被作者自己抛弃和遗忘了。里面是阿历山大·彼得洛维奇所受的十年流戍生活的不连贯的记述。有的地方叙写中间插入另一篇小说，一些奇怪的、可怕的回忆，都是不平整地痉挛地写下来的，仿佛受了什么强迫。我好几次读着这些片段，几乎相信他是在疯狂中写的。但是流戍中的纪事——《死屋中的景色》，他在稿件中自己这样称呼——我觉得不十分没有趣味。至今无人知晓的，完全新颖的世界，有些事实的奇特性，对于幻灭的民族的几种特别的批评，这一切使我神往，我好奇地读下去。我自然也会错误。我试着先选择两三章，让读者去判断吧……

第一章　死屋

　　我们的监狱建立在一座堡垒的边上，堡垒的土壁旁边。有时候，从围墙缝隙里向外面望能不能看到什么？但只看见天空的一角和高耸的、长满杂草的土壁，还有哨卒们在土壁上日夜来回巡逻。你会立刻想到，在过了整整的几年以后，你走到围墙那里，朝缝隙里望，还会看见同样的土壁、同样的哨卒和同样的天的小小的一角，并不是监狱上面的天，却是另一个辽远的、自由的天。你意想出一个二百步长和一百五十步宽的大院，周围用高高的栅栏围住，形成一个不正确的六角形。这栅栏是用高高的木柱造成的，这些木柱深深地插进土里，紧紧地挨着，用横木板钉牢，上部是尖锐的，这就是监狱的外墙。在这外墙的一端，设立了一个坚固的大门，永远关闭，且永远有哨卒日夜看守。除了有特别的事情和放犯人出去做工的时候，才开大门。大门外是光明的、自由的世界，人们生活着，和大家一样。但是在围墙里面，对于那个世界，却看得像一个无从实现的儿童故事。这里有毫不相同的特别的世界；这里有自己的特别法律、自己的服装、自己的风俗和习惯；还有一所活死人的屋子，生命是任何地方没有的，人们是特别的。就是这个特别的角落，我要着手描写的。

你一走进围墙，就看见里面有几所房屋。在宽阔的院内的两边，蜿蜒着两条长长的、单层的板房。那是营舍。里面住着罪犯，是依照等类安置的。在围墙的深处还有一所板房：那是厨房，分成两部。再下去还有一所建筑物，在它的屋顶底下安设着地窖、堆栈和马厩。院子的中心是空虚的，组成一个平坦的、极大的广场。罪犯们在这里排班，早晨、中午和晚上，查验人数和点名，有时每天还要点几次，这要瞧看守人的疑心如何，还要看他们会不会迅快地点数而定。周围，在建筑物和围墙之间，还留下极大的地区。罪犯中有些不善交际、性格阴郁的，爱在非工作的时间内上建筑物的后面去，悄悄地躲开大家的视线，想自己的念头。我和他们在散步时相遇，爱审看他们阴郁的且打了烙印的脸，猜他们在想些什么事情。有一个流犯，他有一桩心爱的作业，就是在空闲的时候数木柱。这些木柱有一千五百根，他全数清楚，而且认得出来。每根木柱等于一天，他每天数一根，因此从没有数过的剩下的数目上可以明显地看出，他还要在监狱里待多少天方才满期。他在数完六角形的某一边的时候，感到了诚恳的喜悦。他还要等候许多年，但是在监狱内是有学习忍耐的时间的。我有一次看见一个罪犯在狱内住了十年，终于得到自由，和同伴们告别的情景。

有人还记得他最初走进监狱里来的时候，年纪轻轻的，无忧无虑的，不去想自己的犯罪和刑罚。他出去时已变成头发斑白的老人，带着阴郁和忧愁的脸。他默默地走过我们的六间营舍。走进每间营舍的时候，他向神像祈祷，以后向同伴们低低地齐腰鞠下躬去，请他们不要记他的恶。我还记得，有一天一个罪囚，以前是西伯利亚殷实的农民，在薄暮时被唤到大门前去。在半年以前他接到消息，说他以前的妻子改嫁了，便感到深刻的忧愁。现在她自己到狱里来，叫他出去，施舍给他钱。他们谈了两分钟，两人都哭泣出声，永远地作别了。我看见他的脸，在他回到营舍里来的时候……是的，在这个地方是可以学会忍耐的。

天色一黑，我们大家被带到营舍里去，关闭一整夜。我从院子里回到营舍里的时候永远感到难过。那是一间长长的、低矮的、闷热的屋子，蜡烛黯淡地照耀着，发出沉重的、窒息的气味。我现在不明白，我怎么会在这里面待上十年。我的三块木板的床铺：这就是我所有的领地。一间屋内有三十多人被安置在同样的铺板上面。冬天关得早，必须等候四小时，大家才全睡着。在那时候之前——是喧哗、吵闹、哄笑、辱骂、铁链的声音、腐气和煤烟，剃光的头颅，烙印的脸，一切是可诅咒的、可诽谤的……是的，人是有活力的！人是能够习惯一切的生物，我觉得，这是他的最好的定义。

一共有二百五十人被关在狱内，几乎是经常的一个数目。有些人刚来，另一些人期满被释，还有些人死去。里面什么样的人都有！我觉得，俄罗斯每一省、每一地区都有它的代表。有外族人，甚至还有几个流犯是高加索的山民。这些人全照犯罪的程度加以区别，那就是照刑期的年数为别。可以说是没有一种犯罪没有代表在这狱内的。平民阶级的流犯们成为全狱的主要基干。那是被剥夺一切公民权的罪犯们，被社会割弃的碎块，脸上被打上了烙印，被世界遗弃的一个永久的证明。他们被遣送到这里来充当八年到十二年的苦工，以后就分遣到西伯利亚各乡镇充当流戍民。有些罪犯属于军人阶级，并未被剥夺公民权，像在一般俄国的军人的罪犯营团内的情形一样。他们被遣送到这里来，刑期很短；期满后立刻返回到原来遣送的地方，充当小兵，到西伯利亚的常备军营里去。他们中间有许多人几乎立刻又回到监狱里，为了犯第二次的重罪，但已不是短期，而是二十年的刑期。这个等级称为"惯犯"，但是"惯犯"还不完全被剥夺一切的公民权。最后还有一类极可怕的罪囚，多半是军人，人数很多。这类被称作"特别部分"。这些罪囚从全俄罗斯的各处被遣送过来。他们认自己为永久的罪犯，他们不知道做工的期限。从西伯利亚开办罪囚的苦工制度以来，他们就被囚禁在狱内。"你们有期限，我们却一辈子做苦工。"——他们对别的罪囚们这样说。我以后听说，这个种类业已取消。此外，在我们的堡垒中也把平民阶级的那个办法取消，只剩下了普通的、军犯的营团。自然，上司也随着一起更换了。所以我所描写的是旧事，早已是过去的事情……

这是很久的事情了，现在这一切好像是在梦中见到似的。我记得，我如何走进监狱里去。那是十二月的一个夜晚。天色已黑，人们刚做完了苦工回来，预备点名。满脸腮胡的伍长终于给我开了那个奇怪房屋的门，我应该在这房屋里待许多年，忍受着许多感触，这些感触假使不是亲身经历到，我甚至不曾生出类似的概念来的。譬如说，我绝不会意想到：对于我在这十年的刑期的生活里，一次且一分钟也不独自一人留着的一层是如何可怕而且痛苦的事！工作时永远有卫兵看守，营舍里和两百名同伴在一起，没有一次，没有一次是一个人的！不过我必须习惯的只是这一桩吗？

这里有偶然的杀人犯，有职业的杀人犯、强盗和土匪的首领，有普通的骗子手和浪人——专门从事剪绺的人们，还有那种似乎难以决定他们是为了什么而来的人——但是每人有自己的故事，模糊的，而且痛苦的，像中了昨天的酒毒一般。他们一般不大讲自己过去的历史，显然努力不去想过去的一切。我知道他们中间甚至有些杀人犯具有快乐的性情，而且从来不露出忧郁的样子，可以赌东道，他们的良心从来不曾使他们感到有什么可以责备的地方。但也有些阴郁的脸庞，几乎永远是沉默的。总之，不大有人讲述自己的生活，而且好奇是不时髦的、不合习惯的、不作兴的。偶然有人为了无事可做而谈起来，别的人只是冷淡而且阴郁地听着。谁也不能使任何人感觉惊异。"我们是认识字的人！"他们时常说，露出一种奇怪的自满的态度。我记得，有一个强盗喝醉了酒（在狱内有时可以喝酒），开始讲述他如何杀死一个五岁的男孩，他起初用玩具哄骗他，诱引他到一间空马厩里去，把他宰死。整个营舍的人，本来在嘲笑着他的玩笑话，竟齐声地喊嚷了起来，那强盗不得不沉默了。他们的喊嚷并非由于愤激，却是因为不应该讲这个事情，因为讲这种事情是不合时宜的。我要顺便声明的是，这般人确乎认识字，甚至具有不是间接的，而是直接的意义。他们中间一定有一半以上会读书写字，你不妨在聚集着许多俄国人的任何别的地方，分出二百五十人的一堆来，看一看里面有没有半数是识字的？我以后听说，有人从这里取得一个结论：识字是害人的。这是错误的。这里完全另有原因，虽然对于识字可发展人类的自信力一层不能不加以同意，但这并不是缺点。罪囚的种类按衣服的颜色辨识：有些人的衫褂一半是深栗色的，另一半是灰色的，裤子上一条腿是灰色的，另一条腿是深栗色的。有一次，在做工时，一个卖面包的小女孩走近罪囚们身边，审看我许多时候，之后忽然哈哈大笑起来。"嗤，真是不好看！"她喊，"灰色布不够，黑布也不够！"还有些人的布衫只用一种灰色材料制成，但是袖子是深栗色的。头发也剃得不相同：有些人头发的一半顺着脑盖剃光，另一些人的头发却剃得很斜。

乍看上去，在这个奇怪的家庭里面可以看出一点显著的共同点来。连最激烈、最古怪的人物，不由己地主宰着别人的，连他们都努力和全狱共同的基调相凑合。一般说来，这班人除去不多的几个消耗不尽的快乐的人以外——他们因此享受着大众的贱视，其余的人全是阴郁的、猜忌的，既好虚荣又爱说大话，动不动就惹气，是十足的形式主义者。对于任何事情都不露出惊异神情的，才能成为极大的善德。大家都在应该保持如何的态度上面发了疯，但是极傲慢的态度有时竟像闪电般迅快地变为最畏葸的神情。有几个真正有力的人，他们的态度十分自然，并不装腔作势。但是说来也奇怪！这些真正有力的人们中间有几个虚荣到了最后的、极端的、几乎是变态的地步。一般说来，虚荣、外表立于第一个位置上面。大多数的人已受了腐化，卑鄙得厉害。谣言和侮蔑没有间断地发生着。这简直就是地狱，极端的黑暗。但对于狱中的规章和平日的习惯，谁也不敢加以反抗，大家都服从着。有些人具有截然殊异的性格，困难而且勉强地服从着，但到底还服从着。还有些人走进狱内，他们太好冒险，太越出常规，太任性，连他们所犯的罪都仿佛是不由己的，仿佛自己也不知道为了什么，仿佛在谵梦中、迷糊中做出来的，时常是由于兴奋到最高程度的虚荣心而做出来的。但是到了我们这里，他们立刻被包围住了，虽然有些人在没有进狱以前成为整城和整村的恐怖分子。那个新进来的人向四围望了一下，立刻看出他落到一个不适宜的环境里了，这里不会使任何人有所惊异，也就不知不觉地安静了下来，融入共同的基调里去。这个共同的基调，外表上是由一种特别的、自我的尊严组成的，几乎每一个狱内的居民都深深地浸润在这种自我尊严的情感中。流犯和囚犯的名称好像成为一个官爵，且是尊贵的官爵，没有一点点的羞耻和忏悔！不过也有一种外表上的谦逊，所谓公式化的、安静的空论："我们是已经幻灭了的人。"他们说——"不会在自由里生活下去，现在只好拆毁绿街，站班候验"。"不听从父母的话语，现在只好去听鼓的声音。""不高兴用金线缝衣，现在只好用锤子击石。"[1]这套话时常说了出来，当作教训，且当作普通的口头语，但从来不是当真的，这不过是空话。他们中间不见得有一个人会在内心里自行承认自己的违法。只要非流犯中有人试一试责备一个罪犯，骂他不应该犯罪（虽然责备罪犯并不和俄国人的精神相合），那么那个人遭到的咒骂是不会有穷尽的。他们真是骂人的能手！他们会细腻地、巧妙地骂

---

[1] 这几句都是俄国狱中流行的口头语。所谓"拆毁绿街"，大概是挨受鞭打的意思。"听鼓声"意即服从狱卒击鼓传出的号令。——译者

人。他们的咒骂已变为一种艺术。他们努力说出不但是恼怒的话语，而且是恼怒的意义、精神和观念，这更加细致些，更加恶毒些。不断的争论使这艺术在他们中间更加发展。这班人全是在木棍底下工作着的，因此他们是懒惰的，也就是受腐化的；假使以前没有腐化，那么是在流戍中腐化了的。他们聚到这里来，并非出于自己的意志，他们彼此是陌生的。

"魔鬼必须先穿坏三双草鞋，才能把我们聚成一堆。"他们自己对自己说。因此，谣言、阴谋、女人气的谗谤、妒忌、争执、恶狠，永远处于这个黑暗的生活中的前景上面。没有一个女人会带着像这些杀人犯中的几个人那样的女人气的。我要重复一句，他们中间也有坚强的人，一辈子惯于命令和破坏的性格，锻炼成了无畏的性格。这些人似乎受大家不由自主的尊敬；他们虽然时常很顾及自己的荣誉，但努力不使别人为难，不参与无聊的咒骂，保持特别尊严的态度，好讲理性，几乎永远服从长官，并不根据服从的原理，也不出于义务的感觉，却仿佛依照某种契约，感觉到相互的利益。然而人家对待他们也很谨慎。我记得，这类的罪囚中有一个人具有无畏的、坚决的性格，上司晓得他有野兽一样凶恶的脾气，为了犯什么罪而被唤出去受刑。那是夏天，大家没有工作的时候。一位少校——直接管辖监狱的长官，亲自来到我们监狱大门旁边的号房里来监视处刑。这位少校是决定罪囚们命运的人物。他把他们作弄到见了他就战栗的地步。他们最害怕的是他的锐利的、野兽似的眼神，在这眼神底下什么东西都是无所遁形的。他好像并不看就知道一切了。他走进监狱的时候，已经知道在监狱的另一端做了些什么事情。罪犯们称他为八眼人。他的方法是没有用的。他只是用疯狂的、恶狠的行为使那些狠恶的人们更加狠毒。假使他的上面没有监督官——一个正直的、有判断力的人——有时可以减轻他的野蛮的行为，他一定会管理得闹出极大的乱子来的。我不明白，他怎么会顺利地结束职务的。他在鲜活的、健康的状态下辞了职，虽然也曾受过法庭的裁决。

那个罪犯被传唤时脸色惨白。他平常总是默默地、坚决地躺到鞭子底下，默默地熬受刑罚，受完刑罚以后就轻松地站起来，冷淡地且用哲学家的态度看着所逢到的不顺遂事。人家永远对待他十分谨慎。但是这一次他为了不知什么原因认自己是有理的。他脸色惨白，瞒着卫兵，把一把尖锐的、英国的、制皮靴的大刀塞进袖筒里。狱内严禁使用刀子和一切尖锐的工具，时常实施搜查，且是突如其来的、非同等闲的搜查，刑罚也是残忍的；但是因为在小偷决定特别藏匿什么东西时，难以在他身边搜查出什么来，又因为刀子和工具是狱内日常需用之物，所以虽然施行搜查，这些东西是不曾消灭的。即使被搜去，也立刻会重新置备起来。全狱的人都奔到围墙那里，带着死沉的心向木柱的隙缝里张望。大家知道彼得洛夫这一次不打算受鞭答，少校的末日已到。但是在最后的一分钟内，我们的少校竟坐上马车走了，而委托别个军官执行刑罚。"上帝把他救了！"罪囚们以后说。至于说到彼得洛夫，他十分安静地挨受了刑罚。他的怒气随少校的离开而消失。罪囚会服从而且驯顺到一定的程度为止，有一个限度是不能越过的。顺便地说来：这种不耐烦和刚愎的奇特的发作是最有趣也没有的事。人时常忍耐了几年，十分驯顺，熬受着最残忍的刑罚，忽然为了一点小事，为了一点琐节，甚至几乎并不为什么，就发作了出来。从另一些人的眼光上看来，甚至可以称他为疯人，但人们是这样做的。

我已经说过，几年以来，我没有在这些人中间看见过丝毫的忏悔，也没有看见他们对于自己的犯罪有一点点痛苦的思绪，他们中间一大部分在内心里认为自己是完全有理的。这是事实。自然、虚荣、坏榜样、蛮勇、虚伪的羞耻，成为一切的原因。从另一方面说，谁能说他透彻地观察到了这些灭亡的心的深处，且读到内中隐秘的、为全世界所不知道的一切？但是这许多年来，至少可以在这些心内觉察出一点什么，捕捉到足以证明内心的烦闷和悲哀的一点性格。但这是没有的，根本没有的。是的，犯罪大概不能用已有的、准备好了的眼光去加以理解。它的哲学比一般所想象的还要复杂一点。自然，监狱和强迫工作的制度不能使一个罪犯洗心革面；这种制度只是惩罚他，给予社会一个不再有罪徒破坏它的安宁的保障。监狱和加强的苦工不过助长罪犯心中的仇恨、对于被禁止的享乐的渴念和可怕的轻浮而已。但是我深信就是著名的秘密的制度也只能达到虚伪的、欺骗的、外在的目的。它从人身上吸收生命的汁水，使他的心灵变为衰弱，使它惊吓，以后就将一个精神上业已干涸的木乃伊、半疯的人，当作改过与忏悔的范本那样地表现出来。对社会反抗的罪犯自然怨恨它，几乎永远认为自己是有理的，而认为它是错的。再说他已经从社会方面熬受了刑罚，因此几乎认为自己的犯罪是业已洗净且已一笔勾销了。从这种见解上可以判明，罪犯本身是几乎必须加以饶恕的。尽管见解之多，每个人都应该同意，有一些罪，无论在什么时候，在什么地方，依照各种不同的法律，从世界成立的时候起，都被认为无可争辩的犯罪，且将永远认为如此，直到人类还存在着的一天为止。我曾在狱中听到人们讲述一些极可怕的、奇特的行为，极荒诞的谋杀案件，而且是带着阻拦不住的、十分孩子气的、非常快乐的笑讲出来的。有一个弑父的凶手特别存留在我的记忆里。他是贵族出身，做过官，而在他六十岁的父亲看来，是类乎浪子一类的人。他的行为完全不合规矩，负了一身的债。父亲限制他，劝他，但是父亲有房产，有村庄，可能还有现钱，于是儿子为了贪图遗产而把他杀死了。这个案件在过了一个月以后才被侦查出来。凶手自己向警察报告，他的父亲失踪了，不知去向。整整一个月内，他过着极荒唐的生活。终于趁他不在的时候，警察发现了尸体。院子里有一条通秽水的暗沟，用木板盖住，和院子一样长。尸体就放在这暗沟里。身上衣着整齐，白发的头颅被砍掉了，但还安在躯体上面，头底下凶手放了一个枕头。他没有供认出来。他被剥夺了贵族的头衔和官爵，遣戍做苦工二十年。我同他关在一起的时候，他一直处于极佳妙的、极快乐的心情中。他是轻佻的、浮动的且十分无思虑的人，虽然完全不傻。我从来看不出他有特别残忍的性格。罪囚们看不起他，不是为了他所犯的罪——大家早就不去记忆它——却为了他的傻劲，为了他不会做人。他在谈话时有时忆起自己的父亲。有一次，他和我谈论他们的家庭里遗传下来的健康的体格的时候，说道："你瞧，我的父亲，他一直到他死时都没有抱怨过任何的疾病。"这样的野兽般的无感觉自然是不可能的。这是稀有的现象，他的体格里总有什么缺点，有某种肉体上的、精神上的残废，为科学所不知晓的，而不是普通的犯罪。我本来不相信这种罪行，但是知道他生平历史的同城的人们把这件案子全都讲给我听，事实明显得不能不使人相信。

罪囚们听见他有一天夜里在梦中呼喊："抓住他，抓住他！把他的脑袋砍去，脑袋，脑袋！……"

罪囚们差不多全在夜里说话，说胡话。咒骂、贼话、刀、斧，时常在说梦话时挂到他们的舌头上去。"我们是挨打的人。"他们说，"我们的内脏都被打得稀烂，因此我们在夜里呼喊。"

替官家做的苦工并不是作业，却是义务：罪囚赶完自己的功课，或者挨完法律上规定的工作时间，便回到监狱里去。他们仇恨工作。如果没有自己的、特别的作业，可以使他们把全部的智慧、所有的计划用到上面去，那么他们是不能在狱中居住的。这一班人在知识方面的发展很正常，强烈地生活过，而且希望生活下去，现在却被强迫地拉到一堆里，强迫地和社会，和正常的生活相脱离，那么这班人怎么能正常地、有规律地用自己的意志情情愿愿地生活下去呢？单由于闲暇，他们的身上就会发展出他们以前没有理解到的那些犯罪的本质。没有工作，且没有合法的、正常的所有权，人不能生活下去，会变坏，会变为野兽的。因此狱内每个人由于自然的需要和一种自我保存的情感，都有自己的技艺和职业。漫长的、炎夏的岁月几乎完全被官样的工作充满着，短短的夜间不见得有睡够的时间。但是到了冬天，按照章程，罪犯等到天一黑，就应该禁闭在狱内。在冬夜冗长而且沉闷的时间内，究竟要做些什么事呢？因此几乎每一个营舍，全不顾禁令如何森严，都变为庞大的工场。本来劳力和做工是不禁止的，只是严禁在狱内自己身边携带工作器械，而没有它，工作是不可能的。于是大家偷偷地工作着，在有些事情中，上司似乎对于这不很加以注意。罪犯中有许多人初次来到狱内的时候什么也不知道，但向别人学习，以后期满释放时竟成为良好的工匠。里面有皮鞋匠、裁缝、木匠、雕刻匠、镀金匠。有一个犹太人——伊萨伊·蒲姆斯泰因，他是一位钟表匠，还兼做放印子钱的生意。他们劳动着，赚点零钱，向城里去兜揽生意，接受订货。金钱是铸造出自由来的，因此它对于完全丧失自由的人是十分珍贵的。只要在他的口袋里响上几响，他已经得到一半的安慰，哪怕不能用它也可以。但是金钱在随便什么时候和随便什么地方都可以用，况且禁食的果实，其味是加倍的甜的。在狱内甚至还可以弄到酒喝。烟斗严禁抽吸，但是大家全抽着。金钱和烟斗能够医治坏血症和其他疾病。工作则可以从犯罪中把人救拔出来；没有工作，罪犯们会互相吞噬，像蜘蛛在玻璃瓶中一般。虽然如此，工作和金钱全是被禁止的。时常夜间突然实行搜查，将一切被禁止的东西没收，无论把钱怎样藏着，有时总归会被搜查者搜到的。他们之所以不珍惜钱，而很快地就把它花掉，一部分也就是为了这个原因；也就为了这个原因，狱内有酒可买。每次搜查以后，有罪的人除去丧失自己一切财产之外，普遍都受到严厉的惩罚。但是在每次搜查以后，立刻将缺少的东西补充，立刻置备新东西，于是一切都又照旧了。上面也知道这件事情，罪犯们并不对刑罚有所抱怨，虽然这样的生活像移居维苏威火山上的人们的生活一般。

谁没有技艺，便用别种方式赚钱，有些方法是很别致的。例如，有一些人做收买旧货的生意，出卖的东西有时是监狱大墙外的任何人都不能想象出来的，不必说买卖，甚至不会把它当作东西看。狱内的人们都很贫穷，但极好做生意。最后的一块抹布都标有价格，当作做生意的筹码之用。由于贫穷的原因，金钱在狱内具有比在自由的世界内完全不同的价值。用了极大的、复杂的劳力，只得到极少的酬劳。有些人顺利地经营着放印子钱的生意。罪犯在亏空或破产以后把最后的东西送给放印子钱的人，而向他取到几个铜币，还需付出可怕的利息。如果他到期不赎取，那些东西便立刻毫不加以怜惜地出售。重利盘剥的生意竟发达到收官家的东西作为抵押品的地步：例如，官家的衣囊、皮鞋等，是每个罪犯在任何时间内都需要的东西。但是在抵押这类东西的时候会发生另一个转变，不是完全意料不到的，那就是抵押东西的人立刻不再多讲，走到下士官长那里——狱长最亲近的人——报告关于抵押公家物品的事情，那些物品便立刻从放印子钱的人的手里没收，甚至不去呈报上官。最有趣的是有时甚至没有争吵的事情发生，那个放印子钱的人默默地、阴郁地交还应该交还的东西，甚至好像自己期待着会发生这种情形似的。也许他不能不自行承认，他自己如果处于抵押人的地位上也会这样做的。即使以后有时骂两声，那么也没有一点恶意，只是为了洗清良心而已。

在一般的情形下，大家互相偷窃。几乎每人都有一只箱子，带着锁，作为保存官家物品之用。这是准许的，但木箱也挡不住偷窃。那里的小偷具有如何巧妙的手段是可想而知的。有一个罪犯是诚恳地忠实于我的人（我这样说，没有一点牵强的意思），从我身边偷去一本《圣经》，那是狱内唯一允许读的书；他当天自己对我承认了，并非由于忏悔，却为了怜惜我，因为我寻觅了许多时候。还有人卖酒，很快地赚了许多钱。关于卖酒的事情我以后要特别讲一讲，那是一桩很有趣的事情。狱里有许多人是为了贩运私货而进来的。因此，在这样严密的检查和看守之下，怎么还会有酒运进来就不足为奇了。顺便说一句：贩运私货依照性质是一种特别的犯罪。例如，能不能设想，金钱和利益在有些贩运私货的人看来不过占据第二等的地位？其实情形确乎是这样，贩运私货的人是持着热情和天禀而工作的。他部分是诗人。他冒着一切的险，做出可怕的危险的举动，施展狡猾的手段，想出各种花样，还设法脱身，有时甚至出于某种灵感。这是一种极强烈的情欲，正如赌博一般。我在狱内认识一个罪犯，他的外貌十分魁伟，但是性情温驯、静谧，简直无从设想他怎么会落到狱里来的。他的脾气那样的善良，那样的和人们合得来，在他待在狱内的整个时间内竟没有和任何人吵过嘴。他从西方的边境上跑来，为了贩运私货进狱，自然忍熬不住，开始偷运酒进来。有多少次，他为了这桩事受到惩罚，他如何地惧怕鞭笞！再说运酒这件事本身给予他极少的收入，因酒而发财的唯有剧团管理员一人。这怪物喜欢为艺术而艺术。他像女人似的善哭，好几次，在受到惩罚以后，他赌咒，发誓不再偷运违禁物。他勇敢地战胜自己，有时竟熬了整整的一个月，但终于熬受不住……由于这类人物，酒在狱中是不会缺少的……

还有一项收入，虽然不会使罪犯们致富，但是源源不绝的且具有慈善性质的，那便是施舍品。我们社会中上等阶级方面无从了解那些商人、下市民和所有我们的老百姓怎么这样关心"不幸的人们"。施舍品几乎永远是不间断的，几乎永远给面包和面包圈，而很少给金钱的。没有这些施舍品，在许多地方的罪犯们，尤其是被告们——对待他们比对待已判决的囚犯严厉得多——会感觉十分困难的。依照宗教的习惯，施舍是由罪犯们平均分配的。如果不够分，他们便把面包齐整地切碎，有时甚至切成六块，每个囚犯一定会得到一块。我记得我初次收到金钱施舍的情景，这是在我到狱里来不久的时候。我做完了早晨的工作，独自回来，由卫卒伴随着。母女两人迎面走来，女儿十岁左右，美丽得像小天使一般。我已经见过她们一次。母亲是一个小兵的寡妻。她的丈夫，一个年轻的小兵，因事受审判，在医院的罪囚病房里死去，那时候我也病倒在医院中。妻子和女儿跑来见他，和他作别，两人都哀哀地哭泣着。小女孩一看见我，脸上发红，对母亲微语了几句。她立刻止步，在包裹里找出四分之一的铜戈比来，交给小女孩。她跑到我面前来……"喏，'不幸的人'，看在基督的分上，把这戈比收下吧！"她一面喊，一面跑到我面前，把那个铜币塞到我手里来。我收了她的铜币，小女孩十分满意地回到母亲身边去了。这个铜币我许久地藏在自己身边。

第二章　最初印象

　　最初的一个月，总之，我的监狱生活的初期，现在灵活地留在我的想象里。以后所过的牢狱中的岁月，反而在我的记忆里十分黯淡地闪过。有些日子仿佛完全隐灭，互相融合在一起，仅留下一个总的印象：沉重的、单调的、窄闷的印象。

　　我在我的牢狱生活的最初的几天内所经历的一切，现在仿佛觉得是昨天发生似的。这也是理所当然的。

　　我清楚地记得，从最初跨进这个生活里去的第一步起，使我惊愕的是，我仿佛并未发现在这里面有任何特别可惊愕的、不寻常的或者不如说是出乎意料的情景。这一切仿佛以前也曾在我的想象里闪现过，当我在走向西伯利亚的途中努力预先猜测我的命运的时候。但不久无数极奇怪的意外事件、极怪诞的事实，开始几乎在每步路上使我止步。以后，我已在狱中关得十分长久的时候，才充分地理解这种生活的一切特殊性，一切偶然性，便更加使我惊异了。说实话，这惊异一直伴随着我，在我的牢狱生活的长久的时期内，我永远不能安静地待下去。

我进狱时的最初的印象是极讨厌的，虽然如此，但奇怪得很，我总觉得狱内的生活比我在途中想象的轻松得多。罪犯们虽然上了脚镣，但可以自由地在全狱中走着、骂人、唱歌、为自己工作、抽烟斗，甚至喝酒（虽然喝的人不多），到了夜里有些人还要聚赌。比如说，工作本身我并不觉得怎样的苦，怎样的累重，过了许多时候我才猜到这种工作的艰重，并不在于它的艰难与没有间断，却在于它是强迫的、强制的，从棍杖下逼出来的。农人在自由的生活里工作得也许比罪犯的工作要苦得不可比拟，有时甚至还要在夜间工作，尤其在夏天。但是他为自己工作，带着理智的目的工作，他会感觉比罪犯在做着强制的，完全对他无益的工作的时候轻松得多。我有一次想到一个念头：如果人们想把一个人完全压碎，完全消灭，用极可怕的刑罚惩罚他，使得最厉害的凶手会为了这刑罚抖栗，预先看着它就害怕，那么只要在工作上加添完全无益和无意义的性质就行了。即使现在的苦工对于罪犯是无兴趣且沉闷的，但是工作本身是有理性的！罪犯造砖头、掘土地、粉刷墙壁、建筑房屋，在这工作里有意义和目的。罪犯有时甚至会被这工作吸引住，想做得灵巧些、娴熟些、好些。但是假使，譬如说，强迫他把水从这个木桶里倾倒在另一个木桶里，又从另一个木桶里倾倒第一个木桶中，还强迫他捣碎沙土，把一堆土来回地从一个地方推到另一个地方——我以为，过了几天以后，罪犯会上吊或者宁愿犯一千次罪，但求一死，从这种屈辱羞耻和痛苦中解脱出来。显然，这样的刑罚会变为苦刑，一种残忍的报复，而且是无意义的，因为它不能达到任何理性的目的。但是因为这样的苦刑，这种无意义、屈辱与羞耻有一部分会存在于一切强迫的工作里面，所以囚犯所做的工作比一切自由的工作苦得不可比拟，也就是它具有强制性质的缘故。

我进狱时是在冬天，十二月，对于夏天的、艰苦五倍于冬季的工作还没有什么理解。冬天，我们的狱内，官家的工作很少。罪犯们上额尔齐斯河上去拆除官家的旧平底船，到工厂里去工作，扫除官舍旁边堆积的雪，烧溶而且搅和雪花石膏，等等。冬天是短的，工作完成得很快，我们全部人员很早就回到狱里来，几乎无事可做，如果没有一点自己的工作要做的话。但是罪犯中也许只有三分之一从事自己的工作；其余的人虚耗着光阴，无目的地在全狱的营舍中晃来晃去，互骂、施展阴谋、闹乱子、喝酒。如果弄到一点钱，到了夜里就赌钱，把最后的一件衬衫赌光，而这一切全是由于烦闷，由于闲暇，由于无事可做。以后我明白，除去丧失自由以外，除去强迫工作以外，在牢狱的生活中还有一桩苦刑，几乎比任何别的都厉害的苦刑。那就是强迫的共同生活。共同生活自然在别的地方也有的，但是在狱中的某些人，不是每个人都能和他们合得来的。我相信每个罪犯都会感到这个苦楚，自然大多数是无意识的。

我觉得食物也十分充足。罪犯们说，在欧俄的囚营中没有这种饭食可吃。对于这层我不能加以推断，我没有去过。其实许多人都有自备食物的可能，我们这里，牛肉的价格太便宜，夏天每磅只要三戈比。不过只有那些手边时常有钱的人才预备自己的食品，狱中大多数是吃公家的食粮。罪犯们在夸耀自己的食物的时候，只说面包一样东西，并且称赞我们那里的面包是大家随便吃的，不是按分量发给的。最后的那桩事实使他感觉害怕：按分量发给的时候有三分之一的人会挨饿的；合着吃，大家都够了。我们的面包似乎特别有滋味，是全城闻名的。人们认为这是狱内的烤炉构造很得法的缘故，菜汤的样子很不美观。那些汤在一只公共的大锅里煮着，稍微加了点面粉进去，又稀又淡。特别在平常的日子里，使我惊吓的是，里面有许多蟑螂。罪犯们一点也不注意这层。

最初的三天，我没有出去做工。对待一切新来的人都是如此：让他们休息一下，驱散路上的疲乏。但是在第二天，我必须离开监狱去钉脚镣。我的脚镣不符合规定的样式，是环圈形的，所谓"细响"——罪犯们这样称呼着。这种脚镣是戴在外面的。至于狱中正式的脚镣，为便于工作起见，并不用环圈，却用四根铁棒制成，几乎有手指那般的粗，用三只环圈互相连接起来。这种可以戴在裤子里面。有一根皮条系在中央的环圈上面，这皮条钉在腰带上，腰带又一直系在衬衫上面。

我记得我在囚营里的第一个早晨。狱门旁边的号房中，鼓声震破了晓光。十分钟以后，值日的下士官开始开营门。大家醒了，在一根粗大蜡烛的黯淡的光线底下，罪犯们从自己的铺板上起身，冷得发抖。大多数人因为刚睡醒的缘故，露出沉默和阴郁的样子。他们打哈欠，欠伸着四肢，打着烙印的额角上现出深刻的皱纹。有些人画着十字，另有一些人开始讲话，屋内非常闷热。新鲜的、冬天的空气，在门刚打开的时候，就闯了进来，一团团的蒸汽在营舍内飞翔。罪囚们围在水桶旁边，他们挨着寒冷取起水罐，往嘴里灌满了水，又从嘴里喷出水来洗手和脸，水是昨天晚上由便桶管理人预备下的。在每个营舍中照例有一个罪犯是大伙公举出来，在营房中服役的，这人称作便桶管理人。他不出去做工，他的职务是注意营舍的清洁，洗刷而且刮削铺板和地板，端进和端出便桶，还搬运两桶新鲜的水进来——早晨用来洗脸，白天用来喝。水罐只有一只，于是大家为了它立刻开始了争吵：

"你钻到哪里去，你这烂额角！"一个阴郁的、高身材的囚犯唠叨地说。他的身子是干瘪的，脸色是微黑的，在剃得光光的脑盖上有奇特的、凸出的部分。他推开一个肥胖的、短矮的、露出快乐和红润的脸的人——"等一等"！

"你嚷什么！叫人家等一等要给钱的。你自己滚开吧！简直就像一尊石像似的伸直了身体。弟兄们，他这人身上没有一点活劲。"

这句"活劲"的话引起了一些效果：许多人都笑了。这就是那个快乐的胖子所需要的，他显然在囚营里成为自愿充当的小丑了。那个高身材的囚犯看着他，露出深深的鄙夷的态度。

"丑母牛！"他似乎自言自语地说，"瞧他吃够了狱里的面包，因为开斋的时候有十二只小猪送来而高兴得如此。"

胖子终于生气了。

"你究竟是什么鸟儿？"他忽然涨红了脸，大喊起来。

"我就是鸟儿。"

"什么样的鸟?"

"就是这样的。"

"究竟是什么样的?"

"一句话,就是这样的。"

"究竟是什么样的?"

两人对瞪着眼睛。胖子等候回答,握紧拳头,仿佛打算立刻打架似的,我真的心想会打架。这一切对于我显得新颖。我带着好奇观望着。以后我才知道这类把戏是异常天真的,而且像演喜剧一般,是为了博得大家的快乐而扮演出来的,几乎永远不会弄到打架的结局。这一切具有十分别致的性质,足以形容出狱内的风气来。

那个高身材的罪犯安静而庄严地站在那里。他感觉人家都在看着他,而且等候着,听他的回答有没有失去面子的地方。他感觉必须维护自己的体面,证明他确乎是一只鸟儿,而且表示他是什么样的鸟儿。他带着无从形容的鄙夷的态度,斜看自己的仇人,为了更加增添侮辱的程度,似乎隔着肩膀,从上到下,看着他,仿佛在那里审看一只甲虫,同时慢吞吞地、清晰地说道:

"卡刚……"[1]

那就是说他是"卡刚"鸟。一阵哄堂大笑欢迎罪犯的善于辞令。

"你是混蛋,你还不是卡刚!"胖子怒吼着,感到他在各方面都失败了,因此到达了极度愤怒的程度。

争吵刚变成严重的样子,大家立刻把两位好汉包围了。

---

[1] Kagan,鸟名,但汉译名无从详考。——译者

"干什么吵闹！"全营的人都朝他们叫喊起来。

"你们最好打一顿，何必扯破嗓子呢？"有人从角落里喊着。

"你瞧，他们会打起架来的！"有人回答，"我们这里的人全是大胆的，好捣乱的，七个人绝不会惧怕一个……"

"两个人都是狠角色！一个为了一磅面包进狱，另一个是像牛奶壶一样的荒唐鬼，从女人那里偷吃了酸奶，就挨了一顿鞭子。"

"喂！喂！喂！算了吧！"一个伤兵喊叫着。他是为维持营中的秩序而存在着的，因此睡在角落里特别的铺板上面。

"拿水来，伙计们！涅瓦利特·彼得洛维奇醒了！给涅瓦利特·彼得洛维奇，亲爱的老哥倒水！"

"老哥……我哪里是你的老哥？我们没有一块儿喝过一个卢布的酒，还要称兄道弟呢！"伤兵唠叨地说，一面把大衣袖子往里拉……

预备点名。天色开始发亮。厨房里挤满了一大群人，挤得一点风也不通。囚犯们穿着短大衣，戴着半截的帽子，聚在面包旁边。一个厨子正在给他们切面包。厨子是大家公举出来的，每个厨房选两人。切面包和牛肉的刀子就存在他们那里，每个厨房只有一把刀子。

罪囚们分布在角落里和桌子附近，戴着帽子，穿着短大衣，系着腰带，准备立刻出去做工。在几个人面前放着木质的杯子，里面盛着酸水。他们把面包撕碎了，放在酸水里，就吃喝起来了。喊嚷和喧哗是难熬的，但是有几个人轻声地、有礼貌地在角落里谈着话。

"安东南奇老公公，你好呀！"年轻的罪囚说，坐在一个皱眉的、无牙齿的罪囚身边。

"你好呀，如果你不是开着玩笑。"那人说，不抬起眼睛来，努力用失去了牙齿的牙床啃嚼面包。

"安东南奇，我以为你死了，真是的。"

"不，还是你先去死吧，我以后再说……"

我坐在他们的附近。两个态度庄严的罪囚在我的右边谈话，显然努力想互相保持自己的尊严。

"人家总不会偷我的东西。"一个人说，"老兄，我自己也怕要偷什么东西呢。"

"你不要用光手摸我。我会烫痛你的。"

"烫痛什么？一样的流犯，我们没有别的什么称呼……她会把你的一切全都偷光，还不鞠一次躬。我的钱就是这样花光的，老兄。刚才她自己来过。叫我把她放到哪里去？只好去求刽子手费奇卡：他在城里还有一所房子，从那个犹太坏蛋骚洛明卡手里买下来的，以后这人上吊死了。"

"我知道。他前年在我们那里卖过酒！绰号叫作格里士卡。一个黑酒店。我知道。"

"你并不知道，这是另一个黑酒店。"

"怎么会是另一个？你哪里知道！我能给你举出许多证人来……"

"你举出来！你是什么人？我是什么人？"

"什么人！我还打过你，也没有夸什么嘴，你倒说我是什么人！"

"你打过我？打我的那个人还没有生养下来，打过我的人在地底下躺着呢。"

"你这人昏了！"

"你简直是作死！"

"你该杀！……"

于是互相对骂起来了。

"得啦，得啦，得啦！吵闹起来了！"周围的人们呼喊着，"不会在自由的世界里好好地生活下去，倒喜欢在这里瞎吵嘴……"

大家立刻安静下来了。互骂，用舌头"打架"还可以允许。一部分还可以给大家解闷，但是不会弄到真正打架的地步，仇人们只在特殊的情形下才会打架。一发生打架，就要报告少校。于是少校开始调查，亲自跑来只一句话：大家都不好，因此打架是不准许的。就是仇人们自己也多半为了解闷，为了练习辞令而相骂。时常自己欺骗自己，起头露出非常兴奋的样子，凶狠得不可开交……你以为他们立刻就要互相揪打起来，其实一点也不会的：一达到相当的顶点，便立刻散场了。这一切起初使我惊异，我特地引证出一些极普通的罪犯们的谈话的例子来。我起初不能意想到，怎么可以为娱乐而相骂，在这上面寻找趣味和可爱的练习？然而虚荣也是不应该忽视的。会对付人的诡辩家受着人们的尊敬，只是不对他拍掌，像对伶人那样罢了。

从昨天晚上起我就注意到人家在那里斜眼看我。

我已经捉到几个阴郁的眼神，有几个囚犯则是在我身边徘徊着，疑心我身边有钱。他们拍我的马屁，开始教我如何戴新脚链，给我弄到一只带锁的小箱——自然是花钱买的，为了可以把发下来的公家的东西和我自己带到狱里来的一些内衣藏到里面去。第二天，他们就从我那里把它偷走，换酒喝了。内中有一个人以后成为我最亲近的人，不过只要有下手的机会，还是不断地偷我的东西。他这样做着，不露出一点惭愧的样子，几乎是无意识的，仿佛由于一种义务，因此对他生气是不可能的。

他们还教我在狱中自备茶水，可以买一把茶壶，临时先把别人的一把借给我用。他们还把一个厨子介绍给我，说他可以替我预备随便什么饭菜，每月只要三十戈比，如果我想分开来吃，自买伙食。……他们自然向我借钱，在第一天就每人跑来借过三次。

在狱中，对于以前的贵族一般都抱着阴郁的、恶意的态度。

虽然那些贵族们已经被剥夺自己的身份，和其余的囚犯处于完全平等的地位，但是囚犯们从不承认他们为自己的伙伴。这甚至并非由于有意识的偏见，却完全是诚恳的、无意识的。他们诚恳地承认我们为贵族，尽管自己喜欢用我们堕落的那件事来嘲笑我们。

"不，现在算了吧！以前彼得从莫斯科大模大样地走过，现在彼得只好去搓麻绳"，等等的客气的话语。

他们带着快意看我们的痛苦，我们也努力不把痛苦露给他们看。特别是在一起工作的时候，我们最受他们的气，因为我们没有他们那样的力气，我们不能帮他们很多的忙。取得老百姓的信任（尤其是那样的老百姓），博得他们的爱是最困难不过的事。

狱中只有几个贵族。首先是五个波兰人，关于他们，我以后会特别讲一下。囚犯们最不喜欢波兰人，甚至更甚于俄国贵族出身的流犯。波兰人（我只指那些政治犯）对待他们似乎很细腻，客气得使人恼怒，过分地不多说话，怎么也不能在囚犯们面前隐藏自己对他们憎厌的态度。他们也很明白这点，拿同样的态度对付。

我几乎在狱中待了两年，才能获得囚犯中几个人的好感。但大部分的人终于爱我，承认我是"好"人。

　　俄国的贵族除我以外，还有四个。一个是低贱的、卑劣的东西，道德方面败坏得可怕的家伙，职业性的侦探和告密者。我在没有进狱之前就听到这人，从最初的几天起就和他断绝一切来往。还有一个就是弑父的凶手，我已经在这篇记事里讲过了。第三个人是阿基姆·阿基梅奇，我很少见过像阿基姆·阿基梅奇那般的怪物。他在我的记忆中特别深刻。他的个子很高，身体是干瘪的，脑筋显得迟钝，完全不通文理，尽爱讲礼数，做事谨慎得像德国人。囚犯们常常取笑他，但是有几个人甚至怕和他来往，为了他那种吹毛求疵的、好责备人的、胡闹的性格。他刚进来就和他们拉拢，和他们相骂，甚至打架，他这人老实到了奇怪的地步。他一看见不公平的事情，立刻上前干涉，哪怕这并不是他的事情。他天真到过分的程度：比如说，他有时和囚犯们相骂，责备他们做贼，很正经地劝他们不要偷东西。他会在高加索充当旗手。我和他从第一天就很投缘，他立刻把自己的事情告诉我。他起初在高加索步兵营里充当下士，熬受了许多时候，终于被擢升为军官，派遣到某要塞去充任长官。有一个相当于文职的公爵纵火焚烧他的要塞，对他夜袭，但是没有成功。阿基姆·阿基梅奇施用狡诈的手段，甚至不露出他知道谁是主使者的态度。事情全推到非文职的人们身上。过了一个月以后，阿基姆·阿基梅奇十分客气地邀请那个公爵饮酒。公爵毫不疑惑，竟自来了。阿基姆·阿基梅奇排好了队伍，当众宣布公爵的罪状，责备他，对他说焚烧要塞是可耻的事情。他当时详详细细地教训了他一顿，告诉他文职的公爵应该如何做人，后来就把他枪毙了，同时将详细情节呈报上峰。他为了这桩案件吃官司，被判处死刑，以后又将判决减轻，遣戍到西伯利亚，做第二等的苦工十二年。他完全承认自己做得不合法，对我说他在枪毙公爵以前就知道这个，他知道文职的人应该依照法律治罪。他虽然知道这层，但是他仿佛一点也不能真正地理解自己错在哪里。

"你想一想！他不是焚烧我的要塞吗？为了他这样做，还要我向他鞠躬吗？"他对我说，在回答我的反对的话的时候。

罪囚们虽然嘲笑阿基姆·阿基梅奇的傻劲，但到底还是很尊敬他的谨慎和勇敢。

没有一桩手艺是阿基姆·阿基梅奇不会的。他是木匠、皮靴匠、泥水匠、镀金匠、铜匠，而这一切全是在狱中学会的。他全是自己学会，只要看一次，就能做。他还会做各种盒子、篮筐、灯笼、玩具，送到城里去卖。因此他身边常有钱，当下就用这钱买多余的内衣、软一点的枕头，还置备了一条可以折叠的褥子。他和我同营居住，在我进狱的最初几天内帮了我许多忙。

罪囚们从狱内走出去做工的时候，先在号房前面排队，排作双行。罪囚们的前后排列着一些荷枪实弹的卫卒。工程队的军官、指导员，还有几个工程队里的下级士官和监工们全到齐了。指导员数清了罪囚的人数，分批派他们到各自需要去的工作场所那里。

我随着别人到工程队的工场里去。那是一座低矮的、石建的厂房，厂房在一个大院里面，院里堆满了各种材料。这里面有铁匠作、铜匠作、木匠作和水泥作等。阿基姆·阿基梅奇到这里来，在水泥作里做工，熬煎麻油，调和漆料，做假胡桃木的桌子和家具。

当我在等候改装脚镣的时候，和阿基姆·阿基梅奇谈到我在狱中的最初的印象。

"是的，他们是不喜欢贵族的，"他说，"特别是政治犯，这个不足为奇。第一，我们是和他们不相像的另一种人。第二，他们大家以前不是田主阶级，便属于军界。您自己判断一下，他们能不能爱我们？我对你们说，这里的生活是很困难的。俄罗斯的囚营中还更加困难些。我们这里有从那边转来的人，赞不绝口地夸奖我们的监狱，好像从地狱升到天堂里一样。糟糕的并不在于工作。听说，在那边头等的监狱里，管狱的官长不完全是军人，对于罪犯的处置，用着和我们这里不同的方法管理着。听说那边的囚犯有自己的小房可住。我没有去过，不过听见人家说。他们不剃去头发，不穿制服，固然我们这里穿制服和剃光头发是很好的，到底有秩序些，眼睛也看得舒服些。不过他们是不喜欢这个的。你瞧一瞧，那是一群什么样的人！有的是当兵人的儿子，还有的是切尔克斯人。第三是分裂教徒。第四是希腊正教的农人，把家庭、可爱的子女留在家乡。第五是犹太人。第六是吉卜赛人。第七是不知道什么人，而他们大家全应该同居在一起，不管怎样，应该互相协力，用一只碗吃饭，睡在一块铺板上面；而且太不自由：想多吃一块面包只能偷偷地吃下去，每一个小钱应该藏在皮靴里，眼前看见的除了监狱还是监狱……傻劲自然而然地会钻进脑袋里去的。"

但是这个我已经知道了。我特别想盘问关于我们的少校的事情。阿基姆·阿基梅奇并不保守什么秘密，我记得，给我的印象是不十分愉快的。

但是我注定还要在他的管理之下生活两年。所有阿基姆·阿基梅奇对我讲的关于他的话是十分对的，差别的只是现实的印象永远比从普通的讲述得来的印象强烈些。他是一个可怕的人，可怕的地方在于这样的人竟会成为统率这二百多个灵魂的，几乎具有无限权力的官长。他自己不过是一个放纵的、凶恶的人，别的没有什么。他把囚犯看作自己的、自然的仇人，这是他的第一的、主要的错误。他确乎有点能力，但是一切，甚至是好的一切，都会在他的身上露出歪曲的形状。他这人一点耐心也没有，脾气非常恶劣，有时甚至夜里都闯进狱里去，如果看见囚犯朝左侧睡或者仰睡，到了早晨便要惩罚他："你应该朝右面睡，照我吩咐的样子睡。"狱里大家都恨他，还怕他像怕鼠疫一般。他的脸涨得通红，露出恶毒的样子。大家知道他完全听信他的马弁费奇卡的话。他最钟爱自己的狗脱莱作尔卡。在脱莱作尔卡生病的时候，他几乎忧愁得发疯。听说他守在它面前哭泣，像守着亲生的儿子一般。他把一个兽医驱走了，照例几乎和他相打。他听费奇卡说，狱中有一个罪囚，是自修而成的兽医，治病很得法，立刻唤他来。

"你帮帮忙吧！你只要能治好脱莱作尔卡，我可给你许多钱！"他对罪囚喊。

那个人是西伯利亚的农夫，狡猾而且聪明的人，确乎是很灵巧的兽医，但完全是一个农夫。

"我看了看脱莱作尔卡。"他以后对罪囚们讲，在他拜访少校后过了许多天，事情已经完全被遗忘的时候，"我看见，那只狗躺在沙发上面的白枕头上。我已经看出是发炎，应该放一放血，就可以治好这狗的病，这是实在的情形。但是我心想，如果我治不好，它死掉了，那便怎样呢？我就说：'大人，不行，你来叫我太晚了。如果昨天或前天唤我，我一定可以治好这条狗。现在我不能，我治不好……'"

脱莱作尔卡就这样死了。

有人对我详细讲述，有人想杀死我们的少校的情形。狱内有一个罪囚，他已经待了好几年，平素的行为十分驯善。人们只看出他几乎从来不和任何人说话。人家当他是疯僧模样的人。他认识字，在最近的一年来时常读《圣经》，日夜地读。他在半夜里大家睡熟的时候起身，点上教堂里用的蜡烛，爬到炉台上去，打开书，读到早晨。有一天他走到下士长面前去宣布，他不愿意再做工了。下士官报告了少校，他发了火，立刻自己骑马赶来了。那个罪囚握着预先备好的砖头，跑到他身边去，但是没有击中。人们把他抓住，加以裁决和惩罚。一切发生得很快。三天以后，他在医院里死了。他临死时说他不恨任何人，却只想受苦。不过他不属于何种分裂派的教门。监狱里的人们是怀着敬意回他的。

我终于改钉了脚镣。有几个卖面包的女人陆续地走到工厂里来。有些人完全是小女孩。她们在成熟的年龄之前，总跑来卖面包；母亲烘烤，她们卖。年龄长大后，她们还继续跑来，但已经不带着面包了。这样几乎永远成为惯例了。也有的不是小女孩。面包的价钱卖得很便宜，罪囚们几乎全买来吃。

我看到一个罪囚，他是木匠，头发业已灰白，脸色红润。他带着微笑逗着卖面包的女人们。她们没有来以前，他先把一条红羽毛布的手帕围在颈脖上面。一个肥胖、脸上全是雀斑的农妇，把自己的木盘放在他的工作台上。他们中间开始谈话了。

"昨天你为什么不到那里去？"罪囚说，露出自满的微笑。

"真是的！我去过的。人家还叫你米卡呢！"活泼的农妇回答。

"我们被传唤走了，否则我们一定会留在那里的……前天你们大家全到我那里去了。"

"谁呀？谁呀？"

"玛利耶士卡来过的，哈佛洛士卡来过的，柴孔达来过的，特武格洛绍瓦来过的……"

"这是怎么回事？"我问阿基姆·阿基梅奇，"真有这事的吗？……"

"也许有的。"他回答，谦逊地垂下眼皮，因为他是十分讲究贞节的人。

这种事自然是有的，但很少，且有极大的危险。总之，爱喝酒的人要比敢做这种事情的人多些，不管强迫的共同生活具有事实上的困难。走近女人身边是极难的事，必须选择时间、地点，互相约好，规定见面的日子，寻觅幽静的所在，这是特别困难的，又要劝服卫兵，这是更加困难的。总之，必须花去无数的金钱。但是我以后有时到底做了恋爱的场面的证人。我记得，在一个炎夏的日子里，我们有三个人一块儿在额尔齐斯河岸旁的一个车房里烧炉。卫兵们是良善的，终于有两个女的出现了。

"你们怎么坐得那样久？是不是在兹魏尔阔夫那里？"一个罪囚上前迎接她们。她们是来找他的，他早就等候她们。

"我坐久了吗？刚才我坐在他们那里并不长久呀！"女郎快乐地回答。

她是世界上最龌龊的一个女孩。她的名字就叫作柴孔达。特武格洛绍瓦和她同来。这位的脸容也是无法描述的。

"长远不见你了"，情郎对特武格洛绍瓦说，"你好像瘦了一点？"

"也许。我以前真胖，现在——好像瘦得像根针似的。"

"还是找小兵吗？"

"不，这是那些坏人们对你瞎说的。其实有什么？哪怕折断了肋骨，也不会爱小兵的！"

"你不要理他们，还是爱我们好，我们有钱……"

为了完成这幅图画，不妨想象一下：一个剃光头发的情郎，戴着脚镣，穿着格条的衣裳，且在卫兵的监视之下。

我和阿基姆·阿基梅奇告别。我知道我可以回监狱了，便由卫兵伴随着，走回狱里去了。人们已经渐渐聚拢来了。最先回来的是按照所定的工作量工作的人们。唯一能使罪囚工作得勤快的方法是给他定下一份工作量。有时工作量定得很多，但总会比平常让他们一直工作到打中饭鼓时完成得快两倍。罪囚完成了工作量，就毫无障碍地走回家去，没有人阻止他。

中饭不是大家一块儿吃，谁先到，谁先吃。厨房也不能一下子容纳这么多人。我试了试菜汤，由于不习惯不能下咽，便自己泡了一壶茶。我们坐在桌子的一端。有一个同伴，和我一样的贵族，和我一块儿坐着。

罪囚们有来的，也有走的。地方还宽敞，大家还没有完全到齐。一帮有五个人，坐在另外的一只大桌旁边。厨子给他们盛了两碗菜汤，把一大锅煎鱼放在桌上。他们似乎有什么庆祝的事情，所以吃着自备的菜。他们斜眼看了我们一下。一个波兰人走了进来，和我们坐在一起。

"人不在家，可是什么都知道！"一个高个的罪囚走进厨房里来，大声呼喊，眼神抛掷到所有在座的人们身上。

他的年龄有五十岁左右，身上肌肉极多，但是瘦瘦的。他的脸上有点狡猾和快乐的神情。特别令人注目的是，他的肥胖的、耷拉的下唇。这给他的脸增添一种极滑稽的样子。

"嗯，你们一夜睡得很舒服呀！为什么不问安呢？祝库尔司基的老乡们的健康！"他说着，挨坐在吃自己的饭食的人们身旁，"你们款待我这个客人吧。"

"老兄，我们不是库尔司基人。"

"那么是唐保夫司基人？"

"也不是唐保夫司基人。老兄，你不必问我们要东西吃。你到有钱的乡下人那里去求吧。"

"今天我的肚腹里空空如也。但是那个有钱的乡下人，他住在哪里？"

"格静才是有钱的乡下人，你上他那里去吧。"

"格静今天喝起酒来，要把钱袋里所有的钱全都喝光。"

"二十块钱总是有的，"另一个人说，"做卖酒的生意是很有利益的。"

"怎么，你们不招待客人吗？那只好吃公家的东西。"

"你去要一杯茶来喝。老爷们在那里喝茶呢。"

"什么老爷不老爷的，这里没有老爷，和我们一样的人。"一个坐在角落里的罪囚阴郁地说。他先前没有说过一句话。

"很想喝点茶，但是自己请求有点不好意思。我们是有志气的人！"厚嘴唇的罪囚说，善良地看着我们。

"您如果想喝，我可以给您，"我一面说，一面邀请那个罪囚，"要不要？"

"什么要不要？怎么会不要呢？"他走到桌旁。

"真是的，在家里用手掌喝菜汤，到了这里竟晓得喝茶了？想喝起老爷们的水来了？"阴郁的罪囚说。

"难道这里没有人喝茶吗？"我问他。但是他没有回答我。

"有人送圆面包来了。大家吃圆面包吧！"

圆面包送来了。一个年轻的罪囚拿来了一大捆圆面包，在狱内兜卖。卖面包的女人答应在十个面包中送他一个，他就是图这第十个面包的利益。

"面包呀！面包呀！"他一面喊，一面走进厨房里来，"莫斯科的面包，热腾腾的！自己想吃，没有钱。喂，伙计们，只剩下最后的几只面包了。这里有母亲的。"

这个对于母爱的召唤惹得大家全笑了，几个人买了他几只面包。

"弟兄们，"他说，"格静今天会玩出祸来的！真是的！他一想玩，就会出事。那个八只眼的人会来的。"

"可以把他藏起来。怎么，醉得很厉害吗？"

"哪里！发着脾气，尽跟人家胡搅。"

"这样会弄到动武的……"

"他们说什么人？"我问和我同坐的那个波兰人。

"他名叫格静，是一个罪囚。他在这里卖酒，赚到了几个钱以后，立刻把它喝掉。他的性子残忍而且恶狠；不过清醒的时候倒很驯顺，一喝了酒，就完全露出本性来了：拿着刀子砍人。大伙儿去才把他镇压住了。"

"怎样镇压住的?"

"十个罪囚奔到他那里去，拼命地揍他，一直揍到他丧失知觉为止，那就是揍到半死才罢休。这才把他安放在铺板上面，用短大衣盖住。"

"那么他们会杀死他的?"

"别人会被他们杀死，但是他绝不会。他的力气太大，比狱内所有体格最坚强的人都有力。第二天早晨，他起身的时候就完全健康了。"

"请问您，"我继续问波兰人，"瞧他们也吃自己的东西，我不过喝点茶而已。但是他们的眼睛里好像露出忌妒这茶的样子。这是什么意思?"

"这不是为了茶!"波兰人回答，"他们恨您，因为您是贵族，和他们不相像。他们中间有许多人很想跟您闹别扭。他们很想侮辱您，欺侮您。您还会在这里看到不痛快的事情。这里的生活对于我们大家是极困难的。在一切的关系方面，我们比大家都困难。需要许多冷静的心神，才会习惯。为了喝茶，为了另外吃东西，您会遇到不止一次的不痛快和咒骂，虽然这里有许多人时常吃自己的东西，有些人还时常喝茶。他们可以喝，您可不行。"

他说完以后就站起来，从桌边走了。几分钟以后，他的话语应验了。

第三章　最初印象（续）

M－司基刚走（就是和我说话的那个波兰人），格静完全喝醉了酒，闯进厨房里来了。

在青天白日里，工作的日子，大家必须出去做工的时候，同时还有一个每分钟内可能上狱里来的严厉的官长和常驻在狱内，一步不离，管理犯人的下士长，还有看守、伤兵。一句话，处于这一切严厉的情势下面，会发现一个喝醉了酒的罪囚，这把在我的心里滋生着的对于罪囚的生活的见解完全弄乱了。我必须在狱内度过相当漫长的岁月之后，才能把在我的牢狱生活的最初几天内对于我十分神秘的一切事实解释出来。

我已经说过，罪囚们永远有自己的工作，这工作是牢狱生活的自然的需要。除去这需要以外，罪囚们还极爱金钱，特别重视它，几乎把钱看得和自由相等。假如口袋里有钱响上两响，他们已经得到了安慰；否则，他们会忧愁、烦恼、不安、垂头丧气。假如没有了钱，那时他们就会准备偷窃，准备无论做出什么行为，只要能够弄到金钱。金钱虽在狱内是极贵重的东西，但是它从来不会在有钱的幸运儿手里存留得很久的。第一，保存着金钱，不让它被偷去或被没收去是极困难的。假如少校在突然施行搜查的时候，发现了钱，便会立刻没收。这钱也许他用作改善囚食，至少这些钱是必须送交给他的。但是钱被偷窃的时候居多，任何人都不能加以信赖。以后我们发现了把银钱保存得十分安全的方法，那就是交给一个信旧教的老人保管。这老人是从以前叫作魏脱阔夫柴夫的旧教的村庄里遣戍到这里来的……我忍不住要讲几句关于他的话，虽然不免要离开本题。

　　他是六十多岁的小老头儿，小小的个子，灰白的头发。初看一眼，他使我十分惊愕。他并不像别的罪囚：他的眼神里有一种安静的样子。我记得，我怀着一种特别的愉快看着他的围在细皱纹里的发光的、明朗的、亮晶晶的眼睛。我时常和他说话，我一辈子难得遇见这样善良的、正直的人物。他因为犯了极重的罪被遣戍到这里来。在旧教的村民中间发现了改信正教的人们。政府十分鼓励他们，一面努力诱导别人也改信正教。老人和另一些狂信的人们决定"护教"，照他自己所表示的说法。正教堂动工建造了，他们却放火把它烧毁了。老人作为主谋者之一，被遣戍做苦工。他本来是一个殷实的、行商的富裕市民；他留下了妻子和儿女在家里；但是他却义无反顾踏上流放之路，因为他错误地认为自己的被遣戍是"为信仰受磨难"。你假如和他同住一些时候，你不由得会问自己：这个驯良的、温和的，像小孩一般的人怎么会成为叛徒的？我好几次和他谈起关于"信仰"的问题。他对于自己的信仰一点也不肯让步。在他的反驳的话语里永远没有一点仇恨，没有一点恶意。但是他竟焚毁了教堂，且不加以否认。依照他的信仰，他似乎应该把自己的行为和因此而担承下来的"磨难"认作荣耀的事情。但是无论我怎样审看他，怎样研究他，我从来没有在他身上看出任何虚荣或骄傲的迹象。我们狱内还有别的旧教徒们，大半是西伯利亚人。他们是智力方面极发达的人，狡猾的农夫，读的书极渊博，但读的全是死书。他们还是有力的诡辩家。他们性格骄傲、逞强、狡猾，而且十分没有耐性。老人却完全是另一种人。书也许比他们读得还多，但是他逃避辩论。他具有十分豁达的性格。他很快乐，时常发笑——并不是粗暴的、犬儒性的笑，像罪囚们笑的那个样子，却是明朗的、安详的笑，内中含有许多孩童般的率真。这笑似乎和他的斑白的头发特别相配。也许我是错误的，但是我觉得从笑中可以晓得人性，假如你和一个完全不相识的人遇见时对于他的笑感到愉快，你可以大胆地说他是好人。老人获得全狱普遍的尊敬，而绝不以此自夸。我多少明白了，他在自己的同教者中间能产生怎么样的影响。虽然他在熬受刑期的时候显然地保持着坚定，但是他的内心里藏着深刻的无从治愈的忧愁，他努力将它隐藏起来，不让大家知道。我和他同住在一个营舍中。有一次，我在夜里三点钟光景醒来，听见一阵轻微的压抑的哭泣声。老人坐在炉台上面（就是那个嗜读《圣经》，起意杀死少校的人夜里跪在上面祈祷的那个炉台），照着一本手抄的书祷告。他哭泣着，我听见他不时地说："主，不要离开我！

主，使我坚强！我的小孩们，我的可爱的小孩们，我们永远不会相见了！"我不能讲述，我开始感觉如何的悲哀。几乎所有的罪囚们渐渐地把自己的钱交给这老人保存。狱内几乎全是贼，但大家不知为什么忽然相信老人是怎么也不会偷窃的。他们都知道交给他的钱藏在某处，但藏在一个秘密的、任何人都不能寻找出来的地方。他以后对我和几个波兰人解释出自己的秘密。在一根木柱里有一根树枝，显然和一棵树长牢在一起。但是它可以拔出来，树中会发现一个巨洞。老人把钱藏在里面，以后又把树枝插进去，于是任何人永远不会寻找出什么来的了。

不过我扯远了。我刚才讲过罪囚的口袋里放不住金钱的原因。但是除去保存金钱的困难以外，狱内的生活实在太沉闷了。罪囚依照天性是十分渴想自由的生物，依照他们的社会地位又是极其轻浮而且放纵的人，他们自然会突然地"完全放肆起来"，把全部的资金花光，痛痛快快地喝一下，带着呼喊和音乐，为了忘记，哪怕在一分钟内忘记自己的烦闷。甚至瞧着都会奇怪：他们中间有些人拼命地工作着，有时无尽休地工作了数月之久，却只为了在一天内将所有赚到的钱完全花干净，而以后又用好几月的时间勤劳地工作着，一直到再来一次狂饮的时候为止。他们中有许多人爱置备衣裳，而且一定要置备平常的衣裳：一些黑便裤、上衣、西伯利亚式的衬衫等等。还有花洋布的衬衫和带铜搭扣的腰带也很时髦。他们在过节的日子里穿扮了起来，而且打扮好的人一定要走遍所有的营舍，把自己献给全世界观看。穿得好的人那份得意的样子达到了孩子气的程度，而且罪囚们在许多方面完全是小孩。诚然，所有这些好东西会忽然从主人的手内消失，有时会在当天晚上典押和售卖出去，以换取极少的钱。酗酒的发生常是在特定的时候的。普通总是候到节假的日子，或酗酒人命名日的那天才开始的。那个做命名日的罪囚早晨起身时，在神像旁边放了一支蜡烛，祈祷一番，以后打扮好了，还订下饭菜，买了牛肉、鱼，包西伯利亚式的饺子。他像公牛似的大嚼一顿，几乎永远独自吃，不常邀请同伙们分食。以后发现了酒：寿星喝得醉醺醺的，一定要在营舍里走来走去，摇晃着，踬顿着，努力给大家看他已喝醉了酒，在那里"游玩"，因此获得大众的尊敬。俄国民间到处都对醉汉怀有某种同情，狱中则对喝了酒的人保持尊敬的态度。狱中的酗酒含有一种特别的贵族的气味。罪囚一高兴，便一定要雇人演奏乐曲。狱中有一个波兰人，是潜逃的兵士，人品很坏，但会拉小提琴，而且随身带着乐器，这是他全部的财产。他不会干什么手艺，只是受雇于人，去给酗酒的人演奏快乐的乐曲。他的职务就是寸步不离地跟着喝醉的主人从这营舍走到那营舍，用全力拉提琴。他的脸上时常显现出厌倦和烦闷。但是"拉呀！你已经收了人家的钱的！"的呼喝重又迫使他拼命地拉呀、拉呀。罪囚在开始酗酒的时候，深信假如他喝得十分醉了，一定会有人照顾他，到时候打发他睡觉，而且在官长出现的时候永远会把他藏匿起来，而这一切做得完全不存着一点点的私心。至于下士长和住在狱内维持秩序的伤兵们也完全安心得很：醉汉绝不会做出任何不守秩序的行为。整个营舍的人全监视着他，假如他喧闹了起来，做出叛乱的行动，大家立刻会把他制服，甚至把他捆绑起来。因此下级的狱吏对于酗酒是视若无睹，不想加以干预。他们很清楚，假如不允许喝酒，情况会更糟糕。不过，酒是从哪里弄到的呢？

酒是在狱中向那些所谓贩酒人手里买来的。他们有几个人，他们不断地、顺利地做这个买卖。虽然喝酒的人本来不多，因为酗酒需要金钱，而罪囚的钱得来极为困难，所以这买卖用十分别致的方式开始经营。譬如说，有一个罪囚不懂手艺，又不愿意用劳力（这样的人是有的），但是想赚钱，再加上是急性子，想快快地赚几个钱。他手边还有点钱作为开始经营的资本，他就决定做卖酒的生意：这是要冒很大风险的勇敢决定。为了它，你的背会遭殃，且会一下子丧失货物和金钱。但是卖酒的人不顾一切地去做。他的本钱起初不多，因此第一次由他自己运酒到狱里来，当然这样做买卖很有赚头。他第二次、第三次重复他的试验，如果没有被官长撞到，便迅速地扩充营业了，到那时候才在广阔的根基上建设了真正的商业。他做了老板、资本家，雇用跑街和助手，所冒的风险小多了，所赚的钱越多。有助手们替他担风险。

狱内永远有许多把钱财挥霍得干净，赌得精光，且游玩得精光的人。他们没有手艺，是衣衫破烂的可怜虫，但某种程度上是极有胆量和决断的人。这种人只有一个脊背还完整地存留着，作为他们的资本。在某种情况下它还有点用，于是这个破了产的穷光蛋决定把这最后的资本加以利用。他走到老板那里，表示愿意受他的雇用，运酒到狱里去。有钱的卖酒人总有几个这样的工人。在狱外什么地方有一个人——是小兵或小市民，有时甚至是女孩——拿了老板的钱，加上相对而言颇为丰厚的佣钱，向酒店里买酒，藏在罪囚们前去做工的某个隐秘的地方。供货商起初几乎总要先尝一尝烧酒的好坏，然后无人性地用水补充已喝去的酒。不管你要不要，罪囚反正是不会太挑剔的。

还算好，他的钱没有完全白扔，总算弄到了烧酒，不管是什么样的，只要是烧酒就行。运酒的人们带着牛肠子到这供货商那里去，他们的名字预先由狱中的酒贩告诉他。先把牛肠子洗干净了，盛上水，仍使它保持原有的潮湿和韧性，以便以后容易盛酒。罪囚把酒盛在肠子里，把肠子缚在自己身子的周围，尽可能地缚在自己身体上最隐秘的地方。自然这时会充分表现出贩运私货者一切灵巧的手段和一切贼智来了。他是名誉扫地的人了，他必须骗过卫兵和看守。他骗他们。卫兵有时是一个新募的兵，永远会受巧妙的小偷的蒙混。当然，对这个卫兵的性格业已预先研究过，还算计好了时间和工作的地点。譬如说，充当炉匠的罪囚爬到炉子上去，谁还会看得见他在那里做些什么呢？卫兵是不能跟着他爬上去的。他走到狱前，手里握着钱币——十五或二十银戈比，以备万一的需用，在大门外等候伍长。每一个做完工作回来的罪囚，看守的伍长必周身搜检、摸索，然后给他开门。运酒的人通常总希望他不好意思过于仔细地触摸他身上的某些部位。但是有时伍长竟会摸到这种地方去，且摸到了酒。那时只有一个最后的手段：贩私货的人便默默地，背着卫兵，把藏在手里的钱币塞到伍长的手里。由于这个策略，他间或会顺利地走进狱内，把酒偷运进去。但是这一招有时不成功，那时候只好用自己最后的资本，那就是用脊背来抵账。他们报告了少校，囚犯的"资本"挨了鞭子，酒被没收，运酒人把一切罪名扛在自己身上，并不出卖老板，但是必须注意的是并非因为他不屑于告密，却只是因为告密对于他无利，他还是要挨打，唯一的安慰只是两个人伴着挨打。他还需要那个老板，虽然依照习惯和预先的约定，偷运酒的人不能向老板索要一个小钱，以补偿背

52

部的挨打。至于说到告密一层，普遍是十分流行的。告密者在狱内不会受到一点侮辱，对于他愤激甚至是不曾意想到的事。大家并不避开他，和他拉拢交情。假如你在狱内力言告密的可恶，大家不会理解你的。那个贵族出身的罪囚，一个荒唐而且卑鄙的人，我和他断绝一切往来的，他竟和少校的马弁费奇卡拉拢得很近，充当他的密探。费奇卡便把他所听见的关于罪囚们的事情报告少校。我们大家都知道这件事情，但是从来没有人甚至会想到对这混蛋惩罚一下，或者哪怕责备一下的。

然而，我又扯到别的地方去了。自然，酒经常会顺利地运进来。那时老板接收下运进来的牛肠子，付了银钱，开始计算成本。计算的结果发现酒的成本太高，因此为了多得利润起见，他重新把酒倾倒出来，又兑上水，几乎兑一半水。在完全预备好了以后，便等候买主。在第一个过节的日子，有时还在平常的日子，买主来了：那全是像牛马似的工作了几个月，积蓄到一点点钱的罪囚，想在预定的日子里花去所有的钱，以博痛快。可怜的劳动者竟会梦见这一天，且在工作时，在幸福的幻想中巴望这一天，还远在这日子出现以前的许多时候就这样地幻想着、巴望着。也就是对这日子的一点向往维持着他在沉闷的牢狱生活中的精神。终于那个光明的日子的曙光在东方出现了；钱积蓄了起来，没有被没收和偷走，他就把它送给卖酒人。卖酒人开始卖给他尽可能地纯洁的酒，那就是只兑上两次水；但是等那瓶酒倾倒出去多少，便立刻兑上多少的水。一杯酒的价格要比酒店里高出五倍至六倍。可以想象，要喝去多少杯，花去多少钱，才能求得一醉啊。但是由于不习惯饮酒了，且由于早就控制喝酒，罪囚很快就喝醉

了，通常他会继续喝下去，一直到喝光所有的钱为止。那时候所有的
服装全都搬了出来。卖酒人同时还兼放印子钱。起初将新置的家常的
东西送给他抵押，以后押到旧物，终于把官家的东西也全都送出去
了。醉鬼在全都喝光，把最后的一块抹布都喝光以后，便躺下去睡
觉，第二天睡醒以后，头免不了涨得厉害，向卖酒人索要一口酒来醒
一醒脑子而不可得。他忧郁地忍受着身体的不适，当天就做起工来，
又要无休息地做几个月的工，幻想着那个落在虚无渺茫中的幸福的酗
酒的日子，渐渐地又开始振作精神，等候着另外的一天，这天还很
远，但总归在什么时候会来到的。

　　至于说到卖酒人，他在赚到了一笔大数目，几十个卢布以后，便
预备下了最后一次的酒，并不兑水，因为是给自己喝的。做生意也做
得够了，自己也应该庆祝一下！于是，开始了酗酒、大嚼、音乐。他
有极多的钱，连最接近的、下级的官长都对他和善起来。酗酒有时继
续了几天。自然，买下的酒很快就喝完了。那时候那个酗酒的人到别
的卖酒人那里去——他们已经等候他——一直喝到最后的戈比全送光
为止。罪囚们无论怎样照顾酗酒的人，但是有时也会被上级官长、少
校或值日军官撞见，他被拖到号房里，把他的资金没收，而最后便是
一顿鞭打。他把身体摇晃了几下，重又回到狱内，几天以后又干起卖
酒人的勾当来了。有些酗酒的人，自然是有钱的，还幻想起美丽的女
性来。他们花了许多的钱，有时由一个买通了的卫兵伴随着，不去做
工，却偷偷地跑到郊外的什么地方去。在城梢上，一个极隐秘的房屋
内，开始痛饮。这样确实会花去很多的钱。看在金钱面上，人家不会
对罪囚憎厌；卫兵是事先选择好了一个懂事的。这种卫兵通常是狱囚

的未来候补人。有了金钱，一切都可以做到，而这样的旅行几乎永远会守住秘密的。应该补充一句的是，这种事情不常发生，因为做这种事情需要许多钱，爱好女性的人们会采取另一种十分安全的手段。

从我的牢狱生活的最初几天起，就有一个年轻的罪囚——极美丽的小孩，激起了我特殊的好奇心。他名叫西洛特金。他在很多方面都是一个相当神秘的人物。最先使我惊讶的是他的美丽的脸庞。他不到二十三岁。他住在特别科内，那就是属于无期限的部分，被认为极重要的军事犯。他的性格静谧而且温驯，话不多，很少有笑容。他的眼睛是蔚蓝的，相貌是正直的，脸庞清秀而且温柔，头发是淡棕色的，连剃去了一半的头发也不曾使他变得丑恶。他真是一个美丽的小孩。他什么手艺也不会，但是时常弄到钱，虽然弄得不多。很明显，他又懒又不修边幅。除非有别的什么人给他穿好衣裳，有时甚至给他穿红衬衫，而西洛特金显然很喜欢穿着新装在营舍里走来走去，把自己显摆给人家看。他不喝酒，不赌钱，几乎不和任何人吵嘴。有时在营舍后面走来走去，手插在口袋里，露出驯顺和凝思的样子。他会思索什么事情，是难于揣测的。有时叫他一声，由于好奇，问他什么话，他立刻回答，而且彬彬有礼，不像是个囚犯，不过他的回答总是很简单，似乎不爱谈话；望着你，像十岁的小孩。他一有钱却不买日用必需的东西，不叫人把短褂补缝一下，不置办新靴，竟买些面包和饼干吃，好像他只有七岁。"唉，你这个西洛特金！"罪囚们有时对他说，"你真是卡桑的孤儿！"[1]在不工作的时候，他平常总到别人家的营舍

---

[1] 他的姓西洛特金（Sirotkin）与俄文"孤儿"（Sirota）音相似。——译者

里闲荡。大家几乎都忙着做自己的事情，唯有他一个人无事可做。人家对他说什么话，几乎总是含着嘲笑的意思（人们时常取笑他和他的同伴们）——他一句话也不说，转过身来，走到另一个营舍里去；有时人家笑得他太厉害，他便脸红起来。我时常想：这个驯顺的、诚挚的人到狱里来为了什么事情呢？有一次，我躺在医院的罪囚病院内。西洛特金也生了病，躺在我身旁。薄暮时我和他谈起话来。他忽然兴奋了，顺便告诉我，他如何被征去当兵，他的母亲送他的时候如何痛哭，他当新兵的时候如何痛苦。他又说，他丝毫不能忍受新兵的生活，因为里面全是暴躁而且严厉的人们，队长们永远不满意他！

"结果怎么样呢？"我问，"你犯什么罪落到这里来的？而且还在特别科里……唉，你呀，西洛特金，西洛特金！"

"是的，阿历山大·彼得洛维奇，我在营里一共待了一年；上这里来是因为把我的团长格里哥里·彼得洛维奇杀死了。"

"我听说过，西洛特金，但是我不相信。你还会杀人吗？"

"事实如此，阿历山大·彼得洛维奇。我实在感到太痛苦了。"

"但是别的新兵怎样生活的？起初自然很痛苦，以后就习惯了，渐渐地成为一个可爱的兵士。大概母亲太宠你，在十八岁以前尽喂你吃饼干和牛奶。"

"我的母亲真是很爱我的。我被征募了去以后，她就病倒了，听说就此一病不起……后来我对于新兵的生活实在感到痛苦。队长不喜欢我，老是惩罚我。但究竟为了什么呢？我顺从一切，谨谨慎慎地生活着，不喝酒，不借钱。阿历山大·彼得洛维奇，一个人借人家的钱是最坏的事，周围全是狠心的、残忍的人，有时你连哭都找不到地方。我时常跑到什么地方的角落里，就在那里痛哭一场。有一次，我在那里站岗。已经是黑夜，我在一块坪地上站着岗，有风，是秋天，黑得什么也瞧不出来。我心里真是难过极了，真是难过极了！我把步枪放在脚下，把枪刺拔了下来，放在一旁；又把右脚的皮靴脱下，把枪筒按在自己胸前，身子躺在上面，用大脚趾扳动枪机。一看，哑火。我把枪检查了一遍，把火门收拾干净，塞进新火药，把燧石放得紧些，又放在胸脯上面。结果怎么样呢？火药烧着了，但是还没有射击出来！这是怎么一回事，我心里想！我把皮靴穿上，把枪刺插好，沉默着踱步。我当时决定做出这件事情来：随便到什么地方去都可以，只要能脱离新兵的生活就可以。过了半点钟以后，团长来了，他到各处巡察。他冲着我喊："站岗是应该这样站的吗？"我端起步枪，就用枪刺朝他的胸前扎去。我挨了四千棒，走到这特别科里来了……"

他没有说谎，而且他被遣送到特别科里来，总是为了什么案子的。普通的犯罪处罚得很轻。再说，只有西洛特金一个人是在所有他的同伴中间最美丽的。至于说到别的他的同伴，一共有十五个，甚至看着他们都会觉得奇怪的，只有两三个人还过得去，其余的人们全是呆笨的、丑陋的、龌龊的，有些人甚至头发都白了。假如情势允许，将来我要详细地讲一讲这堆人。西洛特金和格静十分要好，就是我在本章开始时提起过他喝醉了酒，闯到厨房里来，把我对于牢狱生活的原有的想法弄乱了的那个人。

这个格静是可怕的人物。他给大家的是一个可怕的、痛苦的印象。我老觉得再也不会有比他更凶狠和怪诞的了。我在托博尔斯克见过一个著名的凶恶的强盗卡孟涅夫；以后又看见过骚郭洛夫，可怕的杀人犯，他又是逃卒。但是他们中间没有一个人会使我引起像格静那样的厌恶的印象。我有时仿佛觉得我看到一只巨大的，和人一样大的蜘蛛。他是鞑靼人；他的力气极大，比狱内的任何人都强；身材比中等高，具有魁梧的体格，丑陋的、不匀称的、巨大的脑袋；走起路来，身体有点伛偻，皱紧着眉头看人。狱中传说着关于他的奇怪的谣言。大家知道他是武人，但是罪囚们互相议论，不知是否确实，说他是从尼布楚逃出来的。他屡次被遣戍到西伯利亚来，屡次逃跑，屡次变换姓名，终于被关进我们狱里特别科里来了。人家还讲他以前喜欢宰杀小孩，纯粹是为了取乐：把小孩引到一个适合的地方，起初吓唬他，折磨他，在充分欣赏过可怜的、小小的牺牲物恐怖和战栗的情景以后，便静悄悄地、慢慢地、愉快地把他杀死。这一切也许是人们虚构出来的，由于格静给予大家的那种普遍的、严肃的印象，但是所有这些虚构的事实似乎和他的外貌、和他的个性极为相称。不过在不喝酒的时候，在平常的时候，他在狱内的行为倒还乖巧。他永远是静静的，从来不和任何人争吵；还避免争吵，但仿佛出于对别人蔑视的态度，仿佛自视清高，目中无人。他话不多，似乎有意不高兴说话。他的一切行动都是迟缓的、安静的、自信的，从他的眼睛里可以看出他相当聪明，颇为狡猾；但是他的脸上和微笑里永远有一种傲慢、嘲笑和残忍的神气。他贩卖酒，是狱中最殷实的卖酒人之一。但是每年有两次，他自己总要喝得烂醉，到那时才流露出他的天性中的一切残忍来。他渐渐地喝醉，起初用嘲笑惹人家，用极恶毒的、计算好了的、似乎早已预备好了的嘲笑；终于完全喝醉，变得可怕的疯狂，抓起刀子，攻击人家。罪囚们知道他的力量大得可怕，便从他的身边跑开，躲藏了起来：他遇到什么人，就向什么人攻击。但大家不久发现了对付他的方法。他的营舍里的十来个人一下子忽然全奔到他面前，开始揍他。无法想象还有比这更残忍的殴打：打他的胸脯、心窝、肚腹，打得很多、很长久，直到他丧失所有的知觉，成为死人一般的时候才肯罢休。他们绝不敢这样打别人，这样的打法简直就会把人打死，但是格静是不会的。打完以后，把完全没有知觉的他包在短大衣里面，抬到铺板上去。"他会躺好的！"果真，他第二天早晨起身的时候几乎完全健康，默默地、阴郁地出去做工。每次格静喝醉时，狱内大家就知道他一定会用挨打结束他这一天的。他自己也知道这个，可是到底还要喝酒。这样地过了几年，人家终于看出格静开始吃不住了。他开始诉出各种的病痛，开始显著地消瘦，时常上医院里去……"到底屈服了！"罪囚们私下里说。

他走进厨房里来，后面伴着那个拿着提琴，通常被酗酒的人们雇来作为充实娱乐之用的讨厌的波兰人，当时停留在厨房中间，默默地、注意地看着在座的人们。大家全不响了。他一看见我和我的同伴，恶毒而且嘲笑地看了我们一眼，自满地微笑着，似乎在那里自行思索些什么，摇摇摆摆地走到我们的桌子前面。

"请问，"他开始说（他说俄国话），"你依靠什么样的收入，在这里喝茶？"

我默默地和我的同伴对视了一下，明白最好是沉默，不回答他。只要说出一句反对的话，他会发狂的。

"这么说来，你有钱吗？"他继续问。

"这么说来，你有一大堆钱，不是吗？难道你流戍到这里来，就为了喝茶吗？你跑到这里来是喝茶的吗？你说，你快说！……"

他看出我们决定沉默，不理他，脸涨得通红，愤怒得发抖着。在他身边的角落里放着一只大木盘，里面叠放预备罪囚吃中饭或晚饭用的切好了的面包。这木盘很大，里面容得下半狱的人吃的面包。现在，它正空着。他用两手把它抓起，朝我们头上挥舞起来。再等一会儿，他会把我们的脑袋打得粉碎。虽然凶杀或意图凶杀的事情会给全狱的人带来极度的麻烦，必将着手侦查、搜索、增加严厉的手段，因此罪囚们努力不让自己做到如此极端的行为上去。虽说如此，现在大家全都静寂起来，等候着。没有一句维护我们的话！没有一声呼喊，向格静发出！他们心里对我们的仇恨如此之深！我们的危险的地位显然使他们感到愉快。……然而事情竟顺利地结束了：他刚要把木盘掼下来，有人从外间里喊道：

"格静！酒被人家偷走了！……"

他把木盘往地板上一掼，像疯子似的从厨房里奔出去了。

"上帝救了你们！"罪囚们互相说着。他们此后很久还说着这话。

我以后无从打听出，这个酒被窃的消息是不是确实的，或者是人家偶然编造出来救我们的。

晚上，在黑暗中，狱门关闭之前，我在木柱附近徘徊，沉重的忧愁落到我的心灵里。以后，在我的整个的牢狱生活里，我从来没有感觉到如此的忧愁。第一天的监禁是难以熬受的，无论在什么地方：在监狱里，在暗炮塞中，或在苦工场上……我记得有一个意念最使我难忍，这个意念以后在我住在狱内的所有时间中无可摆脱地追袭我——

一个无从全部解决的意念——对于我现在也是无从解决的，那就是关于犯同样的罪时刑罚的不平等。固然，犯罪不能互相比较，甚至是做近似的比较。例如，这一个和那一个全杀死了人，两桩案件的情节全都权衡过了，对于这个案件和那个案件所处的刑罚几乎全是一样的。但是你瞧一瞧，犯罪中间有多大的区别。例如，一个人为了一点点小事杀死了人，为了一根葱头：他走到大道上，把过路的农人杀死了，而他身边只有一根葱头。"父呀！你派我去寻觅钱财，现在我把一个农夫杀死了，却只找到了一根葱头。""傻瓜！一根葱头值一个戈比！一百个灵魂——一百根葱头——便成为一个卢布了！"（狱里的笑话）另一个人为了未婚妻、姊妹、女儿的贞节，杀死了一个好色的暴君。还有一个人在流浪的生活中，被成群的侦探包围，为了保护自己的自由、生命，时常在快饿死的时候，才犯了命案；另一个人却由于嗜杀而杀死小孩，他以在他的手里感到他们的热血，欣赏他们的恐怖，在刀子下的最后的、深刻的战栗为无上的愉快。结果怎样呢？这一个人和那一个人全被遣送到同一地方来做苦工。虽然被判处的刑期会有不同，但是处刑的不同比较少。然而同样的犯罪，却有着无数不同的性质：有多少罪犯，便有多少种不同的性质。就算是对于这种区别取得和谐和磨平是不可能的，这是一个无从解决的题目——一个钻不出的圆圈，就算是如此。或者假定这些不平等并不存在——你可以看一看另一种区别，刑罚的后果本身的区别……有一个人在狱内凋萎下去，像蜡烛一般地熔化；而另一个人在入狱前甚至不知道世上会有这样快乐的生活，有这样勇敢的同伴们，有这样有趣的俱乐部。是的，也有这种人到狱里来。譬如说，一个有着学问和极好的良知，有着真诚的纯洁的心的那种人，单是他自己的内心的痛苦，已在任何的刑罚以前，将他杀死了。他为了自己的犯罪，痛责自己，比最严厉的法律还要残酷，还要无情。而和他同住着的另一个犯人，他在徒刑期内甚至一次也不想到他所犯的杀人罪。他甚至认为自己是有理的。还有一种人故意犯罪，只是为了能够落进狱来，以躲避外边更加艰苦的生活。他在外边的生活到了最屈辱的阶段，永远吃不饱，从早到晚为主人工作着；而狱内的工作反而比家中轻松些，面包也多些，还有许多他还没有见到的东西；过节的时候有牛肉吃，有外面的施舍，有赚到几个戈比的可能。至于他周围的人呢？他们全是狡猾、灵巧、百知百晓的人。他望着自己的同伴们，露出尊敬的惊异。他还从来没有看见过这种人，他把他们认作世界上可能有的最高尚的伙伴了。难道刑罚对于这些人会有同样的感觉吗？然而何必去研究这无从解答的问题呢？鼓声响了，是回到营舍里去的时候了。

第四章　最初印象（续）

　　开始了最后一次的点名。在这次查验以后，牢门紧闭了，用每个牢狱不同的锁，罪囚们便关在里面，一直到第二天天亮为止。

　　点名平常由下士官带着两名兵士前来办理。有时命令罪囚们在院内列队，由值日军官前来查验。但通常这个仪节用家内的方式举行：在营舍里点查。点查的人们时常发生错误，算得不对，因此去而又来。可怜的看守们终于算到了他们所希望的数目，才把营门关上了。每间营舍里安插着三十名罪囚，很拥挤地聚在铺板上面。睡觉还早，每人显然应该做点什么事情。

　　我前面已经提过，官长中间只有伤兵一人留在营舍里。在每间营舍里另外还有一个头目，是要塞少校从罪囚中间派指的，自然以品行佳良为入选的标准。时常也会发生头目闹出严重的淘气举动来的事情，那时他们必挨到一顿痛打，立刻降为平民，由别人替代头目的位置。我们营舍里的头目是阿基姆·阿基梅奇。他时常对罪囚们呵斥，使我感到惊异，罪囚们通常都以嘲笑作复。伤兵比他聪明些，绝不加以干涉，假如他有时也动动嘴皮子，那不过是种形式上的，为了尽自己的职分罢了。他默默地坐在床铺上缝制皮靴。罪囚们一点不注意他。

在我的牢狱生活的第一天，我观察到一个现象，以后相信这观察是正确的。那就是一切非罪囚，无论是什么人，从直接和罪囚们有关系的人们起，如卫兵、看守兵等，直到一般和牢狱生活多少有点接触的人们为止，都似乎用夸大的眼光看罪囚。他们好像在每分钟内不安地期待着罪囚会突然持着刀子奔到他们中间的什么人身上去。但是最有趣的是罪囚们自己也感到人家怕他们，这显然给他们增添一点胆量。所以对于罪囚们最好的官长也就是不惧怕他们的那一个。一般来说，罪囚们尽管胆量怎样大，总是在人家信任他们的时候最觉得愉快，甚至可以借此使他们佩服你。在我囚禁的时候，有时（虽然并不常见）会有官长中什么人不带卫兵走进狱里来。可以看出这举动如何地使罪囚们惊愕，而且是好意的惊愕。这种无畏的访客永远引起人们的尊敬，甚至假如果真要发生什么事情，在他面前是不会发生的。罪囚们引起的恐怖，无论在什么地方，只要有罪囚的地方，都可以见到，我真是不知道这种恐怖究竟是从哪里发生的。自然，理由是有一点的，从罪囚，也就是已被承认的强盗的外貌上引起的。此外，凡是走近囚狱旁边的人都感到这一堆人聚在这里并非出于本愿，无论想什么方法，不能把活人变为尸骸。他们到底会有情感，有复仇和生活下去的渴望，有热情和满足它的需要。虽然如此，我肯定地相信，对于罪囚是不必加以惧怕的。一个人拿着刀子攻击别人，是不大容易且不会那样快当的。一句话，假如危险是可能的，假如它在什么时候会发生出来，那么由于这类不幸事件的稀少，可以直接断定发生这种危险是少得不足道的。我现在讲的自然只是那些已判决的罪囚，他们中间有许多人甚至因为终于走进这牢狱里来而显得快乐（新的生活有时是太吸引人的），因为他们很想安静而且平和地生活下去，而且罪囚们自己也不会让同伙里实在不安静的人们做出过分大胆的行为来的。至于正在审判中的罪囚则是另外一件事情。这种人确实会无缘无故地攻击一个不相干的人，单是因为，举个例来说，他明天应该受刑罚的缘故，如果发生了一桩新的案件，刑期也就随而延宕下去。在这里，攻击是有它的原因和目的的，那就是无论如何必须"改变自己的命运"，越快越好。我甚至知道一桩奇怪的心理学上的事件。

我们狱内军人组中有一个罪囚，是小兵出身，没有被剥夺公民权，经法庭判决处两年徒刑，被遣送到这里来。他是喜欢夸口，且特别胆怯的人。一般地讲来，夸耀和胆怯在俄国的小兵中是不常见的。我们小兵的神气永远显得那样忙碌，因此即使他打算夸耀也没有时间夸耀。但是假如他已经成为喜欢夸口的人，那么他几乎永远是游手好闲的懦夫。杜托夫（那个罪囚的姓名）终于过完了他的短短的刑期，又回到有自由的营里去了。但是他像所有的罪囚一样，本来是被遣送到狱里来改过自新的，结果反而在里面宠惯了，所以在恢复自由后不到两三星期，时常会发生他们重又坠入法网，回到狱里来的事情，但这次的刑期已不是两三年，却归入"长期"的一类里去，十五年或二十五年了。结果真是这样的。杜托夫在出狱后过了三星期，就撬锁偷窃；此外，还做出了粗暴蛮横的行为。他被解送法庭审判，判处严厉的刑罚。他本来是一个可怜的懦夫，对于将临的刑罚惧怕得无以复加，惧怕到了极点，就在他应该钻到队伍的行列里挨受棒打的前一天，持刀攻击走进囚室里来的看守官。他当然非常清楚他这种行为会加重他的罪名，且会延长徒刑的期限；但是他就冀图哪怕有几天，哪怕有几小时使可怕的受刑罚的时间延宕下去！他懦怯至那种程度，在他持刀攻击的时候，甚至不敢伤及那个军官，却只是装装样子，只是为了有一个新的犯罪事实，让人家再审判他。

临刑前的一分钟对于被判决的人自然是可怕的，我好几年来看见了许多受审判的人在他们处刑的日子的前一天里的情况。我时常生病，躺在医院里，我常在医院的罪囚病房里遇见这些受审判的罪囚。全俄所有的罪囚们都知道，最同情他们的人是医生。他们从来不对罪囚们有所歧视，而别人几乎全会不自觉地歧视罪囚的，除了普通的民众以外。民众对于罪囚的犯罪，无论犯了怎样严重的罪，总不加以责备，且为了他们已受到了刑罚，为了他们的不幸而饶恕他们。全俄的民众称犯罪为不幸，罪囚为不幸的人是不为无因的。这是一个意味深长的词语，它的重要在于它是无意识的、出于本能的。至于医生们，在许多情况下却真是罪囚们的逃避所，尤其对于受审判将要处刑的人们是如此，他们比起已判决的罪囚来，被监禁得严厉些。……一个受审判的人计算他快要临到那个可怕的处刑的日子，时常进入医院，想借此延宕那个痛苦的时间。他出院的时候，几乎确切地知道那个不祥的日子就在明天，便几乎永远露出极度惊恐的样子。有些人由于骄傲而努力将自己的情感隐藏起来，但是那笨拙的、假装出来的无所畏惧是瞒不住他们的同伴们的。他们全明白是怎么回事，大家由于同情心而沉默着。我知道一个罪囚，年轻的杀人犯，他是个小兵，被判处相当数目的杖刑。他胆怯得在处刑的前一天决定要喝下一大杯酒，里面掺上鼻烟。顺便说一句，被审判的罪囚在受刑罚之前总要喝酒的。酒在到期之前很久就被运来，是花许多钱弄到手的。受审判的罪囚宁愿在半年内牺牲日常最必要的享受，却要积蓄到相当的数目，以便买下小半瓶的酒，在临刑前的一刻钟内喝下。罪囚中间向来有一种看法，就是酒醉的人挨受鞭棍的时候会减少痛楚的感觉。但是我又扯远了。那个可怜的小伙子在喝完了一杯酒以后，确实立刻生病了。他吐着血，在送进医院的时候几乎失去了知觉。这呕吐使他的胸腔损伤得很厉害，在几天以内就发现了真正的肺痨病的症状，过半年后就死去了。医治他的肺痨病的医生们不知道这病是因何而起的。

在讲述罪囚们在临刑前时常会发生懦怯情况的同时，我还要补充的是其中有些人反而显出特别的无畏精神，使观察者为之惊异。我记得几个勇敢到麻木程度的例子。这些例子并不十分稀少。我特别记住了和一个可怕的罪犯相遇的情形。在一个炎夏的日子，罪囚病房内传出一个消息，晚上将惩罚著名的强盗和逃兵渥尔洛夫，在处刑后将送到医院里来。大家都显出一种担忧的神色，说实话，我也怀着极度的好奇盼望那个著名的强盗的出现。我早已听说关于他的一些奇迹。他是一个少有的凶徒，冷酷地宰杀老人和小孩；一个具有十分坚强的意志，且对于自己的力量有骄傲的感觉的人。他犯了许多命案，被判处挨受从队伍行列当中通过的杖责，晚上才把他抬进院来。渥尔洛夫几乎失去了知觉，脸色异常惨白，头发浓密卷曲，而且黑得像胶脂。他的背肿了起来，现出血紫色。罪囚们整夜服侍他，给他换水，把他的身子翻来翻去，给他吃药，好像侍候着亲人，侍候着恩人一般。第二天他完全醒了，在病室内走了两遍！这使我惊异：他到医院里来时是那样软弱且委顿。他一下子挨了预定的棍杖数目的一半。医生注意到继续施行刑罚将致罪犯死亡，这才阻止了惩罚。再说，渥尔洛夫身材极小，体格软弱，且由于长时期的系狱待审，更加显得孱弱无力。凡是什么时候看见过被处体刑后的罪囚的人，大概会长久地记住他们疲劳的、瘦弱的、惨白的脸和发疟疾似的眼神的。虽然如此，渥尔洛夫很快地复原了。显然，他的内在的精神方面的毅力是大有帮助的。他确是个不寻常的人。我由于好奇，和他处得接近些，整星期内研究着他。我可以肯定地说，我一辈子从来没有遇见过像他那样强毅的、具有钢铁般性格的人。有一次，在托博尔斯克，我也曾看到过一个和他相类似的著名人物，过去的匪魁。那人真的完全是只野兽，你站在他的身旁，还不知道他的姓名，就会本能地预感到一个可怕的生物在你的身边。但是那人在精神方面的呆钝使我惊吓。肉体战胜了所有他的精神上的性格，使你朝他的脸上一眼看去，就看出他身上只剩留了对于肉体的愉快、好色和淫欲的野蛮的渴念。我相信郭莱涅夫——这强盗的姓名——在刑罚之前也会恐惧得甚至垂头丧气，而且会战栗的，虽然他有杀人不眨眼的本领。渥尔洛夫和他完全相反。那显然是精神完全战胜肉体。显见这人能以无限制地控制自己，漠视一切的痛苦与刑罚，不惧怕世上的任何什么事情。你曾在他身上看出无穷的毅力，对于事业的热望，对于复仇的热望和达到预定目的的坚决意志。使我惊愕的是，他的奇怪的骄傲。他似乎用高傲得离奇的态度看一切，但并不是故意装作的，却似乎是出于本性的。我以为世上没有一个人，可以用他的权威使他发生影响。他安静地看待一切，好像世上没有什么东西值得他惊异的。他虽然充分地了解别的罪囚们对他很敬畏，但并不在他们面前装腔作势。然而虚荣与骄傲几乎成为所有的罪囚们一般的特性。他很聪明，坦白得出奇，虽然并不喜欢说话。他对我的问话直接地回答，他等候健康恢复，便可快快地补受其余的刑罚，起初在刑罚以前他担心自己无法幸存。"但是现在，"他一面说，一面对我眨一下眼，"结束了。我挨受其余数目的杖击，立刻就可以随着大批囚犯一同发配到尼布楚，我就可以趁机在途中逃跑！我一定要逃跑！但愿背上的创痕快点平复下去才好！"在这五天内，他贪婪地期待什么时候可以出院。在静候中他有时显得很好笑，很快乐。我试着和他谈起他平日的行为。他经我这一问，总是微微地皱起眉头，但永远坦白地作答。在他明白我正在根究他的良心，希望他露出一点忏悔来的时候，他望着我，露出那样的轻蔑和高傲的神色，仿佛我在他的眼里忽然成为一个小小的、愚蠢的孩子，他不能和这孩子讨论像和大人一样讨论的问题。他的脸上甚至露出一种类乎怜惜我的样子。一分钟以后他对我发出大笑，极坦白的笑，没有一点讥讽。我相信，他独自一人，忆起我的话语的时候，也许会一再地暗中笑我。他终于在背部还没有完全平复的时候就离开医院，我也恰巧出院，两人一同从医院里出去：我回监狱，而他到我们狱旁的号房里去，他以前就押在那里。他临别时和我握手，这是对我十分亲密的一种表示。我认为他这样做，是因为他很满足自己和现在的时刻。实际上他一定看不起我，一定看我是一个驯顺的、软弱的、可怜的且在各方面比他低贱的生物。第二天他就被带出去挨受第二次的刑罚……

我们牢房的门一关闭，立刻显出了一种特别的情景，真正的住处、家庭的情景。只是现在，我才能够看见罪囚们，我的同伴们，完全像在家里一般。白天，下士官们、看守们，总之是官长们，随时都会走进狱内，因此所有狱内的居民全持着好像不十分安静的态度，好像时时刻刻在一种惊慌中等候着的态度。但是营舍的门一关，大家立刻安静地各就自己的位置，几乎每人都开始做一点手艺。营舍内忽然有亮光了。每人都预备好自己的蜡烛和蜡台，多半是木质的。有的人坐下来补靴，有的人缝衣裳。营内恶浊的气味一小时比一小时地浓重起来。一堆游手好闲的人蹲在角落里铺好的地毡前面赌牌。每个营舍里几乎都有罪囚置备的一俄尺长的、狭窄的地毯，蜡烛和肮脏得出奇的、油腻的纸牌。这一切总称为"赌摊"。摊主向赌徒们收取租金，每夜十五戈比；他就以此为职业。赌徒平常赌三张牌，或赌"上山"等。所有的赌博全含有侥幸的冒险性。每个赌徒把一堆铜币放在自己身前，倾出他口袋里所有的钱，只在输得精光或把同伴们的钱全都赢尽的时候，才肯站起身来。赌博到深夜才完，有时延长到天亮，营舍开门的时候。我们的房间里和别的狱舍里一样，永远有些乞丐，不是赌输，便是喝酒喝得精光，或者简直是天生的乞丐。我说"天生"的，我要特别强调这个名词，在我们的国家里，在无论什么样的环境里、无论什么样的条件里，永远存在着，而且将来也会存在着的一些奇怪的人物，他们驯顺且并不很懒惰，但已被命运注定了永远成为乞丐。他们永远是穷困的，他们是龌龊的，他们永远露出一种受虐待或被忧愁压倒的样子，而且永远受某人的役使，供某人的呼唤，总是侍候那些好游耍或突然地发了财、升高了地位的人们。任何的创意、任何的发端，对于他们只是忧愁与痛苦，难以担当的。他们仿佛生下来就带着这样的条件，那就是自己一点也不努力，而只是侍候人家，不依靠自己的意志生活下去，一切依人行事。他们的专职就是依照别人的意志去行事。任何的机会、任何的变动都不能使他们发财。他们永远是乞丐。我觉察出，这样的人物不仅在普通民众中存在，且在所有的社会里、阶级里、政党里、杂志社里、公司会社里都有。在每个营舍里、每个牢狱内，也有这种情形，因此赌摊一成了局，这样的一个人立刻就会走出来侍候。一般地说来，无论哪一个赌摊，没有侍候的人是不行的。普通赌徒们总是花五个银戈比雇用他一夜，他的主要责任就是看守一整夜。他多半要在黑暗里、外间里、零下三十摄氏度的寒气里挨上六七小时的冻，倾听每一个叩门声、每一个声响、院内每一个脚步声。少校或看守们有时会在深夜时到狱里来，轻轻地走进，捉拿赌博和为赌徒工作的人们，还有从院内可以看得见的多余的烛光。至少在外间的门上锁响的时候再藏匿起来，把蜡烛吹灭，躺到铺板上去，为时已晚。但是因为在出了这种事情以后望风人会吃到摊赌上人们很多的苦头，所以这类失风的事情是很少很少的。五个戈比自然是少得可怜的数目，甚至对于牢狱里也是的；但是永远使我惊愕的是狱中雇主们那份严肃和毫不怜悯的神色，在这件事情和一切别的事件方面都是这样。"拿了钱，就应该做事！"这是不容反驳的。雇主花了少许的钱，得到他所要的一切，且在可能时他还想得到更多，还认为他给予佣工恩惠。一个闹酒的人醉醺醺地把银钱任意乱花，但一面很苛刻地对待他的佣工，这个情形我不只在监狱里，不只在赌摊上看到过。

我已经说过，营舍中几乎大家都坐下来做点什么工作。除去赌徒们，完全闲暇的人不到五个。他们立刻躺下来睡觉。我在铺板上的位置恰巧在门旁。铺板的另一端，跟我头碰头的是阿基姆·阿基梅奇。他每晚工作到十点钟或十一点钟，粘贴各色各样中国式的灯笼，城里有人向他定制，出很好的价钱。那些小灯笼他做得十分灵巧，而且工作得极有次序，从不间断；在做完工作的时候，收拾得十分干净，把自己的褥子铺好，祷告上帝，缓缓地睡到自己的床上。他的善良和守秩序显然发展到极琐细的拘泥迂腐的地步。他显然认为自己是个十分聪明的人，和一般愚蠢的、天资有限的人们是不同的。我从第一天起就不喜欢他，虽然我记得我在第一天上便已经在他身上大加思索，且深以为奇，像他这样的人物，竟会在生命中不得意，而落到狱中来。以后我还要讲到阿基姆·阿基梅奇，不止一次。

让我来简单地描写我们营舍里的组织。我必须在监狱待上许多年，而他们全是我将来的同伴。显然我要带着热切的好奇审视他们。在我的铺位的左面住着一小堆高加索的山民，大半为了抢劫被遣戍到这里来，充作不同刑期的苦工。他们有两个莱慈根人，一个车臣人，三个达格斯坦的鞑靼人。车臣人是一个阴郁的、不和蔼的人，几乎不和任何人说话，时常带着仇恨，皱紧眉毛，还带着含毒素的、恶狠的讪笑，看着周围的一切。莱慈根人中一个是老人，有长长的、细细的鹰钩鼻子，看起来像个万恶不赦的强盗。另外一个名叫努拉，从第一天起就给了我极愉快的、极可爱的印象。他人还不老，个子不高，体格像个大力士，头发完全是黄的，眼睛淡蓝色，鼻子是弯曲的，腿由于以前时常骑马而变得弯曲。他的整个身体被枪刺和子弹所伤。他住在高加索和平区域，但时常偷偷跳到非和平的山区那里去，和他们一同攻击俄人。在监狱里，大家都喜爱他。他永远显得快乐，对大家都很客气，毫无怨艾地工作着，显出安静和明朗的神色，虽然对罪囚生活的那份可憎和龌龊时怀愤恨，对于一切偷窃、欺骗、酗酒以及所有不体面的行为异常愤激，不过他并不存心打架，只是愤愤地背转身去。他自己在刑期内从来没有偷过东西，没有做过一桩不好的事情。他十分虔信上帝，神圣地做着祷告；在伊斯兰节前的斋戒日里，像狂信者似的守着斋戒，整夜地站立着祈祷。大家全爱他，相信他的诚实。"努拉是一头狮子。"罪囚们说。他因此得了"狮子"的绰号。他完全相信他刑满后，会回到高加索去，他就凭着这个希望生活下去。假如失去了这个希望，我觉得他会死的。我在进狱的第一天就明显地看出来了。在其余的罪囚们恶狠、阴郁和讪笑的脸中间，他的良善的、同情的脸是不能不注意到的。在我进狱内来的最初的半小时里，他从我的身边走过，拍了拍我的肩膀，善良地朝我笑了笑。我起初不能理解这是什么意思？他的俄国话说得很差。不久，他又走到我面前，一面微笑着，一面又友谊地叩击我的肩膀。以后又这样继续了三天。我以后猜到，而且弄明白，知道他是在为我难过，他感到我不习惯牢狱生活，想对我表示亲密，鼓励我，愿意保护我的意思。善良的、天真的努拉！

达格斯坦的鞑靼人有三个，他们是亲弟兄。其中两个年纪已老，第三个阿雷不到二十二岁，而且外表还更年轻些。他的铺板的位置是和我并排的。他的美丽的、清朗的、聪明的且善良和天真的脸，从第一眼看去便把我的心摄住了。我很高兴，命运将他送给我做邻居，而不是其他人。他的整个心灵全表现在他的美丽的，可以说是好看的脸上。他的微笑那样的自信，那样的像孩子般天真；漆黑的大眼睛那样的温柔，那样的和蔼，我看到他，永远感到特别的愉快，甚至是能解除我的烦闷和忧愁。我说这话并不夸张。在家乡，他的长兄（他有五个兄长，另外两个进入一个工厂里去了），有一天吩咐他拿着帽子，骑上马，一同出发考察什么事情。山民的家庭内对于尊长的恭敬是很重要的，因此这个男孩不但不敢拒绝，甚至不想问他们到哪里去。他的兄长们也不认为有通知他的必要。他们其实是去抢劫，在大道上守候一个有钱的亚美尼亚商人，预备抢劫他的货物。结果就发生下面的事情：他们把卫兵杀死，把那个亚美尼亚人弄死，把他的货物劫走。但是案件被侦破了：把他们六个人抓了起来，加以审讯，取得了证据，被处了刑罚，再遣送到西伯利亚做苦工。法院对于阿雷所施的恩惠是较短的刑期，他的遣戍期是四年。哥哥们很爱他，且是慈父般的爱，不是弟兄般的爱。他是他们受徒刑期中的安慰，他们平常是阴郁而且不愉快的；他们永远带着微笑看他，在和他谈话的时候（他们很少和他说话，仿佛还认为他是小孩，不必和他谈正经事情），他们的严肃的脸庞熨平了，我猜到他们正在和他谈些逗趣的，至少几乎是小孩般的话语。他们永远互相对视着，善良地微笑，在倾听弟弟的回答的时候。他自己几乎不敢和他们讲话，他的恭敬竟到了这种地步。这个男孩在羁居牢狱的全部时间内怎么会保持这样的柔软心肠，同时又显出如此严肃的诚实、如此的恳切、如此的富于同情，不变得粗暴，不受坏习惯的传染，真是难以想象的事。他有着一种坚强的、不可摇撼的性格，虽然含有多少显著的柔性。我以后很了解他。他贞洁如处女，狱中随便什么人做了不好的、龌龊的、卑怯的或不正当的行为，会在他的美丽的眼内燃起愤恨之火，眼睛因此显得更加美丽。但是他避免吵闹和辱骂，虽然从一般上讲来，他并不是那种可以让自己无故地挨受侮辱，而是会坚持自己主张的人。但是他不和任何人吵闹：大家都爱他，大家都抚慰他。起初他只是和我客气。我渐渐地开始和他谈话，在几个月内他学会了说一口很好的俄国话，但是他的哥哥们在被遣戍的全部时期内始终没有学会。我觉得他是极聪明的孩子，极谦恭而且知趣，甚至已会做很多的判断。总之，我可以预先说：我认为阿雷不是普通的人物，现在回忆我和他的相处，实在是我一生中最快乐的事。有些性格是天生良好的，且受了上帝的许多赏赐，连他们会在什么时候变坏的一个思念，你都会觉得是不可能的。你永远可以对他们放心。我从来没有担心过阿雷。他现在在哪里呢？

有一天，在我进狱后过了许多时候，我躺在铺板上面，心里思索一个极严重的问题。永远工作着，性好劳动的阿雷，这一次没有做什么事情，虽然睡觉还早。但是他们那天正过穆斯林节日，所以没去工作。他躺在那里，头枕着手，也在那里想什么事情。他忽然问我：

"怎么，你现在觉得很痛苦吗？"

我好奇地看了他一眼，我觉得这个快速、直接的问题，出自一向识趣的、具有辨别力的、心地永远聪明的阿雷之口是很奇怪的；但是我看得仔细些，就看出他的脸上有些许烦闷，些许从回忆而得来的苦痛，因此立即发现他自己的心里也很痛苦，而且就在这个时刻，我向他表达了我的猜测。我喜欢他的微笑，永远是温柔的、恳切的微笑。他微笑时露出两排珍珠般的牙齿，它们的美丽会使世界上第一美女羡慕的。

"阿雷，你现在一定心想你们达格斯坦现在怎样过节。那里是不是很好？"

"是的，"他欢欣地回答，他的眼睛发光，"你何以知道我想这桩事情？"

"怎么会不知道？怎么？那边比这里好吗？"

"喔！你为什么这样说呢……"

"现在你们那里大概有许多好看的花，真是像天堂一般！……"

"唉，你最好不要提了吧。"他非常激动。

"喂，阿雷，你有姊妹吗？"

"有的，你问她做什么？"

"大概她是美女，如果她像你。"

"哪里像我！她是全达格斯坦最美的美女啊！我的妹妹真是美女！你从来没有看到过的那样的女子！我的母亲也是很美的。"

"母亲爱你吗？"

"啊！你说什么话！她现在一定为了我的事情愁死了。我是她心爱的儿子。她爱我甚于妹妹，甚于一切人……我今天梦见她到我这里来，对我哭泣。"

他沉默了，在那天晚上不再说出一句话来。但是从这时起他时常寻找机会和我说话，虽然他自己由于不知道什么原因对我感到的尊敬，从来不首先开口。但是在我对他说话的时候，他很高兴。我问了他有关高加索的事情和他以前的生活。哥哥们不阻止他和我谈话，他们甚至觉得愉快。他们看见我越发地喜欢阿雷，也开始对我和蔼得多了。

阿雷帮助我做工，在营舍里尽他的能力侍候我，显然他觉得以能够尽点力量使我得到便利，博得我的欢心，是一件极愉快的事情。在这冀图博得我的欢心的努力里没有丝毫屈辱身份或寻觅某种报酬的意思，而只是表达一种温暖的、友谊的情感，他并不隐瞒他对我有这样的情感。他在机械方面是很能干的，他学会了很熟练地缝剪内衣、缝补皮靴，以后又学会木工的本领。哥哥们夸奖他，为他感到骄傲。

"喂，阿雷，"我有一天对他说，"你为什么不学习俄语呢？你知道，以后在西伯利亚，这可能对你有用？"

"我很想学，但是向谁去学呢？"

"这里认识字的人还少吗？要不要让我来教你？"

"好的，请你教我呀！"——他甚至在铺上站了起来，合起双手，真诚地看着我。

我们第二天的晚上就开始了。我有一本俄译的《新约》，这本书是狱内唯一没被禁读的书。阿雷不用训蒙的课本，只用这本书，在几天之内学会了阅读。三个月以后，他已经完全了解书本上的语言。他带着热诚和挚爱求学。

有一天我和他在一起读完了《山上垂训》，我注意到有些地方他仿佛用特别的情感在读。

我问他，喜欢不喜欢他所读的东西。

他快速地看了我一眼，红晕在他的脸上泛出。

"啊，是的！"他回答，"是的，耶稣是神圣的预言者，耶稣说上帝的语言。多么好呀！"

"你最喜欢什么？"

"就是他说'要饶恕，要爱，不要凌辱人，爱仇敌'的那番话。啊，他说得多么好呀！"

他转身向着倾听我们谈话的长兄们，开始对他们热烈地说些什么话。他们互相长久而且严肃地说话，肯定地点着头。以后他们露出郑重而且恳切的，也就是纯粹穆斯林微笑（我最爱这微笑，也就是爱这微笑的郑重）。他们向我证实：耶稣是上帝的预言者，他做出伟大的奇迹；他用黏土做成鸟，朝它一吹，就飞走了……这在他们的书里写着。他们说这话的时候，完全相信他们赞颂耶稣，会使我十分快乐，阿雷感到幸福，为了他的兄长决定而且愿意博取我的快乐。

书写的功课也进行得极其顺利。阿雷弄到了纸张（他不许我用我的钱买它），也买了钢笔、墨水，在短短的两个月内，学会了写一手好字。这甚至使他的兄长们惊愕了。他们的骄傲和满足没有限度。他们不知道怎样感谢我。在逢到我们一块儿工作的时候，他们在工作的地方抢着帮助我，认为这是极大的幸福。我不必提阿雷。他爱我，也许和爱兄长们一样。我永不会忘记他离开监狱时的情形。他领我到营舍后面，在那里抱住我的颈脖哭了。他以前从来不吻我，从来不哭。"你对我做了太多的事情，做了太多的事情，"他说，"我的父母都没有对我做过这么多事情。你使我成为一个人，上帝会补偿你，我永远不会忘记你……"

现在，现在你在哪里呢？我的善良的、可爱的、可亲的阿雷！……

除了切尔克斯人以外，我们的营舍里还有一小堆波兰人，他们组成了完全不同的一个团体，和其余的罪囚们几乎不相往来。我已经说过，为了那种特殊性，因为仇恨俄罗斯的罪囚，他们因此也被大家所嫉恨。那是一些受折磨的、病态的性格。他们有六个人，他们中间有几个是有学问的人，我以后要个别地、详细地讲他们。我在狱内最后的几年内，有时从他们那里弄到一些书。我所读到的第一本书给予我强烈的、奇怪的、特别的印象。关于这印象，以后我要特别讲一讲。这印象对于我是十分有趣的，我相信有许多人会完全不了解的。有些事情在不经尝试以后是不能加以判断的。我要说的是，精神上的贫困比一切物质的痛苦还感到难受。受遣戍的普通人进入新的社会里去，甚至也许进入比以前待过的更发展的社会里去，他自然丧失了许多——乡土、家庭等等，但是他的环境还是一样。一个有学问的人按照法律和普通人受相同的刑罚，他所丧失的时常比普通人要多。他应该把一切自己的需要、一切的习惯压抑下去，转入对于他不能满足的环境里去。他必须学会呼吸不同的空气……这等于从水里把一条鱼拖到沙上。依照法律，对于大家一律相同的刑罚，对他来说都是十倍的痛苦。这是真理……甚至假如这单指物质上的享受，这享受是应该牺牲的。

然而，波兰人自己组成了一个特别的小团体。他们有六个人，生活在一块儿。在我们营舍的一切罪囚中间，他们只喜欢一个犹太人，也许只因为他逗乐他们的缘故。其实连别的罪囚们也都喜欢我们的小犹太人，虽然大家全都取笑他。在我们那里只有他一个人。我甚至现在回忆起他的时候也不能不笑，每次我一看到他，就记起果戈理《塔拉斯·布尔巴》中的小犹太人杨凯尔来，他脱了衣裳，和自己的犹太女人一同在一个橱柜里过夜的时候，就像一只小鸡。伊萨·福米奇，我们的小犹太人，就像这样的一只被扯去毛的小鸡。这人年纪已经不轻了，大约有五十岁，小小的身材，体格很软弱，性情有点狡猾，但实在是很愚蠢的。他恶狠而且傲慢，同时又异常怯懦。他满脸皱纹，额上和脸颊上有处刑台上给他烙下的烙印。我无从了解，他怎么挨受得了六十记鞭子。他犯了命案到这里来。他身边藏着一张药方，是他的犹太女人在他处刑以后从一个医生那里弄来的。照这药方可以配成一种油膏，擦了以后，烙印会在两星期内去掉。他不敢在狱内使用这油膏，等十二年刑满后，打算被释放出去落户时使用这个药方。"否则是没有办法结婚的，"他有一次对我说，"我一定要结婚。"我和他是极要好的朋友。他永远有极愉快的精神状态。他过着遣戍的生活，觉得很轻松。他的手艺是钟表工，因为城里没有钟表店，他会的手艺很多，因此被解除了做苦工。他自然同时还放印子钱，收受抵押品，放债给全狱的人，索取高额的利息。他比我先来，一个波兰人对我详细描述过他入狱时的情形。那是一桩极可笑的事情，我以后再讲。我要讲到伊萨·福米奇的地方还不止一次呢。

我们的营舍里其余的人物中还有四个旧教徒，全是老迈的博学者，其中有一个是从斯达洛杜博卡夫司基村里来的。此外还有两三个乌克兰人，全是阴郁的人们。一个年轻的囚犯，有副消瘦的脸庞，柔细的鼻子，二十三岁模样，已经杀死了八个人。还有一伙造伪币的囚犯，内中一个会逗得全狱的人发笑。最后还有几个阴沉的、不愉快的人物，他们被剃光了头发，样貌异常难看，沉默，好忌妒，皱紧眉毛，仇视地看着周围的一切，且准备在许多岁月内，在全部徒刑时期内，这样看着人，皱眉毛，沉默，仇恨。在我的新生活开始的第一个不快乐的晚上，这一切只在我的面前闪现了一下——在烟气和煤灰中，在辱骂和难言的卑怯的行动中，在恶浊的空气里、脚链的声响中、诅咒和无耻的哄笑中闪过。我躺在空无一物的铺板上面，把衣服放在头下（我还没有枕头），用大衣盖住身体，但是许久睡不着，虽然由于这最初的一天内所得的一切怪诞的、意料不到的印象而感到全身疲劳和酸疼。但是我的新生活刚刚开始，还有许多事情等候我，我始料未及的、无法预测的……

第五章 第一月

     我在入狱后三天，才奉到了出去做工的命令。第一天工作的情形是极可纪念的。虽然在这全天内我并没有发现什么不寻常的事情，至少已把我的地位里本来就不寻常的一切包括在内，但这也属于最初的印象之一。我还继续贪婪地审看一切。我在极沉重的感觉中混过了这最初的三天。"这是我的流浪生活的终结：我在狱中了！"我时时刻刻地对自己说，"这是我许多悠长岁月里的一个码头、一个角落，我现在怀着那种不信任的、那种病态的感觉走进去……谁知道？也许将来，过了许多年以后，必须离开这地方，那时还要怜惜它呢！……"我补充地说，言语里不免掺着一种幸灾乐祸的感觉，这感觉有时弄到需要故意刺激自己的创作的地步，仿佛愿意欣赏自己的痛苦，仿佛在感觉不幸的伟大性里确乎有愉快的成分在内。关于将来会怜惜这角落的想法令我自己都感到恐怖：我在那时就已预先感到，人能安住下去到如何怪诞的程度。但这还是以后的话，现在我周围的一切全是仇恨的、可怕的……虽然也并不全如此，但我总觉得是这样。我的新同伴们环望我时的那份野蛮的好奇，他们对待一个突然在他们的团体内发现的新来的贵族那份加倍严厉的态度，有时几乎达到仇恨的地步，这一切折磨着我，使我自己都希望赶快去做工，只是为了快点弄清楚，尝到我的一切的苦恼，以便开始和他们大家一样地生活下去，以便尽快走上和大家一样的生活轨道。我当时没有注意到，没有疑惑到放在我眼前的许多事情，我还没有在仇恨中间区别出同情来，但是我在这三天内遇到的几个和蔼和客气的脸庞强烈地鼓舞了我。阿基姆·阿基梅奇对我比对其他人和蔼而且客气些。在其余的罪囚们阴郁和仇恨的脸庞中间，我不能不注意到还有几个善良和快乐的人。"到处有坏人，但坏人中间也有好人，"我急着这般安慰自己，"谁知道？这些人也许并不比其余的留在狱外的人们怎样坏些。"我心里想，对自己的想法摇头，但是，我的天！假如我当时就知道这想法有多真实就好了！

譬如说，狱内有一个人，在经过了许多年以后我才完全把他认识清楚，然而他几乎在我徒刑的全部时间内一直和我在一起，时常在我身边。那是一个姓苏士洛夫的罪囚。我现在一讲到罪囚们不比别人坏的话，立刻不由自主地忆起他来。他侍候着我。我还有另一个侍候的人。阿基姆·阿基梅奇还在最初的时候，还在最初的几天内，就介绍给我一个罪囚——渥西布。他说只要每月给渥西布三十戈比，他就会每天给我烧煮特别的饭菜，假如我讨厌吃官家的东西，如果我有自办伙食的钱。渥西布是罪囚们选派到我们的两个厨房里去的四名厨师中的一人，不过他们接受或不接受这选派是他们完全的自由；而且在接受之后，哪怕明天也可以马上辞去的。厨师们不必出去做工，他们的工作就是烤面包和煮菜汤。大家不称他们为厨师，却称作擀面师傅，不过这并非由于看不起他们——况且选派到厨房里去的全是头脑清楚和诚实的人——他们被这样称呼，是出于一种亲爱的玩笑，我们的厨师们对它一点也不感受到是种侮辱。大家差不多永远选渥西布，他几乎一连几年都被选为擀面师傅，不过有时偶然辞职，在烦恼把他紧紧地抓住，或是在他想去运酒进来的时候。他是稀有的正直而且驯良的人，虽然因为贩运私货的罪到这里来的。他就是那个贩运私货人，高身材而且健康的小伙子，我前面已经提过了的。他生性懦怯，惧怕一切，尤其惧怕鞭笞，性情驯良柔和，对待大家十分和蔼，从来不和任何人争吵；但是不管他怎样胆小，由于他生性嗜好贩运私货，抵制不住那种习性，他不能不偷运酒。他和别的厨师们一块儿卖酒，自然他的营业没有像格静那样的规模，因为他没有过分冒险的勇气。我和渥西布相处得很和气。至于自备饭食，其实并不需要很多的钱。我不会弄错，假如我说每月我的饭食只要用去一个银卢布，自然面包不算在内，它是公家的——有时菜汤也不在内，假如我很饿，虽然我对那菜汤深觉嫌恶，但以后这嫌恶的感觉几乎完全消失了。我平常总是买一块牛肉，每天一磅。冬天我们这里牛肉的价格非常便宜。牛肉是伤兵中什么人到菜市上去买来的，我们的每个营舍里住着一个伤兵，为了监督秩序，他们自愿每天上菜市去给罪囚们买东西，几乎一点费用也不收，至多只取一点极少的钱。他们这样做，是为了自身的安全起见，否则他们不能在狱内安身。他们同样地运进一些烟叶、砖茶、牛肉、面包等等，除去酒以外。没有人请他们运酒进来，虽然有时也请他们喝一点。渥西布连着几年老是给我烧制同一道烤牛肉。至于这牛肉烤的味道怎样——这是另一个问题，而且问题也不在这上面。有趣的是，我和渥西布在几年内几乎说不上两句话。我有许多次开始和他攀谈，但是他似乎没有维持谈话的能力：有时微笑了一下，或是回答是或否，也就完了。看着这个像是只有七岁的小孩甚至会感到奇怪。

帮助我的人们中间除渥西布以外还有苏士洛夫。我不呼唤他，也不寻觅他，他好像自己找到我，被派到我身边来似的；我甚至不记得什么时候，而且怎么会弄成这样的。他开始替我洗衣裳。为了这，特地在营舍后面设置了一个大秽水坑。罪囚们的衣服就在这水坑上面，官家制作的木槽里洗濯。此外，苏士洛夫自己发明了几千种不同的工作，拍我的马屁：例如，修理我的茶壶，跑来跑去替我办理各种事情，为我寻找什么东西，把我的短大衣送出去修补，每月给我擦四次鞋油。这一切做得那样地勤劳而且忙乱，仿佛他身上负有不知怎样重大的责任，一句话，完全把自己的命运和我的命运联系在一处，把我的一切事情全都担任了下来。例如，他从来不说："您有多少衬衫，您的短大衣破了。"却永远说："我们现在有多少衬衫，我们的短大衣破了。"他老是看望我的眼睛，大概认为这是他一生重要的任务。他没有任何的手艺，大概只从我那里弄到几个戈比。我尽我的能力付给他钱，付出几个小钱，他永远驯从地引为满意。他不能不侍候什么人，他特别选中了我，大概因为我比别人客气些，付钱的时候诚实些。他是那些从来不会发财，从来不会改善自己的地位的人们之一，他们担任为赌摊望风，整夜站立在外间的寒冷中，倾听院内每一个声音，生怕少校万一来查，每次只取到五个银戈比，差不多要站一整夜，而在检查的时候还要丧失一切，以背部作答。我已经说过他们了。这些人的性格特征是永远，到处，而且几乎在众人面前消灭自己的个性，在公众的事业中间扮演甚至还不是二等，却是三等的角色。这一切出于他们的天性。苏士洛夫是一个很可怜的小伙子，性情十分柔顺而且自卑，甚至露出那种受压抑的样子，虽然我们这里谁也没有压抑他，却是从天性里是受压抑的。不知为什么缘故，我永远可怜他。我甚至一看见他就会生出这种情感来，至于为什么可怜他——我自己也不能回答。我也不能和他谈话；他也不会和我谈话，显见这对于他是很困难的事，他只在停止了谈话，让他做什么事情，请他到什么地方去跑一趟的时候，方才显得活泼起来。我甚至终于相信我这样做会使他得到快乐。他的个子不高也不矮，他的为人不好也不坏，他不傻也不聪明，不老也不年轻，脸上有点雀斑，头发一部分是金黄色。关于他太确定的话是永远不能说的。只有一桩：我这样觉得，而且可以猜到，他属于西洛特金的一类，只是由于他被压抑和柔驯的性格而归到那类里去。罪囚们有时取笑他，主要是因为他和大队同行到西伯利亚的时候，在途中和别人交换了，而且是用一件红衬衫和一个银卢布的代价交换了的。就为了他用极微的代价将自身出卖，罪囚们都取笑他。所谓交换就是和什么人交换姓名，也就是交换命运。这件事尽管会使你觉得怎样奇怪，但确是事实，在我上西伯利亚来的时候，这样的事情还继续在被押解的罪囚中间发生，已成为一种神秘的传统习俗，而且有着一定的交换形式。我起初怎么也不相信这种事情，可是后来不能不相信了。

这是用下面的方式做成的。譬如说，有一帮罪囚被押送到西伯利亚去。同行的有各色各样的人：有配充苦工的，有上工厂的，也有流戍的，大家都一块儿走。在途中什么地方，哪怕就是彼尔姆地区。被遣戍的人们里，有一个想和另一个交换位置。譬如说，一个姓米哈洛夫的，他是杀人犯或犯了其他重罪，他认为做许多年的苦工对自己不合算。假如他是一个狡猾的小伙子，受过磨炼，知道怎么解决。他选中同行人中一个比较愚蠢的、容易上当、性格温顺些的某人，只被判了较轻刑罚的人；或是短期发配到工厂里去，或是流犯，或者甚至配充苦工，但刑期短些。他终于发现了苏士洛夫。苏士洛夫是农奴出身，他只是被遣发戍居。他已经走完了一千五百俄里，甚至身边没有一个戈比，因为苏士洛夫是从来不会有钱的，他走得十分疲乏、困顿，吃的只是官方的口粮，哪怕是偶然也得不到一点好吃的东西，穿的是囚服，期待以几个可怜的铜币为代价，侍候着大家。米哈洛夫和苏士洛夫攀谈起来，拉拢着，甚至产生了友谊，终于在一个递解站上灌他喝酒。然后对他提议：他愿意不愿意交换？我，米哈洛夫，犯了这样的罪，被配发到像做苦工，又不像做苦工的地方，到一种"特别科"里去。它虽然也是苦工，但是特别的，也就比较好些。关于特别科，在它刚成立的时候，甚至在官厅中间大家都少有人知道的，即使在彼得堡的官厅里也不见得会知道得清楚。这是一个与外面隔绝的、偏僻的处所，在西伯利亚的一个角落里，而且人数也不多（我在的时候里面也不到七十人），所以很难探听到它的消息。我以后遇见许多在西伯利亚服务过，熟悉它的情形的人，他们还是初次从我那里听到"特别科"的存在。在法令全书中关于它只有六行字："于某狱内设特别科收羁要犯，至在西伯利亚另设较重之苦工场所时止。"甚至这个"科"里的罪囚们自己都不知道他们到这里是终身或有期限的？刑期没有规定，只说是至另设较重之苦工场所时止，也就完了，那就是"走遍各苦工场所"。怪不得无论苏士洛夫或队中任何人都不知道它，连那个被遣戍的米哈洛夫自己也并不例外，他只是从他犯了那个太严重的，为了它已走完三四千俄里路的罪上才对于特别科得了一点概念。他终归不会被遣发到好地方去的。至于苏士洛夫不过配发戍居，那是多么好呀！"你愿意不愿意交换呢？"苏士洛夫有点醉意，他的头脑是简单的，他对爱抚他的米哈洛夫充满了感激，因此不敢一口拒绝。况且他已经在队里听见交换是可以的，别人家都交换，所以这里并没有什么不寻常和从未闻见的地方。事情妥协了。无良心的米哈洛夫利用苏士洛夫脑筋特别的简单，用一件红衬衫和一块银卢布的代价，向他购买了名姓——他立刻把那些东西当着证人们的面交给他。第二天苏士洛夫酒醒了，但是人家又灌他酒喝，再说拒绝已是不可能的：他取得的一块银卢布已经换了酒喝，红衬衫过了些时候也卖掉了。你不愿意，就要还钱。苏士洛夫从哪里去弄到一块整整的银卢布呢？假如不还，同伙的人会派你归还的：同伙里对于这种事情监督得十分严厉。再说既然答应了人家，也就应该履行，全伙的人会这样主张的。否则大家会和你过不去，或是痛痛地揍你一顿，或者简直把你打死，至少会吓唬你一下。

实际上，假如同伙的人们只要有一次容忍这种废弃约言的事情，让它含混过去，那么这种替换的把戏会名存而实亡的。假如收到了钱以后可以不履行所答应的话，破坏已成立的契约，以后谁还会再履行呢？一句话，这已成为大伙的、公众的事情，因此全队的人对于这种事情看得十分严重。苏士洛夫终于看见无法挽救，便决定完全答应下来。他们把这事向大家宣布，而且在必要的时候，还应该给某些人一点钱，请他们喝点酒。他们自然无所谓，不管张三李四，米哈洛夫或苏士洛夫往哪里去都可以，既然喝到了酒，吃到了甜头，在他们方面也没有什么可说的了。在第一个递解站上，譬如说，点起名来，点到米哈洛夫：“米哈洛夫！”苏士洛夫答应了一声：“到！”“苏士洛夫！”米哈洛夫喊了一声：“到！”就这样点下去了。谁也不再讲这件事情。在托博尔斯克把被遣戍的人们分了类。“米哈洛夫”被分发到戍地上去，而“苏士洛夫”在加倍的卫护下被押到特别科里去。以后是任何的抗议都成为不可能的，而且究竟用什么证明呢？这种案件会拖延到多少年？干了这种把戏还会得到什么样的处分？证人在哪里呢？即使有证人，也要矢口否认的。结果是苏士洛夫为了一块银卢布和一件红衬衫而跑到“特别科”里来了。

罪囚们取笑苏士洛夫，并非为了他和人家替换（虽然大家对从轻工替换苦工的人们总会看不起，认作傻瓜），却为了他只收到了一件红衬衫和一块银卢布：那是太微小的一个数目。平常交换是要用去一笔大数目的，这自然是相对的说法，甚至有花几十个卢布的。但是苏士洛夫那样的柔驯，那样的不中用，那样的渺小，加以取笑也似乎大可不必。

我和苏士洛夫处得很久，已经有几年了。他渐渐地十分亲近我，我不能不注意到这一点，连我也对他惯熟了。但是有一天——我永远不能饶恕自己——他没有办到我托他做的一件什么事情，而且他刚刚从我那里取了钱去，我竟狠心地对他说："你瞧，苏士洛夫，你用了人家的钱，但是不做事情。"苏士洛夫没有说话，立刻跑去办理我的事情，但是忽然忧郁了起来。过了两天。我心想：他不见得为了我说出那句话而变成这样的。我知道有一个罪囚安东·瓦西里也夫，坚持向他索还一点小借款。他并没有钱，但是怕问我借。第三天，我对他说："苏士洛夫，你大概想问我借钱，还安东·瓦西里也夫，是不是？你拿去吧。"我当时坐在铺板上面，苏士洛夫站在我前面。他大概因为我肯借钱给他，会想起他的艰难状况来而感到十分惊愕，况且他觉得他近来从我这里取了太多的钱，因此再不敢希望我还会借给他钱。他看了看钱，然后又看了看我，忽然扭转身子，走出去了。这一切使我十分惊愕。我跟着他走去，在营舍后面找到他。他站在牢狱的栅栏旁边，脸对着围墙，头顶在上面，手靠住它。"苏士洛夫，您怎么啦？"我问他。他不看我，我很惊异地看见他快要哭泣。"阿历山大·彼得洛维奇，您……以为……"他用断续的声音开始说，努力向旁边看视，"我侍候您……是为了银钱……我……我……唉！"他当下又靠在栅栏上面，甚至用额角撞它，呜呜地哭泣起来！……我在狱中初次看见一个哭泣的人。我竭力安慰他，虽然从那天起他在可能的范围内开始更加勤劳地侍候我，"注意我"，但是从一些几乎无从捕捉的征象上我看得出他的心永远不会饶恕我的责备。同时别人取笑他，在遇到一切适当的机会的时候便讥笑他，有时竟狠狠地骂他；但是他和他们处得十分和谐而且友善，从来不生气。是的，认清一个人有时是很困难的，甚至在多年的相交以后！

　　就为了这个原因，牢狱的生活在我初看一眼时所设想的和以后所感觉到的真正的形式完全不一样。就为了这原因，我说过，即使用贪婪的、加倍的注意观察一切，也到底不能把放在我眼睛前面的许多事物看得清楚。自然，使我惊愕的起初是最显著突出的事情，但是连这些事情我也许都接受得不正确，而只在我的心灵里留下一些沉重的、绝望的、悲伤的印象。这一切很多是由于我和 A 相遇的一件事情促成的。他也是罪囚，在我之前不久来到狱里。他在我进狱后的最初几天内给予我特别痛苦的印象。不过我还在未进狱之前就知道我会在这里和 A 相遇。他毒害了我的最初的痛苦的时间，增加了我的心灵上的痛苦。我不能不提到他。

　　这是一个极可憎厌的例子，说明一个人会堕落、卑劣到什么地步，会不用劳力，且没有一点忏悔，杀死自己心里一切道德的情感到什么地步。A 是年轻的贵族，我在前面已经提过他，说他把狱内的一切情形报告给我们的少校，又说他和少校的马弁费奇卡很要好。下面是他的简单的历史。他没有在任何学校毕过业，因为和他的家人吵翻了——他的家人对于他的荒唐的行为深为恐惧——便跑到彼得堡去，为了弄到几个钱，决定从事卑劣的告密，他毫不犹豫地出卖了十个人的鲜血，他沉溺在彼得堡极粗暴和淫荡的、快乐的、无可抑止的贪欲里。他并不傻，因此决定冒险做出疯狂和毫无意义的事情。他不久被人家举报了，他把无辜的人们牵拉进他的告密的呈文里去，还把另一些人加以欺骗，为了这事把他遣戍到西伯利亚我们的牢狱里来，刑期十年。他的年纪还轻，生命对于他刚开始。他的命运中这种可怕的打击理应可以改变他的性格，成为他生命中的转折点。但是他一点也不惭愧地承受了自己的新命运，甚至一点也没有厌恶，并不在它面前做道德的反抗，且一点也不恐惧，除了必须做苦工和同那些酒店妓院告别以外。他甚至认为罪犯的身份更加使他可以放手做更大的卑劣举动和龌龊行为。"做苦工犯，就去做苦工犯；既然是苦工犯，那就是更可做出卑劣的举动，不必引为羞耻了。"这就是他对自己崭新地位的看法。我忆起这个讨厌的人，把他看作丑恶的现象。我有几年时间生活在杀人犯、色鬼和万恶不赦的凶徒中间，但是我可以肯定地说，我一辈子还没有遇见过道德方面这样完全堕落、这样充满色欲、这样无耻地低贱，像 A 一般的人。我们这里有一个贵族出身的弑父犯，我已经提过他；但是我从许多事实上和他的性格方面加以观察，深信即使是他也比 A 正直得多，人道得多。据我在牢狱生活的全部时间内的观察所得，A 只是一块肉，带着牙齿和肠胃，具有对于极粗暴的、极兽性的、肉体的、快乐的、无可抑止的贪欲，而为了满足这些快乐中最小的、最狂妄的部分，他可以用最冷静的方式杀人、宰人，总之，做出一切事情，只需把案子的线索藏匿起来就行。我一点不加以夸张，我把 A 看清楚了。这是一个例子，说明单单为了肉体上的快感，如内心里不受任何约束、任何法则的节制，会演变到什么样的地步。我望着他那种永恒的、嘲弄似的微笑，真是异常厌恶。他简直就是一个怪物。再说他既狡猾又聪明，非常帅气，甚至受过一点教育，且有能力。不，宁可发生火灾，发生瘟疫和饥馑，我们也绝不要这种人存在社会上！我已经说过，狱中一切都被他弄得那样卑劣，侦探和告密的行为非常盛行，而罪囚们竟一点也不恼怒。相反，大家全和 A

很要好，对待他比对待我们和善得多。我们那个好酗酒的少校垂青于他，在他们的眼睛里增添了他的意义与分量。他还使少校相信他会画人像（他使罪囚们相信他是御林营的中尉）。少校叫他到家里去做工，自然为了画少校的像。他就在那里和马弁费奇卡接近——这费奇卡在主人面前很有势力，因此对于狱中的一切人和一切事物都有势力。A奉了少校之命侦探我们的举动，少校醉醺醺地打他的脸颊的时候也用侦探和告密者的名字骂他。少校在打完以后立刻坐在椅上，吩咐A继续画像的事也是常有的。我们的少校大概真会相信A是有名的艺术家，几乎是布留洛夫[1]——他听人家说过这名字的——但到底认自己有权揍他的脸颊，意思是说你现在虽然是艺术家，但总是囚犯，哪怕你就是布留洛夫，而我总归是你的官长，我想怎样对待你，就怎样对待你。他还让A给他脱皮靴，从卧室内拿出各种器皿来，而许久依然认为A是伟大的艺术家。画像无尽期地拖延下去，几乎拖了一年。少校终于意识到他上当了，在完全相信，像不但画不完，反而每天越来越画得不像他之后，便生了气，把艺术家痛揍了一顿，发到狱内去做龌龊的工作，以示惩罚。A显然引为可惜，失去那些闲暇的日子，吃不到少校桌上的残剩食品，离开要好朋友费奇卡，失去他们两人在少校的厨房内发明出来的一切快乐，他认为是极痛苦的。至少在A被斥逐以后，少校停止压迫M了。M是一个罪囚，A不断在少校面前说他的坏话，而原因是这样的：M在A进狱时只有一人。

---

[1] 布留洛夫（1799—1852）俄国艺术家，其代表作为《庞贝的末日》《围攻普斯科夫城》等。——译者

他很烦闷。他和别的罪囚们合不来，带着恐怖与厌恶的神情看着他们，没有察觉可以透过他们得到一些反馈的安慰，因此始终无法和他们相处。其他罪犯也用同样的仇恨回应他。总之，像 M 那样的人在狱中的地位是可怕的。A 下狱的原因，M 不知道。相反，A 在猜到他和什么人接触以后，立刻告诉 M，他的被遣戍，完全为了和告密相反的事情，也就是为了 M 被遣戍来的那桩事情。M 对于一个同志，一个志同道合的朋友深为欢迎。他心想他应该很痛苦，因此侍候他、安慰他，在他入狱的最初几天里，且把他最后的钱送给他，给他东西吃，把日用必需的东西分给他。但是 A 立刻恨上了他，就因为他的为人正直，因为他那样恐怖地看一切卑劣的行为，就因为他完全不像他，当下便把 M 在以前的谈话里告诉给他听的关于牢狱和少校的一切话语，在遇到第一个机会的时候都报告了少校。少校因此恨上了 M，拼命折磨他，如果不是卫戍官的影响，他会把 M 弄出祸事来的。A 不但不引为惭愧，在 M 以后知道了他那种卑劣行为的时候，甚至爱和 M 攀谈，带着讪笑看他。这显然给予他快乐。M 有好几次亲自告诉我，这个卑鄙的畜生以后竟同一个罪囚和一个卫兵逃跑了，关于逃亡的情节我以后再说。他最初也跑来拍我的马屁，以为我没有听见他的历史。我要重复一句，他在我入狱的最初几天毒害了我，使我增添更大的烦恼。我对我被陷进去的那种可怕的卑劣和低鄙的环境深为骇惧。我以为这里一切人全是那样的卑劣和低鄙，但是我错了：我错把所有人都看作 A。

这三天里我怀着烦闷在狱内徘徊，或是躺在自己的铺板上。我把公家发给我的粗布交给一个由阿基姆·阿基梅奇指定的靠得住的罪囚缝衬衫,自然必须付钱的(每件衬衫的工资只有几个小铜币),又依照阿基姆·阿基梅奇坚决的劝告置备了一条可以折叠的褥子(用毛毡制成,四面用粗布包缝,十分柔细,像薄饼一般),此外还置备了一个枕头(里面填塞羊毛,由于不习惯,觉得十分坚硬)。阿基姆·阿基梅奇拼命张罗着给我预备这一切东西,亲手给我缝被服,这被服是公家的旧呢布的碎块拼成的,这些旧呢布全是穿破了的裤子和上褂,由我向别的罪囚买来的。官家的东西在刑满后就归罪囚所有,这些东西立刻就在狱内卖去,无论它变得多么破旧,总归可以折成几个钱,予以脱手的希望。这一切我最初深为惊异。总之,那时候我与这一社会初次接触。以后我自己也逐渐成为和他们一样的人,一样的囚犯了。他们的习俗、见解、意识、习惯——仿佛也开始成为我的,至少在形式方面、法律方面是这样,虽然在内心中我并不赞成这一些。我感到惊异与惭愧,好像以前一点也不疑惑这个,不听见什么,虽然也知道,也听见,但是现实引起比知与闻完全不同的印象。例如,我会不会在以前什么时候疑惑到这种东西,这种旧衣服还能当作东西的?但是我居然用这些旧衣服给自己缝好了被服!缝制囚衣用的呢布是什么样的品质,那真是难以想象的。外表上它似乎真像呢布,厚厚的,兵士用的;但是它刚用一下,就变为一条曳网,破碎得可气。呢衣是每年发一次,但就在这期限内也是难以对付过去的。罪囚必须工作,背负重物;衣服很快就会被磨破和撕碎。大衣三年发一次,在这期限内同时要当作衣服、被服和垫褥之用。但是大衣坚牢些,虽然在第三年终结时,那就是服用的刑期终结时,在什么人身上看到用普通的粗布做补丁的大衣是不稀奇的事。虽然如此,即使是穿得很破旧的东西，在规定的刑期终结以后，也可以用四十银戈比的代价出卖的。那些保存得好些的东西可以六角，甚至七角银币的代价卖去，在狱中，这是极大的一笔款项。

我已经说过，金钱在狱内有可怕的意义、威力。可以肯定地说，一个罪囚哪怕在狱内稍微有点钱，所受的痛苦也会比完全没有钱的人少十倍，虽然后者既有了官家供给的一切，似乎要钱做什么用？这是我们的官长的想法。我还要重复一遍，假如罪囚们丧失了有自己的钱的一切机会，他们不是发狂，便是像苍蝇般一一死去（尽管他们在一切方面有了保障），或者做出前所未闻的恶行——有的人是由于烦闷，有的人却为了赶快被处死刑，或被消灭，或用什么方法"改变命运"（一个技术的词句）。假如一个罪囚靠血汗挣得了几个钱币，或为了获得它敢于干出一些时常和偷窃与欺诈相类似的异常狡猾的行为，但同时又那样不加考虑地且持着那种孩子气的无意义的态度把它花去，那么这并不能证明他不珍视它，虽然乍看上去似乎就是这样。罪囚对于银钱贪婪到可惊的地步，到了失去理性的地步，假如在酗酒时果真浪费它，像扔弃碎木片似的，那么他是为了他要得到认为比银钱还高一级的那个东西而扔弃的。什么东西对于罪囚比钱还高呢？自由，或对于自由的某些幻想。罪囚们是最大的幻想家。关于这点我以后还要说几句，但是我要顺便说出来，信不信随便，我看见过一些被流放二十年的人们很安静地对我自己说出这样的话句："等一等，但愿我的刑期一满，那时候……""罪囚"这个名词的全部意义，本是指着一个没有自己的意志的人而言的，但只要能够花自己的钱，他的行为就已是按照自己的意志而做的了。尽管他的脸上有耻辱的烙印，脚上戴着镣铐，有可恨的栅栏挡住上帝的世界，把他圈住，像笼中的兽一般，他还可以弄到酒，那就是获得严厉的被禁止的快乐，还可以享受野莓，甚至有时（虽然不是永远）还可以贿赂自己最接近的官长、伤兵，甚至士官长——他们都会马马虎虎地看他违反法律和纪律，甚至还可以对他们吹吹法螺，罪囚最喜欢吹法螺，那就是在同伴面前装腔作势，哪怕是暂时自欺欺人，他的意志和力量远远超过表面上他所拥有的——一句话——他可以酗酒，闹脾气，侮辱任何人向同伴证明他一切都做得到，一切都在"我们手里"，那就是使自己相信那种不可能的事情，以宽慰自己。顺便说一句：也许就为了这个原因，在罪囚们身上，甚至在清醒着的时候也会有一种普遍的倾向，那就是吹法螺，夸海口，滑稽而且天真地夸大自己的个性，哪怕虚幻地夸大。最后，在这种酗酒中还含有冒险的意思——那就是说这一切总算具有一点生命的幻景，与自由类似的幻景。为了自由有什么不能牺牲的呢？如果一个百万富翁，在人家用绳索勒住他的喉咙的时候，难道他不肯将自己的百万资产交出去，以换取一口空气呢？

官长们有时惊异着，某一个罪囚几年来生活得那样地驯顺，那样地可以做榜样，为了品行可嘉而被派为什长，突然地，简直毫无来由地——好像魔鬼附体似的——闹起事来，喝起酒来，吵得不可开交，有时甚至要犯出刑事罪来：不是在上司面前显出大不敬，便是打死什么人，或是强奸女人等等。大家看着他，觉得奇怪。但是这种人身上使人意料不到的突然的爆发的原因也许就是个性烦闷的痉挛的表现，对于自身的本能的烦闷，表现自己，表现自己的屈辱的个性的一种愿望，这愿望突然地暴发出来，弄到凶狠、暴怒、理智模糊、疯狂、痉挛的地步。好比一个被活埋在棺材里的人，如果惊醒过来，一定用力叩击他的棺材盖，想努力揭开它，虽然他势必知道所有的努力将成为枉然的。但是事情在于这已经和理智无关：这里简直就是一种痉挛。我们还要顾虑的是罪囚的个性方面任何自由的表现是被认为犯罪的；在这种情形之下，大大的表现，或小小的表现，在他自然是一样的。既然闹酒——就闹下去吧；既然冒险，就去冒一切的险，甚至去杀人也无妨。只要第一步开始了就行：人一喝了酒，便拦不住了！所以最好是大家安静些，不要使他弄到这个地步。

是啊，但应该怎么做呢？

第六章　第一月（续）

　　我进狱时还有点钱，我身上带的不多，生怕被搜了去，但还藏了一点起来，以备万一的需用。那就是把几个卢布糊在《福音书》的封皮里面，这书是可以带进狱内去的。这本书连同糊在里面的钱是那个在遣戍的生活中受过痛苦，熬受了十年以上的刑期，惯于把一切不幸的人看作自家弟兄的人在托博尔斯克赠送给我的。在西伯利亚几乎永远不断地有一些人，以弟兄般的热情照顾"不幸的人们"，同情他们，怜悯他们，看作自己亲生的儿女一样，发出完全无私心的、神圣的同情，认为这是自己终身的责任。我不能不在这里简单地提起和一个人相遇的情形来。在我们监狱所在的那个城市里住着一位夫人，娜司泰谢·伊凡诺夫纳，是个寡妇。当然，我们中间没有一个人和她有直接的关系。她将帮助戍囚选作自己终身的责任，而照顾得最多的是我们。她的家庭里不知道是不是有过相同的不幸，或者她心上特别亲近、特别珍爱的人们中间有人为了同样的罪受过痛苦，不过她认为替我们做一切她能够做到的事情仿佛是格外的幸福。她自然不能做许多事情，她是很穷的。不过我们在狱内感觉到我们在狱外有一个极忠心的朋友。她还时常把我们十分需要的消息通知我们。我在离开牢狱上别的城市里去的时候，到她家里去过，和她当面认识。她住在郊外的一个近亲家里。她不老也不年轻；不好看，也不难看；甚至无从知道她聪明不聪明，有没有受过良好的教育？只在她每一个举动中看出了无穷的善良，侍候我们，减轻我们的痛苦，一定要为我们做出一点愉快的事情的无可抗拒的愿望。这一切全在她安静的、善良的眼神里看了出来。我和另一个狱中的同伴在她家内逗留了整整一晚。她望着我们的眼睛，在我们笑的时候也一同笑着。无论我们说什么话，她总是忙着同意，又忙着拿出她可以拿出来的东西给我们吃，端出了茶、凉菜和一些甜食。假如她有几千块钱，她大概会很喜欢，只是因为她能够更加博得我们的喜欢，给予留在狱内的同伴们以更大的便利。她临别时送给我们每人一只香烟盒，作为纪念。这些香烟盒是她亲手为我们用硬纸板糊成（谁知道是怎样糊的），还用花纸贴在外面，用的就是小学简易数学课本的封面纸（也许真是把一本数学书的封面撕下来糊贴的）。两只香烟盒的周围，为了美观起见，贴上用金色纸制成的细边，她也许特地上铺子里去把这种纸买来。"你们抽香烟，也许你们用得着的。"她说着，仿佛在我们面前畏葸地道歉，为了她送这样的礼物……有人说（我听到，也读过）最高尚的对于邻人的爱同时也是最大的自私。在这里有什么自私，我一点也不明白。

我入狱时虽然身边并没有许多钱，但是我当时也不知怎么，不能认真地愤恨那些罪囚们，他们几乎在我的牢狱生活最初的数小时内就已经骗过我一次，而以后第二次、第三次，甚至第五次，又天真地跑来向我借钱。然而我要公开地供认出一桩事情：我深为遗恨的是我觉得这般人带着那份天真的狡猾，竟把我认作笨蛋和傻瓜，取笑我，因为我第五次借给他钱的缘故。他们一定觉得我受了他们的欺骗，被他们的花言巧语哄住了。相反，假如我拒绝他们，驱逐他们，我相信他们会更加尊敬我的。但是无论我怎样遗恨，到底不能拒绝他们。我之所以遗恨，是因为在这最初的几天里我正经地、关切地思索着我在狱内应该持怎样的态度，或者不如说我应该怎样对付他们。我感到而且明白，所有这环境对于我是完全新颖的，我在完全的黑暗中，而在黑暗中活上许多年是不可能的，必须加以准备。当然，我决定最先应该依照内心的情感和良心所吩咐的直率地做去。但是我也知道，这只是一套格言，而在我面前到底会发现十分意料不到的实际情形的。

因此，无论我怎么琐细地关心着营舍里的一切布置，我前面已经提过，多半是阿基姆·阿基梅奇给我引出来的，无论那些布置给我解去若干的愁闷，一种可怕的、有毒的烦恼越来越强烈地折磨着我。"死屋！"我对自己说，同时在黄昏中从我们的营舍的台阶上面审看那些罪囚们，他们已做完了工作回来，懒洋洋地在院中小广场上晃来晃去，从营舍溜到厨房，又从厨房溜出来。我审视着他们，努力从他们的脸上和行动上探究出他们是什么样的人。他们的性格是怎样的？他们在我面前荡来荡去，有的皱紧眉头，有的十分快乐（这两类人遇到最多，几乎成为刑期生活的性格特征），有的在那里相骂，有的随便地谈着话，也有的在那里孤独地散步，仿佛沉入凝想中，静静地、慢慢地，有的露出疲劳的、冷淡的神色，另有些人（甚至在这里也有的）露出傲慢的优越的态度，帽子歪戴着，大衣披在肩上，露出大胆的、狡狯的眼神和无礼的讪笑。所有这一切便是我的环境，我的现在的世界。我心想，不管我愿意不愿意，应该和它在一块儿生活下去……我试着向阿基姆·阿基梅奇提出各种问题，打听他们的一切。我很爱和阿基姆·阿基梅奇在一起喝茶，为了不愿意独自喝。顺便说一句，茶水在最初的时候几乎成为我唯一的食品。阿基姆·阿基梅奇并不辞却喝茶，自己把 M 借给我用的那只可笑的、自制的铅铁小火壶生好。阿基姆·阿基梅奇通常只喝一杯（他自己也有几只杯子），默默地、端端正正地喝着，把杯子还给我的时候，对我道谢，立刻动手缝我的被服。但是关于我必须打听的那桩事情，他说不出来，甚至不明白我对于在我们周围的罪囚们的性格发生特别的兴趣，究竟有什么用意，因此一面听我的说话，一面甚至露出一种我记得很清楚的狡狯的微笑。不行，显然应该自己去探索，而询问别人是没有用的，我心里想。

第四天，就和我那次出去改钉脚镣的时间一样，大清早，罪囚们在狱门旁号房前的小方场上排成双行。在罪囚们的前面和后面，排列着许多兵士，枪里上了子弹，枪口插着刺刀。兵士有权向罪囚开枪，如果囚想逃走；但同时他须对放枪负责，假如不在十分必要的时候放了枪；在罪囚们公然叛变时也是如此。但谁敢公然逃走呢？工程队的军官和工程队的下士官跟兵士、监工等到来了。点好了名。一部分上裁缝室里去的罪囚们先走，工程队的官长不管他们，他们为监狱自身工作，给全狱的人们裁制衣裳。随后是出发到作业场里去的，再以后就是出去做普通的苦工的。我列入二十多个罪囚的一队里出发了。在堡垒后面，坚冻的河上，有两条官家的平底船，因为无用，必须把它拆除，至少为了不使旧木料平白地失落。其实所有这些旧木料不大值钱，几乎不值什么。城里木材卖得极便宜，周围全是树林。派我们去，几乎只是为了不使罪囚们袖手闲坐，这在罪囚们自己也是很明白的。他们做起这类工作来，永远是懒洋洋的，没精打采的，但如果工作本身是有意思的、有价值的，尤其在可以要求设定工作范围的时候，便完全不同了。那时他们的情绪好像被什么事情激动起来了，虽然他们并没有从中得到任何利益，但是我自己看见，他们竟拼命地工作起来，为了把它快快地、好生地做完，甚至把他们的自尊心都提起来了。至于现在这个多半为了形式，而不是为了需要而做的工作却难以定出工作范围来，只好工作到打鼓时为止，在上午十一时打鼓唤大家回去。这天天气温暖，有雾。雪有点融化。我们一群人走到堡垒后面的河岸上去，锁链微微地叩响着。这些锁链虽然隐藏在衣裳里面，但在走每步路时都会发出柔细的、尖锐的、金属的声音。两三个人分出来到兵器库里取应用的工具。我和大家一同走着，精神方面甚至仿佛活泼了起来：我要快快地看到，而且弄明白，究竟是什么样的工作？苦工是什么样的？在我自己一生的第一遭，将是怎样工作的？

　　一切我都记得非常的详细。我们在中途遇见了一个长着满脸胡须的商人。他止了步，伸手到口袋里去。我们的一队里立刻有一个罪囚跳了出来，除下帽子，接受了施舍，五个戈比，又灵巧地回到自己的队里。商人画了十字，自己走了。这五个戈比就在那天早晨买了面包，平均分配给全队的人吃去了。

全队罪囚里有一些人照例是阴郁的、不爱说话的，另有些人冷淡而且不起劲，还有些人懒洋洋地互相谈话。有一个人不知为什么十分快乐，而且高兴地唱着歌，几乎就在路上跳起舞来，每跳一次，脚链必响一次。他就是那个不高的、结实的罪囚，在我第一次进狱时和另一个人在洗脸时争吵，为了那人胆敢不假思索地说他是"卡刚"鸟。这个快乐的小伙子名叫斯库拉托夫。他终于唱出那支活泼的小曲，我记得里面的叠句是：

趁我不在时给我娶了亲，
正当我上磨坊的时辰。
只不过缺少一个三弦琴。

他的那种过分快乐的心情自然立刻引起队中几个人的愤激，甚至认为这是一种耻辱。

"狗叫起来了！"一个罪囚带着责备的意思说，其实事情于他是毫不相干的。

"狼有一支歌曲，这图拉人把它抄袭来了！"态度阴郁的人们中间有一个说，带着乌克兰人的口音。

"就算我是图拉人，"斯库拉托夫立刻反驳，"你们在波尔达瓦省里尽吃汤团会噎死的。"

"瞎说！你自己吃什么？用草鞋喝菜汤。"

"现在魔鬼要喂你吃子弹。"第三人说。

"我也实在是娇养惯的人,"斯库拉托夫回答,轻轻地叹息一下,仿佛对于他自己的娇养表示忏悔,朝着大家,并不特别朝某一个人说,"我从小时候就是吃黑枣和甜面包泡大的(那就是说养大的,斯库拉托夫故意把话说得别扭些),我的亲兄弟们现在还在莫斯科开店铺,很走运的,他们全是富商。"

"但是你做什么生意?"

"我们的出身不同。弟兄们,当时我取到了最初的二百……"

"难道是卢布吗?"一个好奇的人抢上去说,甚至哆嗦了一下,在听到了这些钱之后。

"不,可爱的人,不是卢布,却是棒杖。罗卡,罗卡!"

"有的人可以叫罗卡,你应该叫罗卡·库兹米奇。"小小的、柔弱的、尖鼻子的罪囚不乐意地说。

"嗯,罗卡·库兹米奇,就依你吧。"

"有的人可以叫罗卡·库兹米奇,但是你应该叫一声叔叔。"

"谁管你叫叔叔!我本来想说一句好话的。是这样的一桩事情。我在莫斯科住了不久,就出事了。那边给了十五记马鞭,把我押解出境。于是我……"

"为了什么事情押解出境?……"一个人插上去说。他很注意地倾听着讲话。

"不要上隔离所去,不要喝槽里的水,少管闲事;且说我来不及在莫斯科真正地发财。但是我真是很愿意,真是很愿意成为富人。我真是想这件事情,我简直不知道怎么说。"

许多人笑了。斯库拉托夫显然属于那类出于自愿的快乐人，或者不如说是丑角，他们似乎以博得阴郁的同伴们的快乐当作自己的责任，但自然除掉挨骂之外是一点也得不到什么的。他属于那种特别的、有趣的典型，我也许还要讲到这类典型的人物。

"现在人家不必去猎取海貂，只要猎取你就行，"罗卡·库兹米奇说，"你瞧，单单这件衣裳就值一百卢布。"

斯库拉托夫身上穿着极旧、极破的大衣，四面八方都有补丁凸出着。他用十分冷淡，但极注意的态度，朝他身上从上到下看了一遍。

"但是脑袋还值钱，弟兄们，脑袋还值钱！"他回答，"我和莫斯科作别，我的心里还很安慰，因为脑袋是随我一块儿走的。再见吧，莫斯科，谢谢你的浴堂和自由的精神！那件大衣你不必去看，可爱的人……"

"那么看你的脑袋吗？"

"他的脑袋不是自己的，却是施舍来的，"罗卡又闹起来了，"他这脑袋是在秋明讨来的，在他跟着大队走路的时候。"

"斯库拉托夫，你不是懂得手艺吗？"

"什么手艺？他做过领路人，给瞎子领过路，拖过光尸，"皱眉人中间的一个说，"这就是他全部的手艺。"

"我真是试过缝一只皮靴，"斯库拉托夫回答，完全没有注意到带刺的话语，"一共缝好了一双。"

"怎么样？是有报酬的吗？"

"竟会闯出来这么一个人，显见得连上帝都不怕，对父母都不孝顺。但愿上帝惩罚他，是的，他竟来购买我缝的靴子。"

在斯库拉托夫周围的人们全笑得前仰后合。

"以后又做了一次工，就在那里，"斯库拉托夫十分冷静地继续说下去，"给中尉斯铁彭·费道雷奇·鲍莫尔且夫缝纽子。"

"怎么？他满意吗？"

"不，弟兄们，并不满意。简直骂得我狗血喷头，还用膝盖从背后撞我，他太生气了。唉，生活欺骗了我，监狱的生活一点意思也没有！"

"你稍微等一等呀，阿库里宁的丈夫来了……"

他重又出乎意料地唱起歌来，一面跳，一面跺脚。

"真是不堪的人！"在我身旁走着的乌克兰人嘟哝着说，露出凶恶的鄙夷，斜看他一眼。

"没有益处的人！"另一个人用坚决的、严肃的口气说。

我根本不明白他们为什么恼恨斯库拉托夫，而且一般地说来，为什么所有快乐的人们，像我在这最初的几天里所看到的，仿佛都处于被监视之列？乌克兰人和别的人们的愤怒，我起先归到个性的不同上去。但这并不是的，却是另一种的愤怒，为了斯库拉托夫没有坚忍性，没有自我尊贵的、严肃的、虚饰的外表（这种假尊严，是全狱的罪囚所通行着的且谨守至于迂腐的地步），一句话，为了他是"没有益处"的人（照他们的说法）。但是他们并不恼恨一切快乐的人，并不对待一切快乐的人都像对待斯库拉托夫和跟他相类的人那样。一个善良的、没有进取心的人，只要一允许人家欺骗自己，便立刻遭到人家的轻蔑。这甚至使我惊愕。但是快乐的人们中间也有会，而且爱反咬人家，不肯对任何人让步的；这种人会迫使别人尊敬他们。在这一堆人里有一个便是不肯让人的，但实际上是极快乐，而且极可爱的人（我以后晓得他是这样的），他的身材高大，而且合格，脸颊上有一撮毫毛，相貌非常滑稽，但还美丽，而且显得伶俐。人家称他为"工兵"，因为他以前曾经充当过工兵，现在名列特别科内。我还要说许多话谈到他。

然而并不是所有"严肃"的人们全都是那样易于冲动，像那个对于快乐深致愤激的乌克兰人似的。囚犯中有几个人冀图取得领导地位，希望知道一切事情，想施展出机敏、性格和聪明来。这类人中有许多确是聪明的，具有性格的人，确可达到他们所冀图的一切，那就是在同伴们中间取得指导的地位，并且对他们有极大的精神上的影响。这些聪明人彼此之间时常是极大的仇敌，他们中间每个人都有许多仇恨的人。他们带着尊严，甚至带着宽容，看其他的罪囚们，不做无谓的争吵，在官长那里品行分数很好，在做工的时候仿佛是指挥人。他们中间没有一个人，譬如说，会为了别人唱歌而吹毛求疵；他们是不会降低身份到这种琐细事情上去的。这类人全对我很客气，在所有徒刑的持续期内，但是他们不很喜欢说话，似乎也是为了保持尊严。对于他们我也要详细地谈一下。

来到河岸旁。在下面，河上，放着一只冻在冰中的旧平底船，必须把它拆毁。在河的对岸是一片沙原，蔚蓝色。景色是阴郁的、空旷的。我等候大家都奔过去做工，但是他们好像没有这回事。有些人坐在横放在岸旁的木头上面；大家几乎都从皮革里掏出烟袋，里面盛着土制的烟叶，这些烟叶在茶市上每磅卖三戈比，且纷纷掏出自制的小短烟斗。他们点燃烟斗抽吸着。卫卒们把我们团团围住，开始用极沉闷的神色看守我们。

"是谁想着要拆这平底船的?"有一个人似在自言自语地说,不专对着任何人,"是不是想得点木片?"

"想到的是那个不怕我们的人。"另一个人说。

"这群乡下人往哪里去?"第一个人沉默了一会儿后问着,显然没有注意到对于他以前的问题的回答,向远远的一群乡下人指着,他们在整片的雪地上鱼贯地走到什么地方去。大家懒懒地转身朝对岸看望,由于无事可做,开始取笑他们。乡下人里有一个,最后的一个,走得似乎特别可笑,宽摆着双手,头扭在一边,顶着一只高顶帽,像荞麦糕一般。他的整个身形在白雪上面完整地、清楚地显露出来。

"瞧这家伙这样戴帽!"一个人说,学农人的口气说话。有趣的是罪囚们总是傲慢地看着农人们,虽然他们中间一半是农人出身。

"最后的那个,弟兄们,走起路来,像栽萝卜。"

"他是脑筋很笨的人,他的钱很多。"第三个人说。

大家都笑了,但似乎也是懒懒的,仿佛不乐意似的。那时候一个卖面包的女人走近过来。她是活泼、快乐的乡下女人。

就将施舍来的五戈比向她买了一些面包,大家立刻平均分来吃了。

那个在狱内贩卖面包的年轻小伙子取了二十只面包,一味地和她讨价,想白饶三只,而不是两只,像常例一般。但是卖面包的女人不答应。

"但是那一只你不肯饶吗?"

"哪一只?"

"就是老鼠都不吃的那一只。"

"死人!"乡下女人尖声地叫着,笑了。

终于发现了监工,一个下士官,手里持着小棍。

"喂,你们为什么坐了下来?快开始!"

"伊凡·玛德魏意奇,您定一个工作范围给我们吧!"一个属于"头目"阶级的人说,慢吞吞地从座位上站起来。

"为什么在分发的时候不问一下?把那平底船拆完,这就是工作范围。"

终于勉勉强强地站了起来,拖着脚步,走到河上去。队里立刻发现了"指挥者",至少是口头上的。原来平底船是不应该乱砍一气的,却应该尽可能地保存完整的木头,尤其是那用木钉钉在船底上的横弯木,这是一桩费时而且沉闷的工作。

"先应该把这木头拆走。动手吧,弟兄们!"一个人说,他不是首领,也不是指挥者,不过是普通的苦工,不言不语的,静静的,至今沉默寡言的。他俯下身子,用手抱住一根厚木头,等候着帮忙的人。但是谁也不帮他的忙。

"是的,你会抬起来的!你抬不起来,连你的祖父,你这狗熊的祖父来也抬不起来的!"有人从牙缝里嘟哝着。

"那么怎么样?弟兄们,怎么开始?我真是不知道……"那个显得惶惑的好出风头的人说,把木头扔下,抬起身来。

"全部的工作你既做不完……又何必那样殷勤呢?"

"粮食是分给三只鸡吃的,你倒首先跑上去了……看你这副急样儿!"

"弟兄们，我没有什么，"那个显出惶惑样子的人说，"我不过是这样……"

"怎么，要我在你们身上套尸衣吗？要不要我把你们腌过冬？"监工重又喊叫起来，带着疑惑看着这不知道怎样着手的二十个人，"快开始！快些！"

"快是做不成功的，伊凡·玛德魏意奇。"

"但是你一点也没有做事呀！喂！萨魏立也夫！我对你说：你站在这里做什么？眼睛瞧什么？……开始吧！"

"叫我一个人怎么做呢？"

"请您把工作范围说一下吧，伊凡·玛德魏意奇。"

"说过了，没有范围。把平底船全都拆掉，就回家。开始吧！"

终于开始了，但是懒懒地、不乐意地、不娴熟地。看着这一堆强壮、粗笨的工人好像根本不明白应该怎样动手，真是甚至会使人觉得可恨。刚动手拉出第一根极小的弯木，原来它"自己折断了"，在他们把它送给监工看时这样辩解着；因此这样工作是不行的，必须用别种方法。他们彼此间商量了半天，应该另外用什么方法去做，怎么做法？自然渐渐地弄到了相骂的地步，且还有闹到不可开交的危险……监工又喊嚷了一声，挥起棍子来；但是弯木又损断了。后来弄明白是斧头太少，还应该取点家伙来。立刻派了两个小伙子，由卫卒伴随上堡垒里去取家伙。在等候时其余的人们全都安静地坐在平底船上面，掏出烟斗，再又抽起烟来。

监工终于唾了一口痰。

"反正工作会等候你们的！你们这种人呀，你们这种人呀！"他生气地咕哝着，摇了摇手，一边挥着小棍，一边上堡垒里去了。

一小时后指挥官来了。他在安静地倾听了罪囚们的讲述以后，宣布今天的工作范围是再捣出四根弯木，但是必须是完整的，不能弄断的，此外还吩咐拆除一大部分的材料，做完以后就可以回家去。这个工作范围是很大的，但是天呀，他们竟就此动起手来了！那股懒劲，那些迟疑的态度到哪里去了呢？斧子叩响了，开始掘出木钉来。余下的人们先把些粗杆放在下面，用二十只手压上去，活泼而且娴熟地把弯木掘了出来，而且是掘得完全完整的，没有损折的，使我感到惊异。工作热烈地进行着。大家忽然似乎异常聪明起来。没有多余的话语，没有辱骂的言辞，大家全知道说什么话，做什么事情，往什么地方放，出什么主意。在打鼓的半小时以前，限定了的工作范围完成了，罪囚们走回家去，十分疲劳，但完全满意，虽然一共只比规定的时间提前了半小时。然而关于我，却被我发现了一桩特别的情形：无论我钻到什么地方帮助他们工作，我总是到处不讨巧，到处妨碍人，到处被人们轰开，且几乎挨骂。

即使是一个最差的懒货，他自己工作得很坏，不敢在比他能干和懂事的别的囚犯面前响出半句话来的，也认为有向我呵斥的权利，以我妨碍他的工作为借口，假如我站在他身旁。终于在干练的人们中间的一个人直率而且粗暴地对我说："你钻到哪里去？走开吧！何必钻到用不着你的地方去呀。"

"正是说中了！"另一个人立刻抢上去说。

"你最好取一只罐头，"第三个人对我说，"跑去募捐建筑石头房子或酒店，这里你没有事情可做。"

只好站在一边，但当大家都在工作的时候，你独自站在他们的旁边，似乎在良心上有点过不去。不过在我果真退到后面，站在船边上的时候，立刻有人喊："瞧！派了这种人来！对这种人有什么办法？简直没有办法！"

这一切当然是故意的，因为这可以博得大家的一笑。必须作弄一下以前的贵族，他们为了得着这个机会而感到高兴。

现在可以明白，为什么我以前说，我进狱时的第一个问题是我应该持什么态度，且怎样对付这类人的问题。我预感到，我和他们的冲突，像现在工作时的情形是会时常发生的。但是尽管怎样冲突，我决定不改变我的行动计划，这计划在那时候一部分已由我想定了。我知道它是对的。那就是我决定应该保持越直率越好，越自由越好的态度，不露出愿意和他们特别接近的意思；但是并不拒绝他们，假如他们自己愿意来接近我。绝不惧怕他们的恐吓和仇恨，尽可能地做出不去理会的样子。在他们活动的地方绝不和他们接近，并且不对他们的一些习惯和风俗做任何让步，一句话，那就是做出自己绝不强求完全加入他们的一伙里去。我乍看一眼，就猜到他们首先会为了这个看不起我。但是照他们的见解看来（我以后确切地弄明白了），我甚至应该在他们面前保持和尊重我的贵族的出身，那就是做出豪奢的动作，故意装腔作势，嫌他们脏，走一步路就哼一声，且不肯正经做事。他们心目中的贵族就是这般的。他们当然会为了这个骂我，但是暗中总会尊重我。这样的角色是我做不来的，我永远没有做过他们的眼光里那样的贵族；但是我决定不做任何让步，在他们面前贬降我的学识和我的思想的方式。如果我为了取悦他们，拍他们马屁，奉承他们，赞成他们，和他们亲近，想出各种方法使他们同情我，他们立刻会猜到我之所以这样做，乃是由于恐怖与懦怯，便会对我存看不起的心思。**A** 就是一个例子：他上少校那里去，他们反而惧怕他。从另一方面讲，我不愿在他们面前露出冷淡的、不可接近的客气的神情，像波兰人那样的做法。我现在看得很清楚，他们看不起我，为了我想做工，和他们一样，并不在他们面前做出豪奢的动作，而且不装腔作势。虽然我一定知道他们以后会被迫改变他们对我的意见，但是关于现在他们好像有权看不起我，心想我在做工时奉承他们的一个想法到底使我感到十分不快。

晚上，在下午的工作完毕以后，我回到狱里去，身子异常累乏的时候，可怕的烦恼又侵袭了我。"还有好几千个这样的日子在前面，"我心想，"全是相同的，全是一样的！"在天色已近黄昏的时候，我独自默默地在营舍后面围墙旁边闲荡，忽然看见我们的那只小球一直跑到我面前来。小球是我们狱里的狗，好比营团里、炮队里、骑兵队里也有自己的狗一样。它在很久之前就住在狱内，不属任何人，把大家认作主人，用厨房里遗弃下来的东西作食料。这是一只极大的狗，黑里带白点，属于看院狗的一种，年纪不很老，有一双聪明的眼睛，一条毛茸茸的尾巴。从来没有人抚慰它，从来没有人对它注意过。但是我从第一天就抚摸它，从手里丢给它面包吃。我抚摸它的时候，它驯服地、和蔼地看着我，轻轻地摇尾巴，表示愉快的意思。现在，它有许多时候没有看见我——几年来想到抚慰它的第一个人——因此跑来跑去，在许多人中间寻找我，在营舍后面一找到我，便发出一声尖叫，跑来迎接我。我不知道这在我的心里发生了什么影响，但是我竟跑过去吻它，我抱住它的头，它的前脚搁到我的肩上，起始舔我的脸。"原来命运送给我这样的一个朋友！"我心里想，以后每次，在这入狱的初期，痛苦的、阴郁的时候。我做完工作后回来，必不弯到任何别的地方去，而先到营舍后面，带着在我面前跳跃着、喜欢尖叫的小球，抱住它的头，一直地吻着、吻着，有一种甜蜜的，同时又是痛苦的、悲哀的情感搔痒我的心。我记得，我仿佛在自己面前夸耀自己的痛苦，心里甚至觉得愉快地想着，现在全世界上对于我只有一个生物爱我、依恋我，成为我的朋友，我的唯一的朋友，我的忠实的狗儿小球。

第七章　新交——彼得洛夫

　　但是时间一天天地过去，我渐渐地开始住惯了。我的新生活中的日常现象一天天地不十分使我感觉不安。事件、环境、人物，全好像在眼睛里闪过。安于这种生活是不可能的，但是不能不把它认作不可避免的事实。在我心里存留着的一切疑惧，我藏得尽可能地深。我已经不在狱内像失了魂魄的人似的彷徨，我不再露出自己的烦闷。罪囚们的异常好奇的眼神已不再在我身上时常停留，不再用虚假的无礼的态度侦伺我。我在他们看来显然地变得很寻常，这是我很喜欢的。我在狱内来回踱走，像在自己家里一般，知道铺板上自己的位置，甚至习惯了那些先前以为一辈子都不会习惯的那类事物。我每星期必去剃自己一半的头发。为了这个，每星期六，在休息的时间里，我们轮流地被传唤着从狱内到号房里去（不剃的人由他自己负责），军营里来的理发师用冷肥皂水洗我们的头，用极钝的剃刀毫不怜惜地刮削着。现在回忆到这种苦刑的时候，皮肤上甚至像通过一股冷气。然而不久发现了一种补救办法：阿基姆·阿基梅奇给我介绍一个属于军人范围的罪囚，他以一个戈比的代价用自己的剃刀给任何人剃头，就拿这个作为他的营收。罪囚中许多人上他那里去，以躲避官家的理发师，其实他们也并不是娇柔的人。他们称我们的理发师罪囚为少校，为了什么原因，我不知道，而且他什么地方像少校，我也说不出。现在，当我写这段手记的时候，我在意想中看到这个少校，高高的、瘦瘦的、沉默的小伙子，非常愚笨，永远专心地做自己的事情，手里总是持着一条皮革，在上面一天到晚磨那已经磨得无法再磨的剃刀，好像把整个身子都放在这个工作上面，显然认为这是他一生的责任。他每逢剃刀很锋利，且有人来剃头的时候，真是十分满意：他那里的肥皂水是温暖的，手法是轻柔的，剃上去像接触着天鹅绒那样的柔滑。他对于自己的手艺显然感到愉快和骄傲，露出满不在乎的神气把赚来的钱接受下来，仿佛他的剃头完全在于艺术，而不在于一个戈比似的。有一次，A 吃了我们的真正的少校极大的苦头，在他对少校报告狱内的情形时，提起了我们狱里的理发师的名字，一不谨慎，称他为少校的时候，那个真少校狂怒起来，生气到了极点。"你知道不知道，你这混蛋，什么叫作少校？"他喊着，嘴内喷着泡沫，一面用自己的方法惩罚 A，"你明白不明白，少校是什么？一个因犯，竟敢称他为少校，而且当着我的面说出来！……"唯有 A 能够和这人合得来。

从我入狱的第一天起，我就开始幻想着我的自由。用许许多多不同的方式和比例计算我的刑期将于何时告终，成为我最爱做的一件工作。我甚至不能想别的问题，我深信每个有刑期的丧失了自由的人都会这样做的。我不知道罪囚们是不是也像我那样地思索和计算，但是他们的希望那样特别的轻率从最初起就使我惊愕。一个被监禁、被剥夺了自由的人的希望，是与真正生活着的自由人的希望完全不相同的。自由的人自然也有希望（譬如希望环境的改善，希望实现某种计划），但是他生活着，他行动着，真正的生活的旋涡把他完全吸引去了。至于囚犯却不同，当然，这里也是一种生活——牢狱的、徒刑的生活；但是无论他是什么样的囚犯，他被遣戍若干年，他本能地根本不会把自己的命运认作怎样肯定的、完结的东西，认作真实的生活的一部分。每个罪囚感到他不是住在自己家里，却仿佛出外作客。他仿佛把二十年看作两年，完全相信他在五十五岁出狱时还会像现在三十五岁那样年轻。"我们还要生活下去的！"他心想，把一切的疑惑和其他的可恼恨的想法固执地从自己心里驱走。甚至被处无期徒刑的，属于特别科的人们有时都会希望，弄得凑巧，忽然从彼得堡下来了一道命令："转送尼布楚铁矿，且另定刑期。"那时候才妙呢：第一，到尼布楚去几乎要走半年，结队走路总比在狱内囚居好得多！以后在尼布楚刑满，那时候……有些白发的老人居然也会这样希望的呀！

我在托博尔斯克看见过钉在墙上的人。他被一俄丈长的锁链系住，板床就在他的身边。他为了犯一桩太可怕的，在西伯利亚干下了的重罪而被钉起来。有坐五年的，也有坐十年的。大半属于强盗的一类。我在他们中间仿佛只看见一个是上等人，他以前做过什么官。他静静地低声地说话，他的微笑是甜蜜的。他把锁链展示给我们看，告诉我们应该怎样在床上躺得舒适些。大概连他们也怀着一种特别的心理！他们全很驯顺地过着日子，表面上似乎很满足，但每人都很想快快地坐满自己的刑期。好像是为了什么？其实就是为了这个：为了可以从有臭气的、冷湿的、低矮的、用砖制的板顶的屋里走出去，在监狱的院子里走两步……就是这样。狱外是永远不会放他出去的了。他自己知道从锁链上解下来的人们将永远被监禁在狱内，一直到他死亡为止，而且一直用脚链锁住。他知道这个，但是他到底很想使他的被链系的刑期快快地告终。假如没有这个愿望，他能不能被锁链系上五六年而不死去或发疯呢？谁能这样坐下去呢？

我感到工作可以拯救我，使我的身体强健起来。心灵上时时的不安、神经的惹恼、营舍里醒齷的空气会把我完全摧毁。时常在清新的空气里，每天使身体疲劳，学会负担重物，至少我可以救我自己，我心想，使自己强壮起来，在出狱的时候成为健康、强壮、勇毅而且不显得苍老。我没有弄错，工作与运动对于我很有益处。我带着恐怖看我的一个贵族出身同伴，在狱内如何像一根蜡烛似的熄灭下去。他和我一块儿进狱时，年纪还轻，相貌美丽，精神抖擞，但是出狱的时候身体已成为半残，头发斑白，两腿不能走路，胸间发出喘息。不行，我看着他的时候，心里想：我想生活下去，我要生活下去。但是我为了爱工作起初受到同狱的人许多的气，他们许久时候用鄙夷和嘲笑对待我。但是我不管任何人，精神抖擞地前去做工，譬如说，哪怕就是去烧炙和捣碎雪花石膏——那是我首先会做的一桩工作。这是轻松的工作。工程方面的官长在可能范围内准备给贵族们减轻工作，这并不是纵容，却是合理的办法。要一个体力差一半，且从来没有工作过的人去做那给真正的工人设定下的同样的工作才是奇怪的。但是这种"溺爱"的举动并不永远实行着，甚至仿佛像在暗中实行着的，对于这点上面监督得很严。时常不能不做点艰重的工作，那时候贵族们当然只好忍受比其他工人们双倍的吃重的工作。通常总是派三四个人去捣碎雪花石膏，挑些或是老人，或是体力差的人，自然我们也在其中。另外，还加派一个真正的内行工人。平常，连着几年来，总是派那个阿尔马作夫去。他是一个态度严厉、脸色阴黑、身材瘦削的人，已经上了年纪，不好交际，且喜欢唠叨。他深深地鄙视我们。不过他不太爱说话，甚至会弄到懒于诅咒我们的地步。烧炙和捣碎雪花石膏的那间草房在空旷而且倾斜的河岸上。冬天，尤其在阴暗的日子里，望见这河水和对面辽远的河岸是很沉闷的。在这荒凉的、空旷的景色中有一点烦恼的、割裂人心胸的东西，但是在无尽的、白茫茫的雪上鲜明地照耀着太阳的时候，几乎更加使人感到难受些，真想飞到这沙原的什么地方去，这沙原从对岸开始向南方伸展开去，像一条不断的地毯，有一千五百俄里长。阿尔马作夫平常总是默默地、严肃地动手做工；我们好像因为不能真正地帮他的忙而感到惭愧，他也故意独自管理着，故意不要求我们任何的帮助，仿佛就为了使我们感到在他面前有错，且使我们为我们自身的无用而忏悔着。其实全部的事情就在于把火炉生旺，以烧炙我们给他拖来，堆在火炉里的雪花石膏。第二天，到雪花石膏已经完全被烧炙的时候，开始从火炉里把它搬出来。我们每人取了沉重的铁锤，用雪花石膏堆成一个特别的匣子，开始砸碎它。这是一桩有趣的工作。脆薄的石膏很快地变为白色的、闪烁的灰尘，那样轻便地、容易地被捣得粉碎。我们挥起沉重的铁锤，打出那种爆裂的声音，使自己听了都觉得有趣。我们终于累乏了，同时心里觉得轻松。脸颊涨红着，血在血管里流动得更快了。那时阿尔马作夫也开始宽容地看着我们，像看着小孩子一般。他悠闲地抽吸烟斗，但是在他必须说话的时候，到底不能不嘟哝着。不过他对待大家都是这样，实际上他大概是善良的人。

我被派遣的另一个工作是在工场中旋转磨轮。轮子又大又沉，必须用很大的力量去转动它，尤其在一个车床工人（工程队的工匠）旋楼梯柱子或替某个官员做的大桌子脚之类的东西的时候，因为做这种东西需要一根整段的木头。在这种情形下一个人旋转是不能胜任的，通常总是派两个人——我，还有贵族中的另一个 B。因此这工作在几年里，只要旋什么的时候，总是归我们担任。B 是身体虚弱，且乏力的人，年纪还轻，有肺病。他比我先进狱一年，和两个同伴一块进狱的，一个是老人，在狱内日夜祷告上帝（因此罪囚们很尊敬他），以后死去了；还有一个是精神饱满、脸色红润、富有潜力和胆量的年轻人，在途中背负过走得累乏的 B，他连连背了七百俄里。B 这人有极好的学问，生性正直，具有宽容的性格，但已被疾病折磨坏了。我们两人一块儿对付这转轮，这甚至使我们两人都感兴趣。这工作给予我极好的运动。

我也特别爱扫雪，通常总在暴风雪以后，时常在冬天。在下了一昼夜的暴风雪以后，雪把一些房屋的窗子埋没一半，有时把房屋几乎完全埋没了。在暴风雪停止，太阳露出来的时候，我们成群地从狱中被驱赶出来，有时竟打发全狱的罪囚出来，清除官家房屋旁边的雪堆。每人发给一把铲子，给大家设定一个工作范围，有时这范围大得会使你奇怪怎么能够应付得了的，于是大家全愉快地动起手来。松软的，刚落下来，上面薄薄地冻了一层的雪很容易被铲子掘起来，成为大团，向四围抛掷着，在空中就变成明晶的灰尘一般。罪囚们几乎永远快乐地做这个工作。新鲜的、冬天的空气和运动使他们热起来了。大家显得快乐些，传出了哄笑、呼喊、俏皮话，开始做掷雪的游戏，在过了一分钟以后自然免不了会有人对大家的欢笑与快乐深为愤激，因此呵斥了起来，于是便以一顿咒骂来结束这场欢愉。

我渐渐地开始把我的交友的范围扩展开来。其实我自己并不想结识朋友，我还是那样的不安、阴郁而多疑。我的交友是自然而然地开始的。最先访问我的是罪囚彼得洛夫。我说的就是"访问"这两个字，而且特别着重这两个字，因为彼得洛夫住在特别科里，离我极远的营舍里。我们中间显然绝不会有任何的关系，我们根本没有过，且也不会有一点共通的地方。然而在我进狱的初期，彼得洛夫仿佛几乎以每天上我营舍里来看我认为是他的责任，或者在休息时候，趁我在营舍后面散步时叫住我，尽可能地避开一切人的眼睛。我起初感到不愉快。但是他似乎使我对于他的访问发生兴趣，虽然他并不是那种特别豁达，而且善于交际的人。他在外表上具有不高的身材，健硕的体格，举止灵巧，且显得浮躁，一副十分愉快的脸庞，脸色灰白，颧骨宽广，带着勇敢的眼神，白色的、细小的牙齿，下唇永远沾着一点磨细的烟叶。把烟叶放在嘴里咀嚼成为许多囚犯的习惯。他显得比自己的岁数年轻。他有四十岁，但样子像只有三十岁。他和我说话永远很自然，保持十分和我相等的态度，那就是极正经，而且有礼貌。假如他看出，譬如说，我愿意一个人的时候，那么他在和我讲了两分钟以后，立刻离开我，而且每次必对我道谢，当然他从来不会对狱中任何人这样做的。有趣的是我们中间这样的关系不仅在最初的几天里继续着，且竟延长了数年之久，却几乎并没有变得更加接近些，虽然他确实对我很坦诚。我甚至现在还不能认定：他需要我的究竟是什么，他为什么每天钻到我这里来？他虽然后来偷过我一些东西，但是他是偶然地行窃；他几乎从来不向我借钱，所以他并不是为了银钱或为了什么利益而来。

我也不知道为了什么，但是我总觉得他好像并不是和我一块儿住在狱内，而是住在城里的另一所房屋里，而且他只是偶然到狱里来探望我，为了探听一点新闻，问我的近况，看一看我们大家怎样生活着。他永远忙着想上什么地方去，好像他在什么地方把某人遗留了下来，人家在那里等候他，好像他在什么地方没有做完什么事情，同时仿佛又不很忙乱。他的眼神也是那样奇怪的，凝聚而带着勇敢和一点嘲笑的神气，但是他似乎向远处看，隔着物件看，他仿佛从放在他眼前的那个物件的背后努力看稍远些的另一个物件。这给他添上了一种散漫的神色。我有时故意看一看：彼得洛夫从我那里到什么地方去？人家在什么地方等候他？但是他从我那里走到一间营舍里或厨房里去，坐在一些在谈话着的什么人的身旁，注意地倾听着，有时自己也参加谈话，甚至很热烈，但忽然间又断了，重新沉默了。但是尽管他是说话，或是默默地坐着，却总可以看出他不过是偶然的，他在什么地方还有事情，有人等候他。最奇怪的是他从来没有任何事情，他生活在完全的闲暇中（当然除去公家的工作以外）。他不会任何技艺，他手里几乎永远没有钱。他对于银钱也有点忧愁。他和我说些什么呢？他的谈话也和他自己一样的奇特。譬如说，他一看见我一人在狱后什么地方散步，忽然一直转到我的方向来了。他永远走得很快，永远笔直地走着。他一步步地走来，但好像是跑来似的。

"您好呀。"

"好呀。"

"我不妨碍您吗？"

"不。"

"我想问你关于拿破仑的事情。他和那个在 1812 年上来过的那个是亲属吗？"（彼得洛夫是军人的儿子，且识字。）

"是亲属。"

"听说他是什么总统？"

他问得很快，十分急促，他仿佛急于想赶快打听出一些什么来。他好像为了某桩不容延缓的很重要的事情，想调查明白一般。

我解释着，他是什么样的总统，并且补充说他也许不久将成为皇帝。

"那是怎么回事？"

我尽我的能力把这个问题解释了一番。彼得洛夫注意地听着，十分了解，而且很快地记在心里，甚至把耳朵侧近到我的一方来。

"嗯……我想问你一声，阿历山大·彼得洛维奇。听说有一种猴子，手很长，能够到脚趾那里，跟人一样高大，是不是？"

"是的，有这样的猴子。"

"那是什么样的？"

我尽我所知道的解释给他听。

"它们住在什么地方？"

"在热带的地方。苏门答腊岛上也有。"

"这是在美国呢？怎么，听说那边的人们头朝下倒栽着走路，是不是？"

"不是头朝下倒栽着走路。您说的是极地。"我解释美国是什么地方，还尽可能地解释极地在哪。他也是十分注意地听着，仿佛只是为了了解极地而故意跑来似的。

"啊！我去年读到了一部关于瓦赖尔伯爵夫人的书，从阿费里也夫副官那里取来的。这是实在的事情，或者不过是——想出来的？大仲马的著作。"

"当然是虚构的。"

"嗯，再见吧。谢谢您。"

于是彼得洛夫消失了，事实上我们的谈话几乎永远是这样的。

我开始打听他的为人。M在知道我和他相识以后，甚至警告过我。他对我说，在他进狱的初期，罪囚中许多人都让他感到恐怖，但是其中没有一个人，甚至连格静也在内，都没有像这个彼得洛夫那样给他的印象来得恐怖。

"他是所有的罪囚中最有决断的、最不知惧怕的一个，"M说，"他什么事情都做得出来，他不会在任何事物前面止步。如果他身上来了一股顽固的脾气，他会宰杀你，如果他想这样做，简直随随便便地宰杀你，不皱眉头，也绝不后悔。我甚至觉得，他的精神有些不正常。"

这样的批评引起我强烈的兴趣。但是 M 似乎不能给我讲清楚，他为什么觉得是这样的。而且稀奇的是我以后连着几年和彼得洛夫相结识，几乎每天同他说话；他一直对我发生诚挚的感情（虽然我根本不知道为什么）——这几年来他虽然很谨慎地在狱里居住着，没有做出任何可怕的举动，但是我每天瞧着他，和他说话的时候，总相信 M 的话很对，彼得洛夫也许是最有决断的、最不知惧怕的，且不知道对自己有所强迫的人。我为什么这样觉得，我也不能讲清楚。

我要讲的是这个彼得洛夫就是在被唤去惩罚的时候想杀死少校的那人。罪囚们说，少校在施刑罚的一分钟以前走开，是"奇迹救了他"。还有一次，在没有流放之前，他是个士兵，他的上校在操练时打了他一下。大概他以前挨过许多次的打，但是这一次他不想再忍受下去，就在排齐的队伍前面，大白天中，公然地把上校揍了一顿。这件事我不十分清楚，他从来没讲给我听。自然，这只是火气的爆发，在天性突然发作出来的时候。但这样的爆发到底是很稀少的。他确实很谨慎，甚至很驯顺。激情在他的心里隐藏着，甚至是强烈的、浓密的；但是热炭时常掩埋在灰内，静静地炽烧着。我从来没有在他身上发现过矜夸或虚荣的影儿，像在许多别的囚犯身上似的。他不大争吵，但是并不和任何人特别要好，只和西洛特金一人亲密些，但也在需要他的时候。不过有一次，我看见他当真地生了气。人家没有给他什么东西，或是分什么东西，分得对他不平均。和他争论的是一个有力气的罪囚，高高的身材，恶狠的、好嘲笑的、爱吵嘴的人，且并非懦夫，名叫瓦西利·安东诺夫，属于平民类的。他们已经喊嚷了半天，我以为事情至多不过是打几下就算了结，因为彼得洛夫即使偶尔吵架，也就是会像最起码的罪囚似的打架和骂人。不过这一次发生了完全不同的事情：彼得洛夫突然脸色惨白，他的嘴唇抖栗着，变成了紫色，他开始呼吸困难。他从座位上站起来，缓慢地，很缓慢地跨着静悄的、赤裸的脚步（他夏天很爱赤脚走路），走到安东诺夫身边。突然地，在整个喧哗喊嚷的营舍内一下子全都静了，可以听得见苍蝇的飞舞。大家等候着会出什么事情。安东诺夫跳起来迎接他，他脸无人色……我忍不住，从营舍里走出来。我预料我还来不及从台阶上走下来，就会听见一个被宰杀的人的呼喊。但是，这一次并没有出什么事情。彼得洛夫还没有走到安东诺夫身边，安东诺夫就默默地、忙忙地把那个争论的东西扔掷给他（非常悲哀的是就为了一块极可怜的抹布，一件折叠的东西）。过了两分钟以后，安东诺夫到底稍微骂了他几声，为自己良心的清静起见，且为了脸面关系，以表示他并不十分胆怯。但是彼得洛夫一点也不在乎他的辱骂，甚至没有回答。事情并不在于辱骂，实际上他已经赢了。他很满意，把那块抹布收下了。一刻钟以后，他照旧在狱内闲荡，露出完全无事可做的神色，仿佛寻觅有没有人在什么地方做有趣些的谈话，让他可以钻进去，倾听一下。好像一切事情全使他发生兴趣，而同时又不知怎么竟弄得他似乎对一切都很冷淡，只是在狱内闲荡着，不做什么事情，因此只好不断地东钻西晃。他也可以拿来和一个工人相比，一个强壮的工人，对于工作极为胜任，但是没有工作做，因此他坐在那里等候，和小孩们游戏。我也不明白，他为什么待在狱内，为什么不逃走？他如果很想逃跑，是绝不会犹豫的。理智对于像彼得洛夫那样的人只能控制到他们想做什么事情的时候为止。到了那个时候，全世界没有一种力量可以拦阻他们的愿望。但是我相信他一定会巧妙地逃走，瞒过所有的人，整个星期坐在森林中什么地方，或河岸苇草丛中，不吃一点东西。然而他显然还没有想到这个念头，还不完全想这样做。我从来没有在他身上看出他有很大的判断力，有特别健全的思想。这些人生来就只有一个观念，这观念把他们一辈子无意识地向东向西推动着。他们会一辈子晃来晃去，直到遇有某种目的，显明地引起他们的愿望为止，所以他们用不到什么脑筋。我有时惊异，这样的一个人，为了挨打会把自己的官长杀死，怎么竟毫不争辩地躺下来挨受狱中的鞭笞？他有时挨打，在他为了运酒落案的时候。他和所有没有手艺的囚犯一样，有时偷运点酒进来。但是他会躺下来，挨受鞭笞，仿佛已经得到了自己的同意，也就仿佛自己感到是为了什么事情；否则他绝不会躺下来，哪怕杀死他也不会。还使我惊异的是他尽管对我如何表示好感，但竟会偷我的东西。他这种行为似乎是间歇地发作出来的。他把我的一本《圣经》偷走了。我只叫他把这本书从一个地方拿到另一个地方去。只有几步路，但是他竟在中途找到了买主，把那本书卖去，立刻换酒来喝。他一定很想喝酒，凡是他很想去做的一切是应该实行的。这种人会为了四分钱杀死一个人，就为了用这四分钱买一杯酒来喝，虽然在别的时候可以把几十万块钱放任过去。他晚上对我宣布他犯了偷窃，不过没有一点惭愧和后悔的意思，露出十分冷淡的样子，仿佛讲的是一桩极普通的故事。我试一试好生地骂他一顿，我很可惜我的《圣经》。他听得一点也不惹恼，甚至很驯顺；他同意《圣经》是有益的书籍，对于我现在没有这书表示诚挚的惋惜，但并不对于他的偷窃发生歉疚的意思；他十分自信地望看着我，使我立刻停止了责骂。

他忍受了责骂，大概因为他觉得他犯了这种行为不挨几句骂是不行的，就让他抒散抒散他的心胸，让他借此安慰一下，让他去骂两句。其实一切全是无聊的事情，无聊得会使一个正经的人羞于讲出口。我觉得，他把我看作一个小孩子，几乎是刚出世的连世上最普通的事物都不了解的婴儿。譬如说，假如我和他谈起科学和书本以外的什么事情，他固然也回答我，但仿佛只是为了礼貌，且限于一些极短的回答。我时常问自己：他问我关于书本上的知识，于他又有什么用呢？我偶然在谈话的时候侧眼向他看去：他是不是在那里取笑我？但是，不。他平常总是正经地、注意地倾听着，虽然并不很注意。这最后的一桩事情有时使我感到烦恼。他正确地提出各种问题，但似乎对于从我的方面取得的回答不很惊异，甚至冷淡地接受了下来……我还觉得他对于我并没有费许多脑筋就认定和我不能像和别人似的说话，除了谈论关于书本上的事情以外，我什么也不明白，甚至不会明白，所以也不必去惊扰我。

我相信他甚至喜欢我，这使我很惊愕。我不知道，他是不是认为我是一个没有长成的、不完全的人，是不是对我感到一种特别的怜悯，所有强壮的生物对另一个软弱些的生物所感到的怜悯——他认为我就是这样的人。虽然这一切并不妨碍他偷窃我的东西，但是我相信他一边偷窃，一边会怜惜我。"唉!"他在伸手拿我的财产的时候，心里也许想，"一个连自己的财产都不能照顾到的人还能算作人吗?"但是他就是为了这个喜欢我。有一次他对我说，似乎无意地说，我是具有"太善良的心灵的人"。"您这人太简单，简单得甚至会使人觉得可怜。不过阿历山大·彼得洛维奇，请您不要生气，"他在过了一分钟以后补充着说，"我这是从心灵里说出来的话。"

这类人有时会忽然显着而且伟大地表现自己，在某一个非常的、群众的行动或改革的时候，因此一下子完全活跃了起来。他们不是说空话的人，他们不能成为事业的发起人和主要领导者；但是他们是事业的主要实行者，他们首先从开始做起。他们随随便便地开始，不发出特别的呼喊，但首先从主要的障碍物上跳跃过去，既不迟疑，也不恐惧，一直大踏步向前走去，于是大家跟在他们后面走着，盲目地走着，走到最后的那个墙壁那里，把自己的头撞将上去。我不相信彼得洛夫会有很好的结果。他在某一分钟内会一下子结束一切，如果至今没有结束，那是他的时机还没有到罢了。然而谁知道呢？他也许会活到头发灰白的时候，十分安静地老死，无目的地在各处闲荡着。不过我觉得，M 说他是全狱中最有决断的人是对的。

第八章　有决断的人——罗卡

　　对于一些有决断的人们是很难描述的。这种人在牢狱内，正和随便什么地方一样，是很少的。外表上也许是极可怕的人。你一听到人家讲关于某一个人的话，会使你甚至躲避开他的。有一种无从辨识的情感最初迫使我甚至避开这种人。但是后来我甚至对于极可怕的杀人犯的看法，也有了许多变化。有的人并未杀人，但比犯了六桩命案而被遣送到这里来的另一个人更可怕些。对于有些犯罪甚至难以确定一种见解，在这些犯罪的成立里有许多奇怪的地方。我这样说，因为普通人中间有些杀人案是由于极奇怪的原因而发生的。例如，我们甚至时常会遇着的一种凶手的典型，这人平素过着静寂和驯顺的生活。他的命运十分悲苦，一切忍耐着。假设他是农夫、田主的农奴、商人、兵士，突然他的脾气发作了，他忍耐不住，用刀子刺戳自己的仇人和压迫者。这里发生了奇怪的情形：一个人一时突然地跳出了范围。他首先杀死压迫者、仇人。这虽然有罪，但还容易理解，还有理由可言；但是以后他宰杀的不是仇人，他遇见什么人就杀，为了消遣，为了一句粗话，为了一个眼神，为了凑数，或者简直就是："从道路上走开，不要让我碰着，让我走路！"这人好像喝醉了酒，好像发出热病型的谵语。只要有一次越过了警戒线，他就开始为了对于他再也没有什么神圣的东西而欣悦，好像他不能不一下子越过一切法律和权力，享受最放肆的、最没有界限的自由，享受这由于恐怖而起的心跳，由于他自己不能不对自己感到的那种恐怖。他还知道，可怕的刑罚等候着他。所有这一切也许和一个人从高塔上被牵到脚下的深处时所得的感觉相像，那是喜欢把脑袋往下一栽"越快越好，事情也就了结了"的感觉。这甚至在素来极驯顺的、极平常的人们身上也会发生的。他们中间有些人甚至昏眩得做出装腔作势的样子。他以前挨打得越厉害，现在越想耍一耍阔，使人家感觉恐怖。他欣赏这恐怖，他爱给别人引起厌恶。他把一种狠劲套在自己身上，这样的"狠人"有时自己性急地等候刑罚，等候人家解决他，因为在自己身上负载着套在身上的狠劲，终于会使自己都觉得沉重的。有趣的是所有这情绪，所有这套在身上的一切一直继续到处刑台上为止，以后就像被砍去了似的。这刑期，在形式上的，仿佛是被预先规定好了的。到了这时，那人突然驯顺了、退缩了，变成一块抹布，在处刑台上呻吟着，请求人们的饶恕。他走到狱里来，一看，是那样委顿，那样涕泗交流的，被打扁了的，甚至看着他会觉得奇怪："难道他就是杀了五六个人的那个家伙吗?"

当然,有些人在狱中并不很快地驯服下去,还保存着一种虚饰的外表、一种夸耀的样子。意思是说我并不是你们所想象的那个样子,我杀死过"六个灵魂"。但是结果到底驯服了。有时不过安慰安慰自己,回忆着自己那种勇敢的、大刀阔斧的行为,一生只有一次在他"发狠"时做出的胡闹的举动。他只要找到一个平凡的人,就喜欢露出有礼貌的、郑重的态度,在他面前吹牛、夸口,对他讲述自己的功绩,同时并不露出他自己很想讲述的神色来。意思是说,你瞧,我是什么样的人!

这种谨慎的自爱如何柔细地显露着,这样的讲述有时显得如何不在意而且散漫!在讲述者的口气里,每句话里,表现出如何精细的浮夸。他们是从哪里学会这些的!

在我入狱的最初几天里,在一个漫长的夜晚,我闲暇而且沉闷地躺在铺板上面,听一桩故事,由于没有经验而把讲述者看作可怕的元凶巨恶,认为他具有前所未闻的、钢铁般的性格,而且同时几乎在那里讥笑彼得洛夫。故事的题目是他,罗卡·库兹米奇,并非为了别的什么原因,却单为了自己的快乐,把一个少校弄死。这个罗卡·库兹米奇就是那个小小的、细细的、尖鼻子的,我们营舍里年轻的罪囚。他是乌克兰人,我似乎已经提过他。他实际上是俄罗斯人,不过生在南方,似乎是农奴出身。他身上确实有一点尖锐的、傲慢的东西:"鸟儿虽小,脚爪是尖的。"但是罪囚们本能地会把人看得很透彻。人家并不很尊敬他。他好虚荣。那天晚上他坐在铺板上缝衬衫,缝内衣是他的技艺。他身旁坐着一个呆钝的、心胸狭窄的小伙子,不过性格还善良，对人和蔼，体格也极强壮、高大。他名唤郭贝林，他的铺位正和罗卡相邻。罗卡因为邻居的缘故时常和他吵嘴，总之，对待他非常傲慢，总嘲笑他，施弄专擅的手段，但是郭贝林多半由于性情的简单竟没有注意到。他编织羊毛袜子，冷淡地听罗卡的说话。罗卡讲得声音很大，而且口齿清楚。他希望大家听他的讲话，虽然他相反地努力做出只对郭贝林一个人讲的样子。

"我从我们的家乡被押送出来，"他开始说，一面用针缝缀着，"走到了 C 城。"

"这是什么时候的事情，很久吗？"郭贝林问。

"豌豆一熟，就另外换了一年。我们一走到 K 城，便暂时被押往狱中。我一看：有十二个人和我同住着，全是乌克兰人，高身、健壮、粗笨，像公牛一般，而且全是驯顺的；饭食很坏；他们的少校经常虐待他们。我住了一两天，看见全是胆怯的人。我说：'你们何必对那傻瓜这样纵容呢？'"

"'你自己去和他讲吧！'他们甚至对我冷笑起来。我沉默着。有个乌克兰人很可笑。"他突然补充说，把郭贝林扔弃，对大家说，"他讲他的案子如何在法院里裁决，他在法院里如何说话，一面讲，一面哭着。他说，他留下了孩子们和妻子在家里。他自己是高大的个子，头发灰白，身体肥胖。我对他说：'我没有罪！'但是这龟儿子老是写着、写着。真是该死！总写着、写着……当时我的脑子就乱了！"

"你把线给我，瓦谢，狱里的线是烂的。"

"茶场上买的。"瓦谢回答，把线递了过去。

"我们的裁缝的线好些。刚才打发涅瓦利特去买，从一个可恶的乡下女人那里买来的!"罗卡继续说,就着光亮穿线。

"那就是在亲家母那里买来的。"

"就是在亲家母那里买来的。"

"怎么样?那个少校怎么样啦?"完全被遗忘了的郭贝林问。

这就是罗卡所需要的。但是他并不立刻继续自己的叙述,甚至仿佛不屑对郭贝林注意似的。他安静地把线穿好,安静而且懒懒地把盘坐着的腿移动了一下,终于说道:

"我终于把我的乌克兰人煽动了起来,他们要求见少校。我从早晨起就从邻人那里取了一把刀子,藏了起来,以备万一之用。少校发了狂怒,马上跑了来。我说:'你们不要胆怯,乌克兰人!'但是那时候他们的灵魂已经出窍了,简直抖索着。少校跑了进来,他喝醉了酒。'谁在这里闹!怎么敢在这里闹!我是皇上,我也是上帝!'"

"他一说出'我是皇上,我也是上帝',我就挺身走出,"罗卡继续说,"刀子在我的袖管里。"

"'不行,'我说,'大人'。我一面说,一面一步步地走近前去。'大人,您怎么会成为我们的皇上和上帝呢?'"

"'这是你吗?这是你吗?'少校喊,'叛徒!'"

"我说:'不(自己越走越近)。'我说:'不,大人,您也许自己也知道,我们的上帝是全能的、无所不在的、唯一的。我们的皇上也是唯一的,由上帝自己派遣来统治我们大家的。大人,他是我们的君主。而您,大人,不过是一个少校,我们的官长,受了皇上的恩惠,且用自己的功劳挣来的。'"

"'怎么,怎么,怎么,怎么?……'"简直就像鸡叫一样,说不出话来，连气都透不过来。他觉得太惊异了。

"我说：'就是这个样子！'刚说完，突然地奔到他的身边，把整个刀子插进他的肚腹里去，弄得很巧。他滚到地上，只见两腿在那里乱动，我把刀子扔了。"

我要在这里说几句枝节以外的话语。不幸的是，"我是皇上，我也是上帝"的词句以及其他和这相类的话在早先时许多指挥官中间也是常用着的。说实话，这样的指挥官现在已经消失，也许完全消失了。我还要声明的是，凡是自己从下级的爵位上递升的指挥官们多半特别爱用这类的词句向人家夸耀。军官的爵位仿佛把所有他们的内脏，再加上脑袋，全都翻了转来。他们束了许多年的皮带，走尽了一切从属的阶段，忽然看见自己成为军官、指挥官、正直的指挥官，由于不习惯和最初的沉醉，将自己如何伟大与重要的见解予以夸张，当然这只是对他们属下的低级职官。至于在上司面前，他们仍旧拼命奉承，施展出完全无聊的，甚至会使许多长官感觉讨厌的拍马屁的手段。有些好拍马屁的人甚至用特别和悦的神情忙着在自己的上级的指挥官面前声明，他们虽是军官，但也是下级职位出身，"他们永远记得自己的地位"。但是对于下级的官兵，他们几乎成为具有无限权力的命令者。自然，现在不见得有，且也不见得能找到那类喊着"我是皇上，我也是上帝"的人，虽然如此，我总觉得世界上没有东西会像官长们这类词句似的使罪囚们，总之使一切下级的职官们恼火的。这种傲慢的自尊，关于自己可以不受惩罚的夸张的意见会在极柔顺的人的心里产生仇恨，使他失却最后的耐性。幸而所有这类事件，几乎是过去的事件，甚至在早先时就经上司严禁。我知道关于这件事情的几个例子。

总而言之，使下级职官恼火的是，在和他们周旋时所表现的一切高傲的疏忽和一切的嫌恶。例如，有些人心想假如给罪囚吃得好些，生活得舒适些，一切依照法律办理，那么事情也就完结了。但这还是迷误的见解。世上一切人，无论他是谁，无论他怎样受屈辱，都本能地或是无意识地，到底要求人家尊敬他自己的人的价值。罪囚知道自己是罪囚，被抛弃的人，他也知道在上司面前自己的地位；但任何的脸上的烙印，任何的脚镣，都不会使他忘却他是一个人。因为他确实是人，所以应该用对待人的态度对待他。我的天呀！人道的对待甚至会使上帝的形象早已在身上黯淡了的那个人重新振作起来的。对待这类"不幸的人们"应该用最大的人道的办法，这是他们的得救之道，这是他们的快乐。我遇见过这类善良的、正直的军官们。我看见他们给予这些受侮辱的人多大的影响。说几句和蔼的话语，罪囚们几乎在精神上复活了。他们像小孩子似的喜欢，像小孩子似的开始喜欢他们的官长。我还注意到一桩奇怪的情形：罪囚们自己不喜欢官长对待他们，太亲密，太善心。他们心里想尊敬官长，但是到了这种情形的时候他们似乎会停止尊敬他。罪囚，譬如说，喜欢他的官长有勋章，地位崇高，得到某一高级长官的恩惠。他喜欢他的官长又严厉，又庄重，又公道，又能保持自己的体面。罪囚们多半喜欢这种人，那就是既能保持自己的体面，又不侮辱他们，那就是一切都好，一切都美丽。

"你做了这桩事情，他们大概把你煎熬得很厉害吧！"郭贝林安静地说。

"嗯。煎熬是煎熬的，老弟，真是煎熬的。阿雷，把剪刀给我！

为什么今天没有赌摊?"

"大家全喝光了,"瓦谢说,"如果不是喝光,也许会有的。"

"如果!为了这'如果',莫斯科肯给一百卢布。"罗卡说。

"你做了这桩事情,人家给了你多少下?罗卡?"郭贝林又说。

"给了一百零五下,亲爱的朋友。我可以说,弟兄们:他们几乎把我打死了呢。"罗卡抢着说,又把郭贝林抛弃了,"我这一百零五下是这样挨受的。他们排着整齐的队伍,把我押了出来。我在这以前,从来没有尝试过鞭子的滋味。人聚了很多,全城都聚了来,他们想看一看怎样惩罚一个强盗。这些老百姓真是愚蠢,我真是不知道怎么说法。刽子手把我的衣裳剥去,按好了,喊道:'你扶住,我要来了!'我等候着:会有什么事情发生?他刚鞭了我一下,我就想喊出来,张开嘴,但是我发不出喊声来,一定是声音失去了。又打了第二下,我听不见人家怎样数出'二'来的。我醒了过来,听见人家在那里数:'十七。'以后人家有四次把我从木马上除卸下来,让我休息半小时,用水灌我。我瞪着眼睛,向大家看去,心里想:'我立刻会死的……'"

"但不是没有死吗?"郭贝林天真地问。

罗卡用十分鄙夷的眼神扫射他,传来了哄笑的声音。

"真是一根栏杆上的木柱!"

"脑袋里不大健康。"罗卡说,似乎为了他会和这种人谈话而感到后悔。

"脑子糊涂了。"瓦谢说。

罗卡虽然杀死过六个人,但在狱中从来没有人怕他,虽然他也许在心灵里希望赢得一个可怕的人的名声……

第九章　伊萨·福米奇——浴堂
——巴克罗兴的自述

　　耶稣圣诞节到了。罪囚们庄重地等待这一天，我望着他们，也开始期待什么不寻常的事情。过节前四小时，我们被带到浴堂里去。我在的时候，尤其在我住在狱里最初的几年内，罪囚们不常被送到浴堂里去洗澡。大家很高兴，开始预备动身。规定在中饭后去，饭后不做工作。我的营舍里最高兴而且忙乱的是伊萨·福米奇·薄姆斯泰因，一个犹太罪囚，我在这部小说的第四章里已提到他。他喜欢在蒸汽里浸到呆钝和失去知觉的地步，现在每次，在我追寻着旧日的回忆，忆起我们那所罪囚的浴堂的时候（它是值得不被人遗忘的），伊萨·福米奇，我的狱中的同伴和同宿者，那副幸福的、难于遗忘的脸庞立刻出现在我的前面，在记忆中最先浮现出来。天呀，这个人是多么可笑呀！我已经讲过几句关于他的身形的话。他有五十来岁，身体虚弱，脸上有许多皱纹，脸颊和额角上有可怕的烙印，又瘦，又乏力，具有白白的像小鸡般的身体。在他的脸上看得出永远的、不易摇撼的自满，甚至幸福。因为他是钟表匠，城内并没有钟表店，因此不断地替城内的老爷们和官长们做修理钟表的工作。到底会多少给他一点钱。他并不穷困，甚至生活得很阔绰，但他把钱积起来，用重利和抵押品借钱给全狱的人。他自己有一把火壶，很好的被褥，一些茶杯，全套餐具。城里的犹太人们全和他做朋友，保护他。他每逢星期六由卫卒伴随前往自己的城里的祈祷堂里去（这是法律允许的）。他生活得十分舒适，不耐烦地等候着过完十二年的煎熬，然后再"娶亲"。天真、愚蠢、狡狯、胆大、直率、畏葸、夸耀、胡闹，全极滑稽地混合在他的身上。我觉得很奇怪，罪囚们并不嘲笑他，只是对他开开玩笑。伊萨·福米奇显然是供大家消遣和永远逗乐用的。"他在我们这里只有一个，你们不要动伊萨·福米奇。"罪囚们说。伊萨·福米奇虽然明白怎么回事，但显然对于自己的地位感到骄傲，这使罪囚们觉得有趣。他在极可笑的方式之下来到监狱（还在我未进狱以前，人家讲给我听的）。忽然，有一天，在黄昏前休息的时候，狱中传播着一条消息，一个犹太人被带到狱里，正在号房内剃头，马上就要进来了。当时狱中还没有一个犹太人。罪囚们不耐烦地等候他，他一走进大门，大家立刻把他围住。狱内的下士长领他到民事营舍里，把铺板的位置指给他看。伊萨·福米奇手里拿着一只麻袋，里面盛着发给他的官家的和他自己的东西。他把麻袋放下，爬到铺板上坐下，两脚盘坐，不敢对任何人抬起眼睛。他的周围传出一阵笑声，和针对着犹太人出身的一些玩笑话。一个年轻的罪囚突然从人群中挤进来，手里拿着极旧极脏的、被撕破的、夏天穿的裤子，还加上一卷狱方发的东西。他坐在伊萨·福米奇身旁，叩击他的肩头一下。

"亲爱的朋友，我已经在这里等候你六年。你瞧，你能给多少？"他在他面前摊开了拿来的破烂衣服。

伊萨·福米奇刚才走进监狱时胆怯得甚至不敢抬眼看紧紧地包围住他的那一大堆嘲笑的、被残丧的、可怕的脸庞，而且由于畏葸还没有来得及说出一句话来，在看见了抵押品以后，忽然哆嗦了一下，开始活泼地用手指摸那些烂布，甚至放在光亮的地方仔细看了一些时候。大家等候他说什么话。

"怎么，一个银卢布都不能给吗？那是值的！"押当东西的人继续说，对伊萨·福米奇挤了挤眉眼。

"一个银卢布不行，七戈比是可以的。"

这就是伊萨·福米奇在狱中说出的第一句话语。大家全笑得不可开交。

"七戈比！你就给七个也好，你的运气！你留神，把抵押品好生藏着，你要用你的脑袋对它负责。"

"三戈比的利息，一共欠十个戈比。"犹太人用颤抖的声音说，一面把手插进口袋里去取钱，畏葸地望着罪囚们。他的胆子很小，可是他还想做生意。

"一年付三戈比的利息吗？"

"不，不是一年，一个月。"

"你真刻薄，你这犹太人。你的大名呢？"

"伊萨·福米奇。"

"嗯，伊萨·福米奇你在我们这里的前途是无量的！再见吧。"

伊萨·福米奇又看了看抵押品，把它折叠起来，在罪囚们继续不断的哄笑之下把抵押品塞进麻袋里去。

大家仿佛甚至确实喜欢他，谁也不欺凌他，虽然几乎大家全欠他钱。他自己并不凶狠，真像母鸡一般，看见大家全同情于他，甚至胆壮起来，且因为露出那种坦白的滑稽的表情，所以人家立刻饶恕他。一生认识许多犹太人的罗卡时常逗他，并不由于恶意，却是为了消遣，好比跟小狗、鹦鹉、教练成的小兽逗乐一般。伊萨·福米奇很知道这点，一点也不感到侮辱，机灵地用开玩笑的话回应着。

"喂！犹太人，我要揍你一顿！"

"你打我一下，我还你十下。"伊萨·福米奇勇敢地回答。

"可诅咒的疥癣！"

"就算有疥癣。"

"长疥癣的犹太人！"

"就算是如此。虽然长疥癣，但是有钱，有铜板。"

"把基督卖去了。"

"就算是如此。"

"好极了，伊萨·福米奇，你真是好汉！您不要惹他，他在我们这里只有一个！"罪囚们一面喊，一面哈哈地笑着。

"喂！犹太人，你曾挨够鞭子的，你要上西伯利亚去。"

"我现在已经在西伯利亚了。"

"还会流放得远些。"

"那边有上帝吗？"

"有是有的。"

"那就不要紧，只要有上帝，还有钱，随便什么地方都是好的。"

"真是好汉，伊萨·福米奇，显见是好汉！"周围呼喊着，伊萨·福米奇虽然看见人家笑他，但是还显出高兴的神色；大家的赞誉给予他明显的快乐，他开始用柔细的最高音唱着：拉——拉——拉——拉！唱出一种离奇的、可笑的曲调，唯一的、没有言语的歌曲，他在住牢狱时一直唱着这首曲子。以后，他在和我结识得更熟些以后，赌咒告诉我，这支歌曲，这个谱调，就是六十万犹太人，连大带小，在经过红海的时候齐声唱出的，每个犹太人在举行盛典和战胜敌人时必须唱的。

在每个星期六的前夜星期五的晚上，别的营舍里的人们特地跑到我们的营舍里来看伊萨·福米奇如何庆祝他的安息日。伊萨·福米奇那样天真地好说大话，而且喜爱虚荣，因此这种普遍的好奇也会给予他愉快。他用迂腐的、假装的、郑重的态度，在角落里摆好一只小几，翻开了书，点上两根蜡烛，喃喃地说出一些神秘的话语，开始穿上长袍，这是一件用羊毛的材料制成的，色彩斑驳的披肩，他平日很细心地把它保存在自己的箱子里面。他用两手系好罩袖，头上，额角上面，用一根带子系住一只木盒，好像有一只可笑的角从伊萨·福米奇的额头上面长了出来。以后开始了祈祷。他用唱歌的调子读着祷词，呼喊，吐痰，旋转着身体，做出狂野可笑的姿势。当然，所有这一切是依照祈祷的礼节规定下了的，其中并无一点好笑的、奇怪的地方，但是可笑的是伊萨·福米奇好像故意在我们面前装腔作势，向我们夸耀自己的仪式。一会儿忽然用手掩脸，开始呜咽地读着。呜咽的声音越来越大，他露出疲劳的神色，且几乎带着号哭，把带着盒子的脑袋俯在书上。但是在极强烈的呜咽中间，他突然开始哈哈大笑，用一种欣悦的、庄严的、由于过分的幸福而显得松弛的声音唱着。"瞧他的神气！"罪囚们说。我有一天问伊萨·福米奇："呜咽的声音是什么意思？以后怎么会这样庄严地转变到幸福和快乐上去？"伊萨·福米奇很高兴我询问他。他立即对我解释，哭泣和呜咽的意思是指耶路撒冷的失去，教律规定这时应该尽可能地哭泣，且须叩击自己的胸脯。但是在发出最强烈的呜咽的时候，伊萨·福米奇应该突然地，像不经意似的忆起（这"突然地"也是教律所规定的）。有一个预言，说犹太人必将回到耶路撒冷去。到那时候他应该立刻转为快乐、唱歌、哗笑，且把祷语诵读得可以从声音里表达更多的幸福，且从脸庞上表现更多的庄严与正直。这个"突然"的转变和必须转变的理由是伊萨·福米奇最喜欢的部分，他看出内中有一种特别的、极巧妙的意义，因此用夸耀的态度把这个技巧的规则传达给我。有一次，正在他祈祷得最热闹的时候，少校由看守的军官和卫兵伴着走了进来。所有的罪囚们全直立站在自己的铺板旁边，只有伊萨·福米奇一人更加起劲地呼喊，而且装腔作势得越发厉害了。他知道祈祷是准许的，且不能加以阻止，因此在少校面前呼喊着，是没有什么危险的。他还很喜欢在少校面前做点怪腔，且向我们摆出架子。少校走到他面前，只有一步的距离。伊萨·福米奇转过身来，背对着少校，开始挥摇着双手，唱出他的庄严的预言，因为他必须在这时候在自己的脸上表现极多的快乐和正直。他立刻就做了出来，似乎特别地眯细眼睛，一面笑，一面对少校点头。少校惊异着，但终于喷出了笑来，当着他的面骂了他一声"傻瓜"，就此走开了；而伊萨·福米奇越发加强他的呼喊。过了一小时后，在吃了晚餐以后，我问他："如果少校愚蠢得对你生了气，那便怎样呢？"

"什么少校？"

"什么？你难道没有看见吗？"

"没有呀。"

"但是他站在你的面前，只有两尺远，就一直在你的脸庞前面。"

但是伊萨·福米奇用极认真的神气向我保证，他根本没有看见什么少校，在他祈祷的那个时候他已陷入神魂飞越的状态里面，一点也看不见，且听不见周围发生的一切。

我好像现在还看见伊萨·福米奇在礼拜六那天在狱中无所事事地游荡着，什么也不做，奉行他的教律上所规定的办法。他每次从自己的教堂回来时，总要对我讲一些无法确认的故事，给我带来一些完全不相类似的消息和从彼得堡传来的谣言，对我保证这些消息是从犹太人那里得到的，而犹太人是从可靠的方面听来的。

然而关于伊萨·福米奇的事情我谈论得太多了。

全城只有两所公共浴堂。第一所是一个犹太人开设的，里面有房间，每间收费五十戈比，是为上等人士设立的。另一所浴堂则专门为普通平民设立的，又旧，又脏，又拥挤，我们全狱的人就被带到这个浴堂里去。天气寒冷，但极晴朗。罪囚们为了能够从堡垒中走出，观览城市，就已十分喜欢。玩笑话和笑声一路上没有停过。整队的兵士荷枪实弹送我们前去，使全城的人惊异。到了浴堂，立刻把我们分成两班。当第一班洗澡的时候，第二班要在寒冷的前室里等候着，这是因为浴堂面积太窄小，不得不这样做。虽然如此，浴堂狭小得竟难以设想怎么能容纳得下我们的一半人数的。彼得洛夫一直不离开我，我并没有请他，他自己跳过来帮我的忙，甚至自行提议给我洗澡。巴克罗兴也和彼得洛夫一样，自己表示愿意侍候我。他是特别科内的狱囚，我们叫他工兵，我已经提过他是狱中最快乐、最可爱的罪囚。我和他已经结识得熟识了。彼得洛夫甚至帮助我脱衣，因为我由于不习惯，脱得很慢，而前室内很寒冷，几乎和院内一般。顺便说一句：罪囚如果还没有完全学会的话，脱衣是很不容易的事。第一，必须学会很快地解开脚镣的填衬。这填衬用皮子制成，有四俄寸长，穿在内衣上面，一直填在包住脚的铁圈底下。一对填衬值六角银币，然而每个罪囚都自己花钱去置备，因为没有填衬不能走路的。脚镣的铁圈并不紧紧地把脚包住，圈和脚之间可以伸进一只指头，因此铁会叩击脚，摩擦它，如果不用填衬，一天之内会磨出创伤来的。脚去填衬还不算难。最难的是学会灵巧地脱去脚镣下面的裤子。这是整套的戏法。为了脱去裤子，假如从左脚脱起，必先把它从脚和铁圈中间穿过去；随后在脚抽出来以后，还要把裤子从铁圈中间穿回；之后把已从左脚上脱下来的东西再从右脚上的铁圈中间穿过，把从右脚上的铁圈中间穿过的一切东西再穿回自己的身上去。穿新内衣也要用这一套步骤。新犯人甚至很难自行学会的。首先教我们这一切的是托博尔斯克的罪囚郭莱涅夫，他是以前的盗魁，被锁了五年时间。但是罪囚们早已习惯，能够毫不困难地对付过去。我给彼得洛夫几个戈比，让他准备一点肥皂和洗身用的刷子。罪囚们固然也有狱方发给的肥皂，每人一小块，大小像两个戈比，厚薄像"中等"人家晚上做凉菜用的干酪那样的一薄片。肥皂就在前室里，随同蜜水、面包和热水一块儿出售。根据和浴堂老板所订的条件，每个罪囚只发一桶热水。谁想洗得干净些，可以花一个铜币再买另一桶水，那桶水立刻从前室里经过专门的小窗转送到浴堂里去。彼得洛夫帮我脱去了衣裳，甚至挽着手领我进去，因为他看见我戴着脚镣走路有点不胜其艰难似的。"您把它往上拉一拉，拉到小腿上去。"他一面说，一面扶住我，像仆人一般，"这里要谨慎些，这里有门槛。"我甚至有点觉得不好意思，我想告诉彼得洛夫，我一人也会走过去；但是他不会相信这个，他对待我就像对待一个小孩，未成年的，无能力的，大家都应该帮忙的人。彼得洛夫并不是仆人，绝对不是仆人。如果我侮辱他，他该知道怎样对付我。我并没有答应给他钱作为酬劳，他自己也没有开口。什么事情驱使他这样侍候我呢？

在我们开门走进浴堂的时候，我心想我们已经走到地狱里去了。你设想一下一间十二步长阔的屋子，里面也许一下子装满了一百个人，至少总有八十个人，因为罪囚们一共分成两班，我们总共有二百人来到浴室。遮掩眼睛的水蒸气、煤灰、烂泥，再加上拥挤得没有地方插脚，我惊惧起来，想回转去，但是彼得洛夫立刻鼓励我。我们费了极大的劲，越过散坐在地板上的人们的脑袋，挤到木椅那里去，不断地请求他们俯下身子，使我们走得过去，但是木椅上的位置全被占住了。彼得洛夫告诉我，应该花钱买位置，立刻开始和坐在窗旁的罪囚讲起价钱来了。那罪囚肯以一戈比的代价让出位置，立刻从彼得洛夫那里取到了钱——这钱是他在到浴堂的时候预先准备好，握在拳头里的。他立刻钻到木椅底下，一直就在我的位置下面，那边又黑又脏，黏质的污垢附在随便什么东西上面，几乎有半个指头厚。然而就是木椅底下的位置也全被占满，那边也全钻满了人。地板上没有容纳一个手掌的地方，到处都有罪囚们弯着身子，坐在那里，从自己的木桶里汲水。另一些人站在他们中间，手里握着木桶，站在那里洗澡，龌龊的水从他们身上一直流到坐在下面的人们的剃光的头上。在木架和梯级上也坐着许多人，在那里蜷着身子洗澡。但是，洗的人很少。普通老百姓不大用热水和肥皂洗，他们只是拼命地蒸发，以后用凉水灌身体，这就算洗了澡。有五十个刷子在木架上一同起伏着，大家全像发狂似的摩擦着自己，蒸汽时时吹出来。这不是热气，简直是地狱。一切都在那里欢呼、号叫，再加上一百条锁链在地板上拖拉出来的声响……有些人想走过去，在别人的锁链中间被纠缠住，自己又撞着坐在下面的人们的脑瓜上面，跌倒了，出声骂，把被撞着的人拉了过来。龌龊的水从四面八方流着。大家处于一种沉醉中、一种兴奋的心神中，传出了尖叫和呼喊，前室里发水的小窗旁一片的辱骂、拥挤、完全的混乱。取到的热水在还没有送到目的地以前就溅泼到坐在地板上的人们的头上。一个兵士的长满胡子的脸庞不时从窗内或微开的门旁窥视。他的手里握着枪。他看一看有没有不守秩序的情形。罪囚们剃光的脑袋和蒸得发红的躯体显得更加丑陋些。在蒸红的背部总是鲜明地露出由于以前曾经挨到的鞭和棍棒的叩击而来的疤瘢，现在所有这些背部好像重又受了伤。可怕的疤瘢！我看着这些疤瘢，我的皮肤霎时升起了一股寒意。一添了水，蒸汽像浓厚的、热烘烘的云似的弥满整个浴堂。大家哄叫着，呼喊着。从蒸汽的云里闪现出满是伤痕的背部，剃光的脑袋，扭曲的手脚；再加上伊萨·福米奇在最高的木架上面扯开了嗓子，喔唷喔唷地叫着。他对于蒸汽像是没有感觉，似乎任何的热气都不能满足他。他花一戈比雇了一个擦背的人，但是连他也终于熬受不住，扔弃了刷子，跑去冲冷水到自己身上。伊萨·福米奇并不忧愁，雇了第二个、第三个，他已经决定为了这事不惜成本，连着更换了五个擦背的。"蒸发得太够劲，伊萨·福米奇真是好汉！"罪囚们从下面对他呼喊。伊萨·福米奇自己感到在这时候他高于一切，得意地触撞大家的腰；他非常之得意，用锐利的、疯狂的声音叫喊出他那套歌调拉——拉——拉——拉，把所有的声音全遮掩住了。我心想如果我们大家什么时候一块儿到地狱里去，它会很像这个地方的。我忍不住把这想法告诉彼得洛夫，他只是向周围看了一看，什么也没有说。

我想给他买我身边的位置，但是他坐在我的脚边，说他很舒适。巴克罗兴给我们买水，在需要时抬过来。彼得洛夫宣布说，他要从头到脚帮我洗，因此"会非常干净的"，还鼓励我去蒸一蒸身体。我不敢冒这个险。彼得洛夫用肥皂擦我的整个身体。"现在我来给您洗那只小脚。"他最后说。我想回答我自己也能洗，但是没有反对他，完全服从了他的意志。他说"小脚"两个字显示他并没有那种奴才的气息；彼得洛夫之所以不称我的脚为脚，可能是因为其他"真正"的人有自己的脚，而我却只有"小脚"。

他给我洗完了澡。带着同样的方式，那就是扶住我，每步路那样谨慎小心地，当我是瓷器的人似的，把我送到前室里来，帮助我穿内衣，在做完我的事情以后，方才跑回浴堂里去蒸浴。

我们回家后，我请他喝一杯茶。他不拒绝喝茶，喝完以后，道了声谢。我想花点钱，请他喝一小瓶酒。那瓶酒就在我们的营舍里给弄到了。彼得洛夫非常满意，喝完了以后，喉咙里咯噜地响了一声，对我说了一句我使他的精神感到爽快的话，便匆忙地向厨房跑去，仿佛那边没有他是任何什么事情都无法解决似的。另一个谈话者代替他到我身边来，就是巴克罗兴（那个工兵），我还在浴堂里就邀请他和我在一块儿喝茶。

我没见过一个性格比巴克罗兴更可爱的人。诚然，他并不示弱于人，他甚至经常吵嘴，不喜欢人家干涉他的事情。一句话，他会主张自己的权利，但是他即使与人发生冲突，也不会持续很久，我们这里大家好像都喜欢他。他走到哪里，大家都快乐地欢迎他，甚至城里都知道他是世界上极有趣的，从来不丧失自己的快乐的人。他是一个高身材的小伙子，三十来岁，有一副勇敢直率的、十分美丽的脸，脸上长着一个小硬瘤。这个脸他有时扭曲得那样可笑，形容着对面遇见的一切事物，使得周围的人们不得不哈哈地大笑起来。他也是属于丑角的一类，可是他并不对我们那些嫌脏似的仇恨笑脸的人们有所纵容，因此也无人骂他是"空虚的、无益的人"。他身上充满了火焰与生命。他从我最初进狱的几天起就和我认识，告诉我他的军人生涯。一些高级官员很喜欢他，提到他时很为他骄傲，把他安排在工程兵部队里担任工兵。他甚至还会读书。他到我这里喝茶的时候，先讲 S 中尉早晨如何对付我们的少校的事情，逗得满屋的人都笑了。他坐在我身旁，对我说演戏的事情可能会成功。狱内正在考虑过节时组织囚犯演戏。演员已经挑好了，布景也稍微预备了一点。城里有些人答应借衣服给演员穿，甚至肯借女人的服装，甚至由于一个马弁的引荐，希望借到带肩章的军官制服。只要少校不像去年似的禁止就行。去年圣诞节的时候少校心绪不佳，不知在什么地方赌输了钱，再加上狱内有人捣乱，于是他一发狠就禁止演戏，但是现在也许不会使大家难堪的。一句话，巴克罗兴处于兴奋的状态。显然，他是戏剧的重要发起人，我当时决定去看戏。巴克罗兴因为演剧成功而感到的那份真诚的快乐使我很感动。我们一句接一句地谈起话来。他对我说，也并不一直在彼得堡服务，他在那里犯了什么罪过，他被派到 R 城的卫戍营充当下士官。

"就是从那边把我送到这里来的。"巴克罗兴说。

"为了什么事情呢？"我问他。

"为了什么？您以为，阿历山大·彼得洛维奇，是为了什么？就因为我爱上了女人！"

"为了这事情是不会遣戍到这里来的。"我笑着反驳。

"那是真的，"巴克罗兴说，"我真是为了这件事情把那个地方的一个德国人用手枪杀死了。您自己判断一下，值不值得为了德国人充军呢？"

"究竟是怎么回事？你讲一讲，这是很有趣的。"

"极可笑的历史，阿历山大·彼得洛维奇。"

"这样更好。你讲吧。"

"要讲吗？那么您听着……"

我听到一桩虽然并不可笑，但确是极奇怪的杀人的故事……

"这件事情是这样的,"巴克罗兴开始说,"他们派我上 B 城去,我一看这是一座很好、很大的城市,不过德国人很多。我当然还是一个年轻人,在官长那里印象很好,走起路来,通常帽子歪戴着,在外面消遣时光,对德国女人挤眉弄眼。我当时看中了一个德国女孩,名叫罗意萨。她们两人都是洗衣女人,洗内衣的,那就是指她和她的婶婶。婶婶年纪很老,那种神气活现的样子。她们过着舒适的生活。我起初在窗旁转来转去,以后才建立起真正的友谊。罗意萨的俄语说得很好,不过有点口齿不清——一个很可爱的女孩,我还从来没有遇见过这样的女孩。我原本只想马马虎虎地将就两下,但是她对我说:'不,这是不行的,沙萨,因为我要保持自己的贞节,做你的有价值的太太。'不过她的态度那样亲切,笑得那样响亮……而且那样纯洁,除她以外我没有看见过这样的人。她自己想嫁给我。我又怎么不想和她结婚呢,您想一想?我准备去请求中校允许我结婚……忽然罗意萨有一次没有赴约会,又有一次还是没有来,第三次也没有来……我寄信给她,没有回答。这是怎么回事?我心想,假如她要骗我,一定会用狡猾的手段,可以回我的信,而且也会赴约会。她不会撒谎,才会这样简单断绝了。这是婶婶的主意,我心想。我不敢去见婶婶。她虽然也知道,但我们总是暗中做事,那就是说偷偷地相见。我走来走去,像疯子似的,写了一封最后的信,说道:'假使你再不来,我要亲自去见婶婶。'她一害怕,就来了。她哭着,说有一个德国人,名叫舒立慈,是她们的远亲,钟表匠,很有钱,年纪已老,他表示愿意娶她,他说要不是为了使她得到幸福,而自己在老年时不致没有妻子。他说,他爱她,心里早就存着这个愿望,但老是沉默着,没有对她说出来。她说：'沙萨，他有钱，这对于我是幸福。难道你真的想剥夺我的幸福吗？'我看：她哭泣着，拥抱我……唉，我心想，她说得倒是有些道理！嫁给一个小兵有什么意思，虽然我还是下士官。我说：'罗意萨，再见吧，但愿上帝和你同在。我何必剥夺你的幸福。他怎么样？他的相貌好不好？''不好，'她说，'他是老年人，长鼻子……'甚至自己都笑了。我离开她，那怎么办，我心想，这就是我的命运！第二天早晨我从他的店铺那里走过，她把街道的名字告诉了我。我从玻璃窗里看：一个德国人坐在那里修表，四十五岁年纪，鹰钩鼻子，眼睛瞪出，穿着燕尾服，笔挺的、高高的领子，那样神气活现。我唾了一口痰，想把他的玻璃窗砸碎……何必呢，我心想！不必去动手，他自己会从大车上摔下来的！我在黄昏时走回营舍，躺在铺板上面。您信不信，阿历山大·彼得洛维奇，我痛哭了一场……

过了一天、两天、三天，我没有和罗意萨相见。从一个老妇人那里听到（她年纪很老，也是洗衣裳的，罗意萨有时上她那里去），那个德国人知道了我们的爱情，因此决定快快地成亲，否则还要等上两年。他还叫罗意萨发誓她从此不再和我相见；他还把她们——她和婶婶，弄得心神不定，意思是也许要变主意，现在还没有完全决定。她还对我说，后天，星期日，他叫她们两人早晨去喝咖啡，还有一个亲戚在座，那个老头儿，以前是商人，现在很穷很穷，在一个地窖内充当看守。我一知道在礼拜那天他们也许会把一切事情都加以解决，不由得大发火气，不能控制自己。整整的这一天，还有第二天，我想的都是这件事情。我真想把这德国人吃下去，我心想。

礼拜天早晨，我还是没有做出决定，但是一做过午祷，我就跳起来，套上大氅，走到德国人家里去了。我肯定所有人都到齐了。我为什么要到德国人那里去，我要在那里说什么话，自己都不知道。我把一支手枪塞进口袋里去，以防万一。我的那支手枪很旧。我小时候曾经发射过，现在能否发射没什么把握。但是我把子弹装了进去，心想：他们如果对我做出粗暴的举动，把我赶出来；我就掏出手枪，吓唬他们。我一到那里，工场内没有人，大家全坐在后屋内。除他们以外没有其他人，也没有仆人。他只有一个女人做仆人，她同时还是厨子。我走过那个店铺，一看——门关着，那扇门很旧，用铁钩关住。我的心剧烈跳着，我止步，倾听他们说着德国话。我用力一脚，门立刻开了，一看：桌子铺得整整齐齐的。桌上有一只大咖啡壶，咖啡在酒精炉上沸腾着。桌上放着干面包，在另一个盘内有一瓶伏特加酒、鲱鱼、香肠，还有一瓶葡萄酒。罗意萨和婶婶两人全盛装打扮，坐在沙发上面。那个德国人，那个未婚夫坐在她们对面椅子上。他的头发梳得精光，穿着燕尾服，戴着硬领，简直凸出在前面。旁边椅上还坐着一个德国人，是一个老人，肥胖的，灰白头发的。他沉默着。我一走进去，罗意萨脸色立刻变得灰白。婶婶跳起来，又坐了下去。德国人皱着眉头。他很生气，站起来走近我。

'你有什么事情？'他说。

我感到不好意思，但是怒气充溢在心头。

我说：'没有什么事！你应该接待客人，请客人喝酒，我到你这里来作客。'

德国人想了想，说道：'请坐吧。'

我坐了下来。'拿伏特加酒来。'我说。

'这就是伏特加，请喝吧。'

'你给我喝好的伏特加。'我越来越愤怒了。

'这是很好的伏特加。'

他这样看不起我，使我感到气恼。再说罗意萨正在看着我。我喝了酒，说道：

'你何必这样粗暴，德国人？你应该和我要好。我为了友谊上你这里来的。'

'我不能做你的朋友'，他说，'你只是普通的小兵。'

这时候我狂怒了。

我说：'你简直就是草包、猪猡！你知道不知道，从这个时候起，我要对你做什么就能做出什么来？要不要，我用手枪杀死你！'

我掏出手枪，站在他面前，把枪口一直对他的头瞄准着。她们两人半死不活地坐在那里，吓得一句话也说不出来；那个老人就像树叶似的摇晃着，一声也不发，满脸发红。

德国人刚开始很是吃惊，但是立刻醒了转来。

他说：'我不怕你。作为一个绅士，请你不要和我开玩笑，我完全不怕你。'

我说：'你胡说，你是怕的，你还要嘴硬！'他的头在手枪的瞄准下动也不敢动一动，就这样坐着。

他说：'不，你绝不敢做出来的。'

我说：'为什么不敢？'

他说：'因为这样做是犯法的，你会受严厉的刑罚的。'

鬼知道这个傻瓜是什么心思！如果他不是这样地挑衅我，也许他还会活着的。那不过就是一场争吵而已。

我说：'你以为我不敢吗？'

'不敢！'

'我不敢吗？'

'你完全不敢对我做出什么来……'

'那么给你这一下，蠢东西！'我当时就咔嚓一下，他就在椅子上倒了下来。她们大喊了一声。

'我把手枪放回口袋，若无其事地走回堡垒里去，把手枪扔弃在堡垒大门旁边的荨草丛里了。'

我回家以后，躺在铺板上，心想：他们现在要来抓我了。过了一小时、两小时，没有人来抓。在黄昏之前，烦闷攻袭到我身上来了。我走了出去，心想一定见一见罗意萨。我走过钟表店，看见里面有许多人，还有警察。我走到老妇人家里，叫她去唤罗意萨来。我刚等候了一会儿，看到罗意萨跑了来。她扑到我的身上，哭泣着，说道：'全是我的错，我听了婶婶的话。'她还对我说：'婶婶在出了那件事情以后立刻跑回家来，害怕得生了病，因此一声也不响。她自己没有对任何人说过一个字，还禁止我说出去。她真害怕，随他们怎么办好了。她说，罗意萨，刚才没有一个人看见我们。'他把自己的女仆都打发走了，因为他担心，她如果一知道他想娶亲，会把他的眼睛弄瞎的。房子里一个工人也没有，德国人把他们全遣走了。他自己煮咖啡，自己预备凉菜。那个亲戚以前本来一辈子沉默着的。他没有说什么话，一出了事情，拿了帽子就走了。'他一定也会沉默着的。'罗意萨说。事情真是如此。两星期内没有人来捉我，对于我一点怀疑也没有。在这两星期内，你信不信，阿历山大·彼得洛维奇，我享尽了所有我的幸福。我每天和罗意萨住在一起。她真是，她真是恋上了我！她哭着说：'你被充军到哪里去，我要跟你到哪里去，我为了你会抛弃一切！'我想我的一辈子的命运就这样决定了，她那时太爱我了。但是过了两星期以后我被捕了，老头儿和婶婶商量好把我告发了……"

"但是，等一等，"我打断巴克罗兴的话头，"你所犯的事情最多被判个十年，至多十二年，而且属于民事案件；但是你怎么会被送到特别科里呢？"

"那是因为出了另外的一件事情，"巴克罗兴说，"我被带到裁判委员会的时候，上尉在法庭面前用极其肮脏的字眼骂了我一顿。我忍不住，对他说：'你骂什么？你难道没看见，你这个坏蛋，你坐在镜前看到的是你自己吗？'嗯，这就给我增添了新的罪状，重新把我裁判，一块儿判决了，荣获四千鞭笞，到特别科里来。我被处刑罚的时候，那个上尉也得了罪。我被充军出去，他被剥夺了职位，降为小兵，派到高加索去。好了，再见吧，阿历山大·彼得洛维奇。请您来看戏呀。"

第十章　耶稣圣诞节

圣诞节终于来临了。圣诞节的前夜，罪囚们差不多就没有去上工。有到缝纫间里，也有到工场里去的，其余的人们不过在分配工作的时候到了一趟。虽然被派到什么地方去，但几乎立刻独自或成堆地回到狱里来，午饭后就没有人再去做工，就是在早晨也有一大部分的人为了自己的私事，而并非做狱方给他们安排的工作。有的人在联系安排运酒和买新酒的事情；另一些人在请求走访朋友的许可，还有一些人在索讨以前所做工作的欠账；巴克罗兴和参加演戏的人们为了上几个朋友那里去，特别是上军官的仆役那里去取必要的演出服装。有些人走来走去，带着关心和忙乱的神色，只是看起来也像一些人那样的忙乱和关心。虽然有些人，譬如说，并不去什么地方收账，但他们的态度也做得仿佛他们也将向什么人取得钱款。一句话，大家仿佛都期待明天有某种变化，期待有什么不寻常的事情。到了晚上，伤兵替罪囚们上菜市去买东西，带来了许多食品，如牛肉、小猪甚至鹅。罪囚们有许多人，即使平日最朴素，而且省俭，整年来积蓄着小钱的，到了这时也认为有解开钱袋，用体面的方式开一开斋的义务。明天是罪囚们真正的、无从夺取的、法律上正式承认的法定节日，在这一天罪囚不能被派遣出去做工，这样的日子每年只有三天。

谁知道，这些被社会抛弃的人们在迎接这个日子的时候，会有多少回忆在他们的心灵里蠕动！这伟大的节日，从小就在普通人的记忆里深深地镌印着。这是他们在艰苦的劳作以后获得的休息的日子，这是家庭团聚的日子。在狱中忆起这些日子的时候总带着痛苦和烦闷。罪囚们对于这盛节的尊敬甚至变为某种仪式。游玩着的人们不多，大家全都严肃，而且仿佛很忙，虽然许多人差不多完全没有事情。但是那些闲暇和游玩的人们也努力在自己身上保持一种郑重的样子……笑仿佛被禁止了。总而言之，心绪已到了某种微妙且使人惹恼的不耐烦的状态，谁破坏了普通的情调，哪怕是不经意地，都会招来大家的呼喊和咒骂、愤慨，仿佛他蔑视了这个节日，蔑视了大多数罪囚。罪囚们这种心绪是美好的，甚至是令人感动的。除了对于这伟大日子的内心的崇拜以外，罪囚不自觉地感到仿佛借着遵守这节日而和整个世界相接触，因此他还不完全是被社会抛弃的人，还不是幻灭的人，不是像被割去的一块肉，他们在狱中也和在外面的人一样庆祝这圣诞节。他们感受到这点，这是显见而且容易了解的。

阿基姆·阿基梅奇也为这节日做好了准备。他没有家庭的回忆，因为他是孤儿，在别人家里长大，十五岁那年就去了军队服务。他一生没有特别的快乐，因为他的生活很有规律，也很单调，生怕有一丝一毫违反加在自己身上的规定。他并不特别信仰某个宗教，因为善良的行为显然把他身上其余一切人性的才能和特色、一切的情欲和愿望，坏的和好的，全都扼杀了。因此他准备平静无忧地迎接这个佳节，不为烦闷的、完全无益的回忆所惊扰，带着静谧的、有规则的善良的心情，这心情恰巧够履行责任和完成一成不变的仪式之用。从一般上讲来，他并不喜欢多思想。事实的意义显然从不触及他的头脑，但是对他指示过一次的规则，他会持着神圣的勤谨的态度去实行。如果明天人家吩咐他去做完全相反的事情，他也会去做，并且带着他在头天晚上做那件相反的事情时同样的恭顺和精细的样子。一次，一生中只有一次，他试一试用自己的智慧生活着，而竟陷到监狱里来了。他所得的教训是不会白白地丧失的。虽然命运没有注定在什么时候能使他了解他究竟犯了什么过错，但是他从自己的遭遇里获得一个可以得救的教条，就是无论在什么时候，无论在什么环境里都不去思虑，因为思虑"不是他的脑筋里的事情"，这句话是罪囚们相互间经常提醒的。他盲目地遵守着仪式，甚至对于那只肚内塞满了米饭而烤成的小猪（是他亲手制成的，因为他也会做烤菜），都持着一种特有的敬意，好像不是一只寻常随时可以买来烤的小猪，而是特别的节日用的小猪。也许他从小就惯于在这一天在桌上看到小猪，于是断定小猪是这一天必要的东西。我相信，如果在这个日子内有一次他没吃到小猪，他会因未履行义务所受的良心上的谴责而悔恨一生。他在节日前穿着旧上衣和旧裤，虽然这裤子补得还像样，但已完全穿旧了。现在发现，四个月以前发给他的那套新服装他谨慎地保藏在自己的箱子里，不去触动它，带着在过佳节时穿它的微笑的意念，他就是这样做了。他前一天晚上就取出那套新装，打开来，仔细检查了一遍，刷理干净，吹一吹，在弄好以后还试穿了一下。原来那套衣裳非常合身，一切很体面，上衣紧紧地扣到上面，领子像用硬板制成似的高高地支住下巴，腰间像制服一般的贴身。阿基姆·阿基梅奇甚至喜悦得合不拢嘴来，不免带着威武的样子在自己的小镜前面转来转去，这小镜他早已亲手在空闲的时间内糊上金色的边缘，只有上衣领上的一个纽襻儿仿佛安得不很合适。阿基姆·阿基梅奇在弄明白以后决定改装纽襻儿，改装好了，又试穿了一下，才感到相当满意。他当时照旧折叠了起来，带着安静的心神还藏在箱子里，到明天再取出来。他的头剃得还满意，但是他在镜内仔细察看了一下以后，发现他的头上仿佛并不十分光滑，显出看不大清楚的头发的细根。他立刻上"少校"那里去，把头剃得完全光滑，虽然明天并没有人会来审看阿基姆·阿基梅奇，但他只是为了使自己的良心得到安宁，履行在这一天应有的一切责任。对于纽扣、肩章、缝饰的崇拜还从儿童时代起就无从夺取地深印在他的脑筋里，成为极可辩驳的义务，且在心中铭记得像一个正派的人可以达到的最美的形象。他在一切弄服帖以后，以营舍中罪囚的头目的资格，吩咐他们把干草拿进来，精细地监督着把干草铺放在地板上面。别的营舍也是如此。我不知道什么原因，在圣诞节时营舍内永远铺放干草。阿基姆·阿基梅奇在做完了这一切事情以后，便祈祷上帝，躺在自己的床铺上面，立刻像婴孩似的宁静地睡熟，以便明天可以早早地醒来。其实所有的罪囚们也全是这样做，在所有的营舍里，都睡得比平常早。平日晚上的工作被遗弃了，赌摊是提也不要提。一切等候着明天的早晨。

圣诞早晨终于来了。将近破晓，天还没有亮，营舍的门就开了，走进来点人数的看守下士官向大家贺节。大家也祝愿他，回答得欢欣而且和蔼。阿基姆·阿基梅奇和在厨房里买了鹅和小猪的人们，在匆匆地做完了祈祷以后，就忙着去看怎样烧，怎么烤，放在什么地方，等等。从黑暗里，从小小的、被冰雪封住的窗子里可以看出两个厨房内，六只火炉里面炽烧着天还没有亮就已生起的熊熊的火，罪囚们穿着半统大衣，披在肩上，在院内黑暗里穿来穿去。大家忙着奔到厨房里去。但是有些人，自然不很多，已经来得及到理发匠那里去过。这些是最没耐心的人。总而言之，大家的举止都显得体面、驯顺，似乎不寻常的端正，听不见日常时的咒骂，也没有争吵，大家明白今天是很重大的日子、伟大的节日。也有人跑到别的营舍里向自己的什么人祝贺，发现了类乎友谊的东西。我要顺便说：罪囚中间几乎完全看不出友谊，不要说是普通的友谊没有，这更加不必提，即使是私人间的友谊，一个罪囚和另一个罪囚要好的事情也没有。囚犯彼此的关系很生硬而且严厉，很少有例外的情形，这已成为一种正式的、一成不变的基调。我也从营舍里走出来。天色开始有点发亮，星儿闪烁着，寒冷的、柔细的蒸汽向上袅升。从厨房火炉的烟囱里滚出像木柱似的烟。几个迎面走来的罪囚自己先快乐而且和蔼地向我贺节。我道了谢，同样地还报他。他们中间也有在这一个月内至今还未曾和我说过一句话的。

一个披着皮大氅，从军人营舍里过来的罪囚在厨房旁边追上了我。他还在院子里就看清我，喊道："阿历山大·彼得洛维奇！阿历山大·彼得洛维奇！"他向厨房跑着，显得匆忙的样子。我止了步，等候他。他是年轻的小伙子，有圆圆的脸、温柔的眼神，不喜欢和大家说话，自从我进狱的时候起还没有和我说过一句话，一点没有注意过我，我甚至不知道他叫什么名字。他喘着气跑到我面前，笔直地站在我面前，用一种呆钝的，同时幸福的微笑看我。

"您有什么事情？"我不免带着惊异问他，看见他站在我面前微笑，瞪眼望着我，但是不回答我的话。

"那怎么啦，今天是圣诞节呀……"他喃喃地说，自己猜到再也无话可说，便把我扔弃，匆忙地走进厨房里去了。

我要在这里顺便讲的是，在这桩事情以后我从来没有和他聚在一起过，彼此也几乎没有说过一句话，直到我离开监狱为止。

厨房里，人们围挤在热烘烘地燃烧着的火炉附近，非常忙乱拥挤，互相践踏着。每人都在观察自己买的食物。厨子着手准备官家的饭食，因为这一天饭开得早些。不过，没有人开始动手吃。虽然有些人很想吃，但还在别人面前保持着体面。等候着神甫，照规矩他来到以后才能开斋。天还没有完全亮，狱门外已经开始发出伍长的呼喊："厨子们！"这呼喊几乎每分钟都要发出来，继续了差不多两小时。那是叫厨子们从厨房里出来接收从城内四处送到狱内来的施舍。送来极多的东西，如面包圈、面包、酸奶饼、油煎饼、薄饼和其他油酥的饼干。我想，全城每家商店和中等家庭的主妇都送来面包给"不幸"的囚犯们贺这大节的。有阔绰的施舍，送来大量完全用面粉制成的油酥的面包。也有极贫穷的施舍，一种便宜的面包圈和两块黑色的糕，上面微微地抹了一层酸乳皮：这是穷人用最后的钱送给可怜人的礼物。一切都接受下来，带着同样的感激，不分施与的是什么东西和什么人。接受的罪囚们脱下帽子，鞠躬表示祝贺，把施舍的东西送到厨房里去。施舍来的面包积成一堆的时候，便叫每个营舍里的头目前来，由大家平均分配，送到营舍里去。没有争论，也没有咒骂，诚实地、公平地做着事情。凡是应该归到我们的营舍里的，再在我们那里分配，归阿基姆·阿基梅奇和另一个罪囚分配。自己先分好，再亲手递给每一个人。没有一句反驳，没有一点忌妒，大家都满意，甚至不会怀疑施舍的东西会被隐匿起来或分得不平均。阿基姆·阿基梅奇在厨房里做完了自己的事情以后，着手打扮，用尽一切体面和庄严，穿起衣裳来，扣好了所有的纽襻儿。在穿好衣裳以后，立刻着手做真正的祈祷。他祈祷得很长久。有许多罪囚，大半是年老的，都在那里祈祷。年轻的人并不祈祷许多时候，只是站起来，画了画十字，甚至在过节的时候也如此。阿基姆·阿基梅奇祈祷后走到我面前，露着一些庄严的神情向我贺节。我立刻请他喝茶，他请我吃小猪。过了一会儿，彼得洛夫也跑来向我道贺。他大概已经喝了点酒，虽然喘着气跑来，但没有说许多话，只是在我面前站了不久，似有所期待，一会儿离开我，到厨房里去了。这时候在军人的营舍里已准备迎接神甫。这个营舍的构造和别的不同，里面的床铺摆在墙旁，并不在屋子中央，像其余的营舍似的，因此这是狱内唯一与众不同的屋子，不在中央堆积着的。大概它就是造得预备在必要的时候可以在那里把罪囚们聚合在一处的。屋子中央放了一张小桌，铺好干净的桌毯，上面放着神像，点上油灯。神甫终于来了，手持十字架和圣水。他先在神像面前祈祷和歌颂了一会儿，就站在罪囚们面前，于是大家带着真挚的虔敬，走近前去，用嘴附在十字架上面。神甫以后走遍各营舍，洒着圣水。他在厨房里夸奖我们狱内的面包，认为它是城内烤得最有滋味的一种面包。罪囚们立刻想送两只新鲜的、刚烤好的面包给他，当时派了一个伤兵送去。罪囚们送着十字架，带着和迎接时相同的崇拜的样子。随后少校和卫戍官立刻来了。我们大家都喜欢卫戍官，甚至尊敬他。他由少校伴着走遍了所有的营舍，给大家贺节，又弯到厨房里去，品尝狱内的菜汤。菜汤的味道很好。为了这天，每个罪囚几乎发给一磅牛肉。此外还煮了小米粥，放了许多奶油在里面。少校在送走卫戍官以后，吩咐开饭。罪囚们竭力避免被他撞见。我们全不喜欢他从眼镜内射出来的恶狠的眼神，他在用这眼神向左右看，想发现有没有不守秩序的情形，有没有犯错的人。

开始吃饭。阿基姆·阿基梅奇的小猪烤得很好，我不能解释这是怎样做到的。少校一走，过了五分钟，立刻发现了异乎寻常的许多喝醉酒的人，同时在五分钟以前大家差不多还完全清醒着；发现了许多红颊的、欢笑的脸庞；发现了弦琴。小波兰人手里拿着提琴，已经在一个酗酒的人身后走着，被他雇用一整天，演奏一些快乐的舞曲。谈话更加显得喧嘈，而且酒醉了。但是大家吃完了饭，并没有发生很大的乱子。大家吃得很饱。老人中和态度端庄的人们中间有许多人立刻前去睡觉，阿基姆·阿基梅奇也这样做，大概心想在过大节的时候，饭后必须睡觉。一个旧教徒的老人打了一会儿盹，便爬到炉台上，翻开自己的书，一直祈祷到深夜，几乎不中断祷词。他望着"耻辱"感到痛苦，这是他指着罪囚们普遍的纵酒玩乐而说的。所有的切尔克斯人坐在台阶上面，带着好奇，同时带着一点厌恶望着喝醉的人。"我遇见努拉，罪孽！罪孽！"他对我说，带着虔敬的愤激摇头，"唉，罪孽！阿拉会生气的！"伊萨·福米奇固执而且傲慢地在自己的角落里点上蜡烛，开始工作，显然表示他并不认为今天是过节。角落里有些地方开始赌钱。他们不怕伤兵们，但是几个望风的人防备下士官来到，其实下士官也尽量不去注意那些事情。值日的军官今天来到狱内三次。但是醉鬼们藏了起来，赌摊在他出现时立即收摊，他自己似乎也决定不注意琐细的不规矩的行为。醉鬼在这一天被认为是琐细的不规矩的举动。开始了争吵。到底还有一大部分的人是清醒着的，还有人照顾不清醒的人。但是酗酒的人们却喝得毫无限度。格静得意极了。他带着自满的神色在自己位置附近的床板上面游玩着，把本来存放在营舍后面雪中秘密的地方的酒勇敢地搬到床板底下，狡狯地笑着，看着来到他面前的顾客。他自己清醒着，不喝一滴酒。他打算在节日终结时，预先把所有的钱全从罪囚的口袋内搜空以后，再开始玩乐。营舍中传出了一片歌声。但是酗酒已经到了乌烟瘴气的地步，从歌曲到眼泪已不再远。许多人带着自己的弦琴走来走去，把皮大氅披在身上，带着威武的神色拨弄琴弦，在特别科内甚至组织了九人的合唱队。他们在弦琴和吉他的优美伴奏下唱歌。纯粹民间的歌曲唱得不多。我只记得一首雄壮的歌曲：

　　年轻的小奴家，
　　在晚筵上游耍。

我在这里听到了这首歌曲的新腔，以前我没有听过。在歌曲的末尾加上几句诗：

> 小奴奴的家里，
> 收拾得整齐；
> 汤匙洗干净，
> 菜汤热腾腾，
> 门柱刷得光滑，
> 馅儿饼烤得顶呱呱。

大半唱的是所谓罪囚的歌调，但全是知名的。内中有一首，歌名叫《往事》……是一首滑稽的歌曲，描写一个人以前如何的快乐，过着自由的、绅士的生活，而现在陷落在狱中；描写他以前怎样"喝香槟"，而现在——

> 给我吃白菜和冷水，
> 吃得肚子鼓鼓响。

还有首著名的歌曲，即"小孩，我以前生活得多少快乐，有的是许多钱；小孩，我现在丧失了所有的钱，陷入不自由的命运中……"等等的词句。不过，在我们这里"钱"两个字唱得有点不一样。他们也唱忧郁的歌。有一首歌是纯粹罪囚式的，大概也是众所周知的：

天光闪耀，

鼓声破晓，

看守开了牢门，

书记官进来施威。

墙外无人看见我们，

苦度年月；

上帝、天主，和我们同在，

我们在这里不会被抛弃。

另一首歌更加忧郁些，调子很美丽，大概是某囚犯所改，词句讨厌，而且十分粗俗。我现在只记得内中几句：

我的眼帘看不见

我生长的家乡，

无辜的我被判了

受一辈子的苦刑。

猫头鹰在屋顶上啼鸣，

余音在林中绕响，

心儿哀号、悲痛，

没有我，在那边。

这首歌我们这里经常唱，但不是合唱，只是单个儿唱的。有人在休息的时候走到营舍的台阶上面，坐下来沉思着，手支住脸颊，用高音唱出。你听着，会使你的心灵震悸，我们那些人的嗓音是好的。

那时候黄昏开始了。酗酒和游耍中间沉重地透露出忧愁、烦闷和乌烟瘴气来了。一小时以前笑着的人在酒喝过了量以后，到什么地方去哭泣了。另一些人已经打过两次架。还有些人脸色惨白，勉强站住脚，在营舍里摇晃，寻人吵闹。有些醉意不深的人们，想要寻觅知己朋友，以便在他们面前发抒自己的灵魂，把自己的酒醉的忧愁哭诉出来。整个贫穷的人打算快乐一番，高高兴兴地过这伟大的节日。但是天呀，这是一个如何沉重的、忧愁的日子，几乎对于每一个人！每个人在过着这日子，仿佛在某种希望中自骗自似的。彼得洛夫又跑到我这里来两次。他在这一天喝得不多，差不多完全清醒着。但是他在最后的一小时前一直还在等候什么，等候一定应该发生的什么，等候不寻常的、闲暇的、快乐的什么。他虽然不说出来，但是从他的眼睛里可以看得出来。他不知疲倦地从这个营舍闯到那个营舍，然而没有发生、没有遇见特别的事情，除去酗酒、醉后无意义的咒骂、醉后昏头昏脑的胡闹以外。西洛特金也是在各营舍内荡来荡去，穿着新制的红衬衫，样貌美丽，洗得干干净净。他也是静悄悄地、天真烂漫地，仿佛等候什么事情。渐渐地营舍里开始觉得难受而且厌烦。自然有许多可笑的事情，但是我似乎觉得忧愁，而且可怜他们大家，在他们中间感到难受和气闷。那边有两个罪囚在争论谁请谁。显然，他们已经争论了许多时候，甚至吵过嘴。一个人尤其对另一个人早怀愤恨。他抱怨着，费劲地转弄舌头，努力证明出，那人对待他不公平，好像被他卖去了一件短大衣，隐藏起什么钱，在去年忏悔节的时候。除此以外还有什么事……那个控诉的人是高高的、肌肉发达的小伙子，不愚蠢，很驯顺，但是在喝醉的时候，就发生和人家要好，且倾诉自己的忧愁的趋向。他又骂，又提出要求，但同时仿佛露出以后还要和争吵的人言归于好的愿望。另一个是结实的，短矮的，身材不高，圆圆的脸，露出狡猾和精明的样子。他也许喝得比他的朋友多，不过醉得还轻。他有性格，听说还有钱，但是他不知什么原因觉得现在不去惹恼他那位感情洋溢的朋友似乎有利些，于是他把他领到贩酒人那里去；那位朋友说他应该请他喝，"如果你是一个正直的人"。

贩酒人在对要酒的人露出一点敬意，对感情洋溢的朋友露出不屑的眼神（因为他不用自己的钱喝酒，而由人家请他），把酒取出来，斟满了一杯。

"不，司铁布加，你是欠我钱的，"那个感情洋溢的朋友说，在他看见他占了优势以后，"所以这是你还我的债。"

"我不高兴和你再白费口舌！"司铁布加回答。

"不，司铁布加，你这是胡说，"第一个人一面从贩酒人那里接下杯子，一面说，"你确实欠我的钱，你没有良心。你的眼睛不是你自己的，却是借来的！你是卑劣的人，司铁布加，你是的。一句话，你是卑劣的人！"

"啰啰唆唆的干什么，酒都洒了！人家敬重你，给你酒喝，你就喝吧，"贩酒人对感情洋溢的朋友说，"我可不能在你面前站到明天呀！"

"我会喝的，你喊什么！给你贺节，司铁彭·道洛费意奇！"他持杯在手，对半分钟以前还骂作卑劣的人的司铁布加很有礼貌地微微鞠了一躬，"但愿你活上一百年，已经活过的，不算在里面！"他喝了酒，喉咙里咕噜了一声，擦了擦嘴。"以前我能够喝许多酒"——他用严肃的、郑重的态度说，仿佛并不特别对任何一个人说，而是在对每一个人说话——"现在我的岁数已经到头了。谢谢你，司铁彭·道洛费意奇。"

"没有什么。"

"我还要对你说这个，司铁布加。对于你在我面前成为极卑劣的人这一层且不讲，我要对你说的是……"

"但是我要对你说，"丧失了耐性的司铁布加抢上去说，"你听好我说的每一个字：我给你一个世界，你一半世界，我一半世界。你走吧，不要再和我相见。真是厌烦死了！"

"那么你不还债吗？"

"还要给你什么钱，你这醉鬼？"

"到了那个世界就是你自己来还债，我也不收。我们的钱是劳力换来的血汗和艰难赚来的。你拿了我的几个铜板，到了那个世界里够你忏悔的。"

"滚你的蛋！"

"你狠！你狠不到哪里去。"

"滚！滚！"

"混蛋！"

"罪徒！"

又开始了咒骂，比没有请喝酒以前还凶。

另外有两个朋友分坐在两块床板上。一个是高高的，壮实的，身上肉很多，真正的肉店老板。他的脸是红的。他好像在哭泣，因为他很感动。另一个是虚弱的，细柔的，瘦瘦的，长长的鼻子，从鼻子上面仿佛有什么东西滴落下来，像猪一般的小小的眼睛朝地下看着。他是懂得礼貌，有学问的人，以前做过书记，对待他的朋友有点高傲的样子，使得他的朋友心中很不痛快。他们整天在一块儿喝酒。

"他冒犯我了！"肥胖的朋友喊，用左手狠狠地摇晃书记的头，用那只正抱住他的手。"冒犯"等于揍打。肥胖的朋友，自己是下士官出身，暗中很羡慕他的瘦弱的朋友，因此他们互相夸耀词句的优雅。

"但是我对你说，你不对……"书记像讲教理似的开始说，眼睛固执地不看到他身上，用郑重的态度看向地下。

"他冒犯我了，你听着！"朋友抢着说，把他亲爱的朋友更加拉扯得厉害些，"我现在只有你一个人在世界上了，你听见没有？因此我对你一个人说：他冒犯我了！……"

"我要对你说：我的亲爱的朋友，这种酸溜溜的理由证明你的头脑里只有一些羞耻的思想！"书记用细柔的、有礼貌的声音反驳，"你应该同意，亲爱的朋友，这一切醉后的把戏是由于你喝酒无常造成的……"

肥胖的朋友向后退缩了一下，用醉眼呆钝地向自满的书记看去，忽然完全出人意料地挥起巨拳，用全力打击书记的小脸。一整天的友谊就此完结。亲爱的朋友失了知觉，滚翻到床底下去了……

一个我相熟的，属于特别科的罪囚走了进来。他是无穷善良且具有快乐性格的人，并不愚蠢，带着不恼怒的、嘲笑的表情，外表特别平凡。他就是我第一天进狱时在厨房里吃饭时寻找什么地方有有钱的人，硬说他有"自爱心"，后来和我一块儿喝茶的那个人。他有五十岁左右，嘴唇特别厚，鼻子大而多肉，上面布满了面疱。他手里抱着弦琴，胡乱地拨弄着弦子。他身后好像跟班似的跟着一个极矮小的罪囚。他的脑袋很大，以前我不大认识他，谁也不注意他。他是一个奇怪的、不信任的、永远沉默着的、严肃的人。他上缝纫间里去工作，显然努力过着孤独的生活，不和任何人联络。现在一喝醉了酒，竟像影子似的附缠在华尔拉莫夫身上，他跟在他后面走着，显得异常恐惧慌乱，挥摇着手，拳头向墙上、铺上叩击，甚至快要哭泣出来。华尔拉莫夫显然一点也不理睬他，好像他不在身旁似的。有趣的是，以前这两个人几乎完全不碰在一处。他们在工作和性格上没有丝毫相近。他们属于不同的部门，住在不同的营舍里面。小罪囚名叫蒲尔金。

　　华尔拉莫夫一看见我就露牙微笑。我坐在火炉旁的床板上面。他在我对面远远地站住，心里考虑了一下，摇晃着身体，举起不均匀的步伐走到我面前，似乎威武地弯曲着全身，微微地触动琴弦，用吟诵的调子说着，微微地叩撞皮靴：

> 圆圆的脸，白白的脸，
> 像山雀似的啾啾儿唱着，
> 我的小姣娘；
> 她穿着绫缎的衣裳，
> 美丽的、绢绸的裙子，
> 好俊的姑娘。

这首歌好像使蒲尔金冒起火来。他挥摇着手，朝大家呼喊。

"他尽瞎说，弟兄们，他尽瞎说！他不说一句实话，尽瞎说！"

"阿历山大·彼得洛维奇老丈！"华尔拉莫夫说，带着狡诈的笑脸窥望我的眼睛，几乎要冲上来和我亲吻。他有点醉，"老丈……"的名词具有对某人示敬的意思，普遍地沿用在全西伯利亚的老百姓中间，哪怕对一个二十岁的人也这样说。"老丈"的称呼具有尊贵、敬重，甚至谄媚的意义。

"怎么样，华尔拉莫夫，您好吗？"

"过一天算一天。凡是喜欢过节的人老早就会醉的。请您饶恕我！"华尔拉莫夫有点像唱歌似的说。

"尽胡说，又尽胡说！"蒲尔金喊，绝望地用手叩击床板。但是华尔拉莫夫仿佛赌咒完全不去理会他，这里面有太多滑稽的样子，因为蒲尔金从早晨起完全无缘无故地贴缠在华尔拉莫夫身上，就因为他不知道什么缘故，总觉得华尔拉莫夫"尽胡说"。他像影子似的跟在他后面游荡着，对于他的每一句话都要干涉一下，搓着他的手，朝墙上和床铺上叩击得几乎流出血来，而且痛苦着，显然为华尔拉莫夫"尽胡说"的这个想法而痛苦着。如果他的头上有头发，他大概会恼怒得把它拔光的。他好像自愿为华尔拉莫夫的行动负责，好像华尔拉莫夫的一切缺点完全落在他的良心上面一般。但是有趣的是，华尔拉莫夫甚至看都不看他一眼。

"尽胡说，尽胡说，尽胡说！他的任何一句话都没有什么用！"蒲尔金喊。

"那与你又有什么？"罪囚们笑着回答他。

"我报告给您听，阿历山大·彼得洛维奇，我以前相貌很好看，姑娘们很爱我……"华尔拉莫夫忽然无来由地开始说。

"胡说！又胡说！"蒲尔金带着尖叫的声音抢上去说。罪囚们哈哈地笑着。

"我在她们面前装得大模大样，我身上的衬衫是红色的，裤子是棉剪绒的；躺在那里，像蒲尔金伯爵，那就是说醉得像瑞典人，一句话，随您说吧！"

"胡说！"蒲尔金坚决地加以证明。

"那时候我父亲给我留下了一栋两层的、石头造的楼房。我在两年内把两层房子全拆掉了，只剩下一座没有柱子的大门。钱哪，真像鸽子一般，飞来，又飞去！"

"胡说！"蒲尔金更加坚决地证明着。

"我想了想，就从这里给我的父母发了一封哀哭的信，也许会寄钱来。人家说我反抗父母。我没有孝心！这封信现在已经寄出七年。"

"没有回复吗？"我问，笑了一下。

"不是的，"他回答着，忽然自己也突然笑了，越来越近地把自己的鼻子凑近我的脸，"阿历山大·彼得洛维奇，我这里有一个情妇……"

"您有吗？情妇吗？"

"渥努弗利也夫刚才说：'我的那个虽然是雀斑脸，长得不好看，但是她有许多衣裳。你的那个好看，但是穷得很，穿着麻袋出去。'"

"难道是真的吗？"

"她真是讨饭的！"他回答，发出了一阵听不清的笑声。营舍里大家全哈哈地笑了。大家果真知道他和一个女乞丐发生了关系，半年内一共给她十戈比。

"哦，那还有什么呢？"我问，希望把他打发走。

他沉默了一会儿，和蔼地看了我一眼，柔和地说：

"能不能为了这个原因弄一杯酒喝？阿历山大·彼得洛维奇，我今天只有喝茶水。"

他一面收钱一面和蔼地说："茶水喝得我气都喘不过来了，肚子里像酒瓶里的水似的晃摇着……"

正在他收下钱的时候，蒲尔金精神上的失望已达到最后的阶段。他像绝望的人似的指手画脚，几乎哭泣出来。

"上帝的人们！"他疯狂地对全营里的众人呼喊，"你们看这人！他尽胡说！无论说什么话，全是，全是，全是胡说！"

"那与你有什么相干？"罪囚们对他喊，惊异他的狂怒，"你真是不识趣的人！"

"我不能让他撒谎！"蒲尔金喊，眼睛闪耀着，拳头全力叩击铺板，"我不许他胡说！"

大家全哈哈地笑了。华尔拉莫夫收了钱，对我鞠躬，扭转着身子，忙着离开营舍，显然到贩酒人那里去。到这时候他大概初次见到蒲尔金。

"我们走吧！"他对他说，在门口止了步，好像他只是有什么事情需要他似的。"累赘的东西！"他补充了一句，蔑视地让恼怒的蒲尔金先走出去，重又开始弹奏弦琴。

这种乌烟瘴气有什么可描写的！这个烦闷的日子终于完结了。罪囚们在床板上沉沉地睡熟了。他们在梦中说话，梦话说得比其他夜里更多。还有些人在赌摊上坐着。久已等候的节日过去了。明天又是工作的日子，又要去做工。

第十一章　演剧

　　节日的第三天晚上，我们的剧院里献演了第一出剧。大概费了许多麻烦才组织成功，但是演员们把一切事情都自己担了下来，因此我们其余的人都不知道：事情弄到什么地步？究竟做了些什么事情？甚至不知道要演什么戏？演员们在第三天里出去做工的时候，努力尽可能地想法弄服装。巴克罗兴和我相遇时只是愉快地弹个响指。大概少校的心绪还好。然而我们完全不知道，他对于演戏是否知道。假如知道，是不是形式上加以允许，或者只是决定沉默下去，不高兴去管罪囚们所做的把戏，在弄明白一切会尽可能地守秩序的时候？我以为，他知道演戏，不能不知道；不想去干涉，明白假如他加以禁阻，也许会更坏些：罪囚们会开始淘气，酗酒，因此让他们有点事情做做，那更好。我为少校做这样的推想，只是因为它是最自然的、最正确的，甚至可以这样想：假如罪囚们在过节的时候不演戏，或不做类似的事情，官长便应该自己想点事情出来。但是因为我们的少校具有完全相反的思想方法，和其余一般人完全相反的思想方法，所以我猜想他知道演戏，而且允许演戏，未免自己担了极大的罪过。像少校这类的人必须随时随地压制什么人，夺去什么东西，剥夺某一个人的权利，一句话，必须在什么地方整顿秩序。在这方面，他是全城闻名的。由于他的施行压迫而狱中发生淘气的举动，与他又有什么相干？做出了淘气的举动，自可加以惩罚（像我们少校这样的人盘算着），而对待那些坏透了的罪囚们唯有用严厉的手段，不断地、切实地履行法律，这就是所要做的！这些平庸无能的执法者根本不明白，而且不能明白，只是切实履行法律，无意义地履行着，不了解它的精神，会直接引发不守秩序上去，永远不会得到另外的结果的。"法律上讲过，还有什么呢？"他们说，对于除法律以外还要求他们有健全的判断力和清醒的头脑，他们才真的会感到惊异。尤其是后者对他们来说，似乎是多余的、可恨的奢望和压力，是不能容忍的要求。

然而无论怎样，下士官长总不会反对罪囚们演戏，而他们所需要的也就是这点。我可以正确地说，演戏和对于准许演戏而生的感谢，成为狱内在过节时没有发生一桩严重的不守秩序的事情的原因。我目睹了他们如何弹压几个醉后胡闹或争吵的人们，只以上面将禁止演戏为口实。下士官让罪囚们保证一切都要静静地做去，大家必须好生约束自己。他们欣然答应了，且神圣地履行自己的诺言，还为狱方相信他们的话而感到十分得意。本来准许演戏对于官长们根本不费什么，没有什么可牺牲的，没有预先腾出地方来。这剧场的创造和拆除一共只需费去一刻钟的时间，而且只演一个半小时。如果忽然从上面来了停演的命令，只要一刹那的时间就把事情办妥了。服装藏在罪囚们的箱内。在讲这剧场怎样组织成的，有些什么服装以前，让我先说一说剧本，说说这是出什么戏。

写下来的剧本是根本没有的。不过在第二场和第三场上发现了巴克罗兴所写的一张简单介绍，那是为军官们，总之为那些在第一场上就光临剧场的高贵的看客而写的。官长中常来看戏的有看守的军官。看守值日官也来过一次。工程队军官也来过一次。就为了这些看客才创造了简单介绍。大家以为牢狱剧场的名誉会远远地传遍堡垒，甚至传到城内，尤其因为城内并没有剧院。听说只成立了一个业余的剧团，演过一次戏，也就完了。罪囚们像小孩似的为些微的成功高兴着，甚至露出虚夸的态度。"谁知道，"他们自己寻思着，而且互相说着，"也许最高的官长也会知道，跑来看一看戏，当时会看见罪囚们是什么样的人。这并不是寻常兵士们的演剧，弄上一些草人、能动的小船、能走的熊和山羊之类。这里的演员是真正的演员，能演老爷们看的喜剧。这种剧院城里没有。听说，阿勃洛西莫夫将军在那里演过一次戏，而且还要演。那边也许能以服装取胜，至于台词，比起我们的来真是难说得很！也许会传到总管的耳朵里去，不是开玩笑！也许他自己都想来看一看。城里并没有戏院呢……"一句话，罪囚们的幻想，在过节的那几天，尤其在取得了最初的成功以后，竟已达到了最后的阶段，几乎会想到得奖或减少刑期上去，虽然同时他们自己立刻极善良地开始取笑自己。一句话，他们是小孩，完全是小孩，虽然这些小孩中间有的已到了四十岁的年龄。虽然没有海报，但我已经大致知道了拟演出的剧本的内容。第一场是《情敌菲拉脱卡与米洛士卡》。巴克罗兴在演戏的一星期以前，就在我面前夸口，他担任的那个菲拉脱卡的角色将表演得成为在彼得堡的戏院里都没有见过的。他在营舍内走来走去，不客气地、无羞耻地，同时又完全善心地夸着海口，有时忽然会做出一点"唱戏"的口吻，那就是自己角色里的口吻，于是大家哈哈地笑着，尽管他所做出的是可笑的或并不可笑。应该说实话：罪囚们会露出坚忍的性格，保持自己的尊严。对于巴克罗兴的行动和所讲的关于未来的戏院的故事欢欣的，唯有年轻无知的没有耐性的人，或者唯有罪囚中重要的人物，他们的威信业早已建立得无可摇撼，因此大可不必惧怕直率地表白出自己的感觉，无论什么样的感觉，哪怕是具有极天真的（根据牢狱里的见解，极不体面的）性质的。其余的人们全默默地倾听着那些传说和议论，诚然，不加责备也不反对，但对于剧场的传言努力以冷淡处之，一部分甚且露出骄傲的样子。只到了最后，差不多演出的当天，大家才开始发生兴趣：会发生什么情形？不知道演得怎样？少校的态度怎样？会不会像前年似的得到成功？等等。巴克罗兴告诉我，所有的演员配合得很好，每人都会有"自己的地位"。他又说，甚至景幕也有的，西洛特金将扮演菲拉脱卡的未婚妻。"您自己会看到，他穿起女人的衣裳来是怎样的！"他说，眯细着眼睛，用舌头发出啧啧的声音，"仁慈的女地主将穿出有缘饰的衣裳，手里拿着围巾和洋伞；而仁慈的地主则穿着有肩章的军官制服，手里拿着手杖。"以后是第二出戏，那是一部话剧：《贪吃的开特里尔》。这名字使我发生兴趣，但无论我怎样细细地盘问关于这出戏的一切，我一点也不能预先打听出什么来。我只知道，这个剧本并没有成书，是用"抄本"的。这剧本从某一个退职的下士官手里弄来，他住在郊外，以前一定在某一个兵士的舞台上亲自参加演出这出戏。在我们的辽远的城市和省份内确实有些剧本好像不为任何人所知晓，也许从来没有在什么地方发表过，但自然而然地不知从什么地方发现了出来，而成为俄罗斯某一地区内所有平民戏剧必要的舞台剧本。上面我说了"平民戏剧"的名词。我们的研究家中间最好能有人对于平民戏剧（现在还有，还存在着，甚至还完全不在少数）做一番新的，比以前还精细的研究。我不愿意相信，所有我以后在我们的牢狱的剧场内所看见的一切是我们的罪囚们虚构出来的。这里一定具有传说的遗传性、一成不变的手法和概念，代代相传，依照旧时的记忆而得。应该到兵士那里，工厂的工人那里，工业城市内，甚至到几个不熟悉的、贫穷的小城市的中底层人们那里去寻觅；还保存在乡间、省城里，大地主家里的奴仆中间。我甚至以为有许多旧剧本都是经过这些奴仆手里，在俄国辗转传抄。以前的地主和莫斯科的贵族都有自己由农奴艺术家组成的戏院。我们的平民的戏剧艺术就发轫于此种戏院内。至于说到《贪吃的开特里尔》一剧，那么无论我怎样想知道，总归不能预先打听出来，除去将有恶神在舞台上出现，把开特里尔带到地狱里去以外。但是开特里尔究竟是什么东西？为什么是开特里尔，而不是基里尔？俄国的名字，还是外国的名字？这一切我到底怎么也弄不清楚。后来又宣布，将演出"有音乐伴奏的哑剧"。自然这一切是很有趣的。演员有十五个人——全是好热闹而且能干的人。他们各自转来转去，排演着，有时躲在营舍后面。一句话，想做出一点不寻常的、意料不到的事情，使我们惊异。

平常的日子狱门一到黑夜就关上了。圣诞节是一个例外：一直到夜晚还没有关。这个特例本来就是为戏院而开的。在过节的几天，通常每天在黄昏之前总要派人到看守官面前恭敬地请求"允许我们演戏，暂缓关门"，还说昨天也演过戏，门有许多时候没有关闭，并没有发生不守秩序的情形。看守官这样打算着："昨天果真没有发生不守秩序的情形。既然他们自己保证今天也不会出什么事情，那么他们自己会监督自己，而这是最靠得住的事情。假如不许他们演戏，那么也许（谁知道呢，本来就是囚犯）由于怀恨，故意干出一点肮脏的事情来，叫看守上当。"最后还有一桩：看守是极沉闷的事，而这里有戏可看，且不是普通的兵士们的戏，而是罪囚演出的戏，罪囚本来是有趣的人，看他们做戏自然也很有趣。至于看守官是永远有看戏的权的。

值日官一到："看守官哪里去啦?""到狱里数点罪囚，关牢门。"一个直率的回答，直率的辩白。因此看守官在过节的时期内每天晚上允许演戏，一直到夜晚才关牢门。罪囚预先就知道看守方面不会有所阻碍，因此颇为安心。

七点钟时，彼得洛夫跑来接我，我们一块前去看戏。我们的营舍里的罪囚几乎全都前去，除切尔尼郭夫的旧教徒和波兰人以外。波兰人只在正月四日最后的一场上决定到戏院里去，还在大家对他们保证那边又好，又快乐，又安全以后。波兰人那副嫌恶的样子一点也不使罪囚们惹恼，在正月四日那天他们受到很客气的接待，甚至让他们坐到最好的位置上去。至于说到切尔克斯人，尤其是伊萨·福米奇，那么我们的戏剧对于他们是真正的娱乐。伊萨·福米奇每次出三戈比，最后一次放了十戈比到碟子里去，他的脸上表现出幸福的神情。演员们决定向在座的人们收费，各人能出多少就是多少，以做开办剧院的费用，且借此补助自己。彼得洛夫保证我会被安排到最好的位置上去，尽管场上站满了许多人，理由是我比别人富，大概会多给钱，而且比他们内行些。结果真是这样。现在我先来描写剧场和它的设备吧。

剧场设在军事监狱内，这营舍有十五步长，从院子走到台阶上面，再从台阶走到外间，从外间走进营舍。这是一个长长的营舍，我前面已经说过，具有特别的构造：铺板安设在墙旁，屋子中央是空的。屋子的一半，近台阶那里的门的，给观众们占用；另外一半，和另一个营舍相通的，作为舞台之用。最先使我惊讶的是那帷幕。它横挂在营舍里，有十步长。那个帷幕简直奢华得确实有可惊异的地方。它还用油彩画着，画成树、亭、池和星。这帷幕是用大家捐出来的旧的和新的帆布、旧的罪囚的脚绊和衬衫，勉强缝成一块大布而制成的。有一部分因为布不够，只好用纸代替，这纸是到许多办公室里去求来的。我们的漆匠们（内中以勃留洛夫，即 A 最出名）在那帷幕上用油漆画满了。那样奢华的帷幕甚至使最阴郁的、有最微妙感觉的罪囚们都觉得高兴。他们到了演戏的时候一律全都变为小孩，和其他最热心的、最不耐烦的人们一般。大家都很满意，甚至夸耀地满意。灯光用切成零段的几根洋蜡配成。幕前放着两条厨房里的长椅，长椅前面还有三四只椅子，在下士官的屋内找到的。椅子预备上级军官万一降临时坐。长椅是为下士官、工程队的书记官、指导员和其他人等

（虽为官长，但并非军官阶级），万一到狱内来时坐的。后来真是这样的。在整个节日里外面的观众们一直没有断过，有的晚上人来得多些，有的晚上来得少些，最后的一场长椅上没有一个座位不被占满的。最后，在长椅后面是罪囚们的位置。他们站立着，由于对参观的人们的尊敬不戴帽子，穿着短袄或半统大衣，尽管屋内的空气如何重浊、如何热闷。自然，罪囚们的位置太少。除去这个人简直就坐在那个人身上之外（尤其在后面的行列里），连铺板和幕后都站满了人，还发现了许多爱好戏剧的人们，常上后台去，另一个营舍里去，从那里，从后台那里看演戏。营舍的前一半的拥挤是难以想象的，也许等于我新近在浴堂里看见的那份拥挤和嘈杂。外间的门敞开着，零下二十摄氏度的外间里也挤满了人。我们——我和彼得洛夫，立刻被邀请到前面去，几乎就在长椅那里，因为那里比后排看得清楚些。他们在我身上看出了是个赏鉴家、内行，到过许多戏院里去的人。他们看见巴克罗兴一直和我商量，对我很恭敬，因此现在给我面子和好位置。即使罪囚们是好虚荣的、十分轻浮的人，但这是表面的看法。罪犯们会看见我在工作方面是不好的助手，而取笑我。阿尔马作夫会轻蔑地看我们这些贵族，在我们面前夸耀他怎样会烧雪花石膏。但是他们对我们的压迫和讪笑里还掺和着别的性质，我们以前是贵族，我们属于和他们以前的主人一样的阶级，他们对于旧主人自然不能保持良好的回忆。但是现在，在剧场内，他们在我面前让路。他们承认，我能够判断得比他们好，知道得比他们多。他们中间最不对我抱同情的人（我知道这个）现在也希望我夸奖他们的戏剧，并不带着任何自卑的心情，让我到最好的位置上去。现在我做这判断，是从回忆我当时的印象而得的。我当时就觉得——我记得这个——在他们对自己的正确的判断里并没有低卑的观念，而含有自我尊严的情感。我们的人民最高的、最显著的、性格化的特点，便是正义感和对于正义的渴望。在一切地方，无论如何，不管值不值得，都要超到前面去的那种公鸡似的习惯，在我们的人民中间是没有的。只要剥去外层的、表面的硬皮，仔细地、临近地，不怀任何偏见，看看那核心，有的人会在我们的人民那里看出那些不能预先猜到的东西来。我们的圣贤们可指教我们的地方并不多。我甚至可以肯定地说，必须又转来；他们自己应该向我们学习。

彼得洛夫天真地对我说，当我们还在准备到戏院里去的时候，我一定会被让坐到前面去，因为我会付给较多的钱。位置并没有规定的价格，每人给他能给或愿给的数目。在有人持着碟子前来收款的时候，几乎大家全拿出钱来，哪怕是一个铜币。如果他们让我走上前面去，一部分真是为了金钱，心想我会给得比别人多些，那么在这中间包含有多少自我尊严的情感呀！"你比我有钱，你就上前去，虽然我们在这里全是平等的，但是你给得多些；因此像你这样的人对于演员们有意思些，你应该坐第一把位置。因为我们在这里不是为了金钱，却是出于敬意，所以我们自己应该把自己分类。"内中有多少真正的，真正的骄傲！这不是对金钱的尊敬，而是对自己的尊敬。总之对于金钱，对于财富，狱内并没有特别的尊敬，尤其假如不加分别地看成批的、整伙的罪囚们。我甚至不记得他们中间有一个人会为了金钱正经地降低自己的身份，即使是个别地把他们审看一番。也有硬向我借钱的人。但是在这强借的行为里，淘气和狡诈的成分比直接行动的意义更多些，不如说是喜好玩笑。我不知道，我表示得明白不明白……但是我忘记讲戏院了。现在言归正传。

在帷幕揭开之前，整个屋子成为一幅奇怪的、活泼的图画。首先是四面八方挤压成一堆的观众在那里耐着性子，脸上露出幸福的神情，等候演剧的开始。后排的人们一个压着一个。他们中间许多人从厨房里取来木柴，把一根厚厚的木柴放在墙旁，人的两脚踏上去，两手撑到站在前面的人的肩上，不变动位置，就这样站两小时，十分满意自己和自己的位置。别的人们把脚靠在壁炉下面的梯级上，也是那样一直站着，身体靠在前面的人们的身上。这是墙旁最后一排的情形。侧面还有一大群人爬到音乐队上面的床铺上去。这里是好位置。有五个人爬到壁炉上去，躺在上面，向下望。那班人才得意呢！另一面墙上的窗台上面也聚着一群迟到的，或找不到好位置的人。大家都显得安静，而且有礼貌。大家全想在老爷们和宾客们面前把自己的优点表露出来。大家的脸上全表现出极天真的期待。由于热和闷，大家的脸是红的，被汗水浸透的。在这刻着皱纹的、有烙印的额角和脸颊上面，在这本来阴郁的、愁闷的人们的眼神内，在这有时闪耀出可怕的火光的眼睛里，露出小孩般的喜悦和可爱的、纯洁的、快乐的、奇怪的光芒。大家都不戴帽子，我从右面看来，大家的头全剃得光光。但是在舞台上听得出翻动和忙乱的声音。幕立刻就要揭开，乐队演奏了……这个乐队是值得提一提的。旁边的铺板上坐着八名乐手，有两个提琴（一个是在狱内的，另一个从堡垒里的什么人那里借来，至于音乐家则在家里发现）、三个弦琴——全是自己做的、两个吉他，还有一个羯鼓，代替大提琴。提琴只发出尖叫和锯似的响声，吉他是蹩脚的，但大提琴却好得少见。手指拨弦的轻快简直是一种灵巧的魔术。奏的琴全是跳舞的调子。在应当跳舞的地方奏弦琴的人用手节骨叩打弦琴的响板。音调、风趣、演奏、调弄乐器、传达旋律的性质，这一切是自己的、别致的、罪囚式的。一个奏吉他的人也娴熟地知道自己的乐器。他就是杀死父亲的那个贵族。至于说到羯鼓，那简直在那里表现奇迹：一会在手指上旋转，一会用拇指敲鼓面，一会听得见骤急的、响亮的、单调的叩声，一会这个强烈的、清晰的声音忽然似乎像豌豆粒撒落似的变成无数细小的、振响的、窸窸窣窣的声音。最后又出现了两个手琴。说实话，我对于用普通的、平民的乐器可以弄成什么东西来，至今没有一点概念。声音的协和，演奏的纯熟，主要的是了解和传达旋律本体的精神与性质，简直是奇妙异常。我当时初次意识到俄罗斯的舞蹈曲内那种无穷的、放恣和雄壮的味道究竟是什么。幕终于揭开了。大家蠕动起来，大家跨前了一步，后面的人们踮起脚来；大家一律张嘴瞪眼，临到了完全的沉默。……演剧开始了。

阿雷站在我附近——他的兄长和其余的切尔克斯人的一堆里面。他们全酷好戏剧，每晚必到。我屡次见到，所有的穆斯林、鞑靼人等永远喜欢看任何那种戏剧。伊萨·福米奇也钻在他们身边。他从幕揭开的时候起就好像整个身子变为听觉、视觉，怀着对于奇迹与享乐的极天真、贪婪的期待，甚至会显得可怜，假如他对于自己的期待有所失望。阿雷的可爱的脸庞闪耀出那种孩子气的、美丽的快乐。老实说，我看着他觉得异常高兴。我记得每次在演员做出什么可笑的、灵巧的举动，引出大家普遍的哄笑的时候，我不由自主地总要朝阿雷那边转身，窥看他的脸庞。他不看见我，他顾不到我！在左面，离我不远的地方，站着一个年老的罪囚，永远皱着眉头，永远不满意，一直喜欢唠叨的人。他也看到阿雷，我看见他好几次带着微笑回身看他。他实在是太可爱了！他称他为"阿雷·谢米南奇"，不知为什么。开始演《菲拉脱卡与米洛士卡》。菲拉脱卡（巴克罗兴饰）确实漂亮极了。他把这个角色诠释得惊人的完美。显然，他对每一个句子、每一个行动都仔细研究过。每一句空虚的话语，每一个手势，他都赋予了完全和他的角色相适应的意义。在这努力上面，在这研究上面，还添上奇怪的、不装假的快乐，自然和不虚饰。你如果看见巴克罗兴，自己一定会相信，他是真正的、天生的演员，具有极大的天才。菲拉脱卡我在莫斯科和彼得堡的剧院里看过不止一次，我可以肯定地说，京城里演菲拉脱卡的演员们全没有巴克罗兴演绎得好。他们和他比较起来，不能算作真正的农人。他们过火地扮演一个农人。除此之外，使巴克罗兴兴奋的是竞争。大家知道在第二出戏里将由罪囚鲍采意金演开特里尔的角色。大家不知什么缘故都认为鲍采意金比巴克罗兴有才干些，演得好些。巴克罗兴为了这个感到痛苦，像小孩子一般。在这最后的几天里，他多少次上我那里去，抒发他的情感。在出演的两小时前，一阵疟热震荡着他。在人群里哈哈地笑着，朝他喊出"好呀，巴克罗兴！真是好汉！"的时候，他整个的脸露出幸福的微笑，真正的灵感在他的眼内闪出。和米洛士卡接吻的一个场面，菲拉脱卡预先对她喊："你擦一擦干净！"同时自己也擦了一下的时候，显得异常可笑。大家全笑得前仰后合。但是最使我感到有趣的是观众，到这时候大家全露出自己的本相来了。他们尽量地从事娱乐。赞美的呼喊传得越来越勤。有一个人推他的同伴一下，匆邊地把自己的印象告诉他，甚至不管，也许没有看清谁站在他的身旁。另一个人在看见某一个可笑的场面的时候，突然欣悦地回身向着观众，迅快地对大家看了一遍，似乎招呼大家发笑，挥了挥手，立刻又贪婪地朝台上看去。第三个人简直把舌头和手指弄得发出啧啧的声音，不能安静地站稳，因为没有地方走，只好踮起脚来。戏剧终结时，普遍的、快乐的心绪达到了最高的程度。我一点也不夸张。你且设想一所监狱，脚镣，不自由，往后的、长久的忧郁的岁月，单调的生活，像阴郁的秋天里的水点一般，而忽然准许所有这些受压迫和被幽禁的人们有一小时的舒展、快乐，使他们忘却沉重的梦，创立了一所完整的戏院，而且还创立得可以傲视全城，使全城的人发生惊异，意思是让他们知道我们罪囚是怎样的人！自然，一切都使他们发生兴趣，譬如说服装。他们最觉得有趣的，譬如说是看到一个温卡，或涅兹魏泰也夫，或巴克罗兴穿着完全另一种的衣服，和许多年来每天看见他们所穿的完全不同的衣裳。"本来是一个罪囚，脚上钉着铁镣的罪囚，现在竟穿着礼服，戴着圆帽，披着披肩，好像平常人一样！装上了胡须、头发。从口袋里掏出一块红手绢，挥摇着，装出老爷的样子，好像自己就是老爷！"大家都很欢欣。"仁慈的地主"出场时穿着副官的制服，诚然是很旧的，制服上面带着肩章，制帽上还有徽章。这给大家带来了不寻常的效果。对于这个角色，有两个人喜欢做，你信不信？两人全好像小孩似的为了争抢这个角色，彼此吵闹得很厉害，两人都想穿着有肩章的军官的制服露一露脸！别的演员们把他们拆开，当下表决多数赞成把那角色交给涅兹魏泰也夫，并不因为他比另一个显赫些、美丽些，因此比较像老爷，却因为涅兹魏泰也夫对大家说，他要带着一根手杖出场，挥摇着它，在地上乱画，像真正的老爷和纨绔子弟，而这是温卡做不出来的，因为他永远没有看见过真正的贵族。后来涅兹魏泰也夫随着他的太太走到观众面前的时候，果然一直在那里迅快而且流利地用柔细的、苇条制的手杖在地上乱画——这手杖他不知从什么地方拿来的——大概认为这是最高的贵族气、极端的漂亮和时髦的表征。大概还在儿童时代，是光脚的、农仆的小孩的时候，看见过服装美丽、手持手杖的贵族老爷，被他那种挥摇手杖的娴熟的姿势所折服，于是在他的心灵里一辈子无可磨灭地留下了印象，所以现在，在三十岁的时候，为了完全取悦全狱的人，且使他们佩服起见，把以前经历的一切全记忆起来了。涅兹魏泰也夫十分专心于自己的作业，竟不对任何人、不向任何地方看，甚至说话时也不抬起眼睛，只是留心注意他的手杖和手杖的尖端。仁慈的女地主也演得很妙。她穿着破旧的、样式真像破布似的、棉纱的衣裳，光裸的手和颈脖，涂上许多白粉和胭脂的脸，套着系在下脖那里的棉布睡帽，一手持伞，另一手持花纸扇。她不断地挥摇着扇，像放排枪般哄笑着迎接这太太；而太太自己也忍不住，几次哈哈地笑起来。罪囚伊凡诺夫扮演太太。改装小姑娘的西洛特金很可爱。联调也唱得很好。一句话，这出戏在普遍的、充分的愉快中结束了。没有批评，也不会有。

又演出了前奏曲《我的前室》，幕重新揭开了。那是开特里尔。开特里尔有点像唐瑞安。到戏结束的时候，鬼把老爷和仆人全带到地狱里去。演出整个的一幕，但这显然是一个片段，开端和结尾全已散失了，意义是一点也没有的。事情发生在俄国某一个旅店内。店主把穿着大氅、戴着破圆帽的老爷引进屋内。后面跟着他的仆人开特里尔，手里提着皮箱和一只卷在蓝纸里的母鸡。开特里尔穿着短大衣，戴着仆人的帽子。他就是那个贪吃的人。演他的是罪囚鲍采意金，巴克罗兴的竞争者。在第一出戏里演仁慈的女地主的那个伊凡诺夫扮演老爷。店主涅兹魏泰也夫，警告他们屋内有鬼，后来就走了。阴郁的、显出焦虑神色的老爷喃喃地说他早就知道这个，便吩咐开特里尔把行李打开来，且预备夜饭。开特里尔是胆小，且贪吃的人。他听见有鬼，脸色发白，颤抖得像一片树叶。他想逃走，但是怕主人。再说他又想吃东西。他这人好奢华、愚蠢，另有一种狡猾的样子，同时胆子很小，在每桩事情上都要欺骗主人，同时又惧怕他。这是仆人中一种有趣的典型，内中似乎不明晰地、辽远地露出莱鲍莱洛的性格。这典型被传达得真是惟妙惟肖。鲍采意金确实是天才，我觉得他演得比巴克罗兴好。我在第二天和巴克罗兴相遇时，当然没有把自己的意见对他完全表示出来，那样会使他很生气的。扮演老爷的罪囚也演得不坏。他说出一些乱七八糟，完全不相像的话，但说话的态度是正确的、热闹的，手势是适当的。在开特里尔翻弄皮箱的时候，老爷在台上沉郁地走着，响亮地宣布今天晚上是他的漫游终结的日子。开特里尔好奇地倾听着，扮出鬼脸，时而在一旁插入回应老爷的短话，并且每句话都会使观众发笑。他并不可惜主人，但是他听见有鬼，他想知道是怎么回事，因此他开始谈话、盘问。主人终于告诉他，以前在遇到一桩祸事的时候他曾向地狱求助，小鬼们帮他的忙，救了他；但今天期限到了，他们今天也许就会照约定的条件前来取他的灵魂。开特里尔开始胆怯了，但老爷仍旧很淡定，吩咐他预备夜饭。开特里尔一听到夜饭，精神立刻活泼了，掏出鸡来，掏出酒来，自己趁空从鸡上撕了一点，偷偷地吃。观众哈哈地笑着。门一动，风叩击窗板。开特里尔哆嗦了一下，匆匆地、几乎无意识地把一大块鸡塞进嘴内，连吞都吞不下去。又是一阵笑声。"预备好了没有？"主人一面喊，一面在屋内踱走。"老爷，我立刻……给您……预备"——开特里尔说着，自己坐在桌旁，十分安静地开始吞吃主人的饭菜。观众显然很喜欢仆人的敏捷和狡猾与老爷的受愚。应该说实话，鲍采意金真是值得夸奖。那句"老爷，我立刻……给您……预备"的台词，他说得极其漂亮。开特里尔坐在桌旁，起始贪婪地吃着，随着主人每次的步声而哆嗦，生怕他看见他的欺诈的行为；主人一回转身，他就藏在桌子底下，把鸡也一块儿拖走。他终于暂时填饱了他的饿肚，也应该想到主人一下。"开特里尔，快了吗？""预备好了！"开特里尔活泼地回答，同时发觉几乎没有给主人剩留什么东西。碟子上面实际上只放了一只鸡腿。阴郁和焦虑的主人一点也不觉得，坐在桌上，开特里尔拿着餐巾，站在他的椅后。开特里尔每一句话，每一个手势，每一个鬼脸，在他向观众点头，叫他们看愚蠢的老爷的时候，总会遇到观众抑制不住的笑声。但是老爷刚开始吃，就出现了小鬼。这里已经无从了解，而且那些鬼似乎太不像人了。旁边幕上的门开了，出现了一个白色的东西，没有头，却用一盏蜡烛灯代替。另一个幽灵的头上也是一盏灯，手里握着镰刀。为什么用灯？为什么握镰刀？为什么穿白衣？谁也不会加以解释，但是谁也不去细想它。大概就应该如此。老爷十分勇敢地转身向小鬼们呼喊，他已准备妥当，他们可以把他捉去。但是开特里尔害怕得像一只小兔，他趴到桌子底下，不管如何害怕，并没有忘记从桌上取起酒瓶。小鬼们隐没了一下。开特里尔从桌下爬出，但是老爷刚又开始吃鸡，三个鬼重又闯进屋里，从后面抓住老爷，带他进地狱里去。"开特里尔，救救我呀！"老爷喊。但是开特里尔顾不到这些，他这一次把酒瓶、碟子，甚至面包全拖到桌子底下去了。他现在一个人在那里，没有了鬼，也没有了主人。开特里尔爬出来，审看了一下，微笑照耀他的脸。他狡狯地眯细眼睛，坐在主人的位置上面，对观众点头，小声说道：

"嗯，我现在一个人了……没有主人了！……"

大家笑他那句"没有主人了"的话；但是他朝着观众，还用耳语般的声音说着，越来越快乐地挤眉弄眼：

"小鬼们把老爷捉去了！……"

观众的欢欣是没有边涯的！"小鬼们把老爷捉去了"的那句话说出来的时候，显出那样的狡猾，装出那种讪笑的、得意的鬼脸，真是不能不让你拍手称快。但是开特里尔的幸福没有持续很久。他刚抓住酒瓶，把酒倒在杯内，想喝下去，小鬼们忽然又回来，蹑足从后面走来，一下子抱住他的腰。开特里尔放开嗓子叫喊，胆怯得竟不敢回转身去。他也不能抵抗：他手里有一瓶酒和一只杯子，他无法离开手中的酒瓶和杯子。他害怕得张开嘴，坐了半分钟，朝观众瞪出眼睛，脸上露出那种胆怯和惧怕的可笑的表情，简直可以从他身上画出一张画来。他终于被捉去，被带走了。他手里还拿着酒瓶，他的双脚乱晃，呼喊着，呼喊着。他的呼喊在幕后还传响着。但是幕垂落下来，大家哈哈地笑，每个人都十分欢欣……乐队开始奏《卡玛林司卡耶曲》。

开始很轻，听不大见，但是主旋律渐渐响了起来，节奏越来越快，传出在弦琴的响板上雄壮地叩击的声音。……这是《卡玛林司卡耶曲》最热闹的一段。如果格林卡偶然在我们的狱内听到这演奏，那才好呢。用音乐伴奏的哑剧开始了。在哑剧进行的整个时间内，《卡玛林司卡耶曲》并不静寂下去。表演的是一间农舍的内部。磨坊老板和他的妻子在台上。磨坊老板在一个角落内修马具，妻子在另一角落内织麻。西洛特金扮妻子，涅兹魏泰也夫扮磨坊老板。

我还要说的是我们的布景很简陋。在这出戏里，以前的一出里，还有另外的几出里，你用自己的想象去补充的时候，较眼睛看见的为多。把一块地毯或马被挂起来，充作后墙；旁边放着破旧的屏风。左面一点也没有遮挡住，因此看得见床铺。但是观众并不苛求，愿意用想象补充现实，况且罪因们是很能够这样做的："说是花园，就把它当作花园，屋子就算屋子，农舍就算农舍，总是一样，没有什么关系。"西洛特金穿着年轻的农妇的服装是很可爱的。观众中间低声地传出几句赞美的言辞。磨坊主人做完了工作，拿了帽子，取了鞭子，走到妻子身旁，用手势对她解释，他要出去，但是如果在他出去以后妻子接待了任何人，那么……他指了指鞭子。妻子倾听着，点了点头。这鞭子大概是她很熟悉的，农妇时常瞒着丈夫在外面逛。丈夫走了。他刚走出门外，妻子就在他后面挥着拳头。有人叩门，门开了，一个邻人出现了。他也是开磨坊的，一个穿着短褂，长着胡须的人。他的手里拿着礼品，一块红色的手绢。农妇笑了。邻人刚想拥抱她，又有叩门的声音。往哪里去躲？她匆忙把他藏在桌子底下，自己又起始织麻。出现了另一个崇拜者，他是穿军装的书记官。在这以前，哑剧进行得无懈可击，手势做得毫无错误，十分正确。看着这些仓促间造成的演员，甚至会使你感觉惊异，不由自主地寻思：有多少力量和天才，在俄国有时几乎白白地丧亡，处于不自由和痛苦的命运之中！然而演书记官的罪囚大概以前曾在省城或家庭的剧场内演过几次，他觉得我们的演员们全都是不懂戏剧的外行，走路走得不像台上应该走的那个样子。于是他上了场，做出那些旧式戏院里古典的主角们上场时的样子跨着大大的步子，还没有跨另一只脚，忽然止住，全部身躯、脑袋，往后一仰，骄傲地向四围望了一望，又走一步。如果这样的走法对于古典的主角是可笑的，那么对于军书记官，在滑稽的场面上，就更加可笑。但是我们的观众心想大概应该如此，因此把高个子的书记官的大大的步子认作已成的事实，而不加以批评。书记官刚要走到舞台中央，又听见了叩门声。女主人又忙乱起来。把书记官往哪里藏呢？往箱子里放，箱子恰巧开着。书记官钻进箱子里，农妇把箱盖盖好了。这一次出现了一个特别的客人，也是情人，但是特别的情人。原来是一个婆罗门僧，甚至穿着僧服。观众中间传出了抑制不住的笑声。罪囚郭士金扮婆罗门僧，扮得很好。他的身材是婆罗门式的。他用手势解释自己的爱情的程度。他举手向天，以后又把手叉在胸、心上。他刚要做出温柔的样子，又传出了强烈的叩门声。从叩击的声音上可以听得出他是主人。惊吓非常的妻子不能控制自己，婆罗门僧像中了魔似的旋转着，求她把他藏起来。她匆忙地把他安放在柜子后面，而自己忘记了开门，奔到织机前纺织着，纺织着，不听见自己丈夫的叩门声，惊吓得搓弄她手内没有的线，把纺锤旋转着，同时忘记把它从地板上举起来。西洛特金很好地，且很成功地表现出惊吓来。但是主人用脚踢开门，手持鞭子，走近妻子身边。他全都看见，在外面看守着，因此一直对她用手指表示，她那里藏着三个人。他以后去寻觅藏匿着的人。首先找到邻人，一边捹打，一边把他推出门外。胆怯的书记官想逃走，用脑袋顶开箱盖，因此自己露了相。主人用鞭子抽他，这一次，深情的书记官并不用古典的方式跳跃了。现在剩下了婆罗门僧，主人寻觅了许多时候，在柜后的角落里把他找到，有礼貌地对他鞠躬，揪住他的胡须，把他拉到舞台中央。婆罗门僧试着抵抗一下，嘴里喊着"可诅咒的人！可诅咒的人！"（这在哑剧里唯一的说出来的话），但是丈夫不听，照自己的意思处置他。妻子看见现在快要到她头上，便扔弃了织机、纺锤，从屋内跑出去了。纱锭落到地上，罪囚们哈哈地笑着。阿雷不看着我，拉住我的手，对我喊："你瞧呀！婆罗门僧！婆罗门僧！"自己笑得站立不住。幕落下来了。开始了另一出戏。

但是描写所有的戏是不必的。一共还有两三出。全是可笑的、不虚假的、快乐的。即便不是罪囚们自己编的，至少在每出戏里加上了自己的东西。几乎每一个演员自己即兴加上点什么，因此在以后的几个晚上，同一演员演同一的角色都演得有点不同。最后的一出理想性质的哑剧以舞剧做结束。一个死人殡葬着。婆罗门僧带领许多仆役在棺材前面做各种符咒，但是一无用处。终于传出一首《太阳落山》的曲调，死人复活了，大家开始快乐地舞蹈。婆罗门僧和死人一同跳舞，用完全特别的方式，用婆罗门的样式跳舞。到第二天晚上，演剧即已告终。我们大家都快乐地、满足地散去了，夸奖演员们，感谢下士官，没有听到口角。大家似乎稀有地满意，甚至仿佛很幸福，于是不像往常那样，却几乎怀着安静的心神睡觉。好像怎么会这样的呢？但这并不是我的想象里的幻景。这是事实，这是真理。只要准许这班可怜的人们用自己的方式生活一下，用人的样式快乐一下，哪怕有一小时过着非牢狱的生活，这人就会在精神上起变化，哪怕只有几分钟也不妨……但是现在已经是深夜了。我颤抖了一下，偶然醒转来。老人还在炉台上祈祷，要祈祷到天亮为止。阿雷静静地睡在我的身旁。我记得他睡觉时还在笑着，同兄长们谈论戏剧，因此不由自主地审看他的安静的脸。我渐渐地记起了一切：最后的一天，节日，整整的一个月……我惊惧地微抬着头，环顾我的同伴们在公家的洋蜡的、抖颤的、黯淡的光线之下呼呼地睡着。我看着他们的惨白的脸庞，他们的贫穷的床铺，这完全的赤裸和贫乏——我审看着——我相信这一切并不是丑恶的梦的继续，而是真正的现实。这是实在的。现在听得见有人在那里呻吟；有人沉重地把手一抛，铁链发出了声响；另一个在梦中哆嗦，开始说话；老人在炉台上替一切"正教的基督徒"祈祷，听得见他的均匀的、轻轻的、冗长的"主耶稣基督，饶恕我们呀"！

"我并非永远在这里，不过是几年罢了！"我心想，头又俯垂到枕头上面去了。

第二卷

第一章　医院

　　过节后不久，我得了病，被送到我们的陆军医院。这医院是离堡垒半俄里远的一幢独立房屋。这是一座长形的、单幢的建筑，漆成黄色。夏天举行修理工作时，须用去多量的赭石。在医院的巨大的院子里排列着办公的房屋、医官住的房屋，还有其他合用的建筑物。在正房里全是病房。病房很多，但罪囚用的病房只有两间，永远挤得满满的，尤其是在夏天，因此必须时常挪紧床铺。我们的病房里充满了各种"不幸的人"。上那里去的有我们狱里的人，有各种军事犯的被告，受不同的处罚的，有已判决的、未判决的和转行充配出去的，也有从自省营里来的——那是一种奇特的机关，所有军营中犯了过失，不大靠得住的兵士们全遣送到那个机关里去，以便纠正他们的行为，但是过了两年以后，他们从那里出来的时候照例全成为一些罕见的坏蛋。我们那里的罪囚一得了病，一般在早晨把自己生病的情形报告下士官。下士官立刻记录在一本簿子上面，于是由卫兵拿着这本簿子把病人送到营团的野战医院里去。那边的医生把囚禁在堡垒里的罪犯中的全部病人预先检查了一下，凡认为真有病的，便记下来，打发正式住院留医。我的名字被他记载在簿内，在下午一点多钟，狱内所有人出发去从事午后工作的时候，我就到医院里去。有病的罪囚通常总要尽可能地带着金钱，还要带点面包，因为在医院内当天不能领到口粮，此外还要带一只小烟斗和盛烟叶、燧石、燧铁的袋子。最后的几件东西精密地藏在皮靴里面。我走进医院的围墙里面，不免带着对于这新颖的我还不熟悉的罪囚生活的变动露出多少的好奇。

这天是暖和的、郁闷的、死沉的——在这种日子里，像医院那样的场所会特别显出严肃的、沉闷的、苦涩的外形。我和卫兵走进接待室，里面放着两只铜浴盆，且已有两个病人等候着，是待审的犯人，也由卫兵伴着。副医官走了进来，懒洋洋地，且露出有权力的样子朝我们看了一眼，更加懒洋洋地走去报告值日医官。医官很快就来了，诊察了一番，对待我们很和蔼，发给我们登记卡片，写上我们的姓名。至于以后写病名，规定服什么药和多少分量等事，由那个管理罪囚病房的练习员担任。我以前已经听见罪囚们不绝地夸奖医官："简直比父亲还好！"我到医院去的时候，他们这样回答我的盘问。当时我们换了衣裳。我们来时所穿的外衣和内衣从我们上剥下来，换上医院里的内衣，此外再发给我们长袜、睡鞋、睡帽和厚厚的、呢质的栗色的长袍——用不是粗布，便是用什么橡皮膏沿的边。一句话，长袍已经非常龌龊，但是我在进院以后才完全知道了它的价值所在。我们被带到罪囚的病房里，在高敞、清洁和长长的走廊的尽头处。清洁的外表随处都使人满意，初次投入眼帘的一切简直发出光泽，但这是在我刚离开监狱时使我这样感觉到。两个待审的犯人向左面的病房里去，我向右面去。用铁栓关闭的门旁立着持枪的岗兵，一个副手立在他旁边。低级下士官（属于医院卫队的）吩咐放我进去，于是我到了一间又长又窄的屋子里面。在两道纵面的墙旁停放着大约有二十二个床铺，内中三四张床还没有人睡。那些床是木质的，漆成绿色，为俄罗斯人所熟悉的。这些床由于某种原因，肯定有臭虫。我被安排在靠窗的角落里。

我已经说过，里面也有我们的罪囚，从狱内来的。内中有几个已经认识我，或者至少以前看见过。最多的是待审的和自省营里来的罪囚。病重的，那就是不能起床的，并不多。另一些轻病的或已在痊愈中的，不是坐在床上，便是在屋内来回踱走。屋内两排床铺中间还留有空间，可作为散步之用。病房内有异常恶浊的、医院内专有的气味。空气被各种不愉快的蒸汽和药味所传染，在角落里几乎整天生着火炉。一条细条的罩布盖在我的床上。我把它摘下。罩布下面是一条用粗布沿边的呢被，粗厚的床单清洁的程度未免显得可疑。床铺旁边放着一只小几，上面有一只玻璃罐和锡制的茶杯。这一切为了雅观起见，用发给我的小毛巾盖住。小几底下还有木架，可以给喝茶的人安放茶壶、盛酸水的杯子等，但是病人中间喝茶的不很多。烟斗和烟袋几乎每个人都有，甚至犯痨病的人都不例外，他们全藏在床铺底下。医生和官长中另外一些人几乎永远不加以检查，即使看见有人抽烟斗，也装作没有看见的样子。但是病人们几乎永远很谨慎，走到炉旁去抽烟，到了夜里才在床上抽。夜里没有人来巡视病房，除去那个医院卫队长有时还来一下之外。

在这次以前，我从来没有在任何的医院内躺过，因此周围的一切对于我显得十分新颖。我觉察到，我引起了人们的一些好奇。人家已经听见关于我的事情，因而很不客气地对我打量着，甚至露出一点优越的感觉，像在学校内审看新生或在卫署内审看请求者一般。一个待审的囚犯躺在我的右面。他是书记官，一个退伍上尉的儿子。他因为制造伪币的罪名受审判，已经在医院里躺了一年时间，大概一点病也没有，但是他硬对医生们说他得了动脉瘤的毛病。他达到了目的：他避免了徒刑和肉体的惩罚。他还在一年以前就遣送到 T 城去，以便放在医院内养病。他是一个健壮的、矮短的小伙子，年约二十八岁。他为人异常狡诈，且懂得法律，是个非常聪明、异常放浪不羁和自视过高的人。他自爱到病态的地步，很严肃地相信自己是世上最诚实可信的人，甚至并没有犯什么罪，而且永远怀着这样的自信。他首先和我谈话，好奇地盘问我，并详细地对我讲医院内的一切规矩。自然，他最先就对我声明，他是上尉的儿子。他极想做出贵族的样子，或者至少成为"正直的人"。在他以后，一个自省营里的病人走到我面前，开始告诉我，他认识许多在以前被遣戍来的贵族，能叫出他们的姓名来。他是头发业已灰白的小兵，从他的脸上可以看出他爱说谎。他名叫柴孔诺夫。他大概猜想我有钱，显然奉承我，看见我有一个包，里面放着茶叶和糖，便立刻表示愿意为我效劳，去弄一把茶壶来，给我沏茶。M 答应我明天托从我们狱中上医院里来做工的人们中的什么人把茶壶带来。但是柴孔诺夫把一切事情办妥了。他弄到一只铁壶，甚至还弄到一只茶杯，把水烧开，沏上了茶，一句话，侍候得特别勤劳，因此立刻引起了一个病人几句恶毒的嘲笑的话语。这病人得的是痨病，躺在我对面。他姓乌司强且夫，属于待审判的小兵的一类，就是那个怕受刑罚，喝了一大杯酒，还在里面浓浓地掺上烟草，因此得了痨病的人。关于他，我前面已经提过了。他至今还默默地躺着，艰难地喘息，严肃地盯着我，并愤愤地注视柴孔诺夫的行动。他那极严肃的脸色使他的愤恨添上一些特别滑稽的色彩。他终于忍不住了。

"瞧这奴才！找到主人了！"他间歇地气喘吁吁地说。他已经濒临生命的末日了。

柴孔诺夫愤愤地转身向他。

"谁是奴才！"他说，鄙夷地瞧着乌司强且夫。

"你就是奴才！"他用那种自信的口气说，仿佛有责备柴孔诺夫的完全权利，甚至就是为了这目的才安插到他身边去似的。

"我是奴才吗？"

"就是你。你们听着，好人们，他竟不相信他是个奴才！他还吃惊呢！"

"那和你有什么关系？他们那班人好像没有手似的。没有仆人就不习惯，显见得是这样。为什么不侍候侍候呢，你这毛鼻的丑角！"

"谁是毛鼻的？"

"你就是毛鼻的。"

"我是毛鼻的吗？"

"你就是的！"

"你是美人吗？你自己的脸像乌鸦蛋。……假使我是毛鼻的。"

"你才是毛鼻的！既然上帝杀死你，你就应该躺下来死去！安心地等待着到那个地方去吧！"

"什么？我情愿对皮靴叩头，也不愿向草鞋屈膝。我的父亲没有屈过膝，也不许我屈膝。我……我……"

他打算继续说下去，但是痛苦地咳嗽了几分钟，咳出血来。不久，疲乏的冷汗在他的狭窄的额角上面渗了出来。咳嗽妨碍着他，否则他会一直说下去的，从他的眼睛上可以看出他还想骂，但是因为没有力气，他只好挥摇着手……因此柴孔诺夫也忘却这回事了。

我感到痨病者的愤恨，与其说是为着柴孔诺夫，倒不如说是冲着我来的。没有人会为了柴孔诺夫想侍候人家一下，以挣几个戈比而恼怒他，或是因此特别鄙视他。大家都明白，他这样做不过是为了金钱。对于这层，普通的民众并不怎样介意，并且会精细地辨别事理。乌司强且夫不喜欢的根本就是我，他不喜欢我的茶，不喜欢我被脚镣锁着的时候还像老爷一样，仿佛我没有仆人侍候便过不下去，虽然我并没有使唤人，也不希望任何人侍候我。实际上，我永远打算自己做，我甚至特别希望我能不露出自己是柔嫩的，不让人看起来像是不善用体力的贵族，我的自尊心甚至一部分就建筑在这上面，假使必须顺嘴说出来。但是我根本不明白，怎么永远会这样发生的；不过我从来不能拒绝那些好拍马屁、爱侍候人家的人们自己缠到我身上来，终于完全把我盘踞住，因此实际上他们反而成为我的主人翁，而我成为他们的仆人，但是外表上似乎自然而然地弄得我是贵族，我没有仆人便过不下去，我过着贵族的生活。这对于我自然是可恨的事。但是乌司强且夫是有肺病的、好苦恼的人。其余的病人们对于这事保持冷淡的态度，甚至带着一点傲慢的样子。我记得，大家当时都注意着一桩特别的事情。从罪囚们的谈话中我打听出，今天晚上有一个受审判的犯人将被送到这里来，他这时候正在受铁手套的刑罚。罪囚们带着一点好奇等候新人的来临。不过听说刑罚不是很重，只有五百下。

我渐渐地开始向周围环顾。据我所能观察到的那个样子，病人躺在那里实际上都犯了坏血病和眼病，这是一种地方病。病房里有几个犯这类的病人。有一些真是有病的是得了疟疾，各种酸痛，还有胸脯间的疾病。这里不像别的病房一样，这里把所有的病人全聚在一起，甚至有患花柳病的。我说真是有病的，是因为有几个是蒙混进来的，没有一点毛病，不过来"休息一下"。医生们很喜欢收留这种人，由于悲悯的心肠，特别在有许多空床的时候。被紧闭在狱内似乎比住医院糟糕得多，因此许多罪囚们很高兴上这里来躺躺，尽管这里的空气非常恶浊，病房的门紧闭着，有些人甚至特别喜欢躺卧，总之，喜欢医院的生活，不过大半是从自省营内来的。我好奇地审视我的新同伴，但是我记得有一个人当时引起我特别的注意，他属于我们的监狱里，已是垂死状态，也是肺病，也已临到最后的日子，躺在乌司强且夫的床的旁边，因此又几乎对着我。他名叫米哈意洛夫，还在两星期以前，我在狱内见到他。他早已有病，早就应该到这里来治病；但是他带着一种固执的、完全无效的耐性想战胜自己，坚持着，直到了节假的日子才上医院里来。可怕的痨病使他在三星期中便死去，这人热得好像烧着了似的。现在使我惊愕的是他的变得可怕的脸，那张脸我在进狱后就首先注意到，它当时似乎投射到我的眼里来。他身旁躺着

208

一个自省营的兵士，也已是老人，可怕的、讨厌的、醒酲的人。……
但是不能把所有的病人全数出来……我现在记起这个小老头儿，只因
为他当时也给我留下了一点印象，在一分钟内给予我关于罪囚病房的
一些特点的充分完整的了解。这小老头儿，我记得，当时得了很厉害
的重伤风。他一直打喷嚏，以后整整的一星期内，甚至在梦中也打喷
嚏，像放排枪似的，每次打五个至六个喷嚏，而且每次必说："主呀，
竟给我这样的刑罚！"这时候他正坐在床上，把纸卷的烟叶贪婪地塞
进鼻子里去，为了能够更加强烈地、更加舒服地打出喷嚏。他向一块
布手绢里打喷嚏，那块手绢是他自己的，带格子的，洗过一百次，颜
色褪得厉害，同时他的鼻子似乎特别地皱着，折成细小的、无数的皱
纹，还露出一些老旧的、发黑的牙齿的残根。他打过喷嚏以后，立刻
把手绢展开来，注意地审看里面积蓄得很多的鼻涕，立刻把它抹在自
己那件栗色的、官家的长袍上面，因此全部的鼻涕都留在长袍上面，
手绢只不过湿了一点。他这样做了整整的一个星期。这种对于自己的
手绢迟缓的吝啬的节省，而使官家的长袍受损，并不引起病人方面任
何的反抗，虽然他们中间总会有什么人在他以后可能会穿上这件长
袍。我们普通的民众竟会不嫌脏，不惹厌，甚至到了奇怪的程度。这
种举动当时使我深感不快，我立刻不由自主地带着厌恶和好奇开始审
看我刚穿上的那件袍子。我当时觉出，它的强烈的气味早已引起我的
注意。它已经在我身上烘得很暖，越发强烈地透出药味和橡皮膏的味
儿。我还觉得有一种脓腥味，而这是丝毫不奇怪的，因为它已从无可
记忆的岁月起就没有从病人的肩上脱下。袍子背上粗布的夹里有没有
洗过都不知道，但是我不知道究竟是不是如此；而现在这夹里浸满了

一切可能的、不愉快的汗水，湿润膏，从刺破的膏药里流出来的水等。再说，时常会有刚受了铁手套的刑罚的罪囚，背上受了重伤，被送到罪囚病房里来。医生用湿润膏医治，而那件长袍是一直穿在潮湿的衬衫上面的，无论如何不会不沾染，于是一切全都留在上面了。我在狱内的所有的时间，所有这几年，每逢我要到医院里去的时候（我是时常去的），我每次必怀着畏葸的不信任穿那件长袍。最使我不喜欢的是，有时在这些长袍上遇到虱子，粗大的、非常肥胖的虱子。罪囚们痛快地弄死它们。在粗厚的、笨拙的罪囚的指爪底下咯吱一声把那野兽处死的时候，甚至可以从猎人的脸上流露出他所获得的快乐的程度。我们这里也很讨厌臭虫，在某一个长长的、沉闷的冬夜中，全病房的人有时会起来把它们残杀。虽然除去病房内沉重的气味以外，外面很清洁，但内部的，所谓夹里中的清洁却不能加以夸耀。对于这个，病人们早已惯熟，甚至认为应该如此，而且内部的秩序本身也并不容得下特别的清洁。但是关于秩序一层，我以后再说……

柴孔诺夫刚把茶水递给我（顺便说，茶是用病房里的水沏的，那水一昼夜送进来一次，在我们的空气里很快就变坏了），门带着一点响声开了，在加倍的守卫之下，刚受了铁手套的刑罚的一个小兵被带了进来。这是我初次看见受刑罚的人。以后他们时常被送进来，有的甚至被抬进来（因为受刑太重），每次这会给予病人们极大的刺激。我们这里平常总是带着异常严肃的脸色，甚至还带着一种局促的正经样子接待这类人。然而接待的态度在一部分上也是和犯罪重要的程度，也就是刑罚的数量有关的。被打得最厉害，再加上素负盛名的大罪犯，会享受到比任何一个逃兵，例如，现在被送进来的那个人，较多的尊敬、较多的注意。但是在这件和那件事情方面，都没有表示一点特别的惋惜，说出一点特别惹恼的话语。他们默默地救助不幸的人，侍候他，尤其是不救助他不行的时候。助理医生们自己也知道，已把挨打的人交到熟练的、有经验的人的手里。所谓救治，平常就是时常而且必须将被单或衬衫替换，浸在冷水内，再罩在受伤的背上，尤其在受刑罚的人自己没有力气照顾自己的时候，此外就是灵巧地从伤处抽出木刺来，这些木刺时常由于棍杖弄断而留在受伤的背部。这最后的手术平常是病人最感痛楚的。在一般方面，受刑罚的人熬受痛苦时那种不寻常的坚忍永远使我惊异不止。这种人我看见过许多，有时真是挨揍得太厉害，但几乎没有一个人呻吟：只是脸色仿佛变了一下，显得灰白；眼睛熠耀着，眼神是散漫的、不安的，嘴唇抖动着——那可怜的人故意咬紧嘴唇，用牙齿咬紧，几乎咬出血来。被送进来的小兵是二十三岁的小伙子，具有坚实的、肌肉发达的体格，美丽的脸庞，高挺的身材，黝黑的皮肤。不过，他的背被打得够厉害。他的整个身体，从上面一直到腰部，完全裸露着；肩上盖了一条湿被单，因此他的四肢哆嗦得像发疟疾。他在病房内走来走去，有一小时半的时间。我审看他的脸，这时候他似乎一点也不思索什么，用溜滑的眼神奇怪地、野蛮地看着，这眼神显然很难注意地停止在什么东西上面。我觉得他盯着我的茶。茶是烫的，蒸汽从茶杯里滚出。但是可怜的人冷得哆嗦，牙齿和牙齿互相叩击。我请他喝茶。他默默地、笔直地转身向我，取了茶杯，站在那里喝下去，没有加糖，而且很匆忙地喝着，似乎特别努力地不向我看。他喝完了以后，默默地放下茶杯，甚至不对我点头，又在病房里来回地踱走。他是顾不到话语和点头了！至于说到罪囚们，他们大家起初不知为什么原因避免和受刑罚的逃兵谈话；相反，他们起先救助他，以后仿佛自己竭力不再对他注意，也许希望能够更多地给予他安宁，不用任何的盘问和"同情"烦扰他，这样他似乎感到满意。

当时天色已黑，烛台点燃了。罪囚们有几个人甚至有自己的烛台，不过并非许多人全有。终于在医生做了晚间诊察以后，看守的下士官走了进来，数清所有的病人，把病房关上，预先把夜里用的木桶端了进来。……我惊异地打听出，这木桶会在这里留放一夜，同时真正的厕所就在走廊内，离门只有两步路。然而，已定的规矩就是这样的。白天罪囚还可以从病房里放出来，不过也只许一分钟；夜里是无论如何不许的。罪囚的病房不像普通的病房，有病的罪囚甚至在病中也受着刑罚。谁首先定下这规则，我不知道；我单知道这中间并没有任何真正的规则，所有一切无益的形式主义从来没有比在这件事情上表露得更加粗暴。这规则自然不是医生们定下的。我要重复地说：罪囚们赞不绝口地夸奖他们的医生，认他们为父亲，尊敬他们。每个人受到他们的爱抚，听到他们的善言，这使被大家排斥的罪囚珍视，因为他们看出这些善言、这样的爱抚是不虚假的，是诚恳的。这爱抚本来可以没有的。谁也不会责问医生，假如他们使用不同的态度，那就是粗暴些、不人道些，因此他们的善良出于真正的爱人之心。自然，他们明白，病人无论是什么样的人，无论是不是罪囚，都和其他人一样，甚至和处于最高职位上的病人一样，需要完全一样的新鲜的空气。别的病房里的病人，在恢复期内，譬如说，可以自由地在走廊上行走，做较多的运动，呼吸些不尽像病房里那样染污的、充满腥臊汗味的空气。现在想起来都会觉得可怕而且讨厌，这种已经被染污的空气，在夜里端进木桶来的时候，在房内有那样暖和的温度，再加上生某种疾病时不能不起来解手的时候，应该染污到怎样的程度？若是我现在说罪囚在生病时也在受刑罚，那么自然没有猜料到，也不会猜料到，单为了刑罚才定下这种规则来。自然，这在我的方面是无意义的诬蔑。病人本来不必加以惩罚。但假定是如此，自然总有一种严厉的、残酷的必要，迫使官长做这种在结果上有害的处置。然而，是什么样的必要呢？但是可恨的是不能用任何别种理由解释这处置和其他别种处置的必然性，而这些处置是令人不明白的解释，即使对解释加以猜想也是不可能的。用什么来解释这无益的残忍呢？是不是生怕罪囚假装生病，故意进医院，骗过医生，夜里走进厕所，趁黑暗时候逃走呢？要一本正经地证明这种打算是无意义的，几乎是不可能的。往哪里跑？怎样逃跑？穿什么衣裳逃跑？白天一个一个地放出来，夜里也可以这样做。门外站着荷枪实弹的岗兵。厕所离岗兵站立处仅有两步路，虽然如此，还有助手伴同前往，眼睛一直盯在他的身上。里面只有一扇窗，用双层的窗框，像冬天一样，还加上铁栏。院内窗下，就在罪囚病房的窗旁，也有岗兵通宵巡逻。为了跳出窗外，必须打破窗框和铁栏。谁能做到呢？假设他预先把助手杀死，杀得他来不及喊出声来，而且没有人听见。甚至假使这种离奇的事情也是可能的，但总归必须弄破窗子和铁栏。应该注意的是在岗兵的附近还睡着病房的看守人们，而且在十步路以外，另一间罪囚的病房旁边，站着另一个持枪的岗兵，他身旁站着另一个助手和另一些看守。而且在冬天，穿着袜子和拖鞋，披着医院的长袍，戴着睡帽，往哪里逃跑？既然如此，风险性既然这样少（实际上完全没有任何危险），为什么这样一本正经地和病人作难，这些病人也许已临到生命的最后的时刻，他们需要比健康人更多的新鲜空气，这是为了什么？我永远不能了解这个……

假使已经问过一次"为了什么"，又因为恰巧说到这里，那么我现在不能不忆起另一个疑问来。这疑问已有许多年闪现在我的面前，成为一个极神秘的事实，使我无论如何也不能获得解答。在继续进行描写之前，我不能不对于这桩事情哪怕说几句话。我说的是那副脚镣，凡是已判决的徒刑犯无论得什么疾病仍不能免除，甚至痨病的人也戴着脚镣在我的眼前死去。然而大家对此早已习以为常，大家认为这是不可改变、不可抗拒的事实。几乎没人想过这个问题，甚至医生也没想过，在所有这些年来，也没有人想到，医生一次也没有向长官请求解除重病罪囚的脚镣，尤其是痨病罪囚的脚镣，尽管脚镣并不是特别重的东西。它的重量大约是八磅到十二磅。健康的人戴十磅重的东西并不显得沉重。有人对我说脚镣戴了几年以后，脚仿佛会开始干瘪。我不知道，这是不是事实，虽然这种说话很有一点理由，重物虽然是小分量的，虽然只有十磅，但假如永远贴在脚上，到底会影响肢体上不正常的发育的，过了许多时候会产生一点有害的作用……尽管对于健康的人没有什么关系。但是对于病人是不是如此呢？尽管对于普通的病人也没有什么。但是我要重复地说，对于重病的人是不是如此？对于有肺病的人是不是如此？他们的手和脚即便不戴脚镣也会干瘪，就是一根干草也会使他们觉得异常沉重。说实话，医务当局如能单对一些生肺病的人设法给予便利，单单这个就已是一桩真正的、极大的恩惠。也许有人说罪囚是恶徒，不值得施予恩惠，但是对于上帝的手指业已触到的那个人难道还必须增加刑罚吗？总归不能相信，单是为了惩罚而这样做。有肺病的人在法院里本可以免除体刑。因此，这里又包含着某种神秘的、重要的原因，作为解救或预防之用。但究竟是什么样的原因？那是不能了解的。实际上，绝不至于怕痨病人逃走。谁还会想到这层，尤其在疾病已发展到一定的程度的时候？假装得了肺痨，欺骗医生，以便趁机逃走——是不可能的。这不是别样的病，这病是一眼看上去就显见的。再说给人钉上脚镣，难道单是为了使他不能逃走，或是为了妨碍他逃走吗？完全不是的。脚镣只是为了毁损名誉，只是一种耻辱，是肉体和精神上的担负。至少应该这样猜想着。它是永远不会妨碍任何人逃跑的。最不娴熟的、最笨拙的罪囚会无极大的困难而很快地把它锯开，或用石头把铁钉敲去。脚镣根本不能做什么预防。假如果真如此，假如给已判决的徒刑犯钉上脚镣，单是为了刑罚，那么我又要问：难道对于垂死的人也要惩罚吗？

现在，在我写这段文字的时候，我鲜明地忆起一个垂死的肺痨病人，就是几乎躺在我对面，离乌司强且夫不远的那个米哈意洛夫，我记得他就在我进院后的第四天死去。也许我现在之所以提起关于肺痨病者的问题，乃是不由自主地重现着当时为了这件死亡的事情而钻进我的脑海里的那些印象和思念。米哈意洛夫本人我不大熟识。他年纪还轻，约莫二十五岁，不会更多些，高高的、细细的身材，异常体面的外貌。他住在特别科内，平素奇怪地沉默，永远似乎静悄悄的，安静中带着忧郁的。他好像在狱中"干瘪了下去"。至少以后罪囚们这样形容他，他在罪囚们中间留下了很好的纪念。我只记得他有美丽的眼睛。我真是不知道，为什么我这样清晰地忆起他。他在午后三点钟的时候死去，在一个冰冻的、晴朗的日子。我记得，坚强的、斜射的太阳光线透过病房窗上绿色的、微冻的玻璃。整个的光线倾泻到不幸的人身上。他在无知觉中死去，艰难地、长久地咽着气，连着有几小时之久。从早晨起，他的眼睛已经开始不认得走近他身边的人。大家想方设法使他减轻一点苦痛，大家看他太难过了。他艰难地呼吸着，深深地，且带着嘶哑；他的胸脯高高地耸起，他好像感觉空气不够。他把被服，把所有的衣裳全踢开了，终于开始要撕去自己身上的衬衫，他甚至觉得衬衫也是沉重的。大家帮助他把他身上的衬衫脱去了。看着这颀长的、消瘦的躯体，手和脚干瘪得露出骨头，肚腹陷落着，胸脯耸起着，清晰地露出一条条的肋骨，好像一架骸骨。在他的整个的躯体上只留下一只木质的、带锁盒的十字架和一副脚镣（他大概现在可以把那只干瘪的脚从里面穿过去），那真是可怕得很。他死前的半小时，我们大家仿佛全静了下来，开始几乎用耳语说话。有走路的，走得似乎没有声响。彼此不大谈话，不过讲些不相干的事情，偶然不过朝喉声更加嘶哑得厉害的垂死的人看上几眼。他终于用游移的、不坚定的手摸胸脯上的锁盒，开始把十字架从自己身上拿开，好像它也会使他感觉累重，使他不安，压迫他。有人把锁盒也给他摘下来了。过了十分钟，他死了。有人叩门叫守卫，通知他。看守走进来，呆钝地看了死人一眼，走到副医官那里去。副医官很快地跑了来。他是年轻的、善良的小伙子，有点过分地注意自己的外貌。他跨着迅快的步伐，走进静悄悄的病房，走近死人那里，用一种特别潇洒的态度，仿佛故意为了这件事情而想出来似的，当下摸了摸他的脉息，挥了挥手，便走出去了。立刻有人跑去报告卫队长：罪犯是重要的，属于特别科里的，必须用特别的方式才能确认他的死亡。在等候卫队长的时候，罪囚们有人低声说，最好把死人的眼睛合上。别一个人注意地倾听他，默默地走到死人面前，把眼睛给合上了；一看见放在枕头上面的十字架，拿过来看了一看，默默地又套在米哈意洛夫的颈脖上面，套上以后，画着十字。死者的脸业已僵硬，光线在上面游戏着，嘴半合，两排白白的、年轻的牙齿，在柔细的粘贴在牙龈的嘴唇底下闪烁着。守卫的下士官，佩着短刀，戴着军帽，走进来了。两个看守跟在他后面。他走近时，越发地放慢了步伐，带着惊疑的神情看着静寂的、从四面八方看着他的罪囚们。他向死人身边走近了一步，像被钉住似的止了步，似乎有点胆怯。完全赤裸的，干瘪的，脚上仍戴着脚镣的尸体使他惊愕。他突然脱下军帽——其实并不需要这样——宽阔地画了十字。那是一个严肃的，长着灰白发的，官僚气很深的脸庞。我记得，就在这一刹那间，旁边站着柴孔诺夫，也是灰白头发的老人。他一直默默地凝视着下士官的脸庞，一直盯着望，用一种奇怪的神态审视他的每一个手势。但是他们的眼睛相遇了，柴孔诺夫的下唇忽然莫名地抖动了一下。他似乎奇怪地把嘴唇扭曲了一下，露出牙齿，好像不经意似的对着下士官，朝死人那里努了一下，迅快地说：

"他也是有母亲的！"说完他就走开了。

我记得，这句话好像把我洞穿了……他为什么说这句话？他怎么会想到说这句话？但当时人家开始抬起尸体，连床铺一块抬起。干草发出微响，在静寂之中，脚镣响亮地叩击着地板……大家把他抬走了。尸体抬了出去。大家忽然大声说起话来，听得见下士官在走廊里打发什么人去唤铁匠来，为着解除死人身上的脚镣……

但是，我说的离开本题了……

第二章　医院（续）

　　医生们早晨巡视各个病房。在十一点钟时，他们大家伴着总医官，来到我们那里，而在他们之前，早一个半小时，我们的练习员先来。当时在我们那里充当练习员的是一个年轻的、医术高明的医生，人极和蔼、客气，罪囚们很爱他，只是在他身上发现一个缺点："太驯顺。"真是的，他好像不大喜欢说话，在我们面前还有些怕羞，有时竟会脸红，几乎一经病人们请求，就变动药量，甚至也会依照他们的请求，以决定吃什么药。然而，他是极可爱的年轻人。应该说实话，俄国有许多医生享受老百姓的敬爱，我觉得，这是完全有理由的。我知道，我的话语人家会觉得是一种悖论，因为俄国老百姓对于医学和外国药品普遍不信任。实际上，普通老百姓宁愿连上几年犯着极重的疾病，向女巫求治，或用自己家庭的、民间的药方医治（这种药方并不应该加以鄙视），而不肯去看医生或躺到医院里去。此外这里还有一桩极重要的与医学完全无关的事实，那就是老百姓对于含有行政管理制度的不信任。再说，老百姓受了各种恐怖的话语，各种时常是离奇的，但有时也是有根据的戏谈的影响，而对医院怀有成见。但主要地使老百姓惊吓的是医院中德国式的规则，在治疗的全部过程中不准亲友或熟人来护理，对于食物的严格限制，关于助理医生和医生如何严厉、尸体必须解剖等等的传述。老百姓心里盘算着，医生们会给老爷们诊视，因为医生们自己到底也是老爷们。但是在和医生们认识并熟悉以后（虽然也有例外，但多半是如此），所有这些担忧很快地消失了。据我看来，这应该直接归功于我们的医生们，尤其是年轻医生们，他们的大多数会博得老百姓的恭敬，甚至爱戴。至少我写的是自己屡次在许多地方看到的、经验到的一切，我没有理由认为在别的地方不是这样的。自然，在有些边远地方，医生收取超额的诊金，从医院方面获取各种利益，几乎不顾病人，甚至完全忘却医学。这种情形还有，但我说的是多数的情形，或者不如说是现下在医学界中存在着的一种精神和趋势。那些不做正事的庸医，是羊群里的狼，无论他们如何辩白，譬如环境的逼迫等等，他们永远是不对的，特别是丧失了仁爱之心。仁爱之心，对于病人抱以弟兄似的同情，有时胜过任何药品。我们早该停止抱怨环境如何啃食我们的话语。关于环境的影响也许是实在的情形，但并不完全如此，有些狡猾的、明白事理的骗子时常会十分巧妙地用环境影响的话作为借口，且时常简直就是卑鄙的行为，尤其如果他有口才或会写文章。但是我又离开了本题，我只想说普通的老百姓多半对于医院管理，而不对于医生本身不信任和仇恨。老百姓在弄明白他们是什么样的人以后，很快地丢掉了自己的许多成见。我们的医院中的设备至今在许多方面并非人性化，规则方面至今与我们老百姓的习惯相异，不能获得人民完全的信任与尊敬。我至少根据我自己的印象这样觉得。

我们的练习医生平常总是停留在每个病人面前，非常认真地诊察、询问、开药方、规定剂量。他有时发现病人其实没有病，不过是想从工作中休息一下，在软褥上躺两天，以代替光裸的木板，且到底可以睡到温暖的屋内，而不在潮湿的营舍中——里面拥挤地监禁着一大堆面色惨白、骨瘦如柴的待审犯人（全俄的待审犯人几乎永远是面色惨白、骨瘦如柴的——这是他们的待遇和精神上几乎永远比已判决的人犯痛苦的一个表征）。因此我们的练习医生冷静地给他们写上 Febris catarhalis 两字，有时甚至让他们躺到一个星期之久。我们大家全笑这 Febris catarhalis 两字。我们清楚地知道，这是医生和病人之间的某种约定，以表示假病"预备的疝痛"，罪囚们自己译出 Febris catarhalis 两字。有时病人恶意地利用医生的慈悲心肠，继续躺着，躺到被驱逐出去为止。那时应该看一看我们的练习医生的神情：他仿佛胆怯，仿佛羞于对病人直说他"已痊愈，应该赶快出院"的话，虽然他有完全的权利，不必做任何谈话，且不必用甜言蜜语，就直截了当地命令他出院，而在登记卡片上写上 Sanat est 两字。他总会先向病人暗示，以后催促说"是不是该出去了吧？你几乎已经完全健康了，病房里人很挤"等等的话，直到病人自己觉得不好意思，自己请求出院的时候为止。总医官虽然也是仁慈的、诚实的人（病人也很爱他），但比练习医生严厉得多，坚决得多，甚至有的时候表示非常严厉的态度，我们倒反而特别尊敬他。他在练习医生之后，由全体医官陪同前来，也个别地诊察每一个人，特别停留在重病的人面前，永远会对他们说出一句善心的、鼓励的，甚至时常是亲密的话语，在病人中普遍地取得了良好的印象。对于犯了"预备的疝痛"进院的人们他从来不拒绝诊察，不赶他们出去；但是假如病人自己固执，那么简直就命令他出院："那算什么，朋友，你躺够了，休息够了，就回去吧，应该拿点良心出来。"固执的平常不是懒于做工的人，尤其是夏天工作忙的时候，便是等候刑罚的待审人犯。我记得，对这样的一个人施用了特别严厉甚至残忍的手段，赶他出院。他患了眼病进院。他的眼睛红肿，他说他眼内剧痛。开始用药膏，向眼内喷射腐蚀药水等方法医治，但是病还是没有治好，眼睛老是弄不干净。医生们渐渐地猜到眼疾是假的：红肿时常是不很厉害的，不变得坏些，也治不好，始终是同样状态。这是很可疑的。大家早已知道他装假，骗人，虽然他自己不曾直认出来。他是个年轻的小伙子，相貌甚至很美丽，但是给大家的印象都不好：他的性格很阴暗，疑心很重，皱着眉头，不和任何人说话，蹙眉看人，对谁都隔得远远的，好像对谁都不信任。我记得，有些人甚至害怕他做出什么害人的事情来。他当过小兵，尽犯偷窃，被发觉了，应该挨受一千记棒杖，发入罪囚营。我以前已经提过，待审的犯人们为了延缓刑罚的施行日期，有时决定做出可怕的行为：在处刑前用刀子戳死官长中什么人，或自己的伙伴，于是他必须重新受审判，刑罚延搁两月，他的目的也达到了。至于两个月后他会受到两倍、三倍严厉的刑罚，那他是不管的。只要现在能把可怕的时间延宕下去，哪怕延下几天也好，到那时候随便出什么事情都行——这些不幸的人们的志气有时会堕落得如此厉害。我们那里有些人甚至互相微语，必须对他提防，也许会在夜里把什么人杀死；不过只是说说罢了，并没有采取什么特别的预防措施，甚至床铺和他相邻的那些人也是如此。人家看见他在夜里从一只小盒里取出石灰，还用别的什么东西擦眼睛，使它早晨又显出红色来。终于总医官向他威吓使用串线治疗法。遇到顽强的眼病，持续了许多时候，一切医学上的手段全都尝试过的时候，为了救视觉起见，医生们决定实行强烈的、痛苦的手段，给病人串线引脓，好像对待马匹一般，但是这个可怜的人到这时候还不肯"痊愈"。这是一个怎样顽强的性格，要不就是过分怯懦的性格。穿线虽然比不上棍棒，但也是很痛的。用手把病人颈后的皮肤聚紧拢来，能抓起多少就抓起多少，用刀子把抓起的那块肉扎破，因此在整个后颈上出现了一块宽长的创伤，把一条几乎像手指那样长的帆布线带塞进创伤里面；以后每天在一定的时间内把这线带在创伤里抽动一番，那样仿佛重新把创伤裂开，使得它永远流着脓水，生不出新肉来。可怜的人在这几天内带着可怕的痛苦熬受这苦刑，但以后终于答应出院。他的眼睛在一天之内完全恢复了健康，等到他的颈脖一长好，他就上号房里去，以便明天再熬受一千记棍杖的刑罚。

刑罚以前的一分钟自然是痛苦的，痛苦得称这恐怖者为卑怯与胆小未免有点罪过。自然是痛苦的，既然肯受两三倍的刑罚，只为了现在不实行这刑罚。不过我还记得有这样的人，在挨了第一顿棍杖，背伤尚未痊愈时，自己竟请求赶快出院，以便挨受其余的棍杖，最后便可解除裁决。监禁在号房里，在大家看来比受徒刑糟糕得多。除去气质的差别之外，如对于挨打和受刑罚有了牢靠的习惯也会养成一些人坚决与无畏的性格。挨过多次打的人似乎在精神上和背部方面全显得刚强无畏，终于对刑罚持怀疑的态度，几乎看作很小的不便，并不怕它。一般地说来，这是对的。有一个罪囚，属于特别科的，是已受过洗的卡尔梅克人。我们叫他阿历山特勒或阿历山特拉，一个奇怪的家伙，狡猾、胆大，同时心很善。他对我讲，他受过四千记棍杖。他一面讲，一面还笑着，说着玩笑，但当时极正经地赌咒，假如他不是从小时候，从最柔嫩的、最初的儿童时代起，就在鞭子底下生长——由于鞭打而得的瘢痕真是一辈子没有从他的背上脱落过——他是绝不会忍受住这四千记的。他讲时仿佛颂祝这鞭杖下的教育。"他们为了随便什么事情都打我，阿历山大·彼得洛维奇，"有一天晚上，他坐在我的床铺上面，火光前面，对我说，"为了任何事情，没有理由，连着挨了十五年打，从我开始有记忆的那天起。每天必挨好几次打，谁想打就打，弄得我后来完全习惯了。"他怎么会当兵的，我不知道，我也不记得了，也许他讲过的。他一直是逃兵和流浪者。我只记得他说，他为了杀死官长被判打四千棍杖的时候，如何感到胆怯。"我知道他们会严厉地惩罚我，也许会打死我，虽然我已惯于挨受鞭打，但是必须挨受四千下，这是闹着玩的吗？再加上官长非常愤恨。我知道，我一定知道，不会白白地过去；人家不会让我从棍杖底下生还的。我开始想领受洗礼，心想也许会因此赦免的，虽然人家当时就对我说，这是不会有的事，不会赦免的；但是我总想试一试，他们对于已领受洗礼的人总归会怜惜一点的。我终于领受了洗礼，改名阿历山大；但是棍杖到底还是棍杖，哪怕减去一记也可以，甚至使我感到恼怒。我自己想：等一等，让我好生骗你们大家一下。您以为怎样，阿历山大·彼得洛维奇，我真是骗了他们！我会装死，那就是说并不是完全死去，却好像灵魂就要出窍似的。我被带了出去，挨到一千棍，身上炙烧，嘴里呼喊；又挨到一千，心想我的末路到了，我的脑筋完全糊涂了，腿要断折了，我的身体扑通地朝地下一摔，我翻着死人般的眼睛，脸色发青，没有呼吸，嘴内起沫。医生走了过来，说道："他快要死了。"我被抬到医院里去，但是立刻复活了。就这样折腾了两次。他们恨得厉害，把我恨得要死。我又骗了他们两次，刚挨到第三次的一千棍，我又死去。等到打第四次的一千棍的时候，每一记像刀子似的触到我的心里，每一记抵得上三记，打得太厉害了！他们恨透了我。这最后的一千记——值得前面的三千记，如果不是我装死（一共只剩了二百记），他们当时会把我打死。但是我绝不肯听人家摆布我，我又骗他们，又装了死。他们又相信了，他们怎么能不相信，医生都相信了。最后的二百记，他们虽然拼命地打，打得更厉害，但是到底没有把我打死。为什么没有打死呢？也全是因为我从小就在鞭子下面长大的。唉，我一辈子真是不知道挨了多少次的打！"他在讲到最后的时候说着，似乎露出忧郁的凝思的样子，似乎在那里努力记清和数清他挨受多少次的打。"不，"他补充说，打断了一分钟的沉默，"真是数不清打了多少次，哪里能数得清呢！不够数的。"他看了我一眼，笑了，但是笑得那样善良，使我不能不用微笑答复他。"您知道不知道，阿历山大·彼得洛维奇，我现在夜里一做梦，总是做人家打我的梦，我没有别的梦做。"他真是时常在夜里呼喊，扯开嗓子大喊，罪囚们只好立刻上前推醒他："鬼，你喊什么？"他是一个健壮的小伙子，个子不高，生性好动，性格快乐，有四十五岁，和大家都处得很和谐，虽然很喜欢偷东西，时常因此挨打，但是我们这里谁不偷东西，我们这里又有哪个不为了这个挨打的呢？

我还要补充一点：那些挨打的人们在讲述他们如何挨打、何人打他们的时候，露出那份异常善良且不怀恶意的样子，使我永远感觉惊异，在这类的叙讲中时常甚至听不到丝毫怨恶或仇恨的影子。我听着这些故事，我的心立刻升起来，开始坚强地、剧烈地叩击，然而他们讲的时候时常笑得像小孩一般。譬如说，M 曾对我讲过他受刑罚的情形，他不是贵族，挨了五百记的棍杖。我从了解到这件事情，便去问他：这事是不是真的？怎样发生的？他红着脸回答得很简单，仿佛带着一种内心的痛苦，只是努力不看我。过了半分钟以后，他看了我一下，他的眼内闪烁出仇恨的火光，嘴唇愤激得抖颤。我感到他永远不会忘却他的历史上的这一页。但是我们这里的人几乎把这事看得完全不同（我不敢担保没有例外）。我有时想，他们不见得认为自己完全有罪，因此值得受刑罚，尤其在他们侵犯的不是自己的人，而是官长的时候。他们中的大多数完全不认为自己有罪，我已经说过，我没有觉出他们有良心受谴责的情形，甚至在对自己的同伴犯罪的时候也没有。至于对官长犯罪更不必说了。我有时觉得，他们对于这种事情有一种特别的、实际的，或者不如说是事实上的见解。他们认为这是命中注定的意外事故，而不是能想象的，乃是无意识的，好像某种信仰似的。譬如说，罪囚永远觉得他们在反对官长的罪名里并无过错，因此这个问题本身根本对于他们没有意义，但是实际上他们到底承认官长对于他们的犯罪具有完全不同的见解，因此他们应该受到惩罚，这里是双方的斗争。罪囚知道，而且不疑惑，他们会被自己的周围的人，自己的老百姓宣判无罪。他们还知道，这班老百姓永远不会完全责备他们，多半会完全替他们洗刷罪名，只要他们所犯的罪不是反对自己人、反对弟兄、反对自己的老百姓。他们的良心很安静，他们的理由很坚强，精神方面没有不安，而这是最重要的。他们似乎感到他们有所依靠，因此并不怨恨，而把他们身上发生的事情当作一桩不可避免的事实。这事实既不是由他们开始，他们也无法结束，而将长久长久地继续下去，在业已发动了的、被动的、顽强的斗争里面。哪一个兵士会与交战的土耳其人有过私人恩怨呢？但在战争中，土耳其人宰杀他，砍倒他，向他放枪。不过，不见得所有的故事全是冷淡的、冷静的。譬如说，关于芮莱白脱尼阔夫中尉，他们甚至带着一点愤激的样子讲着，不过这愤激并不大。我是在第一次住院的时候就晓得这芮莱白脱尼阔夫中尉，自然是从罪囚的叙讲中晓得的。以后我亲眼看见他，在他到我们狱中值班的时候。他有三十来岁，个子很高，身体肥胖，浑身都是脂肪，脸颊红润，而且被一层油脂裹着，牙齿雪白，笑声是洪亮的，从鼻子里发出的。从他的脸上可以看出，他是世界上最不会有所迟疑的人。他最爱打人，用棍杖责罚人，在他被派为刑罚执行官的时候。我应该补充的是，我当时把芮莱白脱尼阔夫中尉看作我们自己的阶级中间的怪物，就是罪囚们也这样看他。除他以外，在旧时代里，自然，并不长远，所谓"传说尚新，但已难以置信"的旧时代里，也有些刑罚的执行者喜欢狂热地、勤劳地履行自己的职务，但多半是出于天真，并无特别的兴趣。中尉则在执行刑罚方面几乎成为复杂的烹调专家。他喜欢，他酷爱这种执行的艺术，而且单为这艺术而喜欢。他享受够了这艺术，他好像是已在享乐中厌倦了的罗马帝国的贵族，发明了各种不同的、复杂的玩意儿，各种违反人道的花样，为了稍稍地晃动晃动，有趣地搔一搔他的塞满脂肪的心灵。且说一个罪囚被带出来受刑罚，芮莱白脱尼阔夫被派为执行官，只要一看到这长长的、排得整齐的人的行列，每人手里执着粗棍，就会使他得到灵感。他傲慢地向行列边上巡视了一遭，对大家说，每人必须热心地，按照良心，履行自己的职务，否则……但是小兵们已经知道，这个"否则"是什么意思。罪囚被带来了，假如他至今还不认识芮莱白脱尼阔夫，假如还没有听见人家讲过他的底细，那么，譬如说，他会对他做出这样的把戏来（自然这是一百桩把戏中的一桩，中尉是擅长发明的）。一个罪囚，在人家给他脱去衣裳，把他的手绑在枪柄上，以便从后面由下士官们拉住枪柄，拖他到那条绿街上去的时候——每一个罪囚必依照普通的习惯，开始用哭诉的声音哀求执行官惩罚得轻些，不要过分严厉。"大人，"不幸的人喊着，"饶恕我吧，做做好事吧，让我一辈子替您祈祷上帝，不要送我的命，赦了我吧！"芮莱白脱尼阔夫只是等候这个机会，他立刻命令部下暂停施刑，也露出富于情感的神色开始和罪囚谈话。

"我的好朋友，"他说，"我有什么法子可想呢？不是我要惩罚，这是法律！"

"大人，一切都在您的掌握中，您饶恕了我吧！"

"你以为我不怜惜你吗？你以为，我看着人家打你快活吗？我也是人呀！我是人不是，你以为？"

"自然喽，大人，自然是的。您是父亲，我们是您的孩子。您行行好吧！"罪囚喊，已经开始有了希望。

"我的好朋友，你自己想一想，你是有脑筋可以判断的。我自己也知道，从人道上讲，应该用仁慈和怜悯看待你们罪人。"

"大人，您说的是实在的话！"

"是的，应该用仁慈看待你们，无论再怎样犯罪。但这里不是我，而是法律！你想一想！我为上帝和祖国服务。假使我把法律放宽，我自己就犯了重罪，你想一想看！"

"大人！"

"得了吧！为了你的缘故，就这么办吧！我知道我犯罪，但是就这么办吧……这一次我饶恕你，惩罚得轻些。但是如果我这样反而害了你，那便怎样呢？我现在饶恕你，处罚得轻些，你会希望下次还是这样，又会犯罪，那时便怎样呢？这样反而使我的良心……"

"大人！我可以起誓！在天主的宝座前面……"

"好啦，好啦！你会对我赌咒，以后好生做人吗？"

"天雷劈死我，让我到阴间……"

"你不要诅咒，这是有罪的。我会相信你的话语，你说的是实话吗？"

"大人！"

"你听着，我只是为了你流着孤儿的眼泪，才饶恕你。你是孤儿吗？"

"是孤儿，大人，像一只指头，没有父母……"

"这是为了你的孤儿的眼泪的缘故。不过你要注意，这是最后一次……带他走吧。"他用那种慈悲的声音说话，使得罪囚简直不知道要怎样替这样慈悲的人祈祷上帝。于是威严的行列出发了，他被领过去。鼓声一响，前面的几根棍杖挥摇着……"揍他！"芮莱白脱尼阔夫扯开整个嗓子喊嚷，"狠狠地抽他！剥去他的皮！烧灼他！再来一下，来一下！把这孤儿，重重地打，把这坏蛋重重地打！打呀！打呀！"小兵们挥鞭重重地抽下去，不幸的人的眼睛里冒出火星，他开始呼喊，芮莱白脱尼阔夫跟在他后面跑着，哈哈地笑着，哈哈地笑着，笑得用手支住腰，几乎直不起来，弄得后来甚至看着他都可怜。他竟自那样的快乐，他觉得真是好笑。偶然他的响亮的、健壮的笑声中断了，重又听见他那套喊声："狠狠地抽他！剥去他的皮！弄死这孤儿！弄死这坏蛋！"

他发明了另一种花样，罪囚被带去施刑时，又开始哀求。芮莱白脱尼阔夫这一次不装腔作势，不扮鬼脸，却开诚布公起来。

"你瞧是这样的，亲爱的！"他说，"我要按照规矩惩罚你，因为你罪有应得。但是我也许可以给你通融，我不把你绑在枪柄上面。你一个人走过去。你拼命地跑，从行列里经过！即使每一根棍杖都会打下来，但是时间可以弄短些，你以为怎样？要不要试试看？"

罪囚怀着疑惑和不信任听着，心里沉思着。"不错，"他自己想，"也许这样真是可以减轻些。我用力跑去，所受的苦也许可以减少五倍，也许不见得每根棍杖都会打在身上。"

"好的，大人，我同意。"

"我也同意。这就来吧！你们留神着，不要打哈欠！"他对小兵们喊，预先知道一根棍杖都不会饶过罪人的背部。小兵也都知道，他如果打不到，将受怎样的处分。罪囚拼命地从"绿街"上跑着，但是自然跑不完十五行。棍杖像鼓点似的，像闪电似的，突然一下子落到他的背上，可怜的人发了一声呼喊，倒下地来，像被砍倒，像中了枪弹。"不必了，大人，还是照法律办理吧！"他说着，慢慢地从地上站起来，脸色惨白，而且恐惧。芮莱白脱尼阔夫早就知道这是什么样的玩意儿，会得到什么结果，当下哈哈大笑，笑个不歇，他所有那些开玩笑的举动都在这里描述清楚简直是不可能的。

我们这里还用一种不同的口气谈到司密卡洛夫中尉的事情。他在少校还没有派来以前，在我们狱内代理司令官的职务。他们谈到芮莱白脱尼阔夫虽然十分冷淡，但也没有特别的恶意，但到底对于他的"功绩"不加欣赏，不去夸奖，而显然取轻蔑的态度，甚至似乎傲慢地轻视他。但是我们这里却带着快乐和欣喜回忆着司密卡洛夫中尉，本来他也不是什么特别喜欢鞭打的人，他身上并没有纯粹的芮莱白脱尼阔夫的素质。但是，他到底不反对鞭打。要知道我们这里带着一种甜蜜的感觉回忆着他的鞭子，这人竟会博得罪囚们如此的欢心！但是用什么博得的呢？他怎么会赚到如此普遍的名誉呢？固然，我们这里的人，也许和大多数俄罗斯人一样，准备为了一句和蔼的话语而忘却整个的苦痛。我把这当作事实说出来，这一次不再从各方面加以研究。博得这种人的欢心，取得他们普遍的爱戴，并非难事。司密卡洛夫中尉已获得了特别的人望，因此连他怎样鞭打人的情形也几乎会带着和蔼回忆起来。"跟父亲一般"——罪囚们时常说，甚至叹息着，在他们回忆起他们以前的代理狱长司密卡洛夫，拿他和现在的少校相比较的时候。"一个好人！"他是一个随和的人，也许甚至是善良的人。但是官长中间不但有善良的，甚至还有性格宽宏的，而怎样呢？

大家并不喜欢他，简直还要笑他。事情是因为司密卡洛夫会做得使我们这里大家都承认他是自己的人，这是一种很大的能耐，或者可以说是天生的能力，甚至具有这种能力的人自己也不会想到的。事情真奇怪，这类人里甚至有完全不善良的，但是有时也获得极大的人望。他们不鄙视隶属于他们下面的人，我觉得原因就在这上面！他们身上看不出一个游手好闲的贵族，闻不到一点贵族的气息，而有一种特别的、普通人的、平易近人的气味。天呀，罪犯对于这气味是如何敏感啊！为了这，他们可以贡献出一切来！他们甚至准备把最严厉的人装成最和善的人，假如这个最严厉的人身上含有他们自己的气味。假如含有这种气味的人确实是和善的，虽然是只有一种的和善，那就更好了，那简直是无价之宝！司密卡洛夫中尉，我上面已经说过，有的时候也会重重地施用刑罚，但是他会弄得人家不但不恨他，甚至相反地，在现在，我在狱内的时候，一切早已成为过去的时候，还带着笑愉快地回忆他鞭打人的事情。不过他的玩意儿也不多，缺乏艺术家那样的幻想。老实说，一共只有一种玩意儿，唯一的一种，他整年用来给自己消遣的。也许，它之所以有趣，就是因为它是唯一的。这里面有许多天真。譬如说，一个犯了过错的罪囚被带了进来。司密卡洛夫亲自出来监刑，他带着嘲笑，说着玩笑话走出来，同犯人说话，问些不相干的、关于他个人的、家庭里的、牢狱里的事情，而且并不怀有什么目的，并不带着什么游戏的意味，却只是随随便便地，因为他确实愿意知道这些事情。有人取了鞭子来，还给司密卡洛夫端来一张椅子。他坐在上面，甚至抽起烟斗。他有一个很长的烟斗。罪囚开始哀求……"你躺下来吧，老弟，还有什么可说的……"司密卡洛夫说。

罪囚叹了一口气，躺了下来。"哦，亲爱的，你会背出圣诗吗?""怎么不会，大人，我们是受过洗礼的人，从小就学过的。""那么你背吧!"罪囚也知道背什么，并且预先知道在背诵的时候会发生什么情形，因为这玩意儿已经有三十次在别人身上重复过了的。司密卡洛夫自己也知道罪囚知道。他知道，连那些举着鞭子站在躺倒的牺牲者面前的小兵们也早已听够这玩意儿。但是他到底还是重复着，他真是喜欢这玩意儿，也许因为是他自己编的，出于一种文学上的爱好。罪囚开始朗诵，人们持鞭等候着，司密卡洛夫甚至在座位上弯下身子，举着手，停止抽吸烟斗，等候一定的话句。罪囚在念完那首圣诗的第一行以后，终于读到"在天上"那几句。这就行了!"等着!"——中尉热辣地喊出后立刻挥摇着灵感的手势，对那个举鞭的人喊道:"你就给他添上!"[1]

于是他哈哈地发出大笑。站在四围的小兵们也笑了。那个鞭打的人笑着，甚至挨打的人也几乎笑出来，尽管在"你就给他添上"的一声号令之下，鞭子已在空中长啸，预备在一瞥的工夫像剃刀似的朝罪犯的肉体上面切去。司密卡洛夫很高兴，高兴是因为他觉得他想得很妙——自己编的"在天上"和"就给他添上"这两句话想得多巧，而且还押韵。司密卡洛夫在刑罚以后很满意地走出去，挨打的人临走的时候也极满意自己和司密卡洛夫，过了半小时以后已在狱内对大家津津有味地讲这桩业已重复了三十一次的故事。"一句话，一个好

---

[1] 此系双关语。原文"在天上"（Na nebesi）与"你就送给他"（emu nonosi）音韵相谐。译文改为"添上"，借以传达出原作的韵味。——译者

人！有趣的人！"

甚至现在对于这善良的中尉的回忆还时常留在罪囚们的嘴边。

"你在哪里走着，"一个罪囚讲着，他的整个脸庞在回忆中微笑，"你走着，他穿了晨服坐在自己窗旁喝茶，抽烟斗。你脱下帽子。你到哪里去，阿克西诺夫？"

"去做工，米哈意尔·瓦西里奇，最先应该到工场里去。自己竟笑了……真是好人！一句话，他是有灵魂的！"

"这种人是不容易找到的！"听者中间有人说。

第三章　医院（续）[1]

　　我之所以现在提起关于刑罚和这有趣的职务的各种执行人来的缘故，是因为我住院时对于这问题才有了眼见为实的概念，在这以前我只是耳闻。本城和全区所有军营内、囚牢内和其他部队内受笞刑的罪犯，全送到我们的两间病房里来。在最初，我对于周围所发生的一切十分贪婪地注视着的时候，这一些对于我奇特的规矩，这些已受了刑罚和正准备受刑罚的人们，自然给我带来极强烈的印象。我感到骚乱、惭悚和惊惧。我记得我当时忽然不耐烦地想理解这些新现象的底

---

[1]　我这里所写关于刑罚的一切是我的时代的。现在我听说这一切已经变更，且在变更中。——原注

细，倾听其他罪囚们对于这题目的谈话，亲自对他们发问，寻求解答。我很想知道所有判决和执行的情况，这些执行的差别，罪囚们对于这一切的看法；我努力想象那些前去受刑的人们的心理状态。我已经说过，在处刑之前很少有人持冷静的态度，甚至那些挨过多次打的人们也不除外。有一种尖利的，纯粹肉体上的恐怖攻袭到罪囚身上。这恐怖是不由自主的、无从抵抗的，它将人类的一切道德的本质全都压抑下去。我在以后，所有牢狱生活的几年内，总要不由自主地注意那些罪囚。他们在受了前一半刑罚以后，躺到医院里，已将伤疮治好，即将出院，预备第二天再行熬受规定好的其余一半的棍杖。这种将刑罚分为两次执行的办法，是永远遵照处刑时在场的医生的判断而决定的。如果依照犯罪的程度而规定的棒杖的数目很多，罪囚一次不能承受，那么把这数目分为两次，甚至分为三次，由医生在行刑时决定，那就是看受刑罚的人能不能继续从行列里行进，或继续走下去是否将给他的生命带来危险而定。普通五百记、一千记，甚至一千五百记都是一次弄完的；但如果必须打两千记或三千记，那么总是分两次或三次执行。这些在受了前半段刑罚已将背部的创伤治愈，即将离开医院去熬受后半段刑罚的人们，在出院的那天和前一天晚上照例总是显得烦恼、忧郁，不爱说话，反应迟钝，注意力出现某种不自然的涣散。他们不再和人谈话，一直沉默着。最有趣的是其他罪囚也从来不和这种人说话，并不想提起他将遭遇的那件事情。没有多余的话语，没有安慰，甚至努力不去注意他们，这对于判受刑罚的人是很好的。也有例外，譬如我已经讲过的渥尔洛夫。在受了前半段的刑罚以后，他只恨他的背部许久不平复，不能快快地离开医院，以便快快地熬受其余的打击，随队前往给他指定的充配处所，再在途中逃遁。只有上帝才知道他的脑海里还在想些什么。他具有热情的、活泼的性格。他很满意，处于强烈的兴奋状态里面，虽然他想隐藏自己的兴奋。事情是因为他还在前半段刑罚之前就心想他不能在棍杖下生还，他一定会死去。他还在羁押待审时就听到关于官长的严厉手段的各种传说，他当时已经准备就死。但是在受到了前半段刑罚以后，他胆壮了。他来到医院时被打得半死，我还从来没有看见过这种创伤；但是他心里很快乐，怀着可以活下去的希望，因为传说是假的，他现在从棍杖底下被放了出来，因此现在，在许久时期的被羁以后，他已开始幻想旅行、逃遁、自由、田野和森林……他出院后过了两天，究竟因为熬受不住后半段的刑罚，就死在那个医院里以前的病床上面。但是我已经讲过这件事情了。

然而那些在受刑前度着痛苦的日子和黑夜的罪囚们却会勇敢地熬受刑罚，就是最胆怯的人也不除外。甚至在他们进院后的第一夜，我都不大听得见他们的呻吟，而且挨到极重的打的人们也是如此。总之，人是会忍耐痛苦的。关于痛苦这一点，我问过许多人。我想确定地弄明白，痛得厉害不厉害，究竟用什么和它相比？我真是不知道我为什么这样问。我只记得一桩事情，我这样问并非由于无事的好奇。我要重复一句，我感觉骚乱和震憾。但是我无论向任何人询问，始终不能得到使我满意的回复。灼得好像火烫一般，这就是我能打听出的一切，而这是对于大家唯一的答复。灼烫，也就是如此。在最先，我和 M 相处得接近的时候，我也曾问他。"很痛，"他回答，"感觉像火烫似的，背部好像在最厉害的火上烤炸。"一句话，大家指出了同一的话。不过我记得，我当时得出了一个奇怪的结论，这结论是否确实，我并不特别坚持；但是罪犯们本身所做判决的共同性给予这结论以有力的支持。这结论就是鞭笞，假如大量地落到一个人的身上，是一切刑罚中最重的一种。初看上去，这话似乎离奇而且不可能。但是鞭子打到五百记，甚至四百记，会把人打死，而在五百记以上几乎可以肯定会把人打死，甚至体格最强壮的人都不能熬受一千记鞭子。然而五百记棍杖却可以熬受下去，于生命毫无任何危险；一千记棍杖也可以熬受下去，而不必替性命担忧，即使体格并不坚强的人也是如此；甚至两千记棍杖都不曾把一个膂力平常，体格健康的人打死。罪囚们全说鞭子比棍杖坏。"鞭子伤得厉害些，"他们说，"更痛苦。"自然，鞭笞比棍杖痛苦。它刺激得厉害些，对于神经方面影响得厉害些。它使神经兴奋得超过限度，震荡得超过可能的范围。我不知道现在怎样，但是在不久以前，有些绅士以能鞭打自己的牺牲物为乐趣，取得近乎像特·萨达侯爵和勃连维里的一点什么。我觉得在这种快感中有一点使这些绅士为了它感到心跳，同时又甜蜜又痛苦的什么。有些人像急于舐血的猛虎。凡是曾有一次尝试过这权力，这种无限地控制和自己相同的人，同样地创造成的，依照基督的律法是弟兄的躯体、血和精神的；凡是曾尝试过用极高的压迫的手段凌辱具有上帝形状的另一个生物的权力和完全的可能的，他会不由自主地成为对于自己的感觉无权的人。暴虐是一种习惯，它具有发展滋长的性质，它终于会发展成疾病。我以为最好的人由于习惯会粗暴和呆钝，变得像野兽的程度。血和权力使人沉醉；粗暴与淫荡逐渐地发展着；最不正常的现象会使脑筋与情感易于接受，且终于觉得甜蜜。人性和民主的元素在暴虐中丧亡，回复到人性的尊严，忏悔和复生对于他几乎是不可能的。这样专擅的例子和可能会传染给整个社会。这样的权力具有诱惑性。社会如对此现象冷淡看待，便是本身已连根被传染了。总之，一个人施于另一个人的肉体惩罚的权利是社会的毒疮之一，是消灭民主元素的任何萌芽、任何尝试的一种极强烈的手段，是社会必将无可救药地腐化下去的完全的根据。

社会里看不起刽子手，但对于具有绅士模样的刽子手却不尽然。最近才有相反的意见发表出来，但还仅仅是在书本上发表抽象的反面意见。甚至连发表这意见的人们，不见得全来得及在自己心里破除专权的需要。甚至每一个厂主，每一个老板一定都会感到某种刺激性的愉快，由于他的工人及其家庭都依靠着他们。这一定是如此。人不会那样快就解脱遗传在他身上的一切；人不会那样快就拒绝业已进入他的血液里，所谓随着母乳以俱来的一切。这样草率的改变是不会有的。感觉罪恶和遗传下来的罪孽还不够，很不够，必须完全摆脱它，而这并非能在短时间内做得到的。

我提起了刽子手。几乎在每个现代的人体内都存有刽子手的性格的种子，但是人的兽性并不平均地发展着。假如它在某人身上发展得胜于所有其他的性格时，这样的人自然势必变得非常可怕和丑恶。刽子手有两种：一种是自愿的，另一种是勉强的、不自由的。自愿的刽子手在各方面自然比勉强的刽子手卑劣，但是人民看不起后者，嫌恶他，痛恨他，同时对他怀着一种神秘的恐惧。这种恐惧近乎达到迷信的程度，而对于另一种冷淡，且似乎赞许是怎样发生的？有些异常奇怪的例子：我认识一些善良的、诚实的，甚至受社会尊敬的人，他们譬如说竟不能冷淡地放任过去，假如受刑罚的人不在受鞭笞下叫喊，不哀求，不请求饶恕。受刑罚的人应该呼喊，请求饶恕，这是大家公认的，这认为有礼貌、认为必须如此；而受刑人不愿叫喊的时候，行刑人反而会将之视作侮辱，而这种人是我知道在别的方面也许可认为善良的人。起初他本来打算轻轻地惩罚，但是因为没有听见照例的那套"大人，亲父，饶了我吧，让我永远替你祈祷上帝"等等的话话竟暴怒了，给予五十记多余的鞭笞，希望获得呼喊与请求，而终于确实听到了。"不行，他太强横了。"他很正经地回答我。至于说到真正的刽子手，强迫的、不自由的，那显然全是已判决徒刑和充配的罪囚，而被留在那里充当刽子手。他起初跟别的刽子手学习，从他那里学成以后，便永远留在狱内，住在另一间屋子，甚至有他自己的产业，但是几乎永远有卫兵监护着。自然，活人不是机器，刽子手鞭打人，虽然出于一种责任，但有时甚至也会弄得狂热起来。虽然他的鞭打人不免也会给予自己愉快，但几乎永远没有对于自己的牺牲愤恨的心思。叩击的灵巧，对于自己的技术的熟稔，在自己的同伴面前、在观众面前显出身手的那种愿望鼓励着他的自尊心。他为了艺术而努力。此外，他很知道他是被大众唾弃的人，到处有一种迷信的恐怖迎送着他，不能担保这对于他不会发生影响，不会增强他身上激狂的情绪、他的野兽般的倾向。甚至小孩们都知道他"弃斥父母"。事情真奇怪，我看见过许多刽子手，他们全是知识很发达的人，有见解，有脑筋，有异乎寻常的自尊心，甚至具有骄傲性格。这骄傲是不是为了抵抗大家对他们的贱蔑而发展着的，是不是由于他们所给予他们的受刑者的恐怖的意识和他们所具有的对于受刑者主宰的情感而增强着的，我不知道。也许，他们在刑场上的观众前出现时，环境的隆重性和戏剧化助长了他们身上的傲慢。我记得，有一次我有机会经常遇见并近距离地观察一个刽子手。此人身材中等，肌肉发达，有四十岁左右，有极愉快的、聪明的脸和卷曲的头发。他永远露出特别庄重、安静的神色；外表上做出绅士的样子，永远简短地，有条理地，甚至和蔼地回答着问题，但和蔼中似乎带着傲慢，仿佛在我面前夸耀似的。看守的军官们时常在我面前和他说话，甚至仿佛带着一点尊敬他的样子。他知道这点，因此在官长面前故意表现得很有礼貌、严肃和自信。官长和他谈话越显得和蔼，他自己好像越不肯迁就，虽然并没有超出细腻的客气之外，但我相信在这时候他认为自己是远远高于和他谈话的官长的。这是在他的脸上看出来的。有时，在很炎热的夏天，他由卫兵伴着，被打发出去拿着细长的竿子打城内的野狗。在这小城内有太多的狗，它们完全不属于任何人，繁殖得特别快。在暑期中它们多得太危险了，因此由长官下令派遣刽子手去剿灭它们，甚至这种低卑的工作显然一点也不使他感到侮辱。值得看一看，他带着什么样的尊严在城内的街上走来走去，由一个疲惫的卫兵伴随着，单是他脸上的烙印就使对面遇见的村妇和孩子们惊恐不已，他却安静地，甚至傲慢地看望一切他所遇到的人。不过，刽子手是生活得很自由的。他们有钱，他们吃得很好，他们喝酒。钱是由其他人贿赂他们而来的。平民罪犯经法庭判决须受体罚，总要预先拿出什么东西，哪怕是最后的东西，赠送给刽子手。但是对另一些人，对有钱的罪囚，他们估计罪囚的资财，自己定了数目，向他们索取，有索取三十卢布的，有时甚至还多些。对于很有钱的，人们甚至互相讲价钱。他们自然不能惩罚得太随便，他们要用他们的背部负责的。但是他们在取得一定数目的贿赂以后，可以答应对受刑者不打得很重。罪囚们几乎永远会同意他们所提的数目；如果不同意，他们确实会野蛮地惩罚一顿，而这几乎完全是他们的权力之下。他们有时甚至会对一个很贫穷的罪囚规定下很大的数目；亲戚们跑来讲价钱，向他们鞠躬。因为如果不能满足他们的要求，那才是糟糕呢。他们暗示给人们的迷信的恐怖在这种情形之下对他大有帮助。人们讲出关于刽子手们许多许多离奇的话！罪囚们自己对我说，刽子手会一击就把人弄死。但是，这有谁尝试过呢？不过，也许是如此。对于这点，人们说得太肯定了。刽子手自己对我力言，他们会做得到。人们还说他们可以挥摇着手臂朝罪囚的背部打下去，而打得甚至最小的瘢痕都不会在背上留下来，罪囚不会感到一点点的痛楚。然而关于所有这些把戏和细腻的地方，人们讲得也太多了。即使刽子手收了贿赂，答应惩罚得轻些，但是第一记总是要用全力打下去的。这在他们中间甚至成为习惯做法。其余的他们会打击得轻些，尤其如果已经预先付过了钱。但是第一记，不管付过钱没有，是属于他们的。我真是不知道，他们为什么这样做？是否为了一下子使受刑者对于以后的打击有熟悉的感觉，因为他们猜料到在很痛苦的打击以后，较轻的打击会觉得不大痛苦，或者只是想在受刑者面前摆摆架子，使他们感到恐怖，先一下子给他们来一下，使他们明白站在他们面前的究竟是什么人？总之，是表现自己。在任何的情形之下，刽子手在执刑之前感觉自己处于兴奋的精神状态之下，感到自己的力量，认为自己是有权力的人。他们在这时候成为一个个演员。观众又惊奇又恐怖地看着他们，自然不免带着一点愉快，在第一记的打击之前，对他们的受刑者呼喊"你们忍着点，我们要烧灼你们!"——在这种情形之下照例的、注定的话语。人的本性会扭曲到如此地步，真是难以想象。

我在住院初期，倾听着罪囚们所有这类的谈话。我们大家躺在那里觉得异常沉闷。每天的生活几乎一模一样! 早晨还有医生们前来诊察，给我们解闷，他们走后不久就开饭了。饭菜虽然是很单调的，却也给予我们极大的乐趣。菜的分量不同，视病人的病情而定。有些人只领到一份汤，里面放点面粉; 另一些人只领到稀饭; 还有些人只领到一份麦糊，不过许多人都喜欢吃它。罪囚们由于久卧变得虚弱，喜欢吃点好东西。那些日就痊愈和几乎健康的人们会领到一块白水煮的牛肉吃。给坏血症病人的饭菜最好，有牛肉、葱和老姜等，有时还加上一杯伏特加。面包也看病情而定，有黑的，也有半白的，烤得很有味。规定饭菜分量时那种公式化，那种精细会使病人们发笑。自然，有的人得了某一种病，自己什么东西也不吃。至于那些有食欲的病人们，却想吃什么就吃什么。有些人互相交换饭菜，因此对于一种病相宜的饭菜会转到完全不同的病人那里去。有些按照病情应该控制饮食的病人竟买牛肉或坏血症病人的饭菜来吃，喝酸汽水和医院自制的啤酒，向那些规定吃这种东西的人们购买。有些人甚至吃双份。这些饭菜是可以用金钱辗转买卖的。有牛肉的饭菜价钱最高，值五戈比。如果自己病房里无法买到，便打发夫役到另一间罪囚病房里去，还买不到，便到兵士的病房和我们这里所说的"自由"的病房里去买，永远都能找得到肯卖的人们。他们宁愿单吃一样面包，而捞到金钱。贫穷的状况自然是普遍的，但是有钱的人们甚至打发人到菜市去买面包，甚至还买些好吃的东西。我们的夫役们履行这些委办的事情，完全不存一点图私利的念头。饭后是最沉闷的时间，有的由于无事可做而睡觉，有的瞎谈，有的辩论，有的高声讲什么事情。假如没有新病人进院，更加沉闷些。新人的进院几乎永远引起多少的兴奋，尤其假如他是任何人都不认识的人。大家审看他，努力打听出怎么回事，从哪里来的，为了什么事情。对于充配的人犯特别感觉兴趣，他们永远讲点什么，不过不讲自己的私事。假如那人自己不提起这件事情，人们永远不会问，却只是"从哪里来的？和谁在一起？道上怎样？往哪里去？"等等的话。有的人在听到了新的故事以后，好像偶然记起了自己的生活里的一点事情：关于不同时期充配的情形，关于充军的队伍，刑罚的执行者，关于队伍上的官长们。受笞刑的人们也是在晚上那个时候出现的。他们永远引起充分强烈的印象，前面已经讲过了，但不是每天都有这种人进院。在没有人进院的那天，我们那里就似乎显得有点萎靡不振；所有这些脸庞彼此仿佛感觉异常讨厌，甚至开始了口角。我们那里甚至欢迎被领来试验的疯人们。为了避免刑罚，假装发疯的手段是判刑的罪犯们偶然会使用的；但是他们不久就会被揭穿，或者不如说是他们自己决定变更自己的行动的政策。罪囚在闹了两三天以后，忽然无缘无故地变得聪明，渐渐地静下去，开始阴郁地请求出院。罪囚和医院全不责备这种人，也不加以羞辱，不对他讲他所做出的那套把戏。他们默默地让他出院，默默地送他。过了两三天以后，他受了刑罚，又到我们这里来了。这类事情总之是很稀少的。但是送进来受试验的真正的疯子却成为全病房真正的惩罚。有些疯子，快乐地、活泼地，一边喊，一边跳，一边唱，罪囚们起初十分欢迎。"真是有趣!"他们说着,看着一个刚送进来的疯子。但是我看着这些不幸的人感觉异常痛苦而且难过,我从来不能淡漠地看望病人。

不久,那个被送进来、受大家欢迎的疯人的那套不断的歪曲的表演和不安的举动完全使我们大家感觉厌烦,两天来完全使大家失去了耐性。疯人中间有一个人留在我们这里三星期,弄得我们简直想从病房里逃走。好像故意似的,同时又送来了一个疯子。这人引起我特别的印象。这已在我遣戍的第三年上了。在第一年上,或者不如说是我的牢狱生活的最初的数月内,在春天,我随着一批炉匠们往两俄里路远的砖瓦工厂里去做工,充任搬运夫,必须修理火炉,以为未来的夏天的工作之用。那天早晨,在工厂内,M 和 B 介绍我和住在那里的监工——下士长渥司脱洛白司基相识。他是波兰人,年约六十岁,高身,瘦瘪,具有极合度的,甚至庄重的外表。他老早就在西伯利亚服务。虽然他出身平民阶级,从小兵做起,但 M 和 B 很喜欢他,而且尊敬他。他一直诵读天主教的《圣经》。我和他谈话,他说得那样和蔼,那样有理性,讲些有趣味的事情,和善而且诚实地看人。从那次后,我有两年没有见到他,只听见他为了某个案件受侦查,现在他忽然作为疯子被送进病房里来了。他走进来的时候尖声叫喊,扯开嗓子大笑,用极无礼貌的,简直是"卡玛林司卡耶"舞蹈式的姿势,在病房内跳舞。罪囚们看着很高兴,但是我感到非常忧郁……三天以后,我们大家简直不知道怎样处置他。他吵嘴、打架、尖叫、唱歌,甚至夜里也唱,时时做出使大家作呕的难堪的举动。他不怕任何人。给他穿上浸在芥末水里的衬衫,但是这种情况更加糟糕,虽然他不穿衬衫的时候尽和我们寻衅，几乎要跑过来和大家打架。在这三星期内，有时整个病房的人都齐声要求总医官把这个疯子送到另一间罪囚病房里去。过了两天以后，那边也要求把他送到我们这边来。因为我们那里一下子来了两个疯子，全是不安静的、好争斗的，所以只好由这个病房和那个病房轮流交换疯子。但是两人都不好。在他们终于被送到什么地方去的时候，大家这才松了一口气……

　　我还记得一个奇怪的疯子。在一个夏天里，送进一个被判处刑罚的人来。他的身体强健，外表上是一个很粗笨的人，年约四十五岁，脸庞因为出天花弄得很丑陋，一双像游泅以后红红的小眼睛，带着异常忧郁的、阴沉的脸色。他的床铺正在我旁边。他显得很驯顺，不和任何人攀谈，坐在那里仿佛寻思什么事情。天色渐渐地黑起来，他忽然对我说话。他直率地，不绕远弯，却露出仿佛告诉我极大的秘密似的样子，开始对我讲他不久将受两千笞刑，但现在不会了，因为 G 上校的女儿会代他张罗。我惊疑地望着他，回答他我觉得上校的女儿遇到这种情形是无能为力的。我还一点没有猜到什么。他被送进来的时候并不是把他当作疯子，而是作为普通的病人。我问他有什么病。他回答，他不知道，人家不知为什么缘故打发他到这里来，他完全是健康的，上校的女儿恋上了他，在两星期以前，她在号房旁边走过，他那时恰巧在铁栏的小窗内向外窥望。她一看见他，立刻恋爱上了。自那次起，她用各种借口，到这里来了三次。第一次随着父亲来看她的哥哥，那时他正在我们狱内值班。第二次和母亲一块来散发施舍的东西，走到他身前，向他低声说她爱他，可以救他出来。最奇怪的是他把这个荒谬的故事讲得那样细微详尽，这故事自然是整个地在他的失调的、可怜的头脑里幻想出来的。他深深地相信他会免除刑罚。他冷静而且肯定地讲着这女郎如何地热恋他。从年纪已近五十、脸容那样丑陋和忧郁的人嘴里听到一个女郎如何热恋他的浪漫的故事是十分离奇的。奇怪的是，刑罚的恐怖会使这个畏葸的灵魂弄到这种样子。也许他果真在窗外看见了什么人，于是由于日渐增长的恐怖而在他心中准备着的那份疯劲忽然一下子发现了出路和形式。这个不幸的小兵，也许一辈子没有一次想到女郎的，忽然虚构了整整的一段浪漫故事，本能地哪怕抓住这根救命稻草也是好的。我默默地倾听着，把这件事情告诉别的罪囚们。但是在别人开始发出好奇心的时候，他竟清醒地不响了。第二天医生盘问了他许久，因为他对医生说他没有什么病，而诊察的结果也确是如此，因此他就出院了。关于他的病情单上写着 Sanat 字样，我们是在医生们离开病房以后才知道的，因此没有对他们说出个中的情形。我们自己当时也完全没有猜到主要的原因何在。其实一切的问题只是打发他进院的官长方面的错误，他没有解释为什么他被送进来。这里发生了一点疏忽。也许打发他来的人们甚至只是猜疑，并不相信他发了疯，只是听到了一些谣言，所以打发他来试验一下。无论如何，那个不幸的人在过了两天以后被带出去受刑了。这举动的突然似乎使他深为震愕，他在最后的一分钟前还不相信他会受刑罚。在拖他到行列里去的时候，他开始喊："救命呀！救命呀！"这一次他进医院时并没有送到我们的病房里来，因为我们那里没有空床，所以送到另一间病房里去。但是我向人家打听过，知道他在这八天内没有和任何人说过一句话，感到惭愧和十分忧郁的样子。……以后在他的背部的创伤平复时，他被送去什么地方了。至此我再没听到关于他的任何消息。

至于说到医治和药物方面，据我所能观察到的，轻症的人几乎不遵照医生的嘱咐，不服药，唯有犯重病的，总之真是有病的人很喜欢医治，认真地服用药水和粉末；但是我们这里最喜欢外用的治疗方法。普通老百姓最喜欢，而且相信的吸器、吸角、贴膏药和放血等，我们那里也乐于采用。有一桩奇怪的事情使我产生兴趣。那些人在熬受棍杖和鞭子抽打的极痛苦的感觉时是那样地能够忍耐，竟会对在身上使用吸器而时常抱怨着，做出愁眉苦脸的样子，甚至呻吟着。他们的身体是不是显得太衰弱，或者不过是装腔，我不知道怎样加以解释。诚然，我们的吸器是特别的一种。那台一下子把皮肤划开的机器被助医官在什么时候，在无从记忆的时代给遗失或损坏，或者也许是自然用坏的，因此他只好用放血刀刺破皮肤。放每个吸器必须刺破十二处。用机器不痛，十二把小刀忽然在一刹那间刺下去是感觉不到痛苦的。但是用放血刀刺却是另一回事了，放血刀割得比较慢，痛苦是感觉得到的，因为在放十处吸器的时候必须刺一百二十刀，合在一块儿，自然感觉得到了。我曾尝受过，虽然觉得痛，而且恼恨，但到底并未到了不能支持且必须呻吟的地步。有时看着一个高大的蠢物，身体十分健壮的人，扭曲着身体，开始喊痛，甚至会感觉可笑。这好比某一个人在做起正经的事情的时候，态度十分坚定，甚至安静，而在家内无事可做的时候却显得忧郁，时常发脾气，端上饭来不想吃，嘴里骂个不停。他觉得一切都不自在，大家都烦他，大家都对他做出粗暴的举动，大家都折磨他。一句话，舒适得发疯，人们有时会这样批评这类的先生们。这类人在普通老百姓里很多，而在我们狱内，大家挤居一处的时候甚至是时常会遇见的。在病房里，这种耍脾气的人受到同房的人们挑逗，有的简直骂他；于是他只好默不作声，好像果真等候人家一骂，就不响似的。乌司强且夫最不喜欢这种人，从来不肯放过和耍脾气的人相骂的机会。总之，他是不肯放过同任何什么人打一架的机会的。这是他的娱乐、他的需要，自然这是由于疾病，一部分由于愚笨的缘故。他起初正经地聚精会神地看你一眼，以后用一种安静的、深信的声音开始说出教训的话语。他什么都要管，他好像被派到我们这里来监督秩序或管理大家的品行似的。

"他会管到一切。"罪囚们笑着说。不过大家都饶恕他，避免和他相骂，只是有时笑笑罢了。

"瞧你说了那一大套！三辆大车都载不了。"

"说什么？在傻瓜面前不脱帽，这是众所周知的事情。他为什么为了放血刀竟这样地喊叫？要有耐心。"

"与你又有什么相干？"

"弟兄们，"我们狱里的罪囚中有一个插上来说，"吸角还没有什么，我试过的。最痛不过的是人家把你的耳朵揪得很久的时候。"

大家全笑了。

"难道有人揪你的耳朵吗？"

"你以为没有吗？自然揪过的。"

"怪不得你的耳朵突出着。"

这个罪囚沙布金的耳朵确是长长的，向两方面突出的。他是流浪人，年纪还轻，很能干，性格恬静，永远带着一种严肃的、隐秘的幽默说话，使他所讲的一些故事增添许多的滑稽感。

"我怎么会想到人家揪你的耳朵？我怎么会想到呢？你这个笨蛋！"乌司强且夫又抢上来说，愤愤地朝着沙布金，虽然沙布金并没有对他说，却对大家说；但是沙布金连看都不看他一眼。

"谁揪你的耳朵来着？"一个人问。

"谁？明知道是谁，就是那个警长。这是为了流浪的关系。我们当时走到 K 城。我们是两人，我和外一个，也是流浪者。他名叫叶菲姆，没有父名。我们在路上的托尔明那村里一个农夫家里住了一晚。有一个村庄，名叫托尔明那。我们走了进去，探看了一下：这里倒可以住上一阵子，再赶路。田野里十分自由自在，城里显然不大舒服。我们最先走到小酒店里去，向四面看了一下。一个人走到我们身边，像被火烧着了似的，手肘上都破了，穿着德国式的衣裳。他说：'请问，你们有文件吗？'[1]

'没有，'我们说，'没有文件。'

'是的，我们也是这样。我还有两个好朋友，也在杜鹃将军手下服务。[2]现在我要求您一桩事情，我们因为喝酒喝空了，暂时没有钱。你们可以花钱买半瓶酒来给我们喝吗？'

'我们很乐意。'我们说，因此就喝了酒。他们当下指给我们一桩事情做，是关于木工的，关于我们分内的。在城边上有一所房屋，里面住着一个有钱的商人，财产很多，夜里我们去探看一番。我们五人就在当天夜里到那个商人家里去，我们才要动手，立刻落了网。我

---

[1] 按即护照。——原注
[2] 指在树林内，有杜鹃鸣叫也。他想说，他们也是流浪子。——原注

们被带到警署里去，以后便被带到警长那里。警长说，他要亲自来审。他衔着烟斗走进来，随后还端进一杯茶给他。他的身体很健壮，一脸的胡子。他坐了下来。除我们以外，还带来三个人，也是流浪者。弟兄们，流浪者是可笑的人物：他们什么都不记得，哪怕你用木桩朝他们头上扔下去，也是全都忘记了，一点也不知道。警长一直问我：'你是哪里人？'他那嗓音简直就像从木桶里吼叫出来的。我自然也和大家一样，说道：'我一点也不记得了，大人，全都忘掉了。'

'等一等，'他说，'我还要对你说话，你的脸我很面熟。'同时那双眼睛就朝我直瞪。我以前从来没有看见过他。他又对另一个说：'你是谁？'

'晃来晃去，大人。'

'你就叫作晃来晃去吗？'

'就这样叫我，大人。'

'很好，你是晃来晃去，但是你呢？'他接问第三个。

'我随他，大人。'

'你就叫这个名字吗？'

'我就叫'我随他'，大人。'

'谁这样称呼你的，你这坏蛋？'

'善人们称呼的，大人。世上不能没有善人，大人，这是明显的。'

'这些善人们是谁？'

'我不记得了，大人。请您宽宏地饶恕我吧。'

'全都忘记了吗？'

'全都忘记了，大人。'

'你总是有父母的呀？……哪怕他们你不记得吗？'

'大概总是有的，大人，不过有点忘记了。也许有的，大人。'

'你一直在哪里居住？'

'在树林里，大人。'

'一直在树林里吗？'

'一直在树林里。'

'嗯，冬天呢？'

'冬天没有看见过，大人。'

'你呢？你叫什么名字？'

'斧头，大人。'

'你呢？'

'细心地磨，大人。'

'你呢？'

'也许磨得好，大人。'

'大家一点也不记得吗？'

'一点也不记得，大人。'

他站在那里笑了，他们也看着他笑。但是他一会儿又咬紧牙齿，冒起火来了。那些人全是健壮的，很肥胖的。'我以后把他们送到监牢里去。'他说。'但是你留在这里。'他这是对我说。'你到这里来！坐下来！'我一看：一张桌子、一张纸、一支笔。我心想，他要让我做什么事情？他说：'你坐在椅子上，拿笔写！'他自己揪住我的耳朵，拉着。我望着他，像小鬼看神甫。我说：'我不会写，大人。'

'你写呀！'

'你饶了我吧，大人。''你写呀，你会写什么，就写什么！'他一直拉住我的耳朵，一直拉着，而且还把它扭翻转来！我可以说，他假如打我三百下鞭子，也比这容易受些，简直连火星都冒出来了。'你非写不行！'"

"他是怎么啦？发疯了吗？"

"不，没有发疯。在 T 城有一个书记官新近闹了乱子：卷了公款逃跑，他的耳朵也是突出着的。当时向各处通知留神查访。我的相貌恰巧有点相仿，他因此试验我：看我会不会写字，写得怎样？"

"原来是这样！痛不痛呢？"

"痛的。"

传来了大家的笑声。

"但是你写了没有？"

"写什么？转动着钢笔，在纸上转动着钢笔，他就不让我写了。打了我十记巴掌，也就放下我，也送我到牢狱里去。"

"你难道会写吗？"

"以前会，但是在起始用钢笔写的时候，我就不会了。"

我们沉闷的时间就在这样的谈话里，或者不如说在这种闲谈中过去。天呀，那是多么沉闷呀！日子是长长的、闷热的，每天的生活都是相像的。哪怕有书看也罢！然而我还时常进医院，尤其在最初囚禁的时候，有时生了病，有时不过想躺一躺，离开牢狱一下。那边的生活是难过的，比这里还难过，精神上的难过。愤恨、仇视、争论、忌妒，对于我们贵族不断地吹毛求疵，恶毒的、威吓的脸庞。这里医院里大家比较平等些，生活得比较和谐些。每天最忧愁的时间是晚上，燃点蜡烛和夜开始的时候。我们睡得很早。黯淡的灯台在门旁的远处燃耀出一个鲜耀的光点，但是我们的角落里却是半暗。空气开始变得臭而且闷。有的人睡不着，起身在床上坐一个半小时，戴着白帽的头向下低垂，仿佛有所沉思。你整小时向他看望，努力猜他想些什么，也可借此消遣消遣时间。要不就开始幻想，回忆过去的一切，在想象里画出广阔的、鲜耀的图画。那时你会记起别的时候记不起来，也不曾像现在那样感觉到的那些详细的节目。要不就猜测未来：从牢狱里走出以后怎样生活下去？往哪里去？什么时候才能出狱？将来能不能回到自己的家乡？心里想着，想着，希望在心灵里蠕动了……有的时候开始数：一，二，三……为了在计算数字里睡去。我有时数到三千，还是睡不着。那边有人转身。乌司强且夫咳出磨坏的、痨病型的咳嗽，以后微弱地呻吟了一下，每次说道："天呀，我作孽呀！"在万籁静寂之中听到这个带病的、破碎的、悲痛的声音是多么的奇怪。在角落里的什么地方也有人没有睡觉，在床上谈话。一个人在那里讲自己的故事，辽远的、过去的、流浪的生活，孩子们、妻子，以前的一切生活。单从辽远的低语上你就会感觉到他所讲的一切是永远再也不会回到他那里去的了，而他自己，那个讲故事的人，讲的是一块已被切割下来的肉。另一个人在那里听着。只听见轻轻的、平匀的低语，好像水在远远的什么地方潺潺地作响……我记得，有一天，在一个长长的冬夜里，我听到了一个故事。初看上去，我觉得它好像是热病中做出的梦，我仿佛躺在那里，身上发着寒热，这一切是我在高烧中、谵语里梦到的……

第四章　阿库立卡的丈夫（罪囚的自述）

　　已是深夜，十一点多钟。我已经睡着，忽然醒了。远处烛台的黯淡的微光勉强地照着病房。……几乎全已睡熟，甚至乌司强且夫也已睡觉，静寂中听得见他沉重地呼吸着，他喉间的痰随着每一次呼吸在那里发出嘶哑的微响。远处，外屋内，忽然传出来换班的警卫们越走越近的沉重的步声。枪柄朝地板上扑通地叩击了一下。病房门开了。伍长谨慎地踏着步，数清了病人的数目。一分钟以后门关了，换了新岗兵，警卫离开了，又是以前一样的静寂。这时我才觉得，离我左边不远，两个人还没有睡，仿佛在那里互相低语。这是病房里常见的事情：两个人有时会挨近地躺了许多日子，好几个月，不说一句话，而忽然会在一个夜深人静的时候谈起话来，彼此倾吐出自己过去的事情。

他们显然已经谈得很久。谈话的开始我没有听到，就是现在也不能完全听清；但是渐渐地习惯了，开始全都了解。我睡不着觉：不听还有什么事情可做呢？……一个人热烈地讲着。他半躺在床上，举着头，朝他的同伴那边伸直颈脖。他显然十分兴奋，他很想讲。他的听者，阴郁而且完全冷淡地坐在床上伸直着腿偶然喃喃地说几句作为答复或对讲述者表示同情，但仿佛多半为了礼貌，并不是真的，且时时从兽角烟斗里掏出烟草塞进鼻内。他是从自省营来的兵士，姓戚莱文，五十多岁，阴郁的，好炫耀自己学问的人，冷静的、爱讲理的人，是个非常自负的傻瓜。讲述者施士可夫年纪还轻，三十岁左右，是我们狱内的罪囚，在缝纫间里工作。我一直不大注意他，就是以后，在我住在狱内的全部时间，好像我也不大有研究他的兴致。他是一个空虚的、轻佻的人。他有时沉默着，阴郁地生活着，举动粗暴，几星期不说话。他有时忽然干预到某种事件里去，开始造谣言，为小事冒火，从这个营舍闯到那个营舍，传达消息，说人家坏话，自己发急。人家打了他一顿，他又不响了。他是一个胆小的、软弱的人。大家带着贱蔑的态度对待他。他的个子不高，身体瘦瘦的。眼神带点不安静的样子，有时似乎是呆钝地凝想着的。他有时讲起什么话：起初说得很热烈，甚至挥摇着手，忽然扯断了，转到别的事情上去，被新颖的细节所吸引，忘记开初讲的是什么事情。他时常相骂，在相骂的时候一定要责备什么人，说他对不住自己，带着情感说着，几乎要哭泣出来。……他弹六弦琴弹得不坏，而且喜欢弹，在过节的时候甚至跳舞，在人家强迫他跳的时候，还跳得很好……他是很快就可以被人家强迫着做点什么出来的……他也不见得肯听人家说，却喜欢和人家拉交情，且为了拉交情，而拍人家的马屁。

我许久不能理解他所讲的那段事情。我起初也觉得他一直离开题目，被不相干的枝节所吸引。他也许看出戚莱文对于他所讲的故事几乎不大注意！但是他大概故意想使自己相信他的听者非常注意地听着，也许他会觉得很痛苦，假如他相信到相反的情形上去。

"……有时他上菜市里去，"他续说下去，"大家全对他鞠躬，敬重他。一句话，他有钱。"

"你说，他做生意吗？"

"是的，做生意。我们生意人的生活是很贫穷的，简直是光身子。村妇们走到河里去扛水灌菜园，累乏得很，但是到了秋天收集的时候竟不够熬菜汤用的。真是穷极了！哦，他有一块很大的田地，雇工人耕田，雇三个工人。他还有蜂房，卖蜜，还卖牲畜。在我们的地方他受人家极大的尊敬。他很老，有七十岁，骨头重了，头发是灰白的，那样大的个子。他穿了狐皮大氅上菜市，大家都敬重他。'您好呀，老爹，安库提姆·脱洛费梅奇！'他也要还礼：'你好呀！'他对谁也不嫌恶。'您活得长寿呀，安库提姆·脱洛费梅奇！''你的境况好吗？'他问。'我们的境况永远像白色的油烟。您怎么样，老爹？''我们也是在罪孽里生活着。''但愿你长寿呀，安库提姆·脱洛费梅奇！'他不嫌恶任何人，说话的时候，每个字都值一个卢布。他读许多书，认得字，尽读神学的书籍。他让老太婆坐在自己面前：'你听着，太太，你要明白！'他开始讲解。老太婆也并不见得老，他娶了续弦，为了养儿女的关系，原配没有生过孩子。他的继妻玛丽亚·斯帖潘诺夫纳养了两个儿子，还没有成人，小的那个名叫瓦谢，是他六十岁的时候生的，阿库立卡是最长的女儿，十八岁。”

"那就是你的妻子吗？"

"等一等，起初是费里卡·莫洛作夫放刁。费里卡对安库提姆说：'你算一算账吧，把所有四百卢布全拿出来。我能做你的长工吗？我不愿和你一块儿做生意，我也不愿娶你的阿库立卡。我现在喝起酒来了。'他说，我的父母现在已经死光了，我要把钱全都喝光，以后去做雇工，那就是去当兵，十年以后做了上将，再上你们那里来。安库提姆把钱全付给他，完全和他算清了账——因为他的父亲和老头儿一块儿合资做生意来着。老头儿对他说：'你是个完结的人了。'他对老头儿说：'不管我完结不完结，我不愿意跟你这灰白胡须的老人学着过苦日子。你一个小钱、一个小钱地节省下来，什么乱七八糟的东西都收集来——这是没有用的。我不愿意这样做。积着，积着，会积出祸来的。我有我的性格。我总归不高兴娶你的阿库立卡：我已经和她睡过觉了……'

'怎么？'安库提姆说，'你竟敢糟蹋一个正经的父亲和一个正经的女儿吗？你什么时候和她睡觉的，你这恶蛇，你这冷血动物？'他说时，全身抖颤得厉害。费里卡自己讲的。

他说：'不要说嫁给我，我要弄得你的阿库立卡不能嫁给任何人，弄得谁也不要，现在米奇卡·格利郭里奇也不会要，因为她现在是不名誉的人了。我和她从秋天起就姘居着。现在给我一百只虾吃我也不会答应。你试一试给我一百只虾，我不答应……'

小伙子就此喝起酒来了！他喝得天翻地覆，满城风雨，聚集了许多朋友，闹了三个月，把一切都闹光了。他说：'等我把钱全花光，我要把房屋卖去，把一切都卖去，以后不是被人雇去代替当兵，便要走出去流浪！'从早晨到晚上喝醉了酒，坐着带小铃的双套马车出去。姑娘全都喜欢他，真是可怕。他会弹'托尔巴'琴。"

"这么说来，他还在以前就和阿库立卡发生关系了吗？"

"你等一等。我当时也刚葬过父亲，我的母亲会烤饼干，为安库提姆做工，我们就靠这个生活。我们的生活很坏。在树林后面也有一块田地，种着粮食，父亲死后全都卖掉了，因为我也喜欢喝酒。我用揍打的手段向母亲要钱……"

"用揍打的手段是不好的，极大的罪孽。"

"我有时从早晨到夜晚一直喝醉了酒。我们的房子没有什么，还可以将就过去，虽然是烂的，但终是自己的，就是在屋子里捉兔子都可以。我们坐在里面挨饿，啃嚼抹布一礼拜。母亲一直对我唠叨，我才不管那一套！……我当时一步也不离开莫洛作夫，从早晨到晚上和他在一起。他说：'你替我弹弦琴，你跳舞，我要躺下来，把钱扔掷到你身上，因为我是最富的人。'他有什么事情没有做出来的！唯有偷来的东西他不肯受。他说'我不是贼，却是诚实的人'。他说：'我们去把阿库立卡家的大门涂上黑胶，因为我不愿意让阿库立卡嫁给米奇卡·格利郭里奇。我认为这是很重要的。'老人以前就打算把女孩嫁给米奇卡·格利郭里奇。米奇卡也是老头儿，妻子已死去，戴着眼镜，做生意。他一听见人家造阿库立卡的谣言，立刻打退兵锣。他说：'安库提姆·脱洛费梅奇，这会使我丢极大的面子的，而且我的岁数已老，也不打算再娶了。'我们就在阿库立卡家的大门上涂上黑胶。家里为了这揍她，揍得要死……玛丽亚·斯帖潘诺夫纳喊道：
'我要送掉你的命！'老头儿说：'在古时候，有族长的时代，我可以
把她放在火上烧死，现在世界上黑暗而且腐败得多了。'有时整条街
上的邻人们全听到阿库立卡号啕大哭，她从早到夜挨揍。费里卡在菜
市上对大家说：'阿库立卡这姑娘是可爱的。她常和我一块儿喝酒。
穿得那样干净，那样白，你说她爱谁？我现在把他们的面子揭破了，
他们会记得的。'有一次我遇见阿库立卡提着水桶走过来，我就喊
道：'您好呀，阿库林纳·库提莫夫纳！你穿得那样干净，你说你和
谁睡觉！'刚说了这一句话，她望了我一下，她的眼睛那样的大，身
子瘦得像木片。她看了看我，她母亲当作和我说笑，便朝院里呼喊：
'你又在那里嚼什么舌头，你这无耻的女人？'当天又打了她一顿。
有时会整整地打一小时。她说：'我要揍死她，因为她现在不是我的
女儿。'"

"这么说来，她是一个荒唐的女人吗？"

"你听着，老叔。我和费里卡当时常常在一起喝酒。有一天母亲
到我屋里来，我躺在那里。她说：'你这混蛋，你尽躺着做什么？你
这强盗！'她一面骂，一面说：'你应该娶亲，娶阿库立卡。他们现
在很高兴把她许配给你，单是钱就肯给三百卢布。'我对她说：'她
现在已是全世界都知道的不贞洁的女人。'她说：'你真是傻瓜，婚
礼一成以后一切都遮盖住了。你会更好些，假如她一辈子在你面前犯
了过错。我们可以用他们的钱。我已经和玛丽亚·斯帖潘诺夫纳说过
了。她很中听的。'我对她说：'你把二十卢布掏出来放在桌上，我
就娶亲。'你信不信，我一直到结婚的日子，成天地喝醉着。费里

卡·莫洛作夫又向我威吓：'我要把你这阿库立卡的丈夫的肋骨全都打断，还要每夜和你的妻子睡觉。'我对他说：'你胡说，你这下贱的狗肉！'他当时在大街上把我糟蹋了一顿。我跑回家去，说道：'假如现在不给我掏出五十卢布，我不高兴结婚。'"

"人家肯嫁你吗？"

"嫁我吗？为什么不肯？我们并不是不体面的人。我的父亲在以后家里失了火才破产的，否则我们比他们还要阔。安库提姆说：'你们家里穷得厉害。'我说：'你们家里的黑胶还没有涂得够吗？'他说我：'你对我们这么神气活现做什么？你说她不贞洁，有什么凭据？一条手绢掩不住每个人的嘴。上帝在这里，门槛在那里，你尽管不娶。不过你拿去的钱应该还给我。'我当时和费里卡商量，决定打发米脱里·贝阔夫告诉他，我现在要向全世界揭开他的坏名誉，同时一直到结婚的那天，拼命地喝酒。到了快上教堂举行婚礼的时候才清醒了。结婚以后，把我们送回家来，让我们坐下，舅父米脱洛芳·斯帖帕南奇说道：'虽然事情不很体面，但是做得很牢靠，也就完了。'老头儿，就是安库提姆，也喝醉了，当时哭泣着。他坐在那里，眼泪流到胡须上面。我当时想出了一个办法：我把一根鞭子放在口袋里，还在结婚以前预备下的，决定现在要对阿库立卡不客气，让她知道她是用无耻的欺骗手段出了嫁，也让人们知道我并不是傻瓜……"

"很对！让她以后也感觉一下……"

"不是的，老叔，你且不要响。我们地方的规矩，结婚以后立刻把新婚夫妇送入洞房，客人们在外面喝酒等候。当时我和阿库立卡被送到房里去。她坐在那里，脸色苍白，脸上没有一点血色。她害怕得很。她的头发也是白的，完全像大麻一般。眼睛是巨大的，老是沉默着，听不见她说话，仿佛家里住着一个哑巴，简直奇怪得很。老兄，你以为怎样：我预备好了鞭子，当时把它放在床边上，而她竟是完全完整的。"

"你说什么？"

"完全是完整的，从清洁的家庭里出来的清洁的女人。既然这样，她为什么要熬受这种磨难呢？费里卡·莫洛作夫为什么要在大众面前破坏她的名誉呢？"

"是的。"

"我立刻从床上起来，对她跪下，叉着双手，说道：'阿库林纳·库提莫夫纳，请你饶恕我这傻瓜，因为我也把你当作那种女人看待了。请你饶恕我这混蛋！'她坐在床上，对我瞧着，两手放在我的肩上，笑了，同时又流下眼泪，一面哭，一面笑。……我走出来见大家，说道：'我现在一遇见费里卡·莫洛作夫，非跟他拼命不行！'那些老人们简直不知道向谁祈祷，母亲几乎对她跪下，哭个不停。老头儿说：'早知道，也不会把你嫁给这样的丈夫。我们的爱女。'我和她在第一个星期日上教堂里去：我戴着新皮帽，穿着细呢的上衣、棉剪绒的裤子；她穿着新兔皮大氅，戴着绸头布。那就是说她配得上我，我配得上她。我们两人并肩地走着。人家欣赏我们：我是不过如此，阿库立卡的相貌虽不能在别人面前夸耀，但也没有什么可批评的地方。……"

"那是很好。"

"你且听下去。我在结婚以后的第二天，虽然也喝醉了酒，可是离开客人们跑走了。我跑出去，说：'我要去找这懒货费里卡·莫洛作夫，让他过来，这混蛋！'我在菜市上大声呼喊着。当时我醉得很；人们在佛拉骚夫店旁把我捉到，三个人用强力带我回家。城里大家都议论起来。姑娘们在菜市上互相说：'喂，你们知道不知道！阿库立卡是完整的。'过了一些时候费里卡当着人面前对我说：'你可以出卖妻子，你就有酒喝了。我们那里一个小兵，名叫耶士卡的，就是这样娶的亲：他不和妻子睡觉，却喝醉了三年。'我对他说：'你是混蛋！'他说：'你是傻瓜。你结婚的时候你的酒还没有醒，你没有醒转来，怎么能弄明白这种事情呢？'我走回家去，喊道：'你们趁我喝醉的时候让我结婚！'母亲立刻跑上来说话。我说：'母亲，你的耳朵被金子塞住了。你去叫阿库立卡来！'我开始打她。我打她，打她，打了两个小时，一直到自己躺下来为止。她有三个礼拜没有起床。"

"那自然喽，"戚莱文慢吞吞地说，"不打她们，她们会……难道你撞见她和情人在一起吗？"

"不，撞是没有撞见，"施士可夫沉默了一会儿，好像勉强似的说，"我觉得很生气，人们尽逗我，而这一切全是费里卡主持的。他说：'你的妻子可以做模特儿，让人家看。'他请了一些客人，开头就来上一套。他说：'他的太太心很慈善，相貌也好，但是瞧他自己怎样！这小子竟忘记他自己在她家的门上涂抹黑胶！'我坐在那里，已经喝醉了酒。他抓住我的头发，从椅上把我拉下来，说道：'你跳舞，阿库立卡的丈夫，我抓住你的头发，你给我跳舞，给我解闷！''你是混蛋！'我喊。他对我说：'我带着朋友到你家里去，当你面前把你的妻子阿库立卡用鞭子抽打一顿，随便我打多少就打多少。'你信不信，在这以后我有整整的一个月不敢出门：我心想他会跑来，糟蹋一下的。就为了这个，我开始打她……"

"有什么可打的！手缚得住，舌头缚不住。打得很多也不必。惩罚一顿，教训一下，再疼爱她一下。妻子就是这样的。"

施士可夫沉默了一会儿。

"我心里气得很，"他重又开始说，"我已经有了习惯，有的时候从早到晚打她。不是起身得太晚，便是走路不像样。我不打，会觉得烦闷的。她时常坐在那里，一言不发，向窗外看，哭泣着……一直哭泣着。我有点可怜她，但还要打。母亲为了她尽骂我：'你这混蛋，你这下贱胚！'我喊：'我会杀人的。现在谁也不能说话，这媳妇是人家骗我娶的。'起初老头儿安库提姆跑来干涉，说道：'你究竟是什么大好佬，我有手段对付你！'以后他也就放手不管了。玛丽亚·斯帖潘诺夫纳简直做出低声下气的样子。她有一天跑了来，含着眼泪哀求道：'我来烦你，伊凡·谢蒙南奇，请求你。你饶了她吧！让她见一见太阳吧！（当下向我鞠躬）那些恶人们说我们女儿许多坏话，你自己知道，你娶的是贞洁的姑娘。'……她跪下来，对我哭。但是我还是装模作样：'我现在不愿意听你们的话！我现在想做什么，就做什么，因为我现在不能控制我自己。费里卡·莫洛作夫，是我的朋友，我的第一个知己……'"

"这么说来，你们又在一块儿喝酒了吗?"

"哪里的话！简直走不到他身边去。他完全醉得一塌糊涂。他把自己的财产全部花光，就受了一个生意人的雇用，替他大儿子当兵。

照我们地方的规矩，你一受了人家的雇用，一直到你被征募出去的那天为止，这家人家的一切都应该服从你，你就成为他们家里完全的主人翁。钱在征募出去的时候才算清，在这以前你就住在主人家里，住上半年。他对主人们那副样子，简直了不得。意思是说，我替你们的儿子出去当兵，那就是你们的恩人，你们大家应该尊重我，否则我可以不干的。费里卡就在生意人家里弄得乌烟瘴气，和女儿睡觉，每天饭后必要揪主人的胡须，他认为这是很快乐的事情。他每天要洗澡，用酒浇上去，放出蒸汽来，还要村妇们抬着他进澡堂。他在外面喝了酒回家，站在街上，说道：'我不高兴从大门里走进去，把那篱笆拆开来！'人家只好在大门旁的另一个地方拆开篱笆，他才走了进去。终于期限到了，他被送进营去，把他的酒弄醒了。街上聚满了许多人：费里卡·莫洛作夫送进营去啦！他朝四面八方鞠躬。阿库立卡这时从菜园里走出来。费里卡在我们家的大门那里一看见她，就喊道：'等着！'从大车上跳下去，一直对她鞠躬到地。'你是我的灵魂，'他说，'我的野果。我爱了你两年。现在他们备了音乐送我出去当兵。饶恕我吧，体面的父亲的贞洁的女儿，我是你面前的坏蛋，我犯了一切的过错！'又朝她鞠躬到地。阿库立卡站在那里，起初仿佛吃了一惊，以后也朝他鞠躬，说道：'请你也饶恕我，善心的好汉。我对你记一点仇。'我跟着她走进屋内：'你对这狗头说什么话？'你信不信，她看了我一眼，说道：'现在我爱他甚于世上的一切！'"

"真是的！……"

"我在那一天整天没有对她说一句话……只在快到晚上的时候，才说：'阿库立卡！我现在要杀死你！'那天夜里我睡不着觉，走出外屋喝酸汽水。那时候曙光已经出现了。我走进屋内。我说：'阿库立卡，快预备到田里去。'我还在以前就想去，母亲也知道我要去。她说：'这才是正经事情。现在是秋收的时候，听说工人在那里躺了三天，什么活也不干。'我套好大车，沉默着。一出我们的城，立刻就是一片二十五俄里的树林，树林后面就是我们的田地。我们在树林里走了三俄里。我把马喝住，说道：'快下来，阿库立卡，你的末日到了。'她看着我，害怕起来，站在我面前，不作声。我说：'我非常讨厌你，你祷告祷告上帝吧！'当时抓住她的头发。她的辫子又粗，又长。我把它绕在手上，从后面用膝盖把她的身子压住，拔出刀子，把她的头朝后面弯折，就用刀子朝她的喉咙里刺去……她喊叫了一声，血溅了出来。我把刀子扔弃，两手抱住她，躺到地上，抱住她，朝她喊、哭。她喊，我也喊。她浑身抖颤，摆脱着手，血溅到我身上，溅到脸上、手上，一直溅呀，溅呀。我扔弃她，我感到恐怖，把马也扔了，自己跑呀，跑呀，从后门跑回家去，跑到澡堂里面。我们的澡堂很旧，许久不用它；我钻到板架底下，坐在那里，坐到夜里。"

"阿库立卡呢？"

"她在我跑走以后站了起来，也走回家去。以后在离那个地方一百步路远的场所发现了她。"

"那么你没有把她杀死？"

"是的……"施士可夫停顿了一分钟。

"有一根筋，"戚莱文说，"假使那根筋一下子不割断，人一直会跳动着，无论流多少血，绝不会死的。"

"但是她死了。晚上发现她的时候已经死了。通知了官厅，派人寻捉我，夜里才在澡堂里找到。……我现在已经在这里待了四年，你算一算吧！"他沉默了一会儿以后才说。

"嗯……自然，不打是弄不出好来的。"戚莱文冷淡地、慢吞吞地说，又把兽角烟斗掏了出来。他开始嗅鼻烟，嗅得很久，迟钝着。"结果还是你自己太傻。"他续说着，"我有一次也撞见我的妻子和情人在一起。我唤她到马厩里去，把缰绳叠成两折。我说：'你对谁发过誓的？对谁发过誓的？'当时抽打她，用缰绳抽打她，抽打她一小时半。她对我说：'我要给你洗脚，再喝下那盆水。'她名叫渥夫道姬耶。"

第五章　夏日

　　已经到了四月初旬，复活节即将来临。夏季的工作渐渐地开始了。太阳每天越来越温暖，光亮；空气发出春天的气味，刺激人的身体。即将来临的节日使被钉上脚镣的人也感到骚乱，使他生出一些愿望、意趣、烦恼。在鲜耀的阳光之下似乎比在阴暗的冬日或秋日更加强烈地怀念自由，而这在一切的罪囚身上全显露了出来。他们仿佛欢迎光明的日子，同时在他们心里渐渐地增加了一些不耐烦和冲动。我觉出我们狱内吵架的事件到了春天仿佛更加多些，时常听得见喧哗、呼喊、吵嚷，时常闹出把戏。同时有时会突然地在工作的某个场所上捉到某人的沉郁而且固执的眼神，正向蔚蓝的远处，额尔齐斯河对岸的什么地方瞭望，从那里展开一千五百俄里长的自由的基尔基兹的沙原，像一条无垠的地毯；或者捉到某人的深深的叹息，从整个胸里发出的叹息，仿佛急于想呼吸这个辽远的、自由的空气，借以舒散受压迫的、被锁牢的心灵。"唉！"罪囚终于说，忽然好像把幻想和沉思从自己身上晃去，不耐烦地、阴郁地抓起铲子或应该从这个地方搬到另一个地方的砖头。一分钟以后他已经忘却自己的突袭来的感触，开始笑或骂，看性质而定；要不忽然用不寻常的、完全和需要不相适应的热忱抓起限定了的工作（假使这工作是被人家限定了的），开始工作，用全力工作，好像希望借艰重的工作压抑从内心里挤压出来的一些什么。这全是健壮的人，大半正在年富力强的时候……在这时候脚镣是很痛苦的！我并不在这时候做诗，我相信我的话是对的。除去在暖和的天气里，在鲜耀的阳光里，当你的整个心灵、整个身体听到和感到在你的周围以无限的力量苏生着的自然的时候，那个被关锁住的监狱、警卫和别人的意志会使你更加觉得难受；除此之外，在春天，在全西伯利亚，在全俄！各地，随着最初一只云雀的发现，那些上帝的人们从狱内逃跑，开始了流浪的生涯，躲在林中。在闷热的土坑里工作以后，在裁决、脚镣和棍杖以后，他们自由自在地流浪着，随便想上哪里就上哪里，上比较有趣和舒适的地方去；他们在能吃喝到的时候，上帝赏赐的时候吃喝，夜里在林中什么地方或田野里睡觉，没有很大的操心，没有监狱里的烦闷，像林中的鸟一般，到了夜里和天上的星，那些上帝的窗作别。那是不用说的！"在杜鹃将军那里服务"有时也感到痛苦、饥饿、累乏，有时在几昼夜间见不到面包，必须躲开、避开一切人，必须偷窃、抢劫，有时还要杀人。"流戍民好比婴孩一样，看到什么就想要什么"，这是西伯利亚的人们对于流戍民所加的评语。这句话可以全部，甚至还要添加一点，以移赠逃亡者。逃亡者并不见得是强盗，但几乎永远是小偷，自然多半由于需要，而非出自本心。有些根深蒂固的流浪者。有的人甚至在刑期将告终时，甚至在戍居时逃走。他在戍居时似乎应该满意，且可得到生活的保障。但是不行！他老是想上什么地方去，有什么东西召唤他到什么地方去。树林里的生活，贫穷的、可怕的，但是自由的、充满奇遇的生活具有一种诱惑、一种神秘的美妙，对于那些已经尝试过的人们，时常一个人跑走了，有的甚至是性情淡泊、行为勤谨的人，本来可以成为很好的土著和能干的主人的。有的人甚至结婚，生下儿女，在一个地方住了五年，在一个美好的早晨突然失踪，使妻子、儿女和他登记居住的那区的人们陷于惊疑之中。在我们狱内有一个这样的逃犯，人家指示给我看。他并没有犯什么特别的罪，至少我没有听见人家讲过，但是老是逃跑，一辈子逃跑。他到过南俄多瑙河旁的边境那里，到过基尔基兹沙原，到过东部西伯利亚和高加索，各处都到过。谁知道，也许在别种环境之下，他会成为一个鲁滨孙，为了他那种对于旅行的嗜好。但是这一切都是别人讲给我听的，他自己在狱内不大说话，除非开口讲几句最必要的话。他的个子很小，年纪已经有五十多，性情极驯顺，有一张异常安静的，甚至呆钝的脸，安静至于白痴的程度。他夏天喜欢坐在太阳里，嘴内必定哼出一支小曲，哼得那样轻，离开他五步以外就听不见了。他的脸庞有点像木头一般。他吃得很少，尽吃些面包，他从来不买一只面包圈，不买一杯酒；但是他不见得曾在什么时候有过钱，甚至不见得会数钱。他对待一切保持完全安静的态度。有时他亲手喂狱里的狗吃东西，我们这里谁也不会喂狗吃东西的。总之，俄国人都不喜欢喂狗。听说他结过婚，甚至结过两次婚；听说他在什么地方有儿女……他为了什么陷到狱里来，我完全不知道。我们大家等候他会从我们那里溜走；但不是时间没有来到，便是年代已经过去了，他住在那里，仿佛对他周围的这个奇怪的环境加以默察。不过靠是靠不住的；固然从表面上看来，他为什么要逃走？有什么好处？但是整个地说来，林中流浪的生活比起牢狱的生活自然是天堂。这是很明显的，而且也是完全不能比较的。虽然逃亡者的命运是痛苦的，但总是自己的意志。也就为这个原因，每个俄国罪囚，无论坐在哪里，到了春天，在射出春日的最早的愉快的阳光的时候，总会显得不安。虽然不见得每个人全想逃走，可以肯定地说，由于事情的艰难与重大，百人中仅有一人敢去做这件事情；其余的九十九个也不过幻想幻想，能不能逃走，且往什么地方逃走而已，单在愿望中，单在可能的想象里舒散舒散自己的心灵而已。有的人只是回忆他以前曾经在什么时候逃走过。……我只讲那些案子已经判决的人们。自然在待判决的人们中间决定逃走的比较多些，常见些。判决有期徒刑的人只在被囚的生活开始时逃走。经过了两年的牢狱生活以后，罪囚已经开始看重这些岁月，渐渐地自行答应用合法的方式于完结刑期后，出去成居，比冒这样的险，并且在失败的时候还要遭遇伤亡好些。失败是很可能的。十个人中只有一个能够"变更自己的命运"，已判决的囚犯中刑期太长的时常比别人肯冒险。十五年至二十年被认为无尽的刑期，被判处这样长久刑期的人时常准备幻想着变更命运，哪怕已经在牢狱内住满十年。那个烙印也部分地妨碍逃遁。"变更命运"是技术的名词。在逃跑被发觉后受审问的时候，罪囚回答说，他想变更自己的命运。这个带点书卷气的名词根本可以适用到这件事情上去。每一个逃犯并不想完全得到自由——他知道这几乎是不可能的——但不是想落到另一个机关里去，便是想设法戍居或是想重新受裁决，依照新的，由于逃亡而成立的罪名重新被裁判。一句话，无论到什么地方都可以，只要不到他深感厌恶的旧的地方去，不到以前的牢狱里去。所有这些逃走的人，假如在一夏天找不到某种偶然的、不寻常的、可以过冬的处所；假如说不撞到肯藏匿逃犯，认为里面有利可图的人；最后，假如不觅到，有时还用杀害的手段弄到一张可以到处安身的护照，他们到了秋天，如果没有预先被捉获，多半会成群结队地，以逃亡者的资格，来到城里和狱内，以便坐到监狱里过冬，怀着到夏天再行逃走的希望。

春天也影响到我的身上。我记得，我有时从木桩缝里贪婪地张望，许久地站立着，头靠在我们的围墙上面，固执而且无餍足地审看城堡上的草如何地发绿，辽远的天如何蔚蓝得越发浓厚。我的不安和烦闷一天天地增长，我觉得牢狱更加可怕了。我以贵族的资格，在这最初的几年内时常从罪囚那里经历到的仇恨毒害着我的一生。在最初的岁月中，我时常不生什么疾病，到医院里去躺躺，单为了不住在狱内，但求能摆脱这固执的、无法驯服的、普遍的仇恨。"你们是铁嘴，你们曾经啄伤过我们！"罪囚们对我们说。我真是羡慕来到狱内的普通人！他们立刻和大家结为朋友。因此春天、自由的幻影、自然界里普遍的快乐，也会忧郁地、刺激地影响到我的身上。在斋戒的末期，大概在第六星期上，逢到我举行忏悔礼。全狱的人犯，从第一星期起，由下士官按照持斋的星期的数目，分七班行忏悔礼。每班有三十多人。我很喜欢行忏悔礼的那个星期。行忏悔礼的人可以被免除工作。我们到离牢狱不远的教堂里去，每天去两三次。我许久不上教堂。在遥远的童年，父母的身边既已熟悉的大斋的祈祷礼、隆重的祷告、下跪等，挑动了我的心灵内遥远的、过去的一切，提醒了还是儿童时代的印象。我记得，早晨，在夜里业已结冻的土地上面，我们由卫兵荷枪护送到上帝的房屋里去的时候，我心里很是愉快。卫兵并不走进教堂里去。我们挤成一堆，站在教堂内门旁、最后的位置上面，因此只听得见司铎的大嗓门，偶然从人群里看到神甫的黑色长袍和秃头。我记得，还在儿童时代，我站在教堂内，有时看望许多普通的民众在门旁拥挤着，见着佩戴肩章的军人、肥胖的绅士、服装阔绰但极虔信的女太太便谄媚地让道，这些人一定要钻到前面的位置上去，而且时时刻刻准备为了首席的位置而争吵。我当时觉得在门旁的人们祷告得也不像我们的样子，他们祷告得驯顺些、奋勉些，而且还跪下来，带着自己的低卑地位的感觉。

现在我也不能不站在这个位置上面，甚至还不能在这个位置上面：我们的脸上已经有了烙印，脚上已经钉了铁镣。大家都躲避我们，大家甚至仿佛惧怕我们，每次给我们施舍。我记得，我甚至感到有点愉快，有一种细腻的、特别的感觉显露在这奇怪的愉快里面。"就是这样也可以！"我心想，罪囚们很奋勉地祈祷着。他们每人每次必带一个可怜的戈比到教堂里去，作为买蜡烛或捐款之用。"我也是人呀，"他们在递出戈比的时候，心里这样想着或是感觉着，"在神面前大家都是平等的……"我们在早祷时行忏悔礼。在神甫手内持碗读着"……即使我是匪徒也求主接收我"的话语的时候，几乎全都匍匐在地上，脚镣叩得响响的，大概把这句话当作对自己说的。

但是复活节来了。官长方面发给我们每人一个鸡蛋和一薄片小麦制的、发酵的面包。城里又送许多施舍的物品到狱里来。又是神甫带着十字架进狱访问，又是官长前来视察，又是肥油的菜汤，又是酗酒和游行，一切和圣诞节一模一样，区别在于现在可以在牢狱的院内游玩、晒太阳，好像比冬天光明些、宽敞些，但似乎烦闷些。长长的、无尽的夏天在过节的日子里似乎显得特别难熬，在工作的日子里至少可以用工作把日子缩得短些。

夏天的工作的确比冬天的工作困难得多，工作多半关于建筑工程方面。罪囚们造屋、掘土、砌砖。他们中间另一些人在修理官房时担任木工、铜匠或漆工。另一些人到厂里去造砖头。最后的那个工作我们那里认为最繁重。造砖厂设在离堡塞三四俄里远的地方。夏季每天早晨六点钟，罪囚五十人左右，列队前往造砖。他们选择普通工人做这工作，那就是说不是工匠，不属于任何技艺的人。他们随身带着面包，因为路远，回家吃饭得多走八俄里路，不大方便，到晚上回到狱内时再吃饭。工作是限定做一整天的，范围定得非做整整的一天不能应付过去。首先应该把黏土掘出，运过去，自己抬水，自己在泥坑里把黏土踏平，然后用黏土制造许多砖头，大概有二百块，甚至几乎有两百五十块。我只到厂里去了两次。从厂里回来的时候已经是晚上，身体弄得非常累乏，为了做最艰难的工作，他们时常整夏责备别人。这大概就是他们的安慰。虽然如此，有些人甚至带着一些愉快上那里去：第一，厂在郊外，地点是空旷的、自由的，在额尔齐斯河岸旁。向周围望一下，到底心里觉得痛快些，没有狱内那样的官气！可以自由地抽一抽烟，甚至十分愉快地躺半小时。我不是仍旧到工场里去，便是去烧雪花石膏，最后是被唤到建筑的场所搬砖。在最后的那个情形里，有一次竟从额尔齐斯河岸旁，经过城堡，搬砖到距离七十俄丈远的正在建筑中的营舍那里。这工作一连继续了两个月。我甚至喜欢做这工作，虽然扛砖的那根绳子时常擦破我的肩膀。我喜欢的是由于工作的关系，我身上的力气显见增加。我起初只能搬八块砖，每块砖有十二磅重。以后我加到十二块、十五块，这使我很高兴。在牢狱内，为了能忍受这可诅咒的生活上的一切物质的不便起见，体力的需要不在精神力之下。

在出狱以后我是还想活下去的……

我喜欢搬砖，不只因为做这工作可使身体强壮，还因为工作在额尔齐斯河岸上举行。我之所以时常讲起这河岸，是因为只有从这河岸上可以看见上帝的世界，清洁的、明朗的远景，无人居住的、自由的沙原，它的空旷给我留下奇特的印象；只有在河岸上才可以背城堡而立，不去看那监狱的城堡。其余的工作场所全在城堡里面，或在它的附近。从最初的几天起，我就恨这城堡，尤其恨城堡里的几间房屋。我们的少校的房屋，我觉得是一个可诅咒的、讨厌的地方，我每次走过时总要恨恨地看它一眼。但是在河岸上可以浑忘一切，你眺望这无垠的、空虚的、广阔的天地，好像囚犯从狱窗内看自由的世界一般。这里的一切对于我是可宝贵的、可爱的：光耀的烫热的太阳在深邃的蔚蓝的天上，从吉尔吉斯河岸那边传来的吉尔吉斯人的辽远的歌声。你审看了许久，终于看出巴意古士人的一个贫穷的、老旧的帐篷，看出帐篷旁的炊烟，一个吉尔吉斯女人正在忙着她的两只绵羊。这一切是贫穷的、野蛮的，但是自由的。你看到一只鸟在蔚蓝的、透明的空气里，你许久地固执地注视它的飞翔：一会儿在水上翻戏着，一会儿隐在蔚蓝中间，一会儿又显露出来，像一个闪现的、看不大见的点……甚至那朵可怜的、痨病型的花，早春时我在石岸的裂罅里发现的，也似乎病态地引起我的注意。这第一年徒刑生活的烦闷是难以忍受的，烦躁和悲痛深深刺激着我。在这第一年，我由于这烦闷看不清自己周围的许多事情。我闭上眼睛，不愿审视。在这些凶狠的、仇恨的同伴们里面，我看不见好人，尽管他们只是外面包着一层讨厌的壳而实在是能够思索和感觉的人们。在恶毒的话语中间，我有时找不出欢欣的、和蔼的话语，但是这些话语之可贵是因为它们不含任何用意，时常一直从也许比我还痛苦和受罪的灵魂口中说出来。但何必多讲这些呢？假如工作得太累，我是十分喜欢的，因为回家以后，也许可以睡得着觉。我们那里夏天睡觉是一件苦事，几乎比冬天更糟糕。夜晚有时很好。整天不从牢狱的院内移开的太阳终于落下去了，临到了一阵凉意，随着几乎是寒冷的（比较的说法）沙原的夜。罪囚们在院内一堆堆地行走着，在期待锁门。人群大半聚在厨房里面。那里永远研究着一个紧要的、狱里的问题，议论这个、那个，有时还讨论一个谣言，时常是荒谬的，但引起这些被世界斥逐的人们不寻常的注意。譬如说，消息传来，说我们的少校被赶走了。罪囚们像孩子般轻信，他们自己知道这消息是荒谬的，是著名的、好造谣言的荒唐人传来的——就是那个罪囚克瓦骚夫，他信口胡说，人家早就不相信他——然而大家立刻抓住这个消息，加以批评、研究，自娱自乐，结果是自己恼怒自己，自己害羞，竟会相信克瓦骚夫的话。

"谁能赶走他！"一个人喊，"他的颈脖很粗，有的是力气呢。"

"他上面还有长官呢！"另一个人反驳，他是性情激烈、非常聪明、见过世面的小伙子，世上很少见到的好争辩的人。

"天下乌鸦一般黑！"第三个头发已经灰白的人好像自言自语地说，他孤独地在角落里喝着菜汤。

"长官还会来问你——该不该撤换他？"第四个人冷淡地说，在六弦琴上轻轻地弹着。

"为什么不问我？"第二个人凶狠地反驳，"我们可以要求，在人家问的时候，大家全都说话。否则我们老是喊嚷，但是一谈到正事，就打退兵锣了！"

"你以为怎样？"奏六弦琴的人说，"这才是徒刑呢。"

"刚才还剩下了面粉，"争论者不听人家说话，继续热烈地讲下去，"他们把面粉屑收集起来，拿出去卖。他晓得了，是店里的伙计报告的，把面粉没收了。这本来是节省下来的。你们说有理没理呢？"

"你想对谁抱怨？"

"对谁？就对那个快要来的视察员说。"

"哪个视察员？"

"视察员很快就会来的。"一个年轻的、活泼的小伙子说，他认得字，做过书记官，读《瓦赖尔侯爵夫人》之类的书。他永远是快乐的、喜欢开玩笑的人，为了他知道事情，还为了他衣服褴褛，大家尊敬他。他不管大家对于未来的视察员产生如何兴奋的好奇心，一直走到厨子那里，向他买牛肝。我们的厨子时常做这一类的生意。譬如说，用自己的钱买下一大块牛肝，烤熟后零卖给罪囚们。

"买一个铜板，或两个？"厨子问。

"切两个铜板的，让人们羡慕一下！"罪囚回答，"一个将军从彼得堡来，视察全西伯利亚。这是确实的。卫戍官衙门里的人说的。"

这消息引起不寻常的骚乱。大家花了一刻钟的时间互相询问：究竟是谁？哪一位将军？什么官爵？是不是比此地的将军职位高？关于爵位、官长、他们中间谁的资格老、谁管辖谁、谁的职位最低等等的问题是罪囚们最喜欢谈论的，有些人为了将军，甚至争论、相骂，几乎弄到打架。从外表看来，这有什么益处呢？一个人的知识和辨析事理的程度，以及入狱前在社会上的地位的高低，都能借是否详细知悉将军们和一般官长们的底细以为衡量。总之，对于高级长官的谈话在狱中被认为是最优雅、最重要的谈话。

"也许当真有人来把少校撤换。"克瓦骚夫说。他是小小的、红脸的人，性情激烈，不大懂得礼数。他首先报告关于少校的消息。

"他会送礼的！"阴郁的、灰白头发的罪囚匆遽地说。他已经喝完了菜汤。

"他真是会送礼的。"另一个人说，"其实他抢的钱还少吗？没有来到我们这里以前还当过营长。以前听说打算娶祭司长的女儿。"

"并没有娶成，人家把他赶出去了，意思是嫌他贫穷。他哪里能做未婚夫！在复活节上赌钱输得一塌糊涂，费奇卡说的。"

"是的，钱是不经花的。"

"唉，老兄，我也娶了亲。穷人娶亲不是好事：娶了以后，夜也会短些的！"斯库拉托夫说，恰巧在谈话时出现了。

"那自然喽！讲的就是你呀，"充当过书记的、态度潇洒的小伙子说，"我对你说，克瓦骚夫，你是一个大傻瓜。难道你以为少校能贿赂这种将军，这种将军会特地从彼得堡跑来查办少校吗？你真是傻，小伙子，我对你说。"

"那有什么？你以为，如果他是将军，就不会收吗？"人群里一个人怀疑地说。

"自然不会收。要收也收得很多。"

"自然很多，按照爵位定下来的。"

"将军永远肯收的。"克瓦骚夫坚决地说。

"你是不是给过他的？"巴克罗兴忽然走了进来，鄙夷地说，"你连将军都不见得看见过吧？"

"看见过的！"

"胡说。"

"你自己胡说。"

"伙计们，假如他看见过，让他立刻当着大家说一说，他认识哪一位将军。你说吧，因为我知道所有将军的名字。"

"我见过齐白尔特将军。"克瓦骚夫似乎不坚决地回答。

"齐白尔特吗？没有叫这个名字的将军。一定是他朝你的背上看了一眼，那个齐白尔特，在他还只是当中校的时候，而你就害怕得竟以为他是将军。"

"不，你听我说，"斯库拉托夫喊，"因为我的妻子知道的。在莫斯科确实有名叫齐白尔特的将军，他是德国人，但入了俄国籍。每年在圣母就寝祭前持斋时向俄国神甫行忏悔礼，他老是喝水，像鸭子一般，每天喝四十杯莫斯科河里的水。听说，他得了什么病，用水治疗。他的侍仆亲口对我说的。"

"肚子里灌饱了水，鲤鱼在里面游泅着。"奏六弦琴的罪囚说。

"得了吧！人家在这里讲正事，他们竟还……视察员是哪里来的？"一个性情浮躁的罪囚玛尔妥诺夫关切地说。他是老军人，以前的骠骑兵。

"这种人真会胡说！"怀疑派中一个人说，"哪里来的话？全是谣言。"

"不，不是谣言！"至今庄严地沉默着的库里可夫说，好像讲格言似的。这家伙的身躯很高大，有五十来岁，脸色十分体面，带着鄙夷的、庄严的姿态。他知道这点，引为骄傲。他是吉卜赛人，兽医，在城内靠给人家医马挣钱，还在我们狱内卖酒。他很聪明，见过许多世面。话语稀少，话语从嘴里落下来，仿佛施舍金钱似的。

"这是真的，弟兄们，"他安静地继续说下去，"我还在上礼拜听见过的。有一个将军，很重要的角色，到西伯利亚来视察。事情很明显，人家会给他贿赂，不过不是我们那位八眼龙：他连头都不敢对将军探一下。将军和军官不同。军官什么人都有。不过我要对你们说，我们的少校无论如何会留在现在的位置上的。这是肯定的。我们是没有舌头的人，至于官场里的人是不会告发自己人。视察员到狱里来看一下，也就走了，向上面报告一切都好……"

"固然如此，不过少校可胆怯了：他从早晨起就喝醉了。"

"晚上又要运一车酒来。费奇卡说的。"

"黑马是洗不白的。难道他是初次这样喝酒吗？"

"如果将军也一点办法没有，那真是糟糕！那还有什么可说的！"

罪犯们互相担忧地说着。

关于视察员的消息一下子在牢狱内传遍了。人们在院内闲走着，不耐烦地互相传递消息。另一些人故意沉默，保持冷静，显然努力给自己增添较多的庄重。还有些人仍旧显出冷淡的神色。持着六弦琴的罪囚坐在营舍的台阶上面。有些人继续随便谈天。另有些人哼小调。但是，大家在这天晚上都处于异常兴奋的精神状态之下。

九点多钟点完名后，把我们大家赶进营舍，锁上了门。夜是短的，四点多钟就叫醒我们，在十一点钟以前大家怎么也睡不着。在那时候以前，牢内永远是那样忙乱，进行着谈话，有时和冬天一样，设着赌摊。夜里闷热得难熬。窗上的框子虽然举起着，夜间的寒气时时地袭来，但是罪囚们整夜在铺板上翻来覆去，好像做噩梦一般。跳蚤成千累万地活跃着。它们在冬天也滋生着，但从春天起滋生得那样多，那样多的数量我虽然以前听说过，但没有亲身体验过，是不愿意相信的。到了夏天，它们越恶狠。诚然，对于跳蚤是会习惯的，我自己也经历到，但到底很难受。它们会把你折磨得使你躺在那里好像发着疟热，自己感觉没有睡觉，却只在说谵语。终于在早晨之前跳蚤歇手了，好像死去了似的，在清晨的微寒之下仿佛果真要甜蜜地睡熟一下的时候，牢狱的大门旁边忽然传出了无情的鼓声，黎明来临了。你裹在半统大氅里，带着诅咒倾听洪响的、清晰的声音，好像在那里数着，同时有一个难熬念头隔梦钻进脑中，那就是在明天、后天，连上几年，直到获得自由为止，都会这样的。究竟什么时候是自由呢？它究竟在哪里呢？你会想。但是必须醒转来，开始日常的行走，拥挤……人们穿衣，忙着上工。当然，在正午时候还可以睡一小时。

关于视察员的传言是确实的。越来越多的谣言被证实了，终于大家都确实地知道，有一个重要的将军从彼得堡出来视察全西伯利亚的情形，已经到了托博尔斯克。每天都有新的谣言传进狱内。从城内也有消息传来：听说大家都胆怯，忙乱，设法弥补敷衍。又传言说，高级官长方面，已在准备茶会、跳舞会、游艺等。罪囚们一堆堆地被派出去填平堡垒里的街道，铲除小丘、漆围墙和木柱，粉刷，涂抹，一句话，想一下子改变监狱的面貌，我们的罪囚们很明白这件事情，越发热烈地、快乐地互相讲论起来。他们的想象力达到了极其丰富的程度，甚至准备在将军问起他们满意不满意的时候，提出"要求"来。他们辩论着，互相辱骂。少校显出骚乱的样子。他时常到狱里来，时常呼喊，时常打人，时常把人拖到号房里去，并且努力注意清洁和雅观。这时候好像故意似的，狱内发生了一件小小的事故。它并没有使少校惊慌，像一般人那样预料，相反，甚至给予他愉快。一个罪囚在打架时用缝皮鞋的针戳另一个罪囚的胸膛，几乎戳到心脏。

犯罪的人名叫罗莫夫。受伤的人名叫筘佛里拉，他是一个经验丰富的流浪者。我不记得他有没有别的名字，人家永远唤他筘佛里拉。

罗莫夫本来是某县殷实的农民。罗莫夫一家人全住在一起：老父亲、三个儿子，还有他们的叔父——老头儿的弟弟。他们是有钱的农人。全省里人说他们有三十万资产。他们耕田，硝皮革，做生意，但多半从事重利盘剥、藏匿流浪者和收受贼赃，还做其他的勾当。县里的乡下人有半数欠他们的债，受他们的欺凌。他们素来以聪明、狡猾著称，但终于骄傲起来，尤其在当地一个很重要的人物开始在旅途中歇宿在他们家里，和老人当面认识，喜欢上他们的伶俐和机智的时候。他们忽然觉得他们的势力极大，没人敢惹他们，因此变本加厉地冒险做出各种不法的行为。大家都怨他们，大家咒骂他们，但是他们更加高高地把眼睛抬到额上。他们看不起警长和陪审员。后来他们一下子倾家荡产了，但并非由于做坏事，并非因为犯了神秘的罪，却为了一桩不明不白的事情。离开乡村十俄里远，他们有一个大农场。秋天有六个吉尔吉斯长工住在那里。他们过去就一直在主人家里服役。在一天夜里，所有的吉尔吉斯工人全都被杀了。打起官司来了。这官司持续很久，在侦查时发现了许多其他不法的事情。罗莫夫一家人被控杀害自家的工人。他们自己这样说，全狱的人也都知道。人家疑惑他们欠了工人许多债，他们虽有偌大财产，但性情十分吝啬、贪婪，因此把吉尔吉斯人杀死，为了可以不偿还欠款。在侦查和开庭的时间内，他们耗尽了所有的财产。老头儿死了。孩子们被遣戍到不同的地方。一个儿子和他的叔父判了十二年的徒刑，落到我们狱中。结果怎样呢？他们对那几个吉尔吉斯人的死完全没有罪。以后，就在本狱内，发现一个罪囚筘佛里拉做了这桩事情。他是著名的骗子和流浪者，快乐的、活跃的人。我没有听见他是否自行承认，但全狱的人都完全相信吉尔吉斯人是他杀害的。筘佛里拉和罗莫夫一家人还在流浪时就有了关系。他以逃兵和流浪者的身份，短期进狱。他和其他三个流浪者一同杀害吉尔吉斯人；他们想发一票财，在农场里抢劫一下。

我们狱里的人不喜欢罗莫夫叔侄，我不知为什么。两人中侄子是好汉，很聪明，性情十分平和。叔叔，就是他用缝皮靴针戳筘佛里拉的，是一个愚蠢的、胡闹的农人。他在那件事情发生以前，也经常和许多人争吵，人家尽打他。大家全喜欢筘佛里拉，为了他有快乐开朗的性格。罗莫夫叔侄虽然知道他是罪人，他们为了他才锒铛入狱，但是并不和他争吵；不过他们从来不聚在一处，他也一点不注意到他们。但是他忽然为了一个极丑陋的女孩和罗莫夫争吵。笳佛里拉开始夸口，说她对他有意；罗莫夫吃了醋，在一个晴朗的正午用缝靴针戳他。

罗莫夫叔侄虽然因为吃官司破产，但是在牢狱里过着富人的生活。他们显然有钱。他们有火壶，喝茶。我们的少校知道这件事情，非常恨他们两人。大家都看出他经常对他们吹毛求疵，想法收拾他们。罗莫夫叔侄解释这是少校想向他们收取贿赂。但是他们不肯给他。

假如罗莫夫把缝靴的针稍微戳得深些，他自然会把笳佛里拉杀死的，但是结果只擦破了一点皮。有人报告少校。我记得他气呼呼地骑马赶到，显出满意的样子。他对待笳佛里拉十分和气，好像对待亲生的儿子一般。

"老朋友，你能走到医院里去吗？不如给他套马车吧。立刻套马车！"他匆匆地对下士官说。

"大人，我一点也不觉得什么。他只是轻轻地扎了一下，大人。"

"你不知道，你不知道，我的亲爱的。你以后会弄明白的……这是一个危险的地方，一切都和这个地方有关，竟戳到心脏下面了，这强盗！我要把你，我要把你，"他朝罗莫夫怒吼，"现在我要收拾你！……到号房里去！"

他果真把他收拾了。罗莫夫受了审判。伤害虽只极轻的针孔，但谋杀的用意是明显的。审判的结果罗莫夫刑期增加，且挨了一千记的鞭刑。少校十分满意。

视察员终于来了。

他在来到城内的次日，就来访问本狱。那天恰巧是节日。在几天之前，我们那里既已洗刷干净，整理妥当。罪囚们重新剃光头发。衣服是白的、清洁的，照章夏天大家都穿白帆布的衣裤。每人的背上都缝了黑圈，直径有二俄寸长。花了整整一个小时训练罪囚们怎样回答，在重要的人物对他们问候的时候。试演了好几遍。少校忙得发晕。将军出现前一小时，大家像雕像般立在那里，手贴在裤缝上。将军终于在下午一时到了。他是一个重要的将军，重要得使所有西伯利亚长官的心在他来到以后都会抖颤的。他严厉而且庄严地走了进来，后面跟着一大群伴他来的当地的官长，有几个将军和上校。有一个文官，高大英俊，穿着燕尾服和软靴，也从彼得堡来，表现得非常自然和独立。将军时常和他很客气地说话。这使罪囚们特别感兴趣：一名文官竟这样受人尊敬，且是受这样一位将军的尊敬！以后才知道他的姓，他是什么样的人，然而议论是很多的。我们的少校挺直着身体，戴着橘色的领子，一双充血的眼睛和一副殷红的、满是粉刺的脸。他并没有给将军留下特别愉快的印象。为了表示对贵客的特别尊敬，他没有戴眼镜。他远远地站着，身体挺得像一根弦子。他的整个身体都在急切地期待有用得到他的一刹那，以便奔上去履行人人的意思，但是人家并不需要他。将军默默地在营舍里走了一遍，朝厨房里看了一下，大概还尝了尝菜汤。有人把我指给他看，意思是说我是贵族出身。

"啊！"将军回答，"他现在的行为怎样？"

"暂时还令人满意，大人。"人家回答他。

将军点了点头，在两分钟以后离开了监狱。罪囚们自然被弄得一头雾水，莫名其妙，露出惊疑的神色。控告少校的事情自然没有发生。少校自己预先也十分相信这点。

第六章　狱里的动物

　　狱内不久发生了购买格涅特阔的事情。这使罪囚们感到愉快，不亚于贵客的光临。我们狱内需要一匹马运水、运垃圾，指派了一个罪囚，专门侍候它；也由他驾车出去，自然仍旧有卫卒伴随着。我们那匹马的工作早晚都很繁重。格涅特阔在我们狱内服务了很长一段时间。那匹马很善良，但是因为工作过度显得疲惫。在圣彼得祭日之前，格涅特阔在晚上运水时摔了一跤，几分钟内就死了。大家很怜惜它，聚在它的周围，谈论、争辩。狱内那些退伍的骑兵、吉卜赛人、兽医竟当场表现他们对于马方面的许多特别的知识，甚至互相辱骂，但是格涅特阔并没有被救活。它死僵地躺着，腹部肿起，大家认为应该用指头去抚摸它。有人把所发生的上帝的意旨报告少校，他决定立刻买新马。在圣彼得祭日那天早晨，午祷以后，我们大家都聚集在一处的时候，外面把要出卖的马牵进来了。自然买马必须委托罪囚们自己办理。我们那里有的是真正的内行，欺骗以前专门研究此道的二百五十人是很难的，出现了吉尔吉斯人、马掮客、吉卜赛人、商人。罪囚们不耐烦地等候每匹新马的出现。他们快乐得像小孩。最使他们感觉荣耀的是他们好像自由的人，好像真是从自己口袋里掏出钱来买马，有的有购买的完全的权利似的。三匹马被牵了进来，又牵走了，在第四匹马上才决定下。走进来的掮客们向四周望着，多少带些惊讶和畏葸，甚至还偶然回头窥看引他们进来的卫兵们。两百个人，被剃去了头发，被刻了烙印，被系上了锁链，在自己家里，在任何人不能越过一步的牢狱里，是会引起人们对自己发生特别尊敬的。狱内的人们想出各种巧妙的方法以试验每一匹牵来的马。切尔克斯人甚至骑到马上去，他们的眼睛炽烧着，用难以理解的方言简要地讲着，露出白白的牙齿，摇晃阴黑的、长着鹰钩鼻的脸。俄罗斯人中间有一个人竟把全副的注意力都集中到他们的争论上去，好像想抓住他们的眼睛似的。他听不懂他们的话语，但打算从他们的眼神中猜到他们怎样决定：那匹马有用没有用？这种痉挛性的注意在旁观者看来甚至显得奇怪。说起来，一个罪囚好像特别张罗些什么，这罪囚素来是那样驯顺的、受人欺凌的，甚至在自己罪囚中每一个人面前都不敢讲出一句话的；好像他给自己买马，好像买下什么马，在实际上于他大有关系似的。除切尔克斯人以外，最出力的是以前的吉卜赛人和马掮客，大家把第一个位置和第一句话让给他们。这里甚至发生了一种正直的决斗，特别在两人之间：一个是库里可夫，以前的吉卜赛人，以盗马和转卖马匹为生；一个是自学成才的兽医，狡猾的西伯利亚农人，新近进狱，已经把库里可夫在城里的兽医业务全都抢走了。事情是因为城里很看重我们牢狱里自己训练出来的兽医，不仅生意人或商人，甚至最高的官员，在他们的马得病的时候，也都要找狱内的人医治，尽管城里有几个真正的兽医。库里可夫在叶尔金，就是西伯利亚的农夫进狱之前，不知道有对手，医务很忙，自然也收到金钱的酬谢。他尽用吉卜赛人的欺骗手段，他知道的比他所表现的少得多。他在收入方面是我们中间的贵族。在经验方面、知识方面、勇敢与毅力方面，他早已赢得全狱囚犯的尊敬。大家都听他的话。他不大说话，说话像施舍金钱一般，只在遇到最重要的事情时方才开口。他是一个纨绔子弟，但是他有许多真正的、纯粹的魅力。他已经上了岁数，但很美丽、很聪明，对待我们贵族似乎露出细腻的、客气的态度，同时也带着不寻常的尊严。我以为，如果把他打扮成一个伯爵，送到京城某个俱乐部里，他也会在那里大显身手，打"维斯特"牌，妙语连珠，说得不多，而带着分量，整个晚上也许没有人会猜到他不是伯爵，而是流浪者。我说的是正经话：他太聪明，太机警，脑筋转得特快。再说他的姿态是美丽的，漂亮的。他大概一辈子见过许多世面，不过他的过去蒙在未知的黑影里。他住在特别科里。但是自从叶尔金一进狱，库里可夫兽医的名誉就被遮掩了。叶尔金虽然是个农人，但是一个极狡猾的农人，有五十来岁，属于分裂教门，在短短的两个月内，他几乎把他在城里的兽医业务全部抢走。库里可夫以前早已拒绝治疗的马，他竟轻易地治愈。这农人因为铸伪币罪和别人一同进狱。以他年纪那样的老迈，何必还要和人家合伙做这种事情呢！他自己笑自己，对我们说他手里三个真正的金币里只有一个是假的。库里可夫为了他在兽医方面的成功，心里多少感到侮辱，他在罪囚间的名誉也因之开始黯淡下去。他在郊外津贴一个情妇，她穿着棉剪绒的上衣，佩戴银戒指、耳环，穿着有饰边的皮靴，忽然因为没有收入，不能不充当贩酒人。因此大家全等候着现在选买新马的时候，两个仇敌也许还要打一顿架。大家怀着好奇心等候。他们中间每人都有自己的党羽。两党中前驱分子已经开始骚乱，渐渐地交换詈骂。叶尔金自己也已把他的狡猾的脸皱为讥笑。但结果并非如此：库里可夫并不想骂，就是不骂，也做得极巧妙。他开始先行让步，甚至持着尊敬倾听他的仇敌的批评的意见，但是在捉住他的一句话以后，谦逊而且坚持地对他说他的话是错的，在叶尔金还没有来得及醒过来反驳以前，就先提出证据，说他错在什么什么上面。一句话，叶尔金被人家突如其来的、巧妙的攻击乱了阵脚。虽然上风到底是他占的，但是库里可夫的党羽也很满意。

"伙计们，他大概是不容易驳倒的，他自己站得住脚。他懂得怎样对付！"有一些人说。

"叶尔金懂得更多！"另一些人说，似乎让步。两党忽然互相用极为让步的口气说话。

"还不是知道，他的手比较轻些。关于畜生方面，库里可夫也不弱到哪里。"

"不弱的，这汉子!"

"不弱的……"

终于选好了新的格涅特阔，买了下来。它是一匹可爱的马，年轻、美丽、强壮，具有极和蔼的、快乐的神色。自然在其他别的方面它也是无懈可击的。开始讲价钱：人家要三十卢布，我们还价二十五。热烈地讲了许多时候，这面减少，那面让步。终于自己都觉得可笑起来。

"你是从你自己的钱包里掏出来的吗？"一些人说，"何必这样讲价呢？"

"替国库省钱吗？"另一些人喊。

"不过到底是钱，大伙的钱……"

"大伙的！我们这些傻瓜显然不是种出来，却是自己生养下来的……"

终于在二十五卢布上，交易成功了。有人报告少校，决定买下。当下立刻取出面包和盐，体面地把新的格涅特阔牵进狱内。好像没有一个罪囚不过去拍拍它的颈脖，不摸摸它的嘴脸的。当天就把格涅特阔套上，赶出去运水，大家好奇地看新格涅特阔如何搬运水桶。我们的运水夫罗曼带着异常的自满，看着那匹新马。他是五十来岁的农夫，具有沉默、端庄的性格。所有俄国的马夫们全具有极端庄的，甚至沉默的性格，仿佛时常和马匹混在一起，果真会给人添上一种特别的端庄，甚至威严。罗曼为人很安静，对大家都极和蔼，不喜欢说话，用兽角烟斗嗅鼻烟，从可以记忆的年代起，似乎永远赶着狱里的格涅特阔。新买的那匹是第三匹。我们大家全相信栗色毛片的马配得上牢狱，仿佛和房屋的色彩相配。罗曼也这样说。譬如说，斑驳毛色的马是无论如何不会买的。运水夫的位置永远留给罗曼担任，好像他本身具有某种权利似的。我们狱里谁也从来不会想到和他抢夺这权利。以前的那匹格涅特阔死的时候，谁也不会想到责备罗曼，连少校在内；那是上帝的意旨，就是这样，罗曼是一个好马夫。不久格涅特阔成为狱内众人的宠物。罪囚们虽然是严肃的人，但时常走到马前面和它表示亲热。有时罗曼从河边回来，把下士官给他开的大门关上。格涅特阔拖着木桶，站着等候他，眼睛斜看他。"你一个人走吧！"罗曼对它喊，格涅特阔立刻独自拖着车，拖到厨房那里，停止了，等候厨子和便桶清洁夫持桶取水。"格涅特阔真聪明！"大家对它喊，"独自运水！……肯听话！"

"真是的！虽然是畜生，也能懂事！"

"格涅特阔是好汉！"

格涅特阔摇晃脑袋，嘘叫了一声，好像它真是明白，对于大家的夸奖深为满意。这时一定有人给它拿出面包和盐来。格涅特阔一边吃，一边又点头，好像说："我知道你！我知道的！我是一匹可爱的马，你也是好人！"

我也爱给格涅特阔送面包，看着它的美丽的嘴脸，在手掌上感到它的柔软的、温和的嘴唇，灵巧地捡取掷给它的东西，有点感到有趣。

总之，我们的罪囚们是喜爱动物的。如果允许的话，他们会很高兴地在狱内养许多家畜和家禽。究竟什么东西能使罪囚们严肃的、野兽般的性格松软一下，变得正直些，不还是从事这类工作吗？但是不准许这样做。我们狱内的章程和地位不容许这样做。

我在狱里的那些时候，有几个动物偶然来到那里。除格涅特阔以外，我们有狗、鹅、山羊瓦喜卡，还有一只鹰也在我们那里住了一些时候。

　　我前面已经讲过，在监狱里和我们一起生活的一只聪明的、善良的狗，名唤小球，我和它有很深的友谊。但因为我们普通人以为狗是不清洁的，不宜加以重视，所以我们这里几乎谁也不对小球有所关心。那只狗自己住在那里，睡在院内，吃厨房内抛弃的东西，没有引起任何人特别的兴趣，但是它认识监狱里所有的人，把狱里的所有人都当作自己的主人。在罪囚们做完工作回家时，它一听见号房那里喊着"伍长！"立即跑到大门那里，和蔼地迎接每一个人，旋转着尾巴，欢欣地朝每个走进来的人的眼睛里审看一下，期待获得一点抚爱。但是许多年来，它没有得到任何抚爱，从任何人那里都没有得到，除去我一个人以外。它因此喜欢我甚于别人。我不记得，狱内后来怎么会发现另一只狗"灰鼠"的。第三只狗库里贾布卡是我自己从工作的地方弄来的，那时它还是一只小狗。"灰鼠"是一只奇怪的生物。它有一次被什么人的大车轧过，它的背部弯折到里面。它跑的时候，远远看去好像有两个互相连接在一起的白色的动物在那里跑着。此外，它满身长着疥癣，眼睛里流脓；尾巴秃露着，几乎完全掉了毛，时常翘起。它受了命运的侮辱，显然决定采取驯顺的态度。它永远不对任何人吠叫，好像不敢似的。它住在营舍后面，多半为了面包；假如看见我们中间任何人，立刻在几步路以外，背部倒在地下翻跟头，表示驯顺的意思："随你把我怎样处置吧，我并不想抵抗。"每一个罪囚看见它在前面翻倒着，总要用皮靴踢它一脚，好像这是他必须做的义务似的。"瞧你这卑鄙的东西！"罪囚们说。但是"灰鼠"甚至不敢尖叫出来。假如它痛得太厉害，便沉重地、哀怜地噪叫着。它会在小球面前翻跟头，也会在任何一只狗面前这样做，当它有时走出狱外的时候。它翻着跟斗，驯顺地躺在那里，当一只耳朵下垂的大狗发着吼叫奔到它身上来时。但是狗喜欢同种动物中的驯善和顺从的。凶狠的狗会立即驯服下来，带着极大的好奇注视着躺在地上的四脚朝天的恭顺的狗，慢吞吞地嗅闻它的全身。浑身战栗的"灰鼠"那时会发生什么思想呢？"强盗，瞧你怎样咬法？"它大概这样想。大狗在注意地嗅够了以后，终于扔弃它，没有在它身上发现任何特别好奇的地方。"灰鼠"立刻跳起来，又跛着脚，在一长列的狗后面跑着，看它们护送一头黑母狗。它虽然确切地知道它永远不会和那黑母狗混熟，但还是远远地跛着脚走着，到底也算它的不幸中的一个安慰。它显然已经停止想到所谓名誉。它失去未来的一切前途，只为了面包生活下去，且完全感到这一点。我有一次试着抚摸它一下；这对于它是那样的新奇，那样的出乎意料，它竟忽然蹲坐在地上，四脚平放着，全身抖颤，感动得开始大声尖叫。我由于怜惜时常抚摸它。以后它一看见我，不能不发出尖叫。远远里一看见，它便尖叫起来，病态地流着泪尖叫。最后一群狗在狱外城堡上把它咬死了。

库里贾布卡具有完全不同的性格。我不知道，为什么在它还是一只没有开眼的小狗时我把它从工场里抱到狱内。我觉得喂它、养大它是很有趣的。小球立刻把库里贾布卡收归自己保护，和它一块儿睡觉。库里贾布卡开始长大时，它允许它咬耳朵，拔毛，和它游戏，像大狗们和小狗们游戏似的。奇怪的是库里贾布卡几乎不向高里长，却向长里和宽里长。它身上的毛是蓬乱的，作淡灰鼠色；一只耳朵向下长，另一只向上长。它具有火辣的、快乐的性格，和一切小狗一般，看见了主人，就喜欢得总要尖叫、呼喊，钻过来舔脸，准备在你面前发泄一切情感："只要露出欢欣，至于体面是无所谓的！"无论我在什么地方，只要我一喊"库里贾布卡！"，它会忽然从一个角落里出现，好像从地底下钻出来似的，露出尖叫的欢欣飞奔到我面前，像皮球似的滚着，在路上翻跟头。我极喜欢这只小怪物，好像命运给它一辈子预备下了满意和快乐。但是有一天，会缝女人皮鞋、硝皮张的罪囚涅乌司脱洛也夫特别注意上它，忽然有什么东西使他惊讶。他叫库里贾布卡到面前来，摸它的皮毛，和蔼地把它放平在地上。库里贾布卡一点也不防备，喜悦得尖叫。但是第二天上它失踪了。我寻觅它许久时候，好像沉进水里去了，直到两星期以后才完全解释清楚：原来涅乌司脱洛也夫看中了库里贾布卡的皮。他把皮剥下来，硝好了，做了军法会议理事夫人定制的天鹅绒半统皮靴的衬里。那只半统皮靴做好时，他给我看。毛皮真好。可怜的库里贾布卡！

我们狱里有许多人会硝皮，时常带些皮毛好的狗进来，立刻就失踪了。有的是偷来的，有的甚至花钱买。我记得，我有一次在厨房后面看见两个罪囚。他们在那里商量什么事情，在那里忙乱着。内中一个把一只极漂亮的大黑狗，显然是昂贵的品种，用绳子缚住。一个混蛋的仆人把它从主人家里牵出，以三十银戈比卖给我们的皮匠。罪囚们准备把它吊死。这是很容易做的：把皮剥去，尸体扔进又大又深的秽水坑里。这坑在我们牢狱后面的角落里，夏天炎热时发出难闻的臭气，偶然清理它一下。可怜的狗显然明白给它预备下了的命运。它锐利地、不安地挨着次序看着我们三人，只是偶然才敢旋转它的茸毛的、被压紧的尾巴，好像希望借此对我们表示信任，软化我们。我连忙走开。他们自然很顺利地做完了自己的事情。

鹅在我们那里也是偶然养的。谁养的，究竟属于谁，我不知道，但是有些时候它们很能使我们得到慰藉，甚至在城里出了名。它们就在狱里养大，养在厨房里。小鹅长大以后，它们竟会成群随着罪囚们一起到工作场所里去。鼓声一响，罪囚们动身出去的时候，我们的鹅就尖叫着跟在我们后面跑，展开翅翼，从高大的门槛那里鱼贯地跳出，一定朝右侧走，在那里排了班，等候分配工作。它们永远附到最大的一队人里，在工作场所不远的地方放牧。堡垒里传出谣言，说鹅伴罪囚们上工。"你瞧，罪囚们带着鹅来了！"遇见的人们说，"你们怎么把它们教熟的！""这是给你们的鹅的。"另一个人说着，把施舍的东西递过去。它们虽然很忠心，但到了某一个开斋的时候它们全会被杀光的。

我们的山羊瓦喜卡无论如何不会被宰杀，假如没有发生特别的情形。我也不知道它是从哪里来的，谁弄来的，但是忽然在狱内发现了一只小小的、白白的、美貌的山羊。大家在几天内全都喜欢上它。它成为大众的娱乐，甚至快乐。也找到了必须养它的原因：必须在牢狱内马厩中畜养一只山羊。其实它并不住在马厩内，起初住在厨房里，以后在全狱里游行。它是一只极优雅的、极淘气的生物。它一听人家叫它就跑过来，跳到长椅上面、桌子上面，和罪囚们撞角，永远很快乐、很逗趣。有一次，在它长出了极好的角的时候，在黄昏时候，莱慈根人巴达意坐在营舍的台阶上面，和其他的罪囚们在一起，忽然想和它撞角。他们已经撞了许多时候的额角，这是罪囚们最喜欢和山羊玩耍的游戏。瓦喜卡忽然跳到台阶的最上级，巴达意刚躲到一边。它竖起前蹄，把前蹄弯到里面，用力一挥，叩击巴达意的后脑；巴达意一个跟斗从台阶上摔下，使所有在场的人们喝出一声彩，巴达意也跟着笑了。一句话，大家很喜欢瓦喜卡。它开始长大的时候，经过全体的、正经的商议以后，施行了相当的手术，那是我们的兽医们很擅长去做的。"否则会发出山羊的气味来的。"罪囚们说。在这以后，瓦喜卡起始异常发胖。他们喂养它，好像要把它屠宰似的。终于长成了一个美丽的大山羊，带着极长的尖角，身体肥胖得特别。它一边走，一边摇摆。它也走出来伴我们做工，使得罪囚们和对面遇到的行人都觉得十分有趣。大家全认识牢狱里的山羊瓦喜卡。有时在岸边上工作的时候，罪囚们摘下一些嫩枝，弄到树叶，在城堡上采下花朵，把瓦喜卡修饰起来：用树枝和花朵编在角上，全身绕着花环。瓦喜卡永远修饰得齐齐整整的，回到狱内时走在罪囚们前面。他们跟它走着，好像在行人前面夸耀。他们把山羊玩赏得使有些人甚至想起了孩子般的念头："要不要把瓦喜卡的角镀上金？"但只说而未行。我记得，我问阿基姆·阿基梅奇——伊萨·福米奇以后最好的一个镀金师傅，山羊角究竟能不能镀金？他起初注意地看了山羊一下，正经地盘算了一下，回答道"也许是可以的"，不过"恐怕不牢，而且完全没有益处"。事情也就完结了。瓦喜卡本来可以在狱内住得很久，而且会直到老死；但是有一天，它修饰得齐齐整整，引导罪囚们从工作场所回来的时候，遇到坐在马车上的少校。"站住！"他怒吼着，"谁的山羊？"有人解释给他听。"怎么？牢狱里会有山羊，而且没有经过我的允许！下士官！"下士官出现了，立刻奉令把山羊杀死。皮剥下来，在市场上出售，赚来的钱归入罪囚官款项下，羊肉放在罪囚们的菜汤里。狱内的人们议论了一些时候，怜惜了一会儿，但是不敢违令。瓦喜卡就在我们的秽水坑前面宰杀了。肉由一个罪囚全部买去，给牢狱一个半卢布。用这些钱买面包圈吃，买肉的人把它切成小块，转卖给自己人，充做烤肉之用。肉确实特别鲜美。

一只鹰也在我们狱内住了一些时候。它属于沙漠里的，不大的一种鹰。有人带它到狱里时，它受了伤，显得十分痛苦。全狱人群围住它。它不能飞：它的右翼悬垂在地上，一只脚骨折断了。我记得它凶狠地向四围张望，审看好奇的人群，张开微弯的嘴，准备尊严地献出自己的生命。人家看够了它，开始散去的时候，它用一只脚跳跃着，挥摇着那张健康的翅翼，跛到最远的角落里，就蜷伏在那里，身子紧紧地贴在木桩上面。它在那里住了三个月，一次也没有从角落里走出来。起初人们常去看它，唆使狗攻击它。"小球"凶狠地奔上去，但是显然怕走近过去，这使罪囚们觉得痛快。"真是野兽！"他们说。"它是不肯屈服的！"以后"小球"开始欺侮它。恐怖过去了，它在人家唆使的时候，乖巧地抓住它有病的翅翼。鹰用脚爪和嘴全力抵抗，露出骄傲和野蛮的样子，像受伤的君王一般，钻在自己的角落里，审视跑来看它的好奇的人们。大家终于看得厌烦了，大家把它抛弃和遗忘，但是每天可以看见它的身旁有几块鲜肉和盛着水的碎壶。总有人在那里注意它。它开始不想吃，有几天不吃；终于开始吃东西，但从来不从人手里或当着人吃。我屡次远远地观察它。当它看到周围没人，以为它独自在那里时，有时决定从角落里走出来，顺着木桩，从自己的座位上跛着走上十二步，以后又回转来，以后又走出来，好像运动身体似的。它一看见我，立刻用力跳窜，赶到自己的位置上去，头往后一仰，张开嘴，耸起羽毛，立即准备战斗。我不能用任何和蔼的手段使它软化：它啄、打，不肯吃我手中的牛肉，在我站在它面前的时候，一直用恶毒的、锐利的眼神凝视着我的眼睛。它孤独地、恶狠狠地等待死亡，不信任任何人，不与任何人和解。罪囚们终于又忆起它，虽然谁也不去留意，有两个月谁也不记起它，但是忽然大家心里好像对它产生了同情。他们讲应该把鹰放走。"哪怕死，也不要死在狱里。"一些人说。

"这鸟本来是自由的、威严的，它不会习惯牢狱生活的。"另一些人随和着。

"要知道它并不像我们一样。"有人补充了一句。

"应该分开来说：鸟是鸟，人是人。"

"鹰是林中之王……"斯库拉托夫开始说，但是这一次没有人听他。有一天饭后，在击鼓唤大家上工的时候，有人把鹰抓起，用手捏紧它的嘴，因为它开始凶狠地打架，当下把它带出狱外，走到城堡那里。一队里有十个人发出好奇心，想看一看鹰往哪里去。事情真奇怪：大家似乎很满意，快乐得好像他们自己获得了一部分自由似的。

"瞧这狗肉：人家为它好，它倒咬人！"抓住它的人说，几乎爱悦地看着这凶恶的鸟。

"放了它吧，米基特卡！"

"它不愿意关在笼内。它需要自由。"

人家把鹰从城堡上向沙原方面抛去。这时是深秋，寒冷的、阴暗的日子。风在光裸的沙原上呼啸，在枯黄的、干瘪的、凌乱的沙原的草上喧哗。鹰笔直地飞去，挥动着病翼，似乎忙着离开我们，到眼光瞧不见的地方去。罪囚们好奇地观察它的头在草上闪耀着。

"瞧它的样子!"一个人若有所思地说。

"竟没有回头看一下!"另一个人说，"一次也没有回头，径直跑了!"

"你以为它会回来道谢吗?"第三个人说。

"自由是好事。它嗅到自由了。"

"这就是所谓自由。"

"再也不会看见它了，弟兄们……"

"站着干什么? 开步走!"卫兵们喊。大家默默地拖着脚镣上工去了。

第七章　要求

在这章的开始时，已去世的阿历山大·彼得洛维奇·郭亮奇可夫的《手记》的发行人认为有对读者做如下声明的义务。

《死屋手记》第一章里说过关于一个贵族杀死父亲的几句话。他在那里被举出来，作为罪囚们有时如何无感觉地谈论他们所犯的罪的例子。还说过凶手在法庭里并没有承认犯罪，但是从知道他所有详细历史的人们的叙述加以判断，事实明显得令人再也不能不相信。这些人们对《手记》作者讲，这罪囚平日行为不检，欠了许多债，为了渴望继承遗产，杀死了父亲。这个杀人犯以前服务过的城市里的人全都同样地讲述这段历史。关于最后的一段事实，《手记》发行人具有十分准确的消息。最后，《手记》里提到凶手在狱内时常处于美妙的、快乐的心神状态中。他是一个极端轻率、浮薄，而且无思虑的人；虽然并非傻子，《手记》作者从来没有在他身上看出任何特别残忍的地方。底下还补充了一句："自然我不相信这个犯罪。"

《死屋手记》发行人新近接到从西伯利亚来的通知，里面说这罪囚确实没有犯罪，白白地受了十年的徒刑，他的无罪的证据已由法院正式发表。现在真正的罪犯被找出，且已自承不讳，因此不幸的人已获释放。发行人自然不能怀疑这消息的真实性……

再也没有什么可补充的。也不必多讲这事实里悲剧性如何深刻，在这样可怕的控告之下，从青年时代起如何被葬送了一生。这事实太明显了，太不可思议了。

我们还以为，假如这样的事实是可能的，那么这可能性会添上更加新颖的、十分鲜明的线条，使死屋的图画更见清切、更为生动。

现在我们继续叙述下去。

我以前已经提过，我终于习惯了我在狱内的地位，但是"终于"是很艰难而且痛苦地、渐渐地完遂了的。实际上我必须用去近乎一年的时间，而这是我一生中最困难的一年，因此它整个地存留在我的记忆里。我觉得，这一年中每小时我都能清晰地记住。我还说过，别的罪囚们也都难以习惯这种生活。我记得，在这最初的一年内我时常自己思索："他们怎么样？难道真很安静吗？"这些问题很使我发生兴趣。我已经提过，所有的罪囚们在这里，仿佛并不住在自己家里，却住在旅馆里，在旅行中，在押解中。那些终生被遣送到这里来生活的人们，连他们也忙乱着或是烦闷着，他们中间每个人必会自行幻想着一些近乎不可能的事情。他们永远默默地，但很明显地表示不安，有时还不由自主地露出某种希望，这种希望时常会毫无根据，如同梦呓，而最使人惊愕的是竟会容留在显然最讲实际的头脑中，同时他们把这些希望表露得奇怪的热切和不耐烦。所有这一切给这地方增添不寻常的形式和性格，使得这样的性格也许会成为这地方最明显的特征。几乎从最初的一眼上看去，就会感觉到这种情形在狱外的任何地方是不存在的。这里大家全是幻想家，这是一下子就看得出来的。这情形会病态地感觉出来，就因为幻想会给大多数的狱囚添上阴郁的、深沉的、不健康的外形。大多数的人是沉默的，怨毒至于愤恨的，且不喜欢将自己的希望露在外面。直率和真挚遭人冷视。希望越不能应验，幻想者自身越感出这不应验，他便越加固执地、天真地把这希望隐匿起来，但是要他拒绝这种希望是不可能的。谁知道，也许有的人还暗自引为羞耻。在俄国人的性格里有太多的肯定和眼光的清醒，有太多内心的，首先对自身的嘲笑……也许，就由于这经常的、隐秘的不满足自己，这些人们在日常彼此的关系内有许多不耐烦，不肯和谐和彼此嘲笑的情形。譬如说，假如他们中间有一个比较天真些，比较不耐烦的人跳了出来，偶然出声表达大家脑筋里所想的一切，开始说出他的幻想和希望，那么大家立刻粗暴地攻击他，打断他的话，取笑他；但是我觉得攻击得最厉害的，也就是那些在幻想和希望方面也许比他走得更远些的人。我已经讲过，我们这里大家把天真的、平凡的人看作最庸俗的傻瓜，非常蔑视他们。每人都是那样的阴郁和自私，竟开始看不起善良的、没有私心的人。除去这些天真和平凡的、喜作空谈的人们以外，其余别的人，那就是沉默的人们，可分为善人与恶人、阴郁的与快乐的。阴郁与恶毒的人比较得多。假如他们中间有些人在天性方面是健谈的，那么他们一定喜欢造谣和焦虑不安的人。所有别人的事情他们都要管一管，虽然自己的灵魂、自己的秘密的事情他们绝不肯对任何人泄露的。这是不时髦的，不作兴的。善人（只有很少的一堆）是静寂的，他们把自己的希望默默地藏在心里，自然比阴郁的人还倾向于希望和相信这希望。我觉得，狱内还有一类完全绝望的人。譬如斯达洛杜博卡夫司基村里的老人就是这种人。总之，这类人是很少的。老人在外表方面很安静（我已经讲过他），但是从某些征兆上看来，我觉得他的精神状态是可怕的。他自有他得救之道，自有他的出路，那就是祈祷和熬受苦刑的观念。一个发了疯的，《圣经》读得太多的罪囚（我已经讲过他的事情，就是拿砖头扔到少校身上的那个），大概也是属于绝望的一类人，也就是已失去了最后的希望的人。因为没有希望是完全不能生活下去的，他也就自己想出了一条出路，就是自愿熬受的，几乎是人造的殉难。他宣布，他攻击少校并无恶意，只是想接受苦刑。谁知道，他的心灵里当时发生着怎样的心理活动！一个人生活下去，一定是怀着某种目的和希望的。人丧失了目的和希望，时常会烦闷得变成一个怪物……我们狱内所有人的目的是自由和脱离徒刑生活。

我现在努力把我们全狱的人归纳为几类，但这是可能的吗？现实和抽象的思想方面的一切结论，甚至和最巧妙的结论比较起来，是有无穷的变化，且不能容许有明确的、清晰的区分的。现实总是趋向于事物的无已止的极细的连续上的。我们那里也有我们自己的、特别的生活，不管是怎样的，但总是有的，不只是正式的，却是内在的、自己的生活。

我入狱初时不能领悟这生活的深奥内涵，因此它的外在的表现当时折磨我，使我生出无可形容的烦闷。我有时简直仇恨这类像我一样的受难者。我甚至妒忌他们老是和自己同类的人来往，在自己人中间，互相了解；虽然他们大家实际上和我一样，已对于这鞭笞和棒杖下的合伙，这强制的同居感觉厌烦和嫌恶，每人都暗自想离开大家，往旁边什么地方看。我还要重复一句，我对他们的忌妒是我在愤怒时产生的。有些人说，贵族和有学识的人在狱内受徒刑时和农夫一样痛苦，这句话实际上根本是不对的。我知道，近来也常听到这种猜度的话，我也读过关于这类的文字。这个想法是正确的、人道的。大家同属人类。但这到底是太抽象的说法，忽略了许多非在现实中不能了解的实际上的条件。我说这话，并非因为贵族和有学识的人感觉得比较细微，比较容易感到疼痛，知识方面比较丰富一点，甚至学识本身在这种情况下也不能成为一种尺度。我首先想证明，就是在最无学识的、最受压迫的环境内，在这些受难者中间，我也曾遇到最柔细的心灵的德行的表露。狱内有时会有这样的情形。你认识这人许多年，心中一直认为他是一只野兽，不是人，你鄙视他；但是忽然无意间发现他的心灵由于不由自主的冲动而敞开了，你看出他身上有许多丰富的情感和良好的心地，他了解自己和他人的苦痛，你的眼睛好像睁开了，在最初的时候你甚至不相信你自己见到和听到的一切。还有相反的情形：学识有时会和蛮性、凶暴并行不悖，有时会做出使你感觉讨厌的行为，无论你怎样心善或怎样怀着宽容的成见，在你的心中也不会找到宽恕那种行为的理由。

我也不必去说习惯、生活形式、饮食等等的变换，这对于上层社会的人自然会比农夫感到痛苦，因为农夫在自由时时常免不了挨饿，而在狱内至少还可以吃饱肚腹。这也用不到辩论。假如说这一切比起其他的不方便，对于一个意志坚强的人来说可能是无所谓的，虽然习惯的变更在实际上并不是无所谓的、马马虎虎的事情。有些不方便的地方，使这一切和它比起来大为减色，弄得你也就不会注意到居住地方的龌龊和拥挤、食物的贫乏和不清洁。最不会劳动的人、最柔弱的人，在流着汗，做他在自由时从来没有做过的工作以后，也必能吃下黑面包和带蟑螂的菜汤。对于这个还可以习惯的，有一支滑稽的、罪囚的山歌讲一个以前不事劳动的人到狱内来做苦工的情形：

"给我白菜和冷水，

我吃得津津有味。"

这里最重要的是每一个初入狱的人，在来到后两小时，会成为和其他一切人们一样的人，好像到了自己家里一样，在监狱的团体内和大家一样享受同等的权利。他为大家所了解，自己也了解大家。大家全认识他。他们都认他为自己人。至于出身高贵的贵族，那就不同了。无论他为人怎样正直、善良、聪明，大家都会常年地恨他、鄙视他。人家不会了解他，重要的是不会相信他，他不是朋友和同伴。虽然随岁月的增长他也终能达到不被人家欺侮的地步，但他到底不是自己人，他会永远痛苦地感觉自己的被排斥和孤独。这种排斥有时在罪囚方面是完全没有恶意的，却是无意识的。不是自己人，也就完了。世上的事情没有比生活在不是自己人的环境里再可怕的。一个从达刚洛格移住到彼得洛伯夫洛夫司基商埠上的农夫立刻会找到一个和他相同的俄国人，立刻和他谈得十分投机，在两小时以后也许就会用极友好的方式同住到一个农舍里或一间小屋内。出身高贵的人便不同了。他们和平民之间有一条深渊隔开着，但这只有在高贵的人自己借外面环境的力量，确已在实际上丧失了他自己以前的权利而变为一个平民的时候，才能充分地感觉出来。否则即使一辈子和平民来往，哪怕四十年来每天和他们接触，在工作方面，譬如说，在有条件的、行政的形式之下，或者甚至由于友谊，作为恩人，且在某种意义下作为父亲也都无法体会，你到底永远不会明白内中实在的情形。一切只是视觉上的欺骗，别的没有什么。我知道所有人读到这里的时候，会说我的话未免夸张，但我相信它是真实的。我不是从书本上，不是从理论方面，却是在实际上相信的。我有很充分的时间，足以证明我的信念。也许以后大家会知道我这话正确性有多少……

我刚进入监狱，事实就证实我的观察对我发生神经质的、病态的影响。在第一个夏天里，我几乎是孤零零地在狱内游荡着。我已经说过，我处于甚至不能对那些以后能够喜欢我，虽然永远不会和我站在平等地位上的狱囚们加以珍重和区别的心神状态中。我也有些贵族可以做同伴，但这样的同伴不能卸除我心上的重负，好像不管怎么样，总是无路可走。例如，底下有一桩事情从最初就使我深深地了解我的被排斥的状态和我在狱内的地位的特别。在那年夏天，八月中，一个晴朗炎热的寻常日子里，下午一点钟左右，在做完饭后工作照例大家休息的时候，忽然全狱的人都像一个人似的站了起来，开始在监狱的院内排班。在这时间以前，我一点也不知道。那时候我往往深深地冥想着，几乎看不见周围发生的事情。其实监狱内已有三天酝酿着非常的骚乱了，也许这骚乱在很早的时候就开始了。我以后，在不经意地忆起罪囚中的几段谈话，同时忆起罪囚们近来吵闹愈见增加，阴郁和特别凶恶的态度更为显著之后，才恍然明白。我认为这和艰重的工作，沉闷的、冗长的夏日，不由自主的对树林和自由生活的幻想，难以睡足的短夜全有关系。也许这一切现在连接在一起，一下子爆发了出来，但这爆发的借口是食物。近来有好几天大家大声抱怨着，在营舍里，尤其在聚到厨房内吃中饭和晚饭的时候，许多人都露出愤激的态度，不满意厨子，甚至试着更换其中的一个厨子，但是立刻把新的厨子赶走，原来的又回来了。一句话，大家都处于一种不安的心绪之下。

"做着艰难的工作，但吃的是肚膜。"有人在厨房里嘟哝着。

"你不喜欢，那么叫点鱼胶凉粉吧。"另一个人抢上去说。

"肚膜菜汤我倒还喜欢吃，"第三个人说，"因为它很鲜。"

"一直只给你吃一样肚膜的时候，也会鲜吗？"

"现在自然是吃肉的时候，"第四个人说，"我们在工厂里累得要死，在做完指定的工作以后真想吃东西。肚膜才是一碗好菜！"

"不给肚膜吃，就给气吃。"

"就拿气来说吧。肚膜再加上气，那才好吃呢！究竟世上有没有真理呢？"

"食物也真是太坏了。"

"腰包塞满了，大概是的。"

"这不是你应该想的事情。"

"那么是谁应该想的？肚腹是我的。应该全体提出要求，那才是正事呢。"

"提要求?"

"是的。"

"为了提要求,你挨的揍还少吗?你这尊石像!"

"这是对的,"另一个人发话了,他以前沉默着,"不过要慢慢地来。你提出要求时要说出什么话,你先讲一讲,你这大脑瓜子!"

"我自然会说的。只要大家都去,我会跟大家一块说话的,我们太穷了。我们这里有的人吃自己的东西,有的人单吃狱方的食物。"

"瞧你这尖眼的妒忌鬼!你的眼睛竟瞄到别人的财产上面去了。"

"别人的东西你不要伸出嘴来。你先自己想出办法来。"

"自己拿出办法!……我和你在这个问题上会讲到头发发白的。你一定是有钱的,你想坐视不管吗?"

"叶洛士卡,还有那只狗和猫是有钱的。"

"真是的,何必坐在那里,何必效仿那些愚蠢之举。人家要剥你的皮。为什么不去?"

"为什么?你应该先嚼嚼烂,再放在嘴里。你是惯于吃嚼烂的东西的。这就叫牢狱,就是这个缘故!"

"原来是:人民造反,大将交运。"

"就是这样。那个八只眼睛的人发福了,买了一对灰色的马。"

"嗯,他不爱喝酒。"

"他刚才和兽医在打牌的时候打起架来了,整夜打赢牌。我们那位挥了两小时的拳头。费奇卡说的。"

"因此给我们喝那碗薄薄的菜汤。"

"你们全是傻瓜,你们哪里能办得到。"

"等到大家一齐起来，我们瞧他会说出什么样辩解的话来。我们就坚持这一点。"

"辩解吗？他会揍你的嘴巴，他就是这样的。"

"还要交法庭审判……"

一句话，大家都骚乱了。这时候我们那里的食物确实是非常糟糕的。这全是一件件事情堆积起来的。主要的是普遍的、烦恼的心绪，永恒的、隐秘的苦痛。罪囚在天性方面是好争吵和起哄的人，但是大家一齐或是一大堆的人起来反抗是很少见的事，原因是彼此之间永远意见不合。这是他们中间每个人都能感觉到的。就为了这原因，我们那里咒骂比正经事情还多。但是这一次骚乱并没有白白地过去，开始聚在一堆，互相争吵、咒骂，痛苦地记起我们的少校对我们的控制，把一切底细全探听出来了。有几个人特别积极。在每桩这类事情中永远有发起人，领导者。在这类事情上，那就是在提出要求时的领导者，是一种极有趣的人物。这不仅在监狱内，就是在所有的工人组织和军队中也是如此。这是一种特别的典型，到处都相同的。这是一种满怀热忱，渴求公理，用极天真、极正直的方式相信公理具有不变、不易，而且极迅快地实现的人。这类人并不比别人愚蠢，中间甚至有很聪明的，但是他们的性子太激烈，不能成为狡猾的、有算计心的人。在所有这种情形之下，假如有人会灵巧地领导群众，把事情办成功，这种人便成为人民的向导和他们自然的首领的另一典型，我们那里极少的一种典型。但是我现在所讲的那些发起人和主谋者却几乎永远失败，以后就羁居牢狱，熬受徒刑。他们由于激烈而败事，但也由于激烈而对群众发生影响。人们很喜欢跟他们走。他们的热忱和诚挚的愤激影响了大家，终于使最无决心的人们也归附于他们。他们也诱惑了最顽固的怀疑论者，虽然有时这种信仰具有极不坚固的、十分幼稚的根据，使你惊异何以有人会跟从他们。最主要的是他们首先向前走去，毫不惧怕。他们像公牛般垂下尖角直冲过去，往往并不知道事情的真相。一点也不谨慎，且没有实际方面的狡猾手段，用了这手段即使最卑鄙的、名誉最坏的人也会成事，达到目的，且干干净净地从染缸里走出来。然而，他们一定会把尖角折断。在平常的生活里，他们脾气很坏，暴躁易怒，极不宽容。但他们充满着激情，这正是他们的力量所在。最遗憾的是他们不趋向直接的目标，时常往斜里奔跑，不做主要的事情，而做出一些琐碎的行为。这样反而毁了他们。但是群众了解他们，这就是他们的实力……然而还应该说两句话，讲一讲所谓要求究竟是什么东西？……

我们狱内有几个人是因为表达了"不满"而获罪的，就数他们骚动得最厉害。尤其是玛尔妥诺夫，他以前是骠骑兵，一个激烈、不安且善疑的人，不过具有诚挚和信实的性格。另一个人是瓦西利·安东诺夫，具有沉着的好惹恼的脾气，露出傲慢的眼神，倨傲的、讥刺的微笑，很有学问，为人也很诚挚、信实。但是这种人太多，无法数清。彼得洛夫来回地钻进钻出，挤到所有围聚着的人堆里倾听人家的说话，自己不人开口；但显然他很会骚动，开始排班时，首先从营舍里跳出去。

我们狱内的下士长，他代理曹长的职务，立刻惊惧地走了出来。众人排好了班，有礼貌地请求转陈少校，狱囚希望和他说话，当面请求他几桩事情。全体伤兵也跟着下士官出来，在狱囚对面排班。委托下士官的事情是紧急的，使他异常恐怖。但是不立刻报告少校，他又不敢。第一，既然全部的狱囚都出动，那么很可能会发生更坏的事情。我们所有的官长都似乎对于狱囚特别畏惧。第二，即使没有什么事情，大家立刻醒悟转来，解散了，他也应该把一切事情报告长官。他吓得脸色惨白，浑身发抖，忙着去见少校，甚至自己都没有试一试向罪囚们盘问一声，劝说几句。他也看到了大家现在是不会和他说什么的。

　　我完全不知道发生了什么事情，也走出来站在队伍里。这件事情的详细情节我以后才晓得。我以为现在要点名，但是并没有看见看守官前来，便觉得惊奇，开始向四周环望。狱囚的脸部露着惊慌和恼怒。有些人的脸甚至显得惨白。大家都露出焦虑的样色，沉默地等候在少校面前说话。我看出有许多人异常惊异地望了我一眼，但是默默地回转身去。他们显然觉得奇怪，我怎么也会和他们在一块儿排队。他们显然不相信我也会提出什么要求。一会儿，站在我周围的人们几乎全转身到我这边来了。大家带着疑问看着我。

　　"你在这里做什么？"瓦西利·安东诺夫粗暴地大声问我，他站在离我较远的地方，在这以前永远对我称"您"，对待我非常客气。

　　我惊疑地看他，还在努力地理解这究竟是什么意思，同时也猜到发生了一点不寻常的事情。

　　"你站在这里做什么？快回到营舍里去！"一个年轻的小伙子说。他是军人，在这以前我并没有和他认识。他是一个善良安静的人。"这不是你的事情。"

　　"大家排着队，"我对他回答，"我以为是点名。"

　　"瞧你也会爬出来。"一个人喊。

"铁鼻子。"另一个人说。

"苍蝇拍子!"第三个人说,露出不可言喻的轻蔑。这个新的绰号引起大家的哄笑。

"恩赏厨房行走。"还有一个人说。

"他们觉得到处都是他们的天堂。这里是监狱,但是他们吃面包圈、买小猪。你吃的是自己的东西。为什么钻到这里来呢?"

"这不是你的地方。"库里可夫说,接着走到我身边,拉着我的手,把我从队列里拉出去。

他自己脸色惨白,乌黑的眼睛闪耀着,紧紧地咬住下唇。他并不冷静地期待少校。我要顺便说,我非常喜欢看所有这类场合下的库里可夫,那就是在他需要表现自己的场合下,也会装腔作势,但也办正事。我觉得他走去受刑时,他会做出漂亮的姿势。现在,在大家称我"你",大家骂我的时候,他显然刻意增加他对我有礼貌的态度,同时他的话语似乎特别地,甚至高傲地固执,不容许任何的反驳。

"我们在这里办我们自己的事情,阿历山大·彼得洛维奇,您在这里没有什么事情可做。您请到随便什么地方去,等一等……你瞧,你们的人全在厨房里,您上那里去吧。"

"到厨房里去吧!"有人抢上来说。

我果真在厨房敞开的窗子里看见我们的波兰人;不过我觉得除去他们以外,还有许多人。我惶惑地走到厨房里去。笑、骂和啸叫(在狱囚内代替呼哨),追着我传出来。

"人家不喜欢您了!……嗤,嗤,嗤!拿去吧……"

到那时为止,我还从来没有在狱内受过这样的侮辱。这一次我觉得很痛苦，但是我恰巧碰上了。我在厨房外间遇到了 T。他是贵族，一个坚强而且宽宏的人，没有很大的学问，极喜欢 B。他在罪囚中表现很突出，甚至有一部分人很喜欢他。他勇敢，有胆量，力气也大，这似乎可以在他的每一个动作中表现出来。

"您怎么啦，郭亮奇可夫？"他对我喊，"您到这里来呀！"

"那里是怎么回事？"

"他们声称要向狱方提出要求，您难道不知道吗？他们当然不会成功的：谁会相信罪囚们呢？上边就要开始寻觅主谋人。如果我们在那里，他们会首先把叛逆的罪名推到我们身上。您要记得，我们是为了什么罪上这里来的。他们不过挨几下鞭子，我们可要受审判。少校最恨我们，很喜欢有害我们的机会。"

"再说罪囚们也会把我们交出去。"M 补充说，在我们已经走进厨房里去的时候。

"您不要慌，他们不会怜惜的！"T 抢上去说。

厨房里除去贵族以外还有许多人，一共有三十个人。他们全都不愿提出要求，有的由于胆怯，还有的由于深信这种做法完全无用。阿基姆·阿基梅奇也在这里。他素来坚决反对所有的要求，认为能妨碍正常的生活。他默默地、十分安静地等候事情的结束，一点也不担心它的结果，相反，他完全相信秩序和长官意志无可抗拒的胜利。伊萨·福米奇也在那里。他露出异常惊疑的态度，垂下头，贪婪地、畏葸地倾听我们的谈话。所有普通家庭出身的波兰狱囚全在这里，他们也依附到贵族这一方。中间有几个胆小的俄国人，他们永远沉默着，露出颓丧的神色。他们不敢和其他人一起出去，忧郁地期待事情结束。终于还有几个阴郁的、永远严厉的罪囚，他们并不是胆小的人。他们留在那里，因为他们坚定地相信，厌恶地感到这一切是无聊的，在这件事情上除去恶劣的结局以外，不会有什么结局。但是我觉得现在他们到底觉得有点不合适，露出不十分自信的神色。他们虽然明白他们对于要求的结果意见是完全对的，以后也证明了出来，但到底感觉自己似乎是脱离团体的背叛者，好像是他们把同伴们向少校前告发似的。叶尔金也在那里，他就是那个狡猾的西伯利亚的农夫，为了伪币罪被遣送到此地来，抢夺库里可夫兽医的业务的。斯达洛杜博卡夫司基村的老头儿也在那里。厨子们全部留在厨房内，大概由于相信他们也算作管理人员的一员，因此走出去反对它，未免有失礼貌。

"不过，"我起始迟疑地对 M 说，"除去这些人以外，大家都出去了。"

"那跟我们有什么关系？"B 喃喃地说。

"如果我们出去，我们会比他们冒险一百倍以上，但是为了什么？ Je hais les brigands. （我恨那班强盗。）难道您会有一分钟想到他们的要求能够成功吗？谁愿意去参与这种荒唐的举动呢？"

"这将是没有结果的。"罪囚中一个人抢上去说。他是固执的、恶劣脾气的老人。当时在场的阿尔马作夫忙着凑上去回答他。

"除去挨五十记鞭了以外，什么结果也没有。"

"少校来了！"有人喊。大家贪婪地奔到小窗前面。

少校恶狠狠、气呼呼地飞了进来。他满脸通红，戴着眼镜。他默默地，但极坚决地走到队伍前面来。遇到这种情形时，他总是很勇敢、很镇静。他几乎永远半醉着。连他那顶带着橘色绿边的油腻的制帽和龌龊的银色的肩章，在这时候也含有恶毒的气味。书记官贾德洛夫跟在他后面走着。他是我们狱内极重要的角色，实际上管理狱内的一切事情，甚至少校也受他的影响。他很狡猾，有点小聪明，人倒还不坏。罪囚们很满意他。在他后面走着的是我们的下士官，显然已经得到了可怕的责备，还期待着比这十倍以上的遭遇；后面跟着卫兵们，只有三四个人。罪囚们大概还在打发人去请少校的时候起就脱下帽子，站在那里的，现在大家挺直身子，弄得端正些；他们中间每个人都向前跨了一步，以后就站得动也不动，期待长官的第一句话语，或者不如说是第一声呼喊。

呼喊立刻跟了来。少校从第二句话上就破嗓大嚷，这一次甚至带着尖叫，他真是气疯了。我们从屋内看得见他在行列里跑着，奔到人面前来盘问。我们站得很远，听不到他的问话和罪囚的回答，只听见他尖响地呼喊：

"叛徒！……送到行列里挨鞭！……首谋！你是首谋！你是首谋！"他对一个什么人喊。

听不见回答。但是一分钟后我们看见这罪囚被分了开来，到号房里去了。又过一分钟，另外一个跟着他走了，以后是第三个。

"把你们大家都交法庭！我要收拾你们！谁在厨房里？"他从敞开的窗子里看见我们，尖声地喊嚷起来，"把大家都叫来！立刻把他们都赶来！"

书记官贾德洛夫走到我们厨房里来。厨房内有人对他说他们没有要求。他立刻回去报告少校。

"啊，没有呀！"他用低两个调子的声音说，显得很快乐。

我们走出去了。我感觉我们走出去时似乎露出不好意思的神情，并且大家都好像低着头走路。

"博洛柯费也夫！还有叶尔金，这是阿尔马作夫……你们站住，站到这里来，站在一堆，"少校似乎用一种匆促、柔软的声音对我们说，和蔼地瞧着我们，"M，你也在这里……全写下来。贾德洛夫立刻把大家都写下来，满意的人单写下来，不满意的人也单写下来，一律全写下来，把单子交给我。我把你们大家……全送到法院里去！我要收拾你们大家，坏蛋们！"

名单发生了效力。

"我们满意！"从不满意的人群里忽然有一个声音阴郁地喊出来，但似乎不很坚决。

"啊，满意的！谁满意？谁满意，谁走出来。"

"满意，满意！"几个声音追加上去。

"满意！那么说来，有人鼓动你们吗？那么说来，有主谋人，有叛徒吗？这样对于他们更坏！……"

"天呀，这是怎么回事呢？"人群中有一个声音传出来。

"谁喊？谁喊的？谁？"少校怒吼着，向声音传出的那个方向奔去，"这是你，拉司托尔古也夫，你喊的吗？送到号房里去！"

拉司托尔古也夫，一个脸色浮肿、身材高大的小伙子，走了出来，慢慢地向号房里走去。呼喊的并不是他，但因为人家指了他出来，他也没有辩驳。

"肥胖得发疯了！"少校朝他后面大喊，"瞧这肥脸，三天内……我要把你们大家全找出来！凡是满意的人全都走出来呀！"

"满意的，大人！"阴郁地传出几十个声音来，其余的人们固执地沉默着，但是少校所需要的就是这个。他自己显然认为赶快了结是有利的，而且最好是协调解决。

"啊，现在大家都满意了！"他匆忙地说，"我已经看见了……我知道了。这是有人主使的，显然是有主谋人！"他继续对贾德洛夫说，"这个应该详细地寻找出来，但是现在……现在是上工的时候了。快敲鼓！"

他自己监视分配工作。罪囚们默默地、忧郁地走散出去做工，至少为了可以赶快离开而感觉满意。在分配工作以后，少校立即到号房里去，对付那些"主谋"，不过对付得也不很凶狠，甚至显出匆忙的样子。以后有人说，其中有一个人请求饶恕，他立刻饶恕了他。显见少校有点心神恍惚，甚至也许胆怯。从一般上讲起来，要求本来是一种微妙的东西，虽然罪囚的控诉不能称为要求，因为它是向少校自己，而不是向最高的上峰方面提出来的，但到底有点不合适、不好。特别使他感觉不安的是，大家全体反抗。无论如何应该把事情降温一下，"主谋人"很快地被释放了。第二天的饭食既已改善，虽然并不长久。少校在最初的几天时常光降狱中，时常整顿凌乱的秩序。我们的下士官焦虑地走来走去，弄得茫无头绪，好像始终不能从惊异中醒转来。至于说到罪囚们，他们以后许久不能安静下去，但不像以前那样骚乱，却默默地显出惊慌和焦虑的样子。有些人甚至垂下头。别的人唠叨地批评所有这些事情，不过并不多说什么话。许多人似乎带着凶暴的态度，出声地自己嘲笑自己，似在惩罚自己。

"好吧，自作自受吧！"一个人说。

"谁笑得多，谁就工作得多！"另一个人说。

"哪里有老鼠给小猫系铃的？"第三个人说。

"我们这种人不用棍子是不会相信的，那是显而易见的事情。幸而他没有把大家全揍一顿。"

"你以后多看看，少说话，会更显得好些！"有人狂怒地说。

"要你教训什么？你是教师吗？"

"我教训你的是正事。"

"你是什么人，从横里跳出来的？"

"我吗？我还是一个人，而你是谁呀？"

"狗嘴里咬下来的东西，你就是的。"

"你自己才是呢。"

"嗯，嗯，够了！干什么哗哩哗啦！"四面八方朝争论的人们呼喊……

就在提出要求的那天晚上，我从工作场所回来，在营舍后面遇见了彼得洛夫。他正在找我。他走到我身前，喃喃地说些什么，发出近乎两三句不确定的呼喊，但是立刻心神不定地沉默了，机械地和我并肩行走。这桩事情还完全痛苦地留在我的心里，我觉得彼得洛夫会对我解释什么。

"您说呀，彼得洛夫，"我问他，"你们那些人不生我们的气吗？"

"生谁的气？"他问，似乎醒悟了转来。

"罪囚们生我们的气……生贵族们的气。"

"为什么生你们的气？"

"嗯，因为我们没有出来提出要求。"

"你们为什么提出要求呢？"他问我，似乎想努力了解我，"你们本来吃自己的东西。"

"唉，我的天呀！你们中间也有吃自己的，但他们也出去了。我们也应该这样……为了同伴的关系。"

"是的……但你们和我们哪里是同伴呢？"他惊异地问。

我匆遽地看了他一眼：他根本不了解我，不了解我要问的是什么。但是我在这个刹那间完全了解他了。有一个想法早就在我心里模糊地蠕动着、追袭着我的，现在初次给我解释清楚了。我忽然了解在这以前不大猜出的一切。我明白他们永远不会收我做他们的伙伴，哪怕我做过许多次的罪犯，哪怕终生无定期地做下去，哪怕属于特别科里。特别留在我记忆内的是，彼得洛夫在这时候的态度。在他那句"你们和我们哪里是同伴"的问话里听得出那种不虚假的天真，那种率直的惊疑。我心想：这句话里有没有一点讥刺、愤恨、嘲笑？一点也没有。根本不是同伴，也就完了。你走你的路，我们走我们的路。你有自己的事情，我们也有自己的事情。

我确曾心想，他们在提出要求以后简直会把我们吞噬下去，不让我们安安顿顿地住下去。完全没有这回事情：我们没有听见一点责备，一点责备的暗示，甚且没有添加任何特别的怨恨。不过他们在有机会的时候稍稍地讥刺我们几句，像以前那样地讥刺几句，别的没有什么。他们对于所有那些不愿意提出要求，留在厨房里的人们，还有那些首先呼喊满意的人们也一点不生气，甚至没有人提起这个事情。尤其最后的一桩是我不能了解的。

第八章 同伴们

我自然最喜欢和自己的人在一处，那就是和"贵族们"，尤其在最初的时候。但从被遣送到狱内的三个以前俄国的贵族中（就是阿基姆·阿基梅奇，侦探 A 君和被认为弑父者的那一位），我只和阿基姆·阿基梅奇认识，而且时常谈话。老实说，我和阿基姆·阿基梅奇接近，乃是由于绝望，在极强烈的厌闷的时候，除他以外没有什么人可接近的时候。在上章内我试着把所有我们的人分成类别，但现在在我忆起阿基姆·阿基梅奇的时候，我以为还可以添加一类。诚然，他独自属于这一类。这是完全冷淡的罪囚的一类。完全冷淡的，那就是觉得在自由中和在狱中居住都是一样的那类人。我们那里没有，也不会有，但阿基姆·阿基梅奇大概是例外。他甚至在狱内布置得仿佛准备在里面居住一辈子；他周围的一切，从床褥、枕头、器具起，安排得那样紧凑、那样牢靠、那样恒久。野营式的、临时的生活，在他身上是没有影踪的。他还有许多年要留在狱内，但不见得哪怕有时候会想到出狱的事情上去。如果他安于现实，那自然不是出自本心，却由于驯从的天性，不过这对于他是一样的。他是一个善良的人，起初甚至对我做些劝告，还效点小劳，以帮助我；但有时，我要忏悔一下，他会不由自主地把无数的烦闷驱赶到我身上来，尤其在最初的时候，因此更加增添我的本来就很烦闷的心情，而我是由于烦闷才和他说话的。你本来渴望听到哪怕一句活的言语，哪怕是苦恼的，哪怕是不耐烦的话语，哪怕是某些愤恨的话。我们可以在一块儿对我们的命运说些抱怨的话；但是他沉默着，一直粘他的灯笼，或是讲某年他们的军队受过检阅、师长是什么人、他的名字和父名是什么、他满意或不满意那次的检阅，还讲发给射击兵的暗号已经变换等等的话。他尽用那种匀速的、那种端正的嗓音说话，好像水一滴滴地流着。他在对我讲他为了在高加索参加什么事情得到"圣安娜"勋章的时候，甚至几乎完全没有兴奋的样子，只是他的嗓音在那时候似乎显得特别郑重而且坚实；在说出"圣安娜"三个字的时候，他稍微把嗓音放低，甚至低到某种神秘的程度，在这以后有三分钟显得似乎特别地沉默，而且庄重……在第一年里，我常有几分钟愚蠢得开始几乎恨阿基姆·阿基梅奇（而且永远似乎是突然地发生的），不知道为了什么，默默地诅咒自己的命运，因为它把我和他放在并排着头的地方。经常是在一小时以后我就为了这责备自己，但这不过在第一年里是如此的，以后我在心灵里和阿基姆·阿基梅奇完全相安了，对于我以前愚蠢的意念引为羞惭。在外面，我记得，我从来不和他吵嘴。

除去这三个俄国人以外，另外还有八个人先后在我在狱内的时候来到那里。我同其中几个人来往很熟，甚至很愉快，但不是和大家都如此。他们中间最好的是一些病态的、特殊的、十分性急的人。和其中两个人，我以后简直停止说话。他们中间只有三人有学识：B、M和老人J——以前在什么地方充当过数学教师，一个善良的、很好的老人，极大的怪物，虽然有学问，却大概是胸襟极狭窄的人。M和B完全是另一种人。我和M一下里就合得来，从来不和他吵嘴，很尊敬他，但是我永远不能喜欢他、仰慕他的。他是多疑和凶恶的人，但擅长控制自己。我不喜欢他的也就是这个极大的擅长。我似乎感觉到他从来不会在任何人面前展开自己的灵魂，但是也许我是错误的。他且有刚强的，十分正直的性格。他和人们周旋时那份特别的，甚至带点耶稣会士的灵巧和谨慎显露出他的隐秘的、很深刻的怀疑主义，同时他就为这双重性所苦：为怀疑主义和对于自己一些特别的信念与希望深刻的、无可摇撼的信仰。他尽管有他那套生活上的灵活手段，但对B，还对B的好友T，怀着不共戴天的仇恨。B患有肺病，好动怒，神经质，但实际上是极善良的，甚至宽宏大度的人。他的烦躁不安有时到了极端任性的地步。我无法忍受这种性格，以后和B疏远了，但从来没有停止过喜欢他。至于我和M也没有吵嘴，但是永远不爱他。我和B分手时，弄得我立刻应该也和T分别，他就是我在上章讲我们的要求的时候提起的那个年轻人。这个我觉得很可惜。T虽然没有学问，但性格十分良善、勇敢，一句话，是极可爱的年轻人。事情是因为他太喜欢、太尊敬B，太崇拜他，使得凡和B分手的人，他立刻几乎认作自己的仇敌。他大概也和 M 分手，为了 B 的缘故，虽然他勉强支持了许多时候。不过他们全是精神方面有病的、暴躁的、易怒的、多疑的。毋庸置疑，他们很痛苦，比我们还痛苦。他们远离自己的家乡。有几个人被判处长期的徒刑，十年、十二年，而主要的是他们带着深刻的偏见看待周围一切的人们，只在罪囚们身上看见蛮性，他们不能，甚至不愿看到他们身上任何一个善良的性格、一点人性，而这也是容易了解的他们被环境的力量、被命运安放到这个不幸的视角。显然，在狱中烦闷得使他们窒息。他们对切尔克斯人，对鞑靼人，对伊萨·福米奇都很亲蔼、客气，但嫌恶地避开其余一切的罪囚。唯有斯达洛杜博卡夫司基的老人一人博得他们完全的尊重。有趣的是，罪囚中没有一个人在我留在狱内的全部时间内曾对他们的出身、他们的信仰、他们的思想方式有所责备，而这种情形在我们老百姓如何看待外国人也是一样的，尤其对于德国人，虽然是非常罕见的。对德国人也不过一笑置之，在俄国的老百姓中，德国人是极其滑稽的。罪囚们对待我们的几个波兰贵族倒还十分尊敬，比对待我们俄国贵族还尊敬，一点不触犯他们。但是他们大概永远不愿对这个情形加以注意和考虑。我讲过 T。他就是从第一个遣戍的场所上转送到我们的堡垒里来的时候，他几乎一路上背负 B，在 B 由于健康和体格方面的软弱而中途累乏的时候。他们以前被遣戍到 N 城。他们讲，他们在那边很好，那就是比在我们堡垒内好。但是因为他们和另一个城里的另一些狱囚们作了完全天真的通信，因此认为必须把他们三人移送到我们的堡垒里来，离我们的高级官长近些的地方。他们的第三个同伴是 J。在他们来到以前，M 一人在狱中，因此他在遣戍生活的一开始自然感到烦闷。

J 就是我已提过的永远祈祷上帝的老人。我们所有的政治犯全是年轻人，有几个甚至太年轻了，唯有 J 已经有五十多岁。他自然是诚实的人，但为人有点奇怪。他的同伴 B 和 T 很不喜欢他，甚至不和他说话，对他批评，说他很固执，而且喜欢乱说。我不知道他们说得是否有理。在狱内，正和人们不是依于自己的意志，却是强迫地聚成一堆的一切处所中一样，我觉得比在自由的生活中还容易吵嘴，甚至互相仇恨。很多情势促成了这样的状态。J 确乎是十分呆钝，而且也许不愉快的。他的同伴们也和他处得不和谐。我虽然从来不和他吵嘴，但也并不特别合得来。他大概对于数学专业很精通。我记得他一直用半俄罗斯的语言努力对我解释一种特别的、自己发明出来的天文系统。有人对我说他曾经发表过这个理论，但这不过博得科学界里的嘲笑。我想，他的神经会有点毛病。他整天跪下来祈祷上帝，因此赢得全狱的尊重，而且享用这尊敬一直到死为止。他得了重病，在我的眼前死去。不过狱囚的尊重，在他刚进狱里来，和少校之间发生了一段故事，从那时起他就开始赢得囚犯们的尊重。在从 N 城到我们堡垒的途中他们没有剃过头发，胡须长得很长，所以在他们被直接带去见少校的时候，少校对于他们破坏狱规极为愤激，其实这并不是他们的错。

"他们这是什么样子！"他怒吼着，"简直是流浪者、强盗！"

J 那时还不大明白俄文，以为问他："他们是什么样的人？流浪者或强盗？"因此回答道：

"我们不是流浪者，都是政治犯。"

"怎么？你竟敢无礼吗？这样无礼貌！"少校怒吼，"送到号房里去！一百记鞭子，立刻，立刻！"

老人受了惩罚。他毫不争辩，躺下来挨鞭，咬紧牙关，熬受刑罚，不发出一点呼喊或呻吟，身子动也不动。B 和 T 当时走进狱内，M 已经等在大门旁边，一直扑到他们的颈脖上去，虽然他在这以前从来没有见过他们。他们为了少校的手段感到震惊。他一直把 J 的事情讲给他们听。我记得，M 对我讲这件事情："'我简直不能控制自己，'他说，'我不明白我是怎么回事，我哆嗦得像发冷战。我在大门旁边等候 J。他应该直接从受处罚的号房里出来。忽然门开了：J 不看任何人，脸色惨白，灰色的嘴唇抖颤着，从聚在院内的狱囚中间通过，他们已经知道一个贵族受惩罚的事情。J 走进营舍，一直走到自己的铺位上，一句话也不说，跪下来，开始祈祷上帝。罪囚们显得惊愕，甚至感动。'我一看见这老人，'M 说，'他的头发灰白，妻子和儿女全留在自己家乡，我一看见他跪在那里，在受着可耻的刑罚以后向上帝祈祷，我立刻奔到营舍后面，在整整的两小时内好像失去了知觉。我简直像发了疯……'"从这时起罪囚们起始很尊重 J，一直对他很尊重。他们崇敬的是他挨鞭时连一声都没吭。

然而应该说实话，绝不能照这个例子以判断西伯利亚的官长如何对待贵族出身的徒刑犯，不管这些徒刑犯是什么样的人：俄国人或波兰人。这例子只是表示可能遇到凶暴的人。自然，假如这凶暴的人是独当一面的长官，那么一个徒刑犯的命运，在这个凶暴的人特别不喜欢他的时候，只会是非常糟糕的结果的。但不能不率直地指出，西伯利亚的最高级长官对待遣戍的贵族很有礼貌，甚至在某些事情里，试图给予他们比普通百姓出身的罪囚更优渥的宽容，而其余长官们的态度和心绪也随着最高级的长官为转移。原因是很明显的：第一，最高级长官自己也是贵族；第二，以前曾发生过贵族内有些人不肯躺下来挨受鞭打，奔过去攻击执行者的事情，因此闹出了可怕的事件；第三，我觉得这是最重要的一点，还远在三十五年以前，忽然一下子发现了一大群遣戍的贵族，他们三十年来在全西伯利亚建立了良好的声誉，使官长对于出身高贵的罪犯不由自主地用比对其他戍囚们不同的眼光看待。那些低级官长也随高级长官之后惯于用这样的眼光和态度看待，成了习惯，从来没有破例过。不过这类低级官长中有许多人的眼光很迟钝，暗自批评长官的命令，只有不妨碍他们用自己的方法对付，他们才会非常欣悦。但是上面不完全允许他们这样做。我有确定的根据这样想，而原因是这样的。第二类的遣戍场所（那就是我所隶属的，归军人管辖，里面容纳堡垒的囚犯），比其余两类，就是第三类（工厂的）和第一类（在矿场上）严厉得多。它不仅对于贵族，对所有的罪囚们都很痛苦，就因为这一类的官长和它的组织全属军事系统，长官都是军人，很像俄国的罪囚营。军人官长严厉些，规则紧些，永远上脚镣，永远由卫兵看守，永远被禁闭；而在其他的两类中却没有这么严厉。至少所有我们的罪囚都这样说，而他们中间有的是内行。他们会欣然移到法律上认为最严重的第一类方面去，甚至许多次幻想它。关于俄国的罪囚营，所有到过那里的人们都带着恐怖说，全俄境内没有再比那堡垒边上的罪囚营再严厉的处所，西伯利亚和那边的生活比较起来，真是天堂一般。因此，在像我们狱内那样严厉的待遇下，归军人管辖，且当着总督的眼前，还为了常有些不相干的、属于政府机关的人们由于嫌恨或职务上的妒忌，准备私自向什么地方告密，说某些不良的官长宽容某类的罪犯等等的话，假如在这种地方还能用比对一般罪囚稍微不同的眼睛看待贵族罪犯，那么在第一和第三类内更加会有优渥的待遇了。因此，从我所住的那个地方，可以判断出全西伯利亚的情形来。从第一和第三类的戍犯那里传到我耳内的一切传说和讲述证实了我的判断。实际上，我们狱内官长对待我们贵族比较严厉、谨慎些。在工作和待遇方面根本没有一点宽容我们的地方：一样的工作，一样的脚镣，一样的上锁。一句话，和一般狱囚完全相同。宽大是不可能的。我知道本城里，在不久以前，有许多告密者、阴谋家，许多互掘深坑的事情，使得官长自然而然地惧怕告密者。那时候最可怕的无过于关于宽容某类罪犯的告密。这是每个人都惧怕的。因此我们的生活便和一般罪囚相等，唯一例外的是体罚。诚然，人家会轻而易举地鞭打我们，如果我们值得这刑罚，那就是我们犯了什么过错。这在体刑前是人人平等的，但到底不会无缘无故地随意地鞭打我们；而对于普通的罪囚这类随意的举动不免经常发生，尤其在几个直属的长官那里，他们总喜欢在遇到一切方便的机会时发出威严的号令。我们知道卫戍官在知道了老头儿Ｊ的历史以后，非常恨少校，对他暗示，请他以后谨慎些。大家都对我这样讲。我们这里都知道，总督本来很信任我们的少校，还有点喜欢他，因为他奉公出力，有点能力，而在知道了这段历史以后，也责备他。我们的少校便把这记在心里。譬如说，他因为Ａ的进谗，很恨Ｍ，一直想收拾他，但是他到底不能鞭打他，虽也曾寻觅借口，时常对他吹毛求疵。Ｊ的历史全城都已知悉，大家全说少校不对，许多人责备他，有些人甚至弄出点不愉快的举动。我现在记得我和少校初次见面的情景。我们两人同时进狱，那就是我和另一个贵族出身的戍犯。我们在托博尔斯克时，大家就吓唬我们，讲这人具有不愉快的性格。当时在那里的贵族出身的二十五年的老戍犯，带着深刻的同情迎接我们，在我们坐在递解的院子里时一直和我们来往的，警告我们防备我们未来的狱长，还答应为我们尽可能地托熟识的朋友们设法保护我们，免受他的蹂躏。果真有三个总督的女儿从俄国来到父亲那里暂住些时候，接到了他们的信，大概也曾在父亲面前替我们说点好话。但是他能做什么事情呢？他只是对少校说，使他做事细心些。下午三点钟，我们，就是我和我的同伴，来到这城里，卫兵们一直带我们见我们的长官。我们站在前室内等候他。当时已有人去请狱内的下士官。他一到，少校就出来了，他脸色发紫，面疱很多，凶恶的脸给我们留下极烦闷的印象：好比一只凶恶的蜘蛛向落入它网中的可怜的苍蝇跑来。

"你叫什么名字？"他问我的同伴。他说得迅快、坚决，而且简单，显然想给我们留下深刻的印象。

"某某。"

"你呢？"他朝我发问，眼睛从眼镜里向我身上瞪着。

"某某。"

"下士官！立刻送他们到牢里去，在号房内照文官的式样立刻剃光一半头发，明天就改钉脚镣。"

"这是什么样的大氅？从哪里来的？"他忽然问，注意到灰色的长衫，背上印着黄圈。在托博尔斯克发给我们，我们就穿了去见他。"这是新的服装！这一定是一种新的服装……正在计划着的……从彼得堡那里来的……"他一面说，一面把我们挨着次序旋转着。"他们身边什么东西也没有吗？"他忽然问护送我们的宪兵。

"他们有自己的衣裳，大人。"宪兵回答，顿时挺直了身体，甚至发出小小的抖颤。大家都知道他，大家都听说过他的为人，他使大家惧怕。

"全都没收。只发给他们内衣，只许留白色的，如果有其他颜色的也要没收。其余的全都拍卖。钱款写在账上。罪囚不应该有自己的财产，"他继续说，严厉地看着我们，"你们留神，不要让我听到什么你们的不是！否则……要用体——刑！犯了一点点的错处——就要挨受鞭子！……"

我由于不习惯这种侮辱，几乎病了整个晚上。我在狱内所见的一切更加增强了我的印象。但是关于我进狱后的情形，我已经讲过了。

我刚才提及，他们没有，也不敢给予我们什么宽容，对待我们甚至还不及其他犯人。但是有一次曾经尝试过，我和 B 在整整三个月内上工程师的办公室内充当书记。这是工程队的长官用半公开的方法安排的。那就是说所有人也许全都知道，但装作不知道。这事发生在工程队长 G 在职的时候。G 中校好像从天上落到我们那里来。他在我们那里留了不长时间，如果我没有记错，大概不到半年，甚至还要少些，他就回到俄国去了。他给所有的罪囚们留下了特别的印象。罪囚们还不只喜欢他，他们竟崇拜他，假如可以在这里用这个名词。他怎么赢得了他们的心，我不知道，但他确是一下子抓住了他们的心。"父亲！父亲！比父亲还好！"罪囚们在他管理工程队时，一直这样地说着。他大概是可怕的好酗酒的人。他的身材并不高，露出胆大的、自信的眼神。他对待罪囚十分和蔼，几乎弄到柔爱的地步，真是喜欢他们，像父亲一般。他为什么这样喜欢罪囚，我不能说，但是他看见罪囚，不能不对他们说一句和蔼的、快乐的话语，不能不和他们说话、不和他们开玩笑。主要的是其中没有一点长官的架子，没有一点足以表露那种不平等的或纯粹长官式的气味，简直就是自己人，像朋友一样。但是尽管他具有本能的民主主义的特质，但罪囚们也从来没有在他面前犯过什么不尊敬和过分亲昵的举动。完全相反。每一个罪囚和他相遇时，他的整个脸庞都舒展了开来，在他走近的时候，摘下帽子，微笑地望着。只要他一开口，就好比得到了银币的赏赐。世上是有这种博得众人爱戴的人的。他的样子很是雄壮，直挺地、威武地走路。"一只鹰！"罪囚们议论他。他自然不能用什么方法减轻他们的痛苦：他只管理工程部分，这部分在其他长官手中也是全依照一成不变的法定的程序办理的。只在偶然遇见一队人工作时，看见他们已做完工作，并不多加留难，不等到鼓声，就放他们回去。大家喜欢他，是因为他信任罪囚，对他们没有浅薄的拘谨和惹恼的脾气，完全没有任何形式的歧视。假如他丢失了一千卢布，我认为狱囚中出名的小偷如果发现了，也会归还给他的。是的，我相信是这样的。罪囚们在晓得他们的鹰和我们那个可恨的少校大吵一场之后，都对他抱深切的同情。这事发生在他来到后的第一个月内。我们的少校曾做过他的同事。他们久别重逢，异常欢洽，一块儿饮酒作乐。但是他们的关系忽然破裂了。他们吵了嘴，G成为少校的死敌，甚至听说他们竟打了架，这在我们的少校那里是可能发生的：他时常跟人家打架。罪囚们一听见这个，他们的快乐没有终结。"八只眼的人会和这位相处吗？

他是一只鹰，而我们的那位……"通常总是添上一句无法刊出的话语。我们大家对于他们两人谁打了谁很感兴趣。如果关于他们打架的消息是不确实的（也许会这样），那么我们的罪囚们大概会觉得遗憾。"一定是工程队官长打胜的，"他们说，"他个子虽小，但胆子很大，少校会钻到他床底下去的。"但是不久 G 走了，罪囚们又陷入悲哀中。我们那里的工程队长全是好的，我在那里的时候曾经更换过三四个。"总是找不到像他这样的人的了，"罪囚们说，"他是一只鹰，他是保护我们的人！"这个 G 很喜欢我们贵族，后来吩咐我和 B 有时到办公室里去。他走后，这办法在比较有规则的方式下实行了。工程师中有些人很同情我们（其中一个特别对我们同情）。我们到那里抄写公文，甚至我们的笔法都开始完善了一点，忽然从上峰方面下了一道急令，让我们仍返回以前的工作场所去：已经有人告密了！我们两人觉得这样更好，因为我们已经对于办公室的工作感觉厌倦。以后我和 B 有两年不再被拆散，同到一个工作场所上去，时常到作场里去。我和他乱七八糟地谈天，讲论我们的希望、我们的信念。他是一个极可爱的人；但是他的见解显得很奇怪，而且具有特殊性。有一类很聪明的人有时会发生完全奇僻的见解。但是为了这见解他们一辈子受了太多的痛苦，这见解用了太贵重的代价得来，现在要使他们摆脱这见解是太痛苦了、太不可能了。B 痛苦地接受每一个反驳的话语，辛酸地回答我。其实在许多方面他也许比我有理，我不知道；但是我们终于离别了，这对于我是很痛苦的一桩事情：我们在一块儿已经把每人衷心的话语说得太多了。

M 随着岁月的增长似乎显得更加忧愁而且阴沉。烦闷啃嚼他。以前，在我到狱内的最初的时候，他显得坦白些，他的心灵到底还时常向外面发抒出来。我进狱时他已待了三年。起初他对于这两三年来世上所发生的一切，他坐在狱内不能了解，因而产生很大的兴趣。他时常盘问我，听我的言论，非常惊慌。但以后，随着岁月的增进，他开始显现出冷淡来，将什么都集中在他的内心里。炭火被灰烬掩没，愤怒越加增长了。"Je hais ces brigands"，他时常对我反复地说着，怀着愤恨看着狱囚们，内中有些人我已经交往得十分接近，无论我说出什么理由替他们辩护，都对他不发生效力。他不明白我说什么话，有时冷淡地同意着，但是第二天又重复说"Je hais ces brigands"。顺便讲一句，我和他时常讲法语。为了这，一个监工、工程队的兵士特拉尼士尼阔夫，不知根据什么样的见解，称我们助医官。M只在忆起自己母亲的时候方才兴奋起来。"她老了，她有病，"他对我说，"她爱我甚于世上的一切，而我在这里不知道她是否还活在人世？只要她知道我竟被人家赶到行列中间……"M并不是贵族，在遣戍之前受了体刑。他忆起这个的时候，咬紧牙关，努力向旁边看去。近来他时常独自走来走去。有一天早晨，在快到十二点钟光景，他被传唤到卫戍官那里去。卫戍官露出快乐的微笑，走出来见他。

"嗯，M，你昨夜做了什么梦？"他问他。

"我简直哆嗦了一下，"M回到我们那里以后，对我们讲，"我的心好像被戳穿了。"

"我做梦接到母亲一封信。"他回答。

"还要好些！还要好些！"卫戍官说，"你自由了！你的母亲请求的……她的请求被核准了。这是她的信，还有关于你的一道命令。你立刻可以出狱。"

他回到我们那里来的时候，脸色惨白，听了这消息还没有苏醒转来。我们向他道喜。他伸出抖颤的、发冷的手和我们的手相握。许多罪囚们也对他道喜，很喜欢他的幸福。

他出狱戍居，仍留在我们城内。不久他得到了一个差使。他起初时常到我们狱内来，在可能的范围内，把各种新闻告诉我们，特别是政治的新闻最使我发生兴趣。

其余的四个人中间，那就是除去 M、T、B、J 以外，有两个人还很年轻，短期被遣戍，不大有学问，但是诚实的、平凡的、直爽的。第三个，A－邱阔夫司基为人太平凡，没有什么特别可取的地方。第四个，B－M，已是年迈的人，给我们大家留下极恶劣的印象。我不知道他怎么会落到这类罪犯里面的，他自己也否认。他具有粗暴的、小市民阶级的灵魂，从零星积蓄起家的小店主的习惯和规矩。他没有一点学问，除去自己的技艺以外，别无任何兴趣。他是油漆匠，但是与众不同的、十分出色的油漆匠。不久官长知道他的能耐，全城都要求 B－M 油漆墙壁和天花板。两年来他几乎画尽了所有官家的寓所。这些寓所的主人自己掏钱给他，他因此生活得并不贫穷。最好的事是开始派其他同伴和他一块儿工作。常和他在一块儿工作的人中，有两个学会了他的技艺，其中一个——T－J 开始粉漆得不比他坏。我们的少校也住在官家的寓所里，当时叫 B－M 给他油漆所有墙壁和天花板。B－M 工作得非常出力，总管府上都没有这样油漆过。房屋是木头的、单层的，外面很破旧、龌龊，但是里面油漆得像宫殿，少校觉得非常高兴。……他搓着手，说他现在一定要结婚。"住在这种寓所内是不能不结婚的。"他很正经地补充说。他越来越对 B－M 满意，由于他又对和他在一块儿工作的别人表示满意。工作进行了整整的一月。这个月内少校完全变换他对我们狱囚的意见，开始对他们爱护，事情竟弄到有一天忽然把 J 从狱中叫到他家里去。

"J，"他说，"我先前侮辱了你。我无缘无故地鞭打你，我知道这个。我忏悔。你明白这个吗？我，我，我，我忏悔！"

J 回答，他明白这个。

"你明白不明白，我，我，你的长官，唤你来请求你的饶恕。你感觉到这个吗？你在我面前是什么东西？是一条蠕虫。比蠕虫还小：是罪囚！而我——由于上帝的恩惠[1]是一个少校。少校！你明白不明白这个？"

J 回答，他也明白这个。

"那么现在我和你言归于好。但是你感觉没感觉到，完全，全部地感觉没感觉到呢？你只要想一想：我，我，一个少校……"等等的话。

J 自己对我讲这出戏。如此说来，在这个酒醉的、乱七八糟的、毫无秩序的人身上是有人类的情感的。从他的见解和发展上加以研究，这样的行为可以认为几乎是宽宏的。但也许是他的醉态加以促成的吧。

他的幻想没有实现：他没有结婚，虽然在他的寓所装饰好的时候

---

[1] 这样的词句在我居留狱内时不仅为我们的少校所常用，甚且成为许多从小位置递升上去的低级的官长们的口头禅。——原注

已经完全决定了。他不但没有结婚，反而吃了官司，奉令退职。以前他在这城里做过市长，当时所有一切旧罪孽都给他罗织上了。……打击出乎意料地落到他身上。狱内听到这消息非常喜欢。这真是一个隆盛的佳节！听说少校像老女人似的号啕大哭，泪水直流，但是无法可想。他辞了职，把两匹灰色马卖了，以后又卖了所有的地产，甚至陷入贫穷的境况中。我们以后遇见他穿着破旧的便服，戴着一顶有徽章的制帽。他恶狠狠地看着罪囚们。但是他一脱去制服，他的一切魔术全都消失了。穿着制服的他是一个霹雳，是上帝。穿了便服以后，他忽然成为完全不相干的角色，和仆人相像。制服在这种人身上会发生着许多作用，是很奇怪的。

第九章　越狱

我们的少校更换了不久，狱内就发生根本的变动。将徒刑犯工场取消，改设罪囚营，按照俄国罪囚营条例，归军事机关管辖。这就是说，第二类遣戍的徒刑犯不再送到我们狱内来。从那时起，这里只容留军事机关的罪犯，那就是不剥夺公职的人们。其实就是和普通一样的兵士，不过受了刑罚，短期被遣送到这里来（至多六年），出狱后重又回到自己营内充作小兵，和以前一样；但是第二次犯罪后回到狱内，便和以前一样，须受二十年徒刑的重罚。不过我们在这变动以前也设有军人的罪因的部分，但是他们之所以和我们住在一起，是因为他们没有别的地方可住。现在呢，整个牢狱都成为军人的了。自然，以前的徒刑犯，被剥夺一切权利的、真正的民事的徒刑犯，那些脸上加了烙印、头发斜剃去一半的人们，还留在狱内，到刑满为止；新人不再进来，剩下的人们渐渐地住满刑期出狱，因此在十年以后我们狱内不会留下一个徒刑犯。特别科也还留在狱内，时时送来军事机关的要犯，一直到西伯利亚开办了最严重的徒刑工场为止。因此我们的生活实际上还和以前一样地继续下去：一样的待遇，一样的工作，几乎是一样的规矩；不过官长方面有了变动，弄得复杂了一点：派了一个上级长官、营长，还有四个士官，轮流在狱内值班。伤兵们也取消了，派了十二名下士官和军需中士。分成十人一组，从罪囚中选派了伍长，自然是名义上的，而阿基姆·阿基梅奇立刻做了伍长。所有这个新机构和整个牢狱，连一切职官和罪囚在内，仍旧归卫戍官管辖，他仍旧是最高级的长官。这就是所发生的一切。当然，罪囚们开始骚动，纷纷地议论、猜测、研究新官长；但是一看见实际上仍旧一样，立刻安静了。我们的生活便照旧进行下去了。主要的是大家都从以前的少校那里被解放了，大家好像得到了休息和鼓励。惊慌的态度消灭了。现在每人都知道在必要时有理的人可以向长官解释明白，除非由于错误才会受到惩罚。甚至酒还和以前一样，在我们狱内发卖，尽管派了下士官，代替伤兵。这些下士官多半是体面聪明的人，且明白自己的地位。内中有些人开始表示过作威作福的企图，当然由于无经验的关系，想用对待小兵的手段对待罪囚，但是这班人不久就明白了怎么回事。对另一些许久不明白的人们，罪囚们自己会拿出颜色来，时常发生很厉害的冲突。譬如说，引诱一个下士官，灌他酒喝，以后用另一种手段对他说，他和他们一块儿喝酒，因此……结果弄得下士官只好冷静地看着，或者不如说努力不去看罪囚们如何运酒进来售卖。

不但如此，他们也和以前的伤兵一样，到菜市上去，给罪囚们带来面包圈、牛肉等，那就是做些不丢颜面可以做的事情。为什么这一切会有这样的变动，为什么设立了罪囚营，我并不知道。这事发生在我的徒刑生活的最后几年。我注定有两年在这新秩序下面生活着。

　　要不要把所有这生活记录下来，把我在狱内几年的情形全都记录下来？我想不必。如果依照次序把一切发生的事情，这些年来我所见所感的一切全写下来，自然还可以写下比在这以前已写出的章节多三四倍的东西。但是这样的描写，不免太为单调。一切的遭遇会在同一的色调上写出，尤其如果读者已从写下来的几章上得到一点关于第二类的徒刑犯生活的稍微满意的概念。我只想用一幅明显的、鲜艳的图画把所有我们的牢狱和我在这些年来生活的情形表现出来。我是否达到这目的，我不知道，也不必由我来判断。但是我相信这样也就可以结束了。在回忆这一切的时候，有时有一种烦闷侵袭到我的身上来，而且我也不见得全能记忆下来，后来的几年好像在我的记忆内磨光了。有许多情节，我深信，完全被我遗忘。譬如说，我记得，所有这些实际上彼此相同的年头全是那样懒懒地、闷闷地过去。我记得，这些长久的、沉闷的日子那样单调，好像雨后的水从屋顶上一滴滴地流下。我记得，唯有复活，重新为人，创造新生命的热切的愿望给我力量，使我等候、希望。我也终于自己支持着：我等候，我数每个日子，不管还留下一千个日子，我还是愉快地一天天数下去，送它，葬它，在另一个日子到临时，因为剩下的已不是一千天，而是九百九十九天而感到欣悦。我记得，在所有这些时候，不管周围有几百同伴，我还是处于可怕的孤寂中，我终于喜欢上这孤寂了。精神上孤独的我把所有我的过去的生涯考察了一下，把一切研究到十分琐细的地步。仔细考察我的过去，独自严厉地、不肯放松地批判自己，有时甚至祝福命运，为了它赐给我这孤寂，假使没有这孤寂，便绝不会有自我批判和严格地考察以前的生活。当时我的心里装满了多少希望！我想，我决定，我自己赌咒，在我的未来的生活内绝不会有以前的那些错误和失策。我给自己拟定了一切未来的计划，决定严格地执行。我一定要把这一切做到，而且能够做到的盲目的信仰在我心中复活了。……我期待，我召唤自由快快地来到，我要在新的斗争中尝试自己。痉挛般的不耐烦有时抓住我……我现在回忆我当时心灵方面的情景，觉得很痛苦。自然，所有这一切只关涉我一个人。……但是我写下这一切，因为我觉得每个人都会明白，因为每人都会发生同样的事情，假如他陷入狱内，有一定的年限，在年富力强的时候。

何必讲这些呢！……不如让我讲点什么，免得在结束时像砍断了一块似的。

我想到也许有人会问：难道没有一个人越狱，在所有这些年没有一个人逃走吗？我已经写过，罪囚在狱内留了两三年以后，会开始珍重这些岁月，身不由己地估计到最好能把其余的年头生活得没有麻烦、没有危险，以后再用合法的手续出去戍居。但是这样的计划只安放在不是长期遣送到这里的罪囚的头脑里。处长期徒刑的人也许准备冒一冒险。……但是我们这里好像不这样做。我不知道，是不是胆小，是不是看守得特别严密，是不是我们的城市的位置有许多不便利之处？（四面全是沙原，敞开着）——真是难说。我以为，所有这些原因都有关系，从我们那里逃走确实很难。但是我在那里的时候发生了一桩事情：有两个人冒险逃走，他们甚至是两名最重要的罪犯……

少校被撤换以后，**A**（就是那个在狱内做侦探的人）失去了保护，剩下一人，他的年纪还很轻，但是他的性格随岁月已然确定了。一般地说来，他是胆大，有决断，甚至很敏捷的人。他虽然也会继续做侦探，耍出各种地底下的手段来，假如他得了自由，但是现在绝不会像以前似的做得那样愚蠢而且没有计划，因而获罪被遣戍。他在我们这里练习造假护照。我并不肯定这点。我是从我们的罪囚那里听到的。他们说，他还经常到少校厨房里去，就是为了做这件事。当然从这里面会捞获相当的收入。一句话，他似乎已决定使出一切的手段，以改变自己的命运。我有了部分地弄明白他的心灵的机会：他的无耻到了令人愤恨的胆大的地步，到了令人嘲笑的地步，引起人们无可压抑的嫌恶。我以为，假如他很想喝一杯酒，假如为了得到这杯酒，必须杀死什么人，他一定会把他杀死，假如可以偷偷地做去，使得没有人知道。他在狱内学会了算计法。特别科的罪囚库里可夫就注意到这人身上。

我已经说过库里可夫。他是一个中年人，但是烈性的、活泼的、刚强的，具有特别的、多方面的能力。他有力气，他还想活下去。这种人一直到老迈龙钟时还想生活下去。假如我奇怪为什么我们这里没有人逃跑，那么自然会首先对库里可夫惊奇。但是库里可夫决定了。谁对谁有较多的影响：A对库里可夫呢？还是库里可夫对A？我不知道，但是两人彼此都配得上，是做这种事情互相合适的人物。他们成为朋友。A是贵族，属于上等社会，这对于未来的冒险举动，无论如何要回到俄罗斯去的冒险举动增添了一些异调。谁知道他们怎样约好的，他们有什么样的希望，但是他们的希望一定超出西伯利亚流浪团体的普通习惯之外。库里可夫在天性上有演戏的天分，可以选择生命中许多不同的角色，可以有许多希望，至少可以希望不同的生活。牢狱的生活会使这种人感觉压迫。他们约定了逃走。

然而不串通卫兵是逃跑不成的，应该策反一个卫兵同走。有一个波兰人在堡垒中某营服务。他为人很有毅力，也许值得有较好的命运，他的年纪已经老迈，但还威武，而且正经。他年轻时刚到西伯利亚来服务，曾经为了深深地怀念家乡而逃跑过。后来他被捉住，受了刑罚，在罪囚营中监禁两年。在他重又回来当兵的时候，他改变了主意，开始努力，勤奋地工作。立了功，他被升为伍长。他为人很自爱，很骄傲，知道自己的价值。他那种看人和说话的样子，好像深知自己的价值。这些年来我有好几次在卫兵中间遇见他。波兰人也对我讲过关于他的事情。我觉得他返乡的渴望，已变而为隐匿的、深沉的、永恒的仇恨。这人敢于做出一切的举动。库里可夫选他为同谋，是没有错误的。他姓柯勒尔。他们约定好了日子。那是在六月中，炎夏的日子。这城里的气候很平正，夏天是炎热的、没有变化的：这对于逃亡者是很方便的。自然，他们绝不能一直从堡垒中逃走。整个城市位在高处，四面八方都敞开着，在周围极远的一片地方没有树林。必须改换平民的服装，最先应该跑到郊外去，库里可夫早就在那里安好了窠巢。我不知道，他们在郊外有没有秘密的朋友；猜想应该是有的，虽然以后在审案时并没有完全解释出来。有一个年轻貌美的女郎刚在郊外的一个角落里开始自己的营业。她名唤温卡·唐卡，抱负着极大的希望，以后也取得了一部分的实现。她还叫作火。大概她在这件事情上帮过一点忙，库里可夫整年来在她身上花了许多钱。我们的好汉们早晨走出去听候分配工作，很巧妙地安排得使他们随着名唤希尔金的炉匠和泥匠一同被派出去粉刷营中空虚的营舍，兵士们早已离开了的营舍。Ａ和库里可夫以搬运夫的资格和他一同前去。柯勒尔恰巧做他们的卫卒，因为三个人需用两名卫卒，当时派了一个年轻的后备兵交给希尔金，因为他在服务方面已积有资格，且是伍长，所以让他训练和教导一下。如此说来，以柯勒尔那样的聪明、牢靠、有算计，竟会决定跟从他们，那么他们一定对他使用了极厉害的力量，使他相信他们。

他们来到营舍时才早晨六时。除他们以外，没有别人。库里可夫和Ａ做了一小时的工作以后，对希尔金说他们要到工厂里去一趟，第一为了看一个人，第二顺便带来一件缺少的工具。和这希尔金做事应该做得非常狡猾，那就是越自然越好。他是莫斯科人，他的技艺是炉匠，属于莫斯科的小市民阶级，狡猾、精明、聪明，不爱说话。他的外貌是虚弱的、瘦小的。他一辈子照莫斯科的式样，穿着坎肩和晨服，但命运另有它的办法，他在长期的浪游以后，永远坐到我们的特别科里去，那就是归入最可怕的军事罪犯的一类中。他为什么遭到这样的命运，我不知道。他的身上永远看不出特别不满意的地方，他的行为很驯顺而且端正。他有时会像靴匠似的喝醉酒，但醉后的举动也还好。他当然不知道他们的秘密，不过他的眼睛是锐利的。库里可夫曾对他使过一个眼色，意思是说他们要去取昨天在工场里预备好的酒。这使希尔金感动了。他和他们分离时，没有生出一点怀疑，和那个后备兵留在那里，而库里可夫、Ａ和柯勒尔便走到郊外去了。

过了半小时，走出去的人们没有回来。希尔金忽然醒悟了过来，开始沉思了。这家伙是见过世面的。他开始忆起：库里可夫的情绪似乎显得特别，Ａ曾两次和他附耳低语，至少库里可夫曾对他使了两次眼色，他看见的，现在他全都记起来了。柯勒尔方面也露出一点什么来：至少他临走时起始教训后备兵，他不在的时候应该做出什么样的行径，而这至少在柯勒尔方面有点不十分自然。一句话，希尔金越往下想，越觉得可疑。讲好的时间过去了，他们没有回来。他的不安达到顶点。他明白得很清楚，他在这件事情上承担多大的风险，官长会怀疑到他身上去。人们会想到他和他们是同谋，故意放走了两个同伴。假如他迟迟不报告库里可夫和Ａ的失踪，嫌疑一定会落到他的身上。时机不能再失。他忆起近来库里可夫和Ａ似乎特别接近，时常微语，时常躲开大家，走到营舍后面。他忆起他当时就怀疑他们有什么事情……他锐利地看了自己的卫兵一眼：他打着哈欠，身子斜靠在枪上，举起手指，用极天真的方式挖自己的鼻孔。希尔金觉得不屑把自己的思想告诉他，只对他说，让他跟他一块儿到工场去。在工场里他打听他们来过没有？结果是谁也没有看见他们。希尔金的一切疑虑都消失了。"假如他们只是跑去喝点酒，到郊外游玩一下，库里可夫有时也这样做过，"希尔金想，"但这不可能。他们会对他说明白，因为这种事情不值得隐瞒。"希尔金扔弃了工作，不弯到营舍里，直奔监狱通报去了。

差不多早晨九点钟模样，他去见曹长，把事情报告给他听。曹长吓了一跳，开始甚至不肯相信他的话。当然希尔金对他说的只是猜疑的话。曹长一直跑去见少校。少校立刻去见卫戍官。一刻钟以后，已经采取了一切必要的措施。他们还报告了总管。由于逃跑的是要犯，为了他们会受到彼得堡严厉的谴责。不知道是否合理，但 A 是属于政治犯的；库里可夫属于"特别科"，那就是最要紧的犯人，加上还是军事犯。从来还没有过"特别科"里有人逃跑的例子。依照章程，每一个"特别科"的罪因在工作时应由两个卫兵看守，至少一个看守一个。这规则并没有遵守过，因此这桩事情弄得很不痛快。特地派专人到各村去，到所有附近的地方去宣布有人逃跑，留下他们的体貌特征。还派出哥萨克骑兵去追捕逃犯，通缉令发布到邻近的县里和省城……总之，所有人都为此感到惊慌失措。

我们狱内开始了另一种的骚乱。罪因们做完工作回来时，立刻知道了一切的情节。消息传到各人的耳朵里。大家接受这消息，露出不寻常的、隐秘的快乐。大家的心似乎抖颤了。……除去这事件破坏了狱中单调的生活，好像把蚁穴倒翻转来以外，越狱，这样的越狱在每个人的心灵里激起了亲密的共鸣，拨动他们的早已被遗忘的心弦，有点像希望、勇敢和改变自己命运的可能性在每人的心中蠕动。"人家都会逃走，为什么我不呢？……"每人在产生这种念头时显得精神抖擞，用挑战的态度看向大家。至少大家忽然显出骄傲的样子，高傲地看向下士官们。当然，官长立刻飞奔到狱里来。卫戍官也亲自来到。狱因们露出精神抖擞的样子，勇敢地看人，甚至露出一点蔑视和沉默的、严厉的端庄的样子。意思是说："我们也会来这一手。"我们这里也自然早已料到官长们会一批批的来到的。我们还猜到一定会施行搜查，因此预先把一切都藏匿起来了。我们知道官长在发生这类事情时永远会在事后忙碌一番。居然就是这样。当时发生了极大的忙乱，全都搜查到了，全都寻觅到了，自然毫无所获。罪囚饭后出去做工时增添了许多卫卒。晚上时时有看守到狱里探看。点名时比平时多点了一遍，而且还比平常时多数错了两遍，因而又发生了忙乱的情形：把大家全赶到院子里来，重新数起。以后又在营舍内数了两遍，……一句话，发生了许多麻烦。

但是罪囚们并没有出一声抱怨的话。他们大家露出异常独立不羁的态度，整个晚上的举动显得特别有礼貌："不使他们有吹毛求疵的机会。"官长自然想："狱内会不会留下逃犯的同谋者？"因此下令对罪囚们注意监督。但是罪囚们只是笑着。"干出这种事情，还会留下同谋人吗？""这种事情必须偷偷地做去，否则没有用。""库里可夫和 A 是那种做起事情来拖泥带水的人吗？他们做得很巧，很干净。这种人是见过世面的。他们会从铜烟囱里，从关紧的门里走过的！"一句话，库里可夫和 A 的名誉大见增长，大家都引为骄傲。大家感到他们的功绩会传到罪囚们的遥远的后裔，深印在大家的心里。

"真是能干的角色！"他们说。

"人们以为我们这里不会逃走，现在竟逃走了！……"另一些人补充说。

"逃走了！"第三个人发话了，带着一点权威的样子向四围看着，"谁逃走了？……你也配吗？"

在另一个时候，挨受到这句话的罪囚会立刻回答这挑战，起来保护自己的名誉，但是他现在谦卑地沉默着。"真是的，不是大家全像库里可夫和 A 一样。最先应该表现自己……"

"兄弟们，我们住在这里干什么？"谦卑地坐在厨房的小窗旁的第四个人打破了沉默，由于一种疲乏的，但暗中极为自满的情感，发出像唱歌般的语调，手掌支住脸颊，"我们在这里做什么？活着不像人，死后不像鬼。唉！"

"事情不比一只靴子，从脚上脱不下来的。何必唉声叹气呢？"

"瞧那个库里可夫……"一个热烈性格的人，年轻的黄嘴的小伙子插上去说。

"库里可夫！"另一个人立刻抢上去说，轻蔑地斜看了黄嘴小伙子一眼，"库里可夫！"

那就是说：像库里可夫那样的人多不多呢？

"还有那个 A，弟兄们，这大耳朵，大耳朵！"

"真是的！这家伙会耍弄库里可夫的。他们两人闹不清楚！"

"他们现在走得远不远，真想知道一下……"

立刻谈起，他们走得远不远？往哪个方向走去？他们最好走哪条路？哪一个镇近些？发现了几个知道附近路径的人？大家好奇地倾听他们的说话。又谈起邻近乡村的居民，决定他们是靠不住的，离城太近，是受过磨炼的人；他们不肯给罪囚们帮忙，会把他们捉住，送到官厅里去。

"这般乡下人凶狠得厉害。好厉害的乡下人！"

"西伯利亚人全是不好惹的。你撞在他们手里会把你弄死的。"

"但是我们的两个……"

"自然看谁有力量。我们的两个也不弱。"

"我们还不会死，听得到的。"

"你以为怎样？他们会被捉住吗？"

"我认为无论如何不会捉住他们！"另一个热性子的人抢上去说，拳头叩击桌子。

"嗯，也就看情形怎样。"

"我认为是这样的，弟兄们，"斯库拉托夫抢上去说，"假如我做了逃亡者，绝不会被人家捉住！"

"是你吗？"

开始了哄笑，另一些人做出不愿意听的样子。但是斯库拉托夫的话匣已经打开来了。

"一辈子捉不到！"他用劲说，"兄弟们，我时常自己想，而且自己觉得奇怪：即使从缝里钻过去，也绝不会被人家捉住。"

"等到你一饿，就要上乡下人家里去要面包了。"

大家哈哈地笑着。

"要面包吗？瞎说！"

"你转弄什么舌头？你和瓦谢叔叔为了牛做下了人命案子，[1] 因此被遣戌到这里来了。"

笑声起得更加厉害。严肃的人们露出更加愤激的态度。

"你胡说！"斯库拉托夫喊，"这是米奇卡造我的谣言，其实并不是造我的谣言，却是造瓦谢的谣言，把我也一块儿编进去了。我是莫斯科人，从小对于流浪生活很有历练。教堂执事教我识字，时常拉我的耳朵，叫我念'上帝恕我，赐恩给我'等等的话。……我跟在他

---

[1] 那就是把一个乡下男人或女人杀死，因为疑惑他们朝空中撒放毒害牲畜的药粉。我们狱内有过这样的一个杀人犯。——原注

后面背念道'上帝拉我到警局里去，为了你的恩惠'等等的话[1]
……我从小就这样做。"

大家又哈哈地笑了。这就是斯库拉托夫所需要的。他不能不装出
傻样来。大家不久把他扔弃，重又开始严肃的谈话。议论的多半是老
人和内行人。年轻些、驯顺些的人们只是瞧着他们，伸出头来倾听。
厨房里聚了一大堆人，自然这里并没有下士官，在他们面前是不会全
讲出来的。从特别高兴的人们中间，我看出了一个鞑靼人，玛米脱
卡，不高的身材，颧骨高耸，显得非常滑稽。他几乎不会说俄国话，
一点也不明白别人说的是什么话，但从人群里探出头来听着，愉快地
听着。

"怎么，玛米脱卡，妙不妙？"被大家遗弃的斯库拉托夫由于无
事可做，对他胡缠起来。

"妙呀！真妙呀！"玛米脱卡喃喃地说，脸上显得十分活泼，对
斯库拉托夫摇晃着可笑的脑袋，"妙呀！"

"不会捉住他们吗？会不会？"

"会呀！会呀！"玛米脱卡说着，挥摇双手。

"这么说来，你瞎说，我弄不清楚，是不是？"

"是的，是的，妙呀！"玛米脱卡点头晃脑地说。

"正是妙呀！"

斯库拉托夫把他的帽子拍了一下，合在他的眼睛上面，从厨房里
走出，露出极快乐的心神，使玛米脱卡感到多少的惊异。

---

[1] 这是无从翻译的双关语，俄文中此两句有音同处。——译者

　　狱内严厉的手段和郊外加紧的追寻持续了整整的一个星期。我不知道用了什么方法，但是罪囚们立刻精确地接到关于官长们在狱外所有的消息。最初的几天所有的消息全于逃犯有利：一点影踪也没有，简直失踪了。狱囚们只是笑着。一切对于逃犯的命运的不安全都消灭了。"一点找不到，任何人也捉不到！"我们那里自满地说着。

　　"什么也没有，像一粒射出去的子弹！"

　　"再见吧，不要吓唬人，我快要回来的！"

　　我们哪里知道所有邻近的农人们全被赶了出来，守候一切可疑的地点、一切树林、一切道路。

　　"无聊极了！"狱囚们笑着说，"他们一定有人家可以躲藏的。"

　　"一定有的！"另一些人说，"他们不是糊里糊涂的人，一切老早预先弄妥当了。"

　　还有人做进一步的猜测：有人说逃犯也许至今还在郊外居住，躲在地窖里，等恐慌过去，头发蓄长。他们还住上一年，半年，以后再走……

　　总而言之，大家甚至都处于一种浪漫的心绪中。忽然，在越狱后八天，传来了已找见踪迹的消息。离奇的消息立刻鄙夷地被推翻了。但当天晚上这消息被证实了。罪囚们开始惊慌。第二天早晨城里有人说已经捉到，押解进来了。饭后更加知道了详细的情节，在七十俄里的某村内捉到的。终于接到了确实的消息。曹长从少校那里回来，肯定地宣布他们将于晚上押解到，一直送到狱内的号房里去。疑惑已经是不可能的了。这消息给予罪囚们的影响是难以想象的。起初大家仿佛生了气，以后全显得忧郁了，以后透露了一种嘲笑的倾向，开始发笑，但并不笑捕捉的，却是笑被捉的人们。起初人不多，以后几乎全笑了，除去几个正经和坚强的人以外——他们有独立的思索的能力，绝不会被嘲笑给弄得糊涂；他们沉默着，蔑视这轻浮的大众。

一句话，和以前颂赞库里可夫和 A 的情形一样，现在又同样地糟蹋他们，甚至带着愉快的心情加以糟蹋，好像他们为了什么事情侮辱了他们；用轻蔑的态度讲他们急于想吃东西，受不住饥饿，跑到村中向农夫们要面包吃。这对于流流者是最后程度的侮辱。然而这些话是不准确的。逃犯们的踪迹被访寻到了。他们躲在树林里面，许多人从四面把树林包围住。他们眼看没有逃出重围的可能，便自己投降了。他们已经别无选择了。

晚上他们确被押解到了，手脚用绳索系住，由宪兵押送前来。全狱的人都奔到栅栏那里去看人家怎么处置他们，当然一点也没有看见，除去少校和卫戍官的马车停放在号房旁边以外。逃犯们被押进秘密室里，钉上脚镣，第二天就送交法庭审判。罪囚们的嘲笑和轻蔑不久就自然而然地消失了。大家打听得详细些，知道除去投降以外没有别的方法可想，于是大家恼怒地注意法庭审理这案件的进行情况。

"会判决鞭打一千记的。"有些人说。

"何止一千记！"另一些人说，"会把他们打死的。A 也许会挨一千记的鞭子；那一位会被人家打死，因为他属于特别科。"

但是人们没有猜到：A 挨到了五百记，因为他以前的表现还令人满意，而且又是初犯；库里可夫大概挨了一千五百记。惩罚得很宽容。他们是有头脑的人，在法庭前面没有把任何人牵扯出来。他们说话很明显、正确。他们说他们从堡垒里跑出来，没有弯到什么地方去。我最觉得可怜的是柯勒尔：他丧失了一切，他最后的希望，挨受得也是最多，大概有两千记，当下押送到什么地方去，没有到我们的狱里来。A 受的刑罚最轻，因为人家怜惜他，医生也帮他的忙；但是他竟夸着大口，在医院里大声宣布，他现在什么都做得出来，一切都准备好了，还不止做出这桩事情来。库里可夫的行为还是和往常一样，那就是端庄，而且有礼貌。受完了刑罚，回到狱内时，他露出仿佛从来没有离开过囚狱的态度。但是罪囚们却不这样看他：尽管库里可夫在什么地方都永远会维持自己的体面，罪囚们心里好像失去了对他的尊重，好像对待他更加不客气了。一句话，从那次越狱以来，库里可夫的名誉大为减弱了。在这个世界上，成功就是一切。

第十章　出狱

　　这一切发生在我的徒刑生活最后的一年。这最后的一年几乎和第一年一样，给我留下许多纪念，尤其在狱内最后的时间。但是何必讲详细的情形呢？我只记得这一年来，无论我如何急于盼望刑满，我的生活比以前的几年全感觉轻松。第一，我在罪囚中已得到许多好友，他们完全认定我是好人。他们中间有许多人忠实于我，诚恳地喜欢我。工兵在送我和我的同伴出狱的时候，几乎哭了出来。以后我们在出狱后，还在这城里一所官房内住了整整的一个月，他几乎每天来我们这里一趟，只是为了看我们一眼。不过也有些人性格严肃，不欢洽到底，大概和我说出一句话都会觉得困难，天晓得是为了什么。我们中间好像横着一个屏墙。

最后的时间内我有了比以前较优越的条件。我在城里军官中遇到了几个朋友，甚至是以前的同学。我和他们恢复了友谊。我通过他们，可以得到较多的银钱，可以写信到家乡，甚至可以弄到几本书。有好几年我没有读过一本书。我在狱中读完的第一本书给我引起那种奇特的，同时又是骚乱的印象是难以言表的。我记得，我开始从晚上关牢门的时候读起，读了一夜，一直到天明。这是一本杂志。好像从另一世界飞来了消息，以前的生活鲜艳而且明亮地回到我面前，我努力从已读到的东西上猜测：我落在这生活后面远不远？他们没有我生活得如何？他们现在感到担心的是什么？他们现在感兴趣的是什么问题？我拉着语句不放松，我从字里行间读出意义来，努力寻觅神秘的意思、对于以前一切的暗示，寻觅以前我的时代使人们担心的一切问题的痕迹。我现在悲苦地感觉到我在新生活里生疏到如何的程度，成为一块已被切割下来的肉，应该习惯新的一切，应该认识新的年代。我特别注意到那篇署有我以前相识的、亲近的人的名字的文章……但是已经发现了新的名字、新的作家，于是我贪婪地忙着和他们认识。令人烦恼的是因为我手头书太少，很难了解他们，对此感到有些遗憾。以前，在以前少校的任内，往狱内携带书籍甚至是危险的。遇到搜查时一定要问："书从哪里来的？哪里拿来的？一定和外面有来往？……"叫我怎么回答这些盘问呢？因此，我手边没有了书，不由得省察自己，对自己发问，努力解决这些问题，有时为这些问题恼怒……所有的一切是无法用言语表述的！……

我于冬天入狱，因此应该在冬天恢复自由，就在我来到这里的那个月中。我带着多大的不耐烦期待冬天，带着多大的愉快在夏末看树叶的凋落、沙原上草木的发黄。夏天已经过去了，秋风吼起，初雪开始飘落下来……终于到了望眼欲穿的冬天！由于自由的伟大的预感，我的心里开始时常沉重而且坚强地跳跃。但是说也奇怪：时间越过得多，刑期越来越近，我越来越显得有耐性些。在最后的几天我甚至觉得惊异，责备自己：我觉得我开始完全冷酷和冷淡了。许多休息时在院内遇到的罪囚们和我说话，向我道贺：

"阿历山大·彼得洛维奇，您现在很快，很快就要恢复自由，离开我们这班苦人了。"

"玛尔妥诺夫，怎么样？您快了吗？"我回答。

"我吗？哪里！我还要熬五年呢……"

自己叹了一口气，停了一会儿，冷淡地望着，好像窥望未来……是的，有许多人诚恳地、快乐地向我道贺。我觉得大家好像对待我客气一点。我显然和他们已经不是一家人，他们已经和我告别了。K，那个波兰贵族，安静、温良的年轻人，也像我一样喜欢在休息的时候在院内走许多路。他想用纯洁的空气和运动保持自己的健康，补偿一夜闷热的营舍中的毒害。"我期待着您的出狱，"他有一次散步时遇到我，微笑地对我说，"您一出狱，那时我就可以知道，我还剩下整整的一年，便可出狱了。"

我在这里顺便讲，因为我喜欢幻想，而且许久不习惯的缘故，我们狱内意想中的自由比真正的自由、实际上的自由还要自由些。罪囚们喜欢夸张对于真正的自由的概念，而这对于每个罪囚都是很自然的、很配适的。一个衣衫褴褛的军官的马弁在我们那里几乎被认为高贵的王子，和罪囚们相比，几乎被认为一个自由的人的理想，因为他可以不剃去头发，没有脚镣，没有卫卒跟随。

在最后的一天的前夜，我在黄昏中最后一次沿着栅栏把整个牢狱绕走完了。所有这些年来，我不知道有几千遍在栅栏旁边绕走！我在牢狱生活的第一年里，独自孤零零地、忧愁地在营舍后面徘徊。我记得，我当时数着，我还剩下了多少千天。天呀，这事已经过了多久呀！就是这里，这个角落里，我们的鹰被囚住了；就在这里，彼得洛夫时常遇见我。他现在还不离开我。他跑近过来，似乎猜到我的思想，在我身边默默地走着，好像暗中发生了什么惊异的事情。我暗中和我们的营舍中的这些发黑的木头骨架作别。当时，在最初的时候，那些骨架使我产生如何不愉快的惊愕。大概它们现在比当时苍老了，但是我看不出来。在这座墙壁内白白地葬送了多少的青春，白白地丧失了多少伟大的力量！应该全说出来：这种人并不是寻常的人物，他们在我们的民族中间也许是最有天才的、最坚强的。但是雄厚的力量白白地丧亡了，不规则地、不合法地、无可挽回地丧亡了。究竟是谁的错呢？

究竟是谁的错呢？

第二天早晨，还在上工之前，天刚亮的时候，我走遍所有的营舍，和所有的罪囚们作别。许多长胼胝的、刚强的手客客气气地伸出来和我的手相握。有些人完全照同伴的样式和我握手，但是这类人不多。其他人很明白，我立刻会成为和他们完全不同的人。他们知道我在城内有朋友，我立刻会从这里走到那些老爷那里去，和这些老爷一同起坐，完全平等。他们了解到这一点，和我辞别时虽然很客气，虽然很和蔼，但并不像对待同伴，却像对待一位老爷。有些人背转身去，严厉地不回答我的作别。有几个人甚至带着一些仇恨看着我。

鼓声响了，大家出去做工。我留在家里，苏士洛夫在这天早晨起得比大家都早，努力地忙乱着给我预备茶水。可怜的苏士洛夫！我把我的囚衣、衬衫、脚镣的垫衬和一点钱送给他的时候，他哭泣了。"我不是为这个，我不是为这个！"他说着，用力压抑抖颤的嘴唇，"叫我怎样丢得下您呢，阿历山大·彼得洛维奇？没有您，我留在这里还有什么意思呢？"

我最后一次和阿基姆·阿基梅奇作别。

"您也快了！"我对他说。

"我还有许久，还有许久时候在这里呢！"他握住我的手，喃声说。我奔到他的颈脖上，我们亲吻了。

罪囚上工后过了十分钟，我们也从狱内走出，再也不预备回去了。我，还有和我同来的伙伴两人，应该到铁工场去打开脚镣。但是荷枪的卫兵已不伴送我，我们跟下士官同去，就由工程队工场里罪囚们给我们打开脚镣。我等候我的同伴先打开，以后自己走到铁砧那里去。铁匠们把我翻过来，背着他们，从后面举起我的腿，放在铁砧上面……他们忙乱着，想做得灵巧些、好些。

"小铰钉，小铰钉先转出来！……"头目指挥着，"这样好，就是这样，对了……现在用锤子打下去……"

脚镣落下了。我把它举了起来……我想拿在手里，最后一次看它一眼。我现在似乎惊异它刚才还在我的脚上。

"嗯，和上帝同在！和上帝同在！"罪囚们用断续的、粗暴的，但仿佛很满意的声音说。

　　是的，和上帝同在！自由，新生命，死人复活……真是可爱的一分钟！

"俄苏文学经典译著·长篇小说" 书目